MONSTRÖSE MACHT

SCHATTENBLUT-SEELEN

BUCH ZWEI

EVA CHASE

EINS

Riva

Der Raum riecht nach Tod.

Wahrscheinlich wegen der vielen Leichen.

Es ist ein wahres Fest der Toten: Etwa drei Dutzend erschlaffte Gestalten liegen in der Küche und dem offenen Wohn- und Essbereich von Ursula Engels weitläufigem, aber gemütlichem Haus in den Wäldern. Einige liegen auf den Dielen und Fliesen, andere auf den Leder- und Hartholzmöbeln.

Die meisten von ihnen sind meinetwegen gestorben.

Es ist unschwer zu erkennen, welche ich ermordet habe. Zumindest bei denen, die ich nicht mit meinen Klauen, sondern mit der Schreikraft getötet habe, die sich in mir eingenistet hat. Diese Leichen haben definitiv keinen Spaß auf dieser Untotenparty.

Während der unheimliche Schrei aus mir herausbrach, sah ich direkt in unsere Feinde hinein. Ich wusste genau, welche Körperteile ich verdrehen und wo ich zuschlagen musste, um jeden Tropfen Schmerz aus ihnen herauszuquetschen, bevor ihr Körper versagte.

Gliedmaßen sind in unmöglichen Winkeln verrenkt. Die Gesichter sind qualvoll verzerrt.

Der fleischige, metallische Geruch von Blut liegt in der Luft, ebenso wie der widerliche Gestank von Urin und Scheiße. Viele meiner Opfer haben unter dem Einfluss meines brutalen Talents die Kontrolle über ihre Blase und ihren Darm verloren.

Obwohl ich für einen Moment die Augen schließe, rumort mein Magen. Das liegt nicht nur an der Szene vor mir, sondern auch an den Blicken der vier anderen Gestalten, die neben mir stehen.

Meine Jungs. Meine Schattenblut-Gefährten, durch deren Adern der gleiche dunkle Rauch fließt wie durch meine. Der Rauch, der ihnen ihre unheimlichen Talente verleiht.

Die vier umwerfenden, brutalen Männer, die den Großteil der letzten zwei Wochen damit verbracht haben, mich für einen Verrat zu bestrafen, den ich nicht einmal begangen habe.

Sie hielten mich für ein Monster. Dabei war ich das nicht, als wir vor vier Jahren getrennt wurden.

Doch bei dem Gemetzel um uns herum und dem Schrei, der immer noch in unseren Ohren nachhallt, muss es ihnen schwerfallen, jetzt etwas anderes in mir zu sehen.

Ich schlucke schwer und unterdrücke meinen Brechreiz und die Proteste, die aus mir heraussprudeln wollen.

Ich wollte das nicht tun. Es war die einzige Möglichkeit, uns zu retten.

Diese Behauptungen sind allerdings nicht vollkommen wahr. Ein Teil von mir *wollte* diese Verwüstung anrichten, wild um sich schlagen und verstümmeln.

Ein Teil von mir genoss es und schöpfte Kraft daraus. Es kostete mich all meine Selbstbeherrschung, die Jungs vor dem sadistischen Hunger in mir zu schützen.

Ich möchte sagen, dass es nicht ich bin, sondern ein anderes Wesen in mir, aber ich weiß, dass das nicht stimmt. In meiner Brust ist kein fremdes Wesen, das herausgeschnitten und verbrannt werden kann.

Der Hunger ist mit meinem Körper, meinem Geist und meiner Seele verwoben. Er ist in meine DNA eingebrannt.

Und die Frau, die in diesem Haus lebte, hat diesen Code geschrieben, auch wenn sie damals nicht genau wusste, welche Fähigkeiten in uns entstehen und wachsen würden.

Im selben Moment wie Jacob werfe ich einen Blick auf den zerfetzten Körper unserer Schöpferin hinter mir. Die markanten Züge seines atemberaubenden Gesichts verhärten sich noch mehr, als er den Kiefer zusammenpresst.

„Engel meinte, die Verstärkung sei zu weit weg, um schnell herzukommen, aber wir wissen nicht, ob das stimmt", sagt er und bricht die angespannte Stille. „Ich schlage vor, wir schnappen uns alles, was nützlich sein könnte, und verschwinden von hier."

Auch Dominic folgt seinem Blick, sein dunkles kastanienbraunes Haar fällt ihm in die gebräunte Stirn und verdeckt seine Augen. Er schwankt ein wenig und hält sich an der Kante der blutverschmierten Kücheninsel fest, um sein Gleichgewicht zu halten.

Er hat die letzten Minuten damit zugebracht, die schlimmsten Wunden der anderen Jungs mit den schlanken, orangefarbenen Tentakeln zu heilen, die von seinen Schulterblättern bis zu seinen Kniekehlen reichen. Den Großteil der Lebensenergie, die er dazu brauchte, hat er dem Angreifer entzogen, der jetzt tot zu unseren Füßen liegt. Doch der Heilungsprozess muss auch ihm viel abverlangt haben.

Seine Antwort ist leise und rau. „Sie hat uns wirklich gehasst."

Die Vorwürfe unserer Schöpferin hallen noch immer durch meinen Kopf. *Ihr seid Monster der schlimmsten Sorte. Abscheulichkeiten. Eine Katastrophe, die ich in Gang gesetzt habe.*

Natürlich spricht das Blutbad um uns herum nicht gerade für uns. Ich bin mir nicht sicher, ob ein Außenstehender „Sie hat angefangen!" als Entschuldigung akzeptieren würde.

Andreas fährt sich mit der Hand durch sein dichtes Haar und verzieht grimmig den Mund. „Ja. Allerdings kann ich nicht behaupten, dass ich *sie* sonderlich mochte."

Keiner von uns lacht über die düstere Bemerkung, doch der plumpe Versuch eines Witzes setzt uns alle in Bewegung. Wir steigen über die Teile des zertrümmerten Esstisches, der eine Seite unserer behelfsmäßigen Festung bildete, und bahnen uns einen Weg durch die Leichen.

Die Suche kommt mir beunruhigend bekannt vor. In der Arena, in der ich zu Käfigkämpfen gezwungen wurde, habe ich erst vor ein paar Wochen einen ähnlichen Schauplatz abgesucht und Waffen und Geld mitgenommen.

Obwohl ich die Jungs nicht anschaue, bekomme ich gelegentlich mit, wie einer von ihnen innehält und seinen Blick von einem entstellten Körper zu mir schweifen lässt. Jedes Mal verkrampft sich mein Magen.

Sie bewegen sich langsam durch das Chaos. Zians eine Schulter ist immer noch verletzt, doch es sieht so aus, als hätte Dominic die Blutung stoppen können. Seine wölfischen Züge sind verschwunden, aber seine normalerweise pfirsichfarbene Haut hat etwas von ihrer Wärme verloren.

Andreas ist auf seine linke Seite gestützt und geht in die Knie, anstatt sich nach vorne zu beugen, als er etwas auf dem

Boden genauer ansehen will. Ein blutiges Loch klafft in seinem Hemd, wo die Kugel ihn vor wenigen Minuten erwischt hat. Die Wunde hat sich inzwischen geschlossen, bereitet ihm jedoch zweifellos noch Schmerzen.

Jacobs blondes Haar ist von der Schrapnellwunde karmesinrot gesprenkelt, die mittlerweile nicht mehr blutet, allerdings eine dunkelrosa Linie auf seiner blassen Stirn hinterlassen hat.

Wieder meldet sich Dominic zu Wort, leise wie immer und mit einem vorsichtigen Ton in seiner Stimme, der mir einen stärkeren Stich ins Herz versetzt, als mir lieb ist. „Du bist doch nicht verletzt, oder, Riva?"

Ich schüttle schnell den Kopf. „Es geht mir gut."

Eigentlich geht es mir sogar besser als gut. Der Schmerz unserer Feinde hat mich gestärkt und erfrischt.

Was den Jungs vermutlich nicht entgangen ist.

Ich schiebe mein Unbehagen beiseite und schnappe mir ein Gewehr, das neben einer zertrümmerten Hand liegt.

Wir heben alle Gewehre auf, die wir finden können und die nicht durch Zians Wolfsmenschenkraft oder Jacobs telekinetische Kräfte zerstört wurden. Ich behalte die, in denen noch ein paar Kugeln sind, stecke eine Pistole in die Rückseite meiner Hose und lege die anderen Waffen auf einen wachsenden Haufen neben der Eingangstür.

Wir haben keine Ahnung, gegen wen wir als Nächstes kämpfen müssen … Und wenn ich die Wahl habe, würde ich lieber mit Waffen kämpfen.

Dieser Gedanke lässt mich zu den riesigen Wohnzimmerfenstern aufblicken, die von Hüfthöhe über zwei Stockwerke bis zur gewölbten Decke reichen. Das meiste Glas liegt jetzt in Scherben auf dem Boden und knirscht unter meinen Schuhen.

Eine beträchtliche Anzahl unserer Angreifer ist durch diese Fenster eingestiegen. Ich lehne mich über den

Vorsprung in die kühle Herbstluft und halte zwischen den Bäumen Ausschau nach Anzeichen dafür, woher sie kamen – und nach ihren Kollegen, die möglicherweise auf dem Weg hierher sind.

Ich kann nichts Verdächtiges sehen, und die frische Brise, die meine Lunge füllt, ist eine willkommene Erleichterung. Mein Zopf rutscht mir über die Schulter, und ich beuge mich kurz noch weiter hinaus in die Waldluft.

Wenige Schritte entfernt knirscht Glas, und ich zucke instinktiv zur Seite.

Als ich ein Brennen an meiner Taille spüre, zucke ich erneut zusammen und schaue nach unten. Eine Glasscherbe, die noch im Rahmen steckt, hat sich in meine nackte Haut gebohrt, wo mein Kapuzenpullover und mein Tanktop hochgerutscht sind.

Ich beiße mir auf die Lippe, um den Schmerz zu unterdrücken, und ziehe meine Oberteile über die Wunde und die Rauchwolke. Die Wunde pocht gegen meinen Ellbogen, als ich mich umdrehe.

Zian ist ebenfalls an die Fenster getreten, und selbst in seiner menschlichen Gestalt überragt er mich mit seinem massigen Körper um mehr als einen Kopf. Seine dunkelbraunen Augen mustern mich. Wahrscheinlich fragt er sich, warum ich so heftig zusammengezuckt bin.

Oder ob ich ihn mit meiner Kraft angreifen werde.

Bevor er etwas fragen kann, kichere ich verlegen. „Ich bin nur etwas nervös nach dem, was gerade hier passiert ist. Ich werde mich im zweiten Stock umsehen.“

Ich eile die Treppe hinauf und beiße die Zähne gegen den immer stärker werdenden Schmerz in meiner Seite zusammen. Ich werde Dominic *nicht* um Hilfe bitten, nicht wenn er schon völlig fertig ist.

Nicht, nachdem ich weiß, dass mit jeglicher Heilkraft,

die er einsetzt, die bestialischen Anhängsel länger werden, für die er sich so schämt.

Engels Schlafzimmer ist geradezu penibel ordentlich, keine Schublade steht offen, ihre Laken sind faltenlos. Ich frage mich, ob sie sich mehr darüber ärgern würde, dass ich sie umgebracht habe, oder über die Unordnung, die ich in ihrer Wohnung angerichtet habe.

Im Bad reiße ich ein Stück dicken Stoff von einem Handtuch ab und falte es zu einer Kompresse, um die Blutung zu stoppen. Dann binde ich es mit einem Streifen von Engels Laken fest.

Sie hat wirklich schöne Bettwäsche. Bestimmt ist sie stolz auf die Fadenzahl.

Auf jeden Fall eignet sie sich gut, um meine Wunde zu verbinden. Unter meinem weiten Kapuzenpullover sieht man die Verbände nicht einmal.

Ich stehe einen Moment lang vor dem Badezimmerspiegel, schiebe meine Hände in die Taschen und drücke den provisorischen Verband auf meine Seite. Das Pochen lässt meinen Kiefer kribbeln, aber gleichzeitig legt sich auch ein seltsames Gefühl der Ruhe über mich.

Dies ist ein Bruchstück dessen, was ich unseren Angreifern da unten zugefügt habe. Eine Erinnerung daran, was ich getan habe – und was ich nie wieder tun möchte.

Wenn diese Erinnerung dazu beiträgt, dass ich die Kontrolle über meine grausamen Gelüste nicht verliere, ist das etwas Gutes.

Die Treppe knarrt, und ich ziehe mich aus dem Bad in Engels Schlafzimmer zurück, um mich wieder nützlich zu machen.

Mit einem leichten Kribbeln an meinem Schlüsselbein wird mir klar, dass es nicht Andreas ist, der mir die Treppe hinauffolgt. Durch den kleinen dunklen Fleck auf meiner Haut kann ich spüren, wie er sich im unteren Stockwerk bewegt. Dieses Mal entstand, nachdem unsere Körper auf mehr Arten verschmolzen, als uns damals bewusst war.

Er hat dasselbe Mal auf seinem Brustbein und wünscht sich womöglich, er könnte es zusammen mit jeder anderen Verbindung zu mir abwaschen.

Ich öffne die Schubladen des Nachttisches und der Kommode. In einer finde ich einen Umschlag mit einem Bündel Hundert-Dollar-Scheine und in einer anderen ein Schmuckkästchen. In ihrem jetzigen Zustand kann Engel mit dem Schmuck ohnehin nichts anfangen. Wir hingegen können das Geld gut gebrauchen, das uns die Verpfändung ihrer Wertsachen einbringen wird.

Ich stopfe den Umschlag in das Ebenholz-Schmuckkästchen und nehme es mit in den Flur, gerade als Jacob aus dem Zimmer nebenan einen aufgeregten Laut von sich gibt. Er kommt mit einem Laptop in der Hand heraus.

„Wer weiß, wie viele nützliche Informationen sich darauf befinden", erklärt er mit einem breiten, scheinbar aufrichtigen Lächeln.

Ich weiß nicht, wie ich darauf reagieren soll. In den letzten Wochen waren Jacobs Lächeln mir gegenüber meist kalt und grausam gewesen. Wie sich herausstellt, bleibt mir eine Reaktion ohnehin erspart, denn in diesem Moment ruft Dominic aus dem ersten Stock.

„Ich habe Engels Handy gefunden – und ihre Autoschlüssel."

Jacobs Lächeln wird breiter. „Gut. Wir machen uns schnell aus dem Staub und lassen den Wagen dann irgendwo stehen."

Als wir die Treppe wieder hinuntereilen, reibt sich Zian das Kinn. „Sollen wir zu dem Auto zurückfahren, mit dem wir hergekommen sind?"

Andreas schüttelt den Kopf. „Wir wissen nicht, wer es inzwischen gefunden haben könnte. Ich schlage vor, wir fahren direkt zum nächsten Bahnhof und trampen noch ein Stück."

„Perfekt." Jacob klemmt den Laptop unter seinen Arm. „Auf geht's."

Er macht eine ausladende Handbewegung in Richtung Tür. Auf dem Weg nach draußen bücken wir uns alle, um ein paar weitere Waffen von dem Haufen zu nehmen.

Keiner der anderen Männer sieht mich an. Als wir um das Blockhaus herum zu dem Geländewagen laufen, spüre ich ein Kribbeln in meinen Gliedern.

Wir müssen hier weg – wenn ich erwischt werde, wären die Jungs ebenfalls in Gefahr. Werden sie mich danach zum Teufel jagen?

Will ich nicht auch von ihnen weg, nach allem, was sie mir angetan haben?

Wir sind vom gleichen Blut, haben wir uns immer gesagt. Doch seitdem ich wieder bei ihnen bin, haben sie dieses Versprechen schon so oft gebrochen.

Ich bin nur bei ihnen geblieben, um Antworten zu bekommen … Und obwohl wir von Engel eine Menge davon bekommen haben, hat das, was sie uns erzählt hat, nur neue Fragen aufgeworfen. Ich muss mehr wissen, und die Informationen auf Engels Geräten könnten der Schlüssel sein.

Also bleibe ich wohl erst einmal bei ihnen, zumindest während dieser kurzen Gnadenfrist, in der wir unsere Haut retten. Doch wer weiß, was für schreckliche Dinge die Jungs über mich denken, als wir in das Fahrzeug steigen.

Möglicherweise ist dies unsere letzte gemeinsame Fahrt.

ZWEI

Riva

Das Leuchten des Laptop-Bildschirms lässt Jacobs Gesicht in der Dunkelheit des Waggons blasser erscheinen als sonst. Er funkelt das Gerät böse an und schiebt es fluchend von sich weg.

Andreas, der an der Wand steht, blickt mit hochgezogenen Augenbrauen zu ihm hinüber. „Du hast doch nicht wirklich gedacht, dass die geniale Wissenschaftlerin vergessen hat, ihre Geräte mit einem Passwort zu schützen, oder?"

Jacob verdreht die Augen. „Sie schien nicht viele Besucher zu haben, bei denen sie sich Sorgen machen musste, dass sie ihre Sachen durchwühlen. Meine Hoffnung war berechtigt."

Er lehnt sich gegen den Kistenstapel hinter ihm, schwankt leicht im holprigen Takt der Schienen und verschränkt seine muskulösen Arme vor der Brust. „Dann musst du eben noch mal einen Hacker auftreiben."

Andreas, der mir gegenübersitzt, zerrt an dem Seil, das er auf dem Güterbahnhof aufgesammelt und verknotet hat, um sich die Zeit zu vertreiben. „Das kann ich machen, sobald wir herausgefunden haben, wo wir ankommen."

Der Geruch von Sägemehl kitzelt meine Nase. Ich ziehe meine Knie an die Brust und wage eine Frage.

„Meint ihr, wir sollten erst einmal in Kanada bleiben oder zurück in die Staaten fahren?"

Bevor wir aufgebrochen waren, hatten wir beschlossen, dass es besser wäre, nicht gleich die Grenze zu überqueren. Zumindest nicht an der Stelle, wo die Wärter uns vermuten könnten. Doch wir haben uns nicht für ein endgültiges Ziel entschieden.

Dominic, der neben der Tür kauert, rührt sich. Während unserer kurzen Wartezeit auf den Zug hat er etwas Lebensenergie aus einer hohen Kiefer gesaugt, um die Wunden der anderen zu heilen, doch die Anstrengung scheint ihn erschöpft zu haben.

Seine Stimme klingt ruhig, wenn auch ungewohnt leise. „Die Wärter haben uns nie auf Missionen außerhalb des Landes geschickt. Wahrscheinlich rechnen sie damit, dass wir in ein vertrauteres Gebiet zurückkehren."

Zian, der gerade unsere Waffensammlung durchforstet und Munition zusammensucht, hebt den Kopf. „Soweit wir wissen, befanden sich alle Einrichtungen in den Staaten, richtig? Wahrscheinlich kennen sich die Wärter dort auch besser aus."

Jacob nickt. „Ich denke, wir sollten im Norden bleiben, bis wir uns neu formiert und über unsere nächsten Schritte entschieden haben."

Seine kühlen blauen Augen gleiten zu mir, als würde er

meine Zustimmung zu dem Plan wollen. Als ob ihm meine Meinung plötzlich wichtig wäre, nachdem er wochenlang jeden meiner Vorschläge belächelt hat.

Er hat zugegeben, dass er ein Arschloch und ein Idiot war und sich entschuldigt ... nachdem er mich so brutal angegriffen hat, dass ich vor einen fahrenden Zug springen wollte, um zu verhindern, dass ich meine schreiende Kraft auf ihn loslasse. Das ist erst ein paar Tage her.

Ich weiß nicht, was ich glauben soll. Besonders jetzt, wo sie wissen, zu welcher Brutalität *ich* fähig bin.

Ich drücke meinen Ellbogen gegen die Wunde an meiner Seite, die sich dank der gesteigerten Heilungsfähigkeit unseres Körpers von selbst zu schließen beginnt, aber immer noch schmerzt, wenn ich dagegen stoße. Der Stich, der durch meinen Oberkörper schießt, erdet mich.

Als ich den Mund öffne, um einen kurzen zustimmenden Kommentar abzugeben, ruckelt der Waggon und mein Arm stößt hart gegen meine Seite, wobei mir ein qualvolles Quietschen entweicht.

Die vier Jungs um mich herum versteifen sich, und ich nehme einen Hauch von nervösen Pheromonen wahr.

Schnell presse ich meine Lippen zusammen, und ein mulmiges Gefühl macht sich in meinem Magen breit. Natürlich war mir bewusst, dass ich diesem Thema nicht ewig aus dem Weg gehen könnte.

Einen Moment lang ist es still, nur das Rattern des Zuges auf den Gleisen ist zu hören. Dann meldet sich Andreas zu Wort. Eine seltsame Mischung aus Vorsicht und Besorgnis schwingt in seiner Stimme mit.

„Was in Engels Haus passiert ist ... Du hast uns nicht gesagt, dass du auch neue Fähigkeiten entwickelt hast."

Ich stütze mein Kinn auf meine Knie und starre auf den zerkratzten Boden, anstatt ihm in die Augen zu sehen. „Es ist davor nur einmal passiert. Und eigentlich wollte ich nicht, dass es noch einmal vorkommt."

Ich schließe meine Augen und füge hinzu: „Ich wollte nicht glauben, dass ich es überhaupt getan habe."

Ich wollte nicht, dass meine Jungs merken, dass so etwas Schreckliches in mir steckt. So viel dazu.

Mit einem Rascheln zieht Dominic seinen Parka in der kühlen Abendluft enger um sich. „Es sah nicht so aus, als hättest du sie einfach nur getötet", sagt er schließlich.

Ein Kloß bildet sich in meiner Kehle, doch es hat keinen Sinn, zu lügen.

Sie haben alles gesehen. Also kann ich genauso gut die Karten auf den Tisch legen und mich ihrem Urteil stellen.

Meine Stimme ist heiser, als ich antworte. „Die Macht schlägt überall dort zu, wo sie Schmerzen verursachen kann. Sie ernährt sich davon, so viel Leid wie möglich zu verursachen, bevor das Opfer stirbt."

„Mit diesem Schrei." Jacob klopft auf den Boden. „Wie eine Banshee."

„Eine was?", fragt Zian.

Ich kann Jacobs finstere Miene wahrnehmen, ohne die Augen zu öffnen. „Erinnerst du dich nicht mehr an das dicke, fette Mythologiebuch, das wir alle als Kinder herumgereicht haben? Griffin hat es geliebt."

Als er seinen Zwilling erwähnt, wird seine Stimme ein wenig rau. Meine Hand hebt sich wie von selbst und greift nach meiner Katzen- und Garnkette, die Griffin mir geschenkt hat.

Sie ist das Einzige, was uns allen von ihm geblieben ist.

Ich darf den Anhänger nur nicht zu fest drücken. Ich kann die beweglichen Teile nicht mehr auf- und zuschnappen lassen wie früher, wenn ich angespannt war, weil ich sie bei meinem letzten Streit mit Jacob kaputtgemacht habe, und er sie nur teilweise wieder reparieren konnte.

Als ich meine Aufmerksamkeit wieder auf den dunklen Waggon richte, legt Dominic den Kopf schief. „Schreien Banshees nicht, um vor dem Tod zu warnen? Ich glaube nicht, dass sie diejenigen sind, die morden."

Jacob zuckt mit den Schultern. „Unsere Kräfte lassen sich ja auch nicht so einfach in eine Schublade stecken. Ich kann mich an kein Monster erinnern, dem Giftstacheln gewachsen sind und das Dinge mit seinen Gedanken bewegt hat." Er fährt mit den Fingern über seinen Unterarm, aus dem seine tödlichen Stacheln schießen können.

Wieder legt sich Schweigen über die Jungs. Dann fixiert mich Andreas mit seinem Blick, fast so, als würde er in meine Erinnerungen blicken, doch seine dunkelgrauen Augen werden nicht rot.

„In der Nacht in dem Bauernhaus", beginnt er vorsichtig. „Als du auf den Zug zugerannt bist … Du hast gesagt, du wolltest uns nicht verletzen. Wolltest du damals verhindern, dass diese neue Macht zum Vorschein kommt?"

Ich verspüre den Drang, der Frage auszuweichen. Doch er scheint ohnehin bereits zu wissen, was Sache ist.

In jener Nacht hätte ich beinahe die Kontrolle verloren, sodass mir ein kleiner Laut entwichen war. Damals war er zusammengezuckt und jetzt setzt er die Teile zusammen.

Schließlich kann ich mich zu einer Antwort durchdringen: „Ich war … nach allem …"

Die Worte bleiben mir in der Kehle stecken. Nachdem wir Sex hatten. Nachdem die Schatten in unserem Blut uns aneinandergebunden hatten.

Der Akt fühlte sich in den Momenten danach so wertvoll an … Bis ich hörte, wie Andreas zugab, dass er sich mir nur genähert hatte, weil er Informationen wollte. Um herauszufinden, ob ich eine Verräterin bin.

Er hat sich zwar entschuldigt und behauptet, dass er mich nicht ausnutzen wollte, als wir zu einer Einheit verschmolzen, doch ich weiß nicht so recht, ob ich ihm das glauben soll.

Ich schlucke schwer und fahre fort. „Nach dem, was wir getan haben, lagen meine Nerven blank, meine Emotionen kochten hoch ... Und der Streit hat es noch schlimmer gemacht."

Noch mehr Schweigen. Ich drücke meine Knie fester zusammen.

Das ist das Schlimmste. Nicht nur der Schmerz, den ich ausüben kann und den ich regelrecht genieße, sondern auch die Tatsache, dass ein Teil von mir bereit war, ihn ihnen zuzufügen.

Egal, wie schrecklich sie waren, diese allumfassende, seelenzerfetzende Folter haben sie nicht verdient.

Zian räuspert sich. „Du hättest also zugelassen, dass dich der Zug überfährt ...“

Er scheint nicht zu wissen, wie er weiterreden soll.

„Ich habe nicht wirklich nachgedacht“, murmle ich. „Ich wusste nicht, wie ich mich sonst aufhalten sollte.“

So schlimm war es. So kurz war ich davor, die Jungs, die meine einzige Familie waren und die ich geschworen hatte zu beschützen, auf die schrecklichste Art und Weise zu quälen, die man sich vorstellen kann.

Ich mache mich auf Vorwürfe oder Schuldzuweisungen gefasst. Deshalb bin ich vollkommen unvorbereitet, als Zian sich von seinem Waffenstapel abstößt und sich neben meine Füße kauert.

„Wir haben dir so wehgetan“, stößt er zähneknirschend hervor, sein Gesicht so nah am Boden, dass seine Stirn die abgewetzte Oberfläche berührt. „Alles, was wir gesagt haben, wie wir dich behandelt haben ... Und du wärst trotzdem lieber *gestorben*, als uns wehzutun.“

Mein Mund öffnet und schließt sich, er ist vor Überraschung völlig ausgetrocknet.

Zian fährt fort, während ich weiterhin schweige. „Es tut mir so leid, Riva. Ich hätte dich besser behandeln müssen. Ich hätte den Worten der Wärter nicht trauen dürfen. Du warst immer für uns da und hast alles für uns getan – das werde ich nie wieder vergessen.“

Ich starre den massigen Mann an, der sich bei mir entschuldigt, bevor ich überhaupt richtig begreife, was passiert.

Er hat keine Angst. Hat ihn mein Geständnis *noch* reumütiger gemacht?

„Zee“, sage ich leise und weiß nicht, was ich noch sagen soll. Die Erinnerung daran, wie er mich angeschnauzt hat, war genauso schmerzhaft wie der Kummer, den er jetzt zum Ausdruck bringt.

Sein Kopf ist immer noch gesenkt, als würde er auf ein Urteil warten. Meine Hand streckt sich von selbst nach den kurzen Büscheln seines seidigen schwarzen Haars aus.

Meine Fingerspitzen streifen seinen Scheitel, und Zian zuckt vor meiner Berührung zurück. Nur ein paar Zentimeter, aber so heftig, dass ich meine Hand zurückziehe.

„Es tut mir leid“, murmelt er, den Blick auf den Boden gerichtet. „Es tut mir leid. Ich …“

„Ist schon okay“, sage ich, bevor er fortfahren kann. Ich möchte lieber nicht hören, warum er sich so gegen meine Berührung sträubt.

Nur weil er vieles bereut, bedeutet das nicht, dass er mit mir kuscheln will.

Zian entspannt sich ein wenig, und seine dunklen Augen suchen meinen Blick. Sie sind stürmisch, aber so voller Hoffnung, dass der Schmerz in meiner Brust noch stärker wird.

Ich ringe um eine ausführlichere Antwort. „Wir haben

eine Menge durchgemacht. Wir alle. Ich weiß nicht wirklich, wie es weitergeht. Aber ich verlange nichts von euch."

Zu diesem Zeitpunkt weiß ich es besser, als Forderungen zu stellen.

Zee richtet sich auf und sieht aus, als wäre er mit dieser Antwort nicht ganz zufrieden, aber unsicher, was er stattdessen will.

An der Tür richtet sich Dominic ein wenig auf und seine Miene verhärtet sich. „Du hast die Kraft in Engels Haus benutzt. Bist du sicher, dass du sie jetzt unter Kontrolle hast?"

Er ist sich dessen offensichtlich nicht so sicher. Und das ist in Ordnung. Das ist eher die Reaktion, die ich erwartet habe.

Ich stütze mein Kinn wieder auf meine Knie. „Nein. Deshalb will ich alles verstehen, was Engel uns erzählt hat. Wie sie uns gemacht hat – woraus sie uns gemacht hat. Ich hatte gehofft, diese Macht loswerden zu können, aber wenn das nicht geht, dann muss es doch möglich sein, sie zumindest etwas einzudämmen."

Ursula Engel hat zugegeben, dass sie uns erschaffen hat, indem sie menschliche DNA mit der Essenz von sogenannten „Monstern" kombiniert hat. Vielleicht hilft uns etwas auf ihrem Laptop oder Telefon zu verstehen, was das genau bedeutet.

„Wir hatten alle Probleme damit, dass wir die Kontrolle über unsere Kräfte verloren haben", sagt Andreas, wenn auch immer noch ein wenig misstrauisch.

Nur, dass wir keiner unbeschreiblichen Folter ausgesetzt werden, wenn einer von ihnen die Kontrolle verliert.

„Es war nur dieser eine Moment", sage ich. „Es gab andere Momente, in denen ich sie hätte benutzen können, in denen die Macht wollte, dass ich sie loslasse, aber ich habe sie unter Verschluss gehalten. Ich entschied mich, sie in Engels

Haus zu benutzen, weil wir gestorben wären, wenn ich es nicht getan hätte."

„Und es war verdammt beeindruckend." Jacob erhebt sich, und sein durchdringender Blick gleitet über die anderen Jungs. In dem schwachen Licht und mit seiner entschlossenen Haltung sieht er aus wie ein kriegerischer Schutzengel, nur ohne Flügel.

Er deutet mit seinem Zeigefinger auf mich. Nach den letzten Wochen kann ich mir ein Zusammenzucken nicht verkneifen, auch wenn seine finstere Miene offensichtlich nicht mir gilt.

„Riva hat den Arschlöchern gegeben, was sie verdient haben", sagt er wütend. „Sie hat ihnen den ganzen Schmerz, den sie uns zugefügt haben, genau dorthin zurückgeworfen, wo er hingehört. Und dabei haben wir keine einzige Schramme abbekommen. Also wagt es nicht, so zu tun, als sei sie etwas anderes als eine verdammte Superheldin."

Ich blinzle ihn an und bin zum zweiten Mal innerhalb weniger Minuten sprachlos. Wie kann es sein, dass der Typ, der mich bei jeder Gelegenheit schikaniert, plötzlich mein größter Unterstützer ist?

Ist er das wirklich, oder wird sich seine Haltung im nächsten Moment schlagartig ändern?

Zians Mundwinkel verziehen sich zu einem leichten Lächeln. „Es war ziemlich spektakulär, sie alle untergehen zu sehen."

Andreas neigt seinen Kopf zu mir. „Wir werden Antworten finden – für uns alle."

Dominics Aufmerksamkeit richtet sich auf etwas hinter der Tür, bevor er zu uns zurückblickt.

„Wir nähern uns dem ersten Knotenpunkt. Hier wollten wir umsteigen, oder?"

„Ja." Jacob schnappt sich den Laptop, den er

beiseitegelegt hat. „Je öfter wir die Richtung wechseln, desto schwieriger wird es für die Wärter, uns zu folgen.“

Zian verstaut die Waffen in dem Beutel, den wir gefunden haben, und späht mit seinem Röntgenblick durch die Wände des Waggons. „Ich kann nichts Verdächtiges in der Umgebung erkennen.“

Ein Quietschen durchdringt die Luft, als der Zug bremst. Dominic späht noch einmal durch die Tür und gibt uns ein Zeichen, dass die Luft rein ist.

Wir hüpfen hinaus in die immer dichter werdende Nacht und schleichen uns an einem anderen, stehenden Zug entlang, um einen Blick auf unsere Transportmöglichkeiten zu werfen.

Während Jacob in seiner typischen Art als unser selbsternannter Anführer vorprescht, berührt Andreas meinen Arm – es ist nur eine flüchtige Geste, um meine Aufmerksamkeit zu erregen. Er verlangsamt absichtlich sein Tempo, und ich passe mich ihm an, während meine Anspannung wächst.

Was will er?

Mit gesenktem Kopf und beinahe verlegener Miene wirft er mir einen Blick von der Seite zu. „Ich habe gemerkt, dass wir in dieser Nacht so in den Moment vertieft waren, dass ich nicht einmal über Schutz nachgedacht habe. Müssen wir uns Sorgen machen, dass du …?“

Ich fange an zu reden, bevor er die Frage zu Ende stellen kann.

„Nein“, unterbreche ich ihn hastig, und meine Wangen werden rot. „Die Wärter haben vor unseren Missionen dafür gesorgt, dass ich nicht schwanger werden kann. Ein paar Monate vor unserem Fluchtversuch haben sie das Verhütungsmittel aufgefrischt. Die Wirkung sollte noch anhalten.“

Und selbst wenn nicht, hatte ich aufgrund des Stresses

und der körperlichen Belastung durch meine Gefangenschaft in der Käfigkampf-Arena schon seit Jahren meine Periode nicht mehr bekommen.

„Außerdem war es das erste Mal für mich", füge ich unbeholfen hinzu, da ich den Akt nicht laut beim Namen nennen möchte. „Du musst dir also auch keine Sorgen wegen Krankheiten oder dergleichen machen." Ich mache eine Pause. „Zumindest nicht bei mir."

Im schwachen Licht der Sicherheitslampen vor uns ist es schwer zu erkennen, aber ich glaube, dass Andreas' Gesicht unter seiner kupferbraunen Haut errötet. Dann senkt er den Blick auf den Kiesboden.

„Für mich gab es nur ein einziges Mal, und das war ein paar Monate, nachdem sie dich weggebracht hatten. Die Wärter haben es arrangiert. Ich glaube, sie dachten, wir bräuchten eine Art Ventil. Ich *wollte* es nicht, aber ich bin mir sicher, dass sie auf die Gesundheit geachtet haben und so weiter."

Ein kalter Schauer durchfährt mich, und ich stolpere kurz, bevor ich mich wieder erhole. „Du … Sie haben dich *gezwungen*? Euch alle?"

Mein Blick schweift zu den Jungs vor uns, doch Andreas schüttelt bereits den Kopf. „Sie haben es versucht, aber es … ist nicht so gut gelaufen. Deshalb war es auch nur das eine Mal. Und ich war der Einzige."

Seine Stimme ist etwas angestrengt, aber ich muss ihn einfach fragen. „Was ist passiert?"

Andreas' Kiefer zuckt. Er hebt den Kopf, doch ich kann nicht erkennen, welchen seiner Freunde er ansieht. „Das kann ich dir nicht erzählen. Du solltest nur wissen, dass auch wir eine Menge Scheiße durchgemacht haben."

Das war mir schon vorher klar. Allerdings hatte ich keine Ahnung, dass die Wächter so weit gegangen waren.

Jacob gibt uns ein Zeichen, und Andreas beschleunigt

seinen Schritt, um uns einzuholen. Ich folge ihm mit einem mulmigen Gefühl im Bauch.

Wie sehr haben unsere ehemaligen Entführer den Jungs geschadet, die ich liebte?

Und war der Schaden zu groß für sie, um jemals wieder diese Jungs zu werden, selbst wenn sie es wollten?

DREI

Andreas

Ich strecke meine Hand nach dem Griff der Tür aus, die unser Motelzimmer mit dem Nachbarzimmer verbindet, und werfe Dominic einen Blick zu. Er sitzt im Schneidersitz auf dem Bett und sieht ein wenig seltsam aus in seinem Parka, unter dem seine Tentakel versteckt sind.

Er will nicht, dass wir seine Tentakel öfter sehen, als unbedingt nötig. Als ob sie weniger real wären, wenn er sie versteckt.

Ich forme die Worte „Alles in Ordnung?" mit meinen Lippen.

Er nickt, während er unser Handy mit der einen Hand an sein Ohr presst und mit der anderen auf der Tastatur des Laptops tippt. Dann richtet er seine Aufmerksamkeit wieder auf den Computer.

„Okay", sagt er zu der Frau am anderen Ende der Leitung und tippt auf ein paar Tasten.

Die Hackerin, die ich über eine Suche in einschlägigen Online-Foren ausfindig gemacht habe, soll Dominic dabei helfen, das Passwort des Laptops aus der Ferne zu knacken. Wir haben beschlossen, dass Dom die beste Wahl für diesen Job ist, da er von uns allen am ruhigsten und konzentriertesten bleibt.

Ich will lieber nicht wissen, was Jacob oder Zian nach ein paar frustrierenden Fehlversuchen mit dem Computer anstellen würden.

Ich selbst würde mir wohl die anderen Erfolge der Hackerin vorstellen und mir wünschen, vom Telefon aus einen Blick in ihre Erinnerungen werfen zu können, anstatt mich auf das Wesentliche zu konzentrieren.

Ich schlüpfe in das andere Zimmer und schließe die Tür mit einem Klicken. Als ich mich umdrehe, sehe ich Jacob auf der Kante eines der Doppelbetten sitzen.

Obwohl er nirgendwo hinkann, sieht er aus, als würde er gleich in die Schlacht ziehen. Typisch.

Das leise Geräusch von schwappendem Wasser dringt durch die Badezimmertür. Jake bemerkt meinen Blick.

„Zee wollte ein Bad nehmen", murmelt er mit einer Mischung aus Spott und Verblüffung, die fast lustig ist.

Ein Lächeln umspielt meine Lippen. „Das ist das erste Mal seit Langem, dass er dazu Gelegenheit hat. Also warum nicht?"

Selbst als wir nach unserer Flucht das Stadthaus auf dem College-Campus in Beschlag genommen haben, gab es in den winzigen Bädern nur Duschkabinen. Und ich erinnere mich noch vage an den Schwimmunterricht, auf den die Wärter bestanden, als wir Kinder waren: Zian ließ sich in dem großen Glastank einfach an der Wasseroberfläche treiben.

Bestimmt ist es ein unglaubliches Gefühl, wenn man mit diesem riesigen Körper an der Oberfläche schwimmt und auf einmal nicht mehr dieses Gewicht zu tragen hat.

Natürlich weiß ich nicht, wie viel Wasser bei seinen Muskeln überhaupt noch in die Motelwanne passt.

Ich mache mir im Geiste eine Notiz und füge sie der langen, unsichtbaren Liste in meinem Kopf hinzu: Wir werden ein Haus mit einem richtigen Swimmingpool finden.

Irgendwann. Wenn uns die Wärter nicht mehr auf den Fersen sind.

Falls dieser Tag jemals kommt.

Jacob deutet mit dem Kopf auf die Tür zu meinem und Dominics Zimmer. „Bist du sicher, dass dieser Computerguru durchkommen wird?"

Ich zucke mit den Schultern. „Sie bekommt den Rest des Geldes nur, wenn sie es schafft. Ich hatte nicht den Eindruck, dass es schwierig für sie sein würde."

„Wie lange werden wir noch warten?"

Ich widerstehe dem Drang, das Gesicht zu verziehen. Er will mich nicht wirklich beleidigen, auch wenn es so klingt.

Ich weiß aus Erfahrung und Beobachtung, dass der Großteil der Bitterkeit, die aus Jake heraussprudelt, eigentlich gegen ihn selbst gerichtet ist.

„Sie meinte, es hinge von der Firmware des Laptops ab. Bei einer einfachen Version dauert es nur ein paar Minuten. Bei einer sichereren Einrichtung rechnet sie mit zwei bis drei Stunden. Länger sollte es nicht dauern."

Jacob stöhnt auf. „Engel hat bestimmt jede Menge Sicherheitsvorkehrungen getroffen."

Zweifellos. Trotzdem glaube ich, dass es nicht schadet, ein paar Stunden Zeit zu haben, um zu entspannen.

Mein Blick fällt auf die Tür am anderen Ende des Raumes. Die Tür zu Rivas Zimmer.

Ich spüre ein sanftes Kribbeln an der Stelle meiner Brust,

an der ich von unserem Intermezzo im Bauernhaus gezeichnet bin. Ich kann sie auf der anderen Seite der Tür spüren, sie ist noch da.

Sie sah überrascht aus, als Jacob ihr das Zimmer zeigte und sie feststellte, dass er weder am Schloss herumbastelte noch eine Wache davor postierte. Ihr Erstaunen versetzte mir einen Stich ins Herz.

Der Schmerz hallt in meiner Brust wider, zusammen mit einem Drang, gegen den ich seit der Nacht im Bauernhaus ankämpfe. Jede Faser meines Körpers sehnt sich danach, zu ihr zu gehen, sie in meine Arme zu schließen und ihr zu sagen, dass ich für sie da bin, dass ich sie liebe und dass alles gut wird.

Aber es ist nicht gut. Sie denkt, ich hätte sie betrogen.

Weil ich sie betrogen *habe* … Nur nicht so schlimm, wie sie glaubt.

Riva will nicht, dass ich sie berühre. Sie will nicht einmal mit mir reden.

Und vielleicht hat sie nicht ganz unrecht, denn das andere Bild, das mir durch den Kopf geht, wenn ich an sie denke, ist das von Engels Haus.

Ihr Kiefer war weit aufgerissen. Ihr Gesicht war angespannt, ihre Augen waren trüb und weiß.

Kleine Beben durchzuckten ihren Körper mit jedem Impuls ihres Schreis – begierig, beinahe *berauschend*. Als würden ihr das Verstümmeln dieser Körper und die Schmerzensschreie der Opfer einen Nervenkitzel verschaffen.

Ich schlucke den Anflug von Übelkeit hinunter, der bei der Erinnerung in mir aufsteigt. Sie hat diese Kraft eingesetzt, um uns zu retten. Und wie auch immer sie sich in diesem Moment gefühlt hat, das Entsetzen und die Abscheu in ihrem Gesicht waren unübersehbar, als wir sie danach darauf ansprachen.

Sie hat nicht um ihre neue Fähigkeit gebeten, genauso wenig wie Zian um seine Wutanfälle oder Dominic um seine wachsenden Tentakel.

Ich muss ihr zeigen, dass ich das verstehe.

Ich drehe mich wieder zu Jacob um. „Ich werde mit Riva ins Einkaufszentrum gehen. Wir müssen das ersetzen, was wir im Stadthaus verloren haben, jetzt, wo wir die Chance dazu haben."

Jacob springt auf und sein Blick wird sofort doppelt so eindringlich. „Ich komme mit."

Ich bin nicht überrascht von seiner Reaktion und hebe die Hand. „Es ist besser, wenn du hierbleibst. Dom ist beschäftigt, und Zian braucht offensichtlich eine Pause. Jemand sollte Wache halten, oder?"

Jacob kneift die Augen zusammen. „Im Einkaufszentrum ist die Gefahr größer. Wenn sie dich dort finden …"

Ich ziehe die Augenbrauen hoch. „Wir sind mitten im Nirgendwo, vier Zugfahrten und eine Autofahrt von dem letzten Ort entfernt, an dem die Wärter uns aufgespürt haben. Und falls sie uns trotzdem finden, kann Riva auf sich selbst aufpassen."

„Aber …"

„Jake", sage ich, und mein harter Tonfall lässt ihn sofort innehalten.

Ich zögere, denn normalerweise sprechen wir nicht über solche Dinge. Normalerweise *konnten* wir nicht darüber reden, weil die Wärter in der Einrichtung uns bewachten und jede Schwäche registrierten.

Doch ich vermute, es wäre gut, wenn wir alle ein wenig ehrlicher wären, was unsere Gefühle angeht.

„Ich habe es mit ihr vermasselt", sage ich leise. „In mancher Hinsicht sogar noch mehr als du. Ich muss die Chance nutzen, es wiedergutzumachen, wenn ich sie bekomme."

Jacobs Kiefer verkrampft sich, aber gleichzeitig senkt er seinen Blick und sieht etwas beschämt aus.

„Gut", murmelt er. „Besorgt auch noch mehr Handys. Dann können wir Kontakt miteinander aufnehmen, falls wir uns trennen müssen."

Ich nicke. „Gute Idee. Danke."

Sein Blick wandert wieder zu mir, und seine hellblauen Augen sind stürmisch. „Bleibt nur nicht zu lange weg."

Ich schnappe mir etwas Geld aus unserem Vorrat und klopfe an die Tür zu Rivas Zimmer. Mein Magen verkrampft sich, und ich bin gespannt, wie sie reagieren wird, bevor ihre Stimme klar, aber zögerlich ertönt. „Komm rein."

Wahrscheinlich spürt sie, dass ich es bin, genauso wie ich ihre Anwesenheit hinter der Tür wahrnehme. Als ich die Tür öffne, sitzt sie mitten auf dem Bett und legt die Fernbedienung neben sich ab.

Obwohl ich sie gespürt habe und sie mir schon seit Tagen im Kopf herumspukt, durchfährt mich bei ihrem Anblick ein weiterer Stich schmerzlicher Zuneigung.

Sie sieht so klein und zerbrechlich aus, mit ihrem Kapuzenpulli und den hochgezogenen Schultern. Ihre Haut ist fast so hell wie die silbernen Strähnen in ihrem Haar, die das dunklere Grau darunter durchziehen.

Sie wirft ihren Zopf über eine Schulter und mustert mich mit ihren hellbraunen Augen. Trotz ihrer vollkommen menschlichen Gestalt glänzt eine katzenhafte Wachsamkeit darin.

Eigentlich ist Riva weder schwach noch zerbrechlich. Ich habe schon oft gesehen, wie viel Kraft in ihrem kleinen Körper steckt.

Doch irgendwie macht dieses Wissen es noch schlimmer. Sie hat so viel von uns ertragen, die Vorwürfe und das Gift – sowohl im übertragenen als auch im wörtlichen Sinne – und selbst als sie schließlich zusammenbrach, war ihr erster Instinkt, sich zu opfern, um uns zu retten.

Ich kann es nicht fassen, dass wir ihre Loyalität tatsächlich infrage gestellt haben. Ich muss einen Weg finden, ihr zu zeigen, wie loyal *ich* ihr ergeben bin.

Mir ist egal, wie brutal ihre neuen Fähigkeiten sind oder wie gut sie sie unter Kontrolle hat. Mir ist egal, ob sie mich am Ende aus Versehen verletzen wird.

Alles, was sie anrichten könnte, wäre es wert, nur um an ihrer Seite zu sein, wie ich es von Anfang an hätte sein sollen.

„Ich gehe zu dem Einkaufszentrum, an dem wir vorbeigefahren sind, und besorge ein paar Klamotten zum Wechseln für uns alle und ein paar andere Dinge", erkläre ich. „Willst du mitkommen? Ich dachte, du würdest dir deine Kleidung vielleicht gerne selbst aussuchen."

Riva blinzelt und wieder huscht dieser erschrockene Ausdruck über ihr Gesicht. Als wir das letzte Mal neue Kleidung gekauft haben, hat Jacob sie gezwungen, unter Bewachung im Auto zu bleiben.

Und ich habe es zugelassen.

Sie bewegt sich mit ihrer üblichen vorsichtigen Anmut und stößt sich vom Bett ab. „Ja, gerne."

Wir gehen durch die Tür und Riva ist mir so nahe, dass mir ihr süßlich-metallischer Duft in die Nase steigt. Es juckt mich in den Fingern, über ihr Haar zu streichen oder an ihrem Kiefer entlangzufahren, aber ich kralle sie in meine Handflächen.

Sie würde nur zurückschrecken.

Sie setzt sich auf den Beifahrersitz des Autos, das wir uns organisieren konnten – etwas altbacken, aber es fährt. Sie sitzt schweigend da, während ich den Motor starte und auf die Landstraße in Richtung eines Einkaufszentrums abbiege, das etwa zehn Minuten entfernt zwischen zwei kleineren Städten liegt.

Auf dem Highway ist nicht viel mehr als ein Diner, das aussieht, als würden dort hauptsächlich Trucker einkehren, und ein Gebäude, das nicht viel mehr als eine Hütte ist, vor der Granitfiguren zum Verkauf stehen. Kurz nach Mittag an einem Wochentag ist auch der Parkplatz des Einkaufszentrums ziemlich verlassen.

Das kommt uns sehr gelegen.

Bevor wir aussteigen, zieht Riva ihre Kapuze über ihr auffälliges Haar. Ich streiche mir mit der Hand über meine dichten Strähnen und hoffe, dass ich damit und mit meiner dunklen Haut in der Kleinstadt Manitoba nicht zu sehr auffalle.

Die Wärter haben uns für unsere Missionen immer in größere Städte geschickt. In den letzten Wochen habe ich auf meinen Streifzügen durch die abgelegeneren Teile des Kontinents mehr misstrauische Blicke geerntet als in meinem ganzen bisherigen Leben.

Auf dem Weg zum Eingang des Einkaufszentrums reiche ich Riva ein paar Scheine. „Kauf dir, was du willst, wo du willst."

Wieder flackert ein Hauch von Überraschung in ihren Augen auf. „Ich soll alleine losziehen?"

Als wir hineingehen, schenke ich ihr ein schiefes Lächeln. „So gerne ich auch meine Dienste als Leibwächter anbieten würde, ich weiß, dass du viel mehr drauf hast als ich."

Wir wissen beide, dass das nicht der Grund für ihre Verwunderung war, aber sie senkt dankbar den Kopf. Als sie die vielen Geschäfte vor uns betrachtet, huscht ein leichtes Lächeln über ihre Lippen.

Ich zeige auf eine Uhr in der Nähe des Eingangs. „Treffen wir uns in einer Stunde wieder hier?"

„Klingt gut."

Riva macht sich auf den Weg zu einem Laden mit sportlichen Tanktops und Sweatshirts im Schaufenster. Ich schaue ihr ein paar Sekunden lang nach, bevor ich mich ebenfalls auf den Weg mache.

Eigentlich überlasse ich sie nicht gerne ihrem Schicksal, allerdings nur, weil ich dann nicht sofort weiß, ob sie in Gefahr ist.

Es gibt nicht viel, was ich tun könnte, was sie nicht selbst könnte. In Bezug auf unsere Selbstverteidigungsfähigkeiten habe ich allerdings nicht gelogen.

Es lässt sich nicht leugnen, wie viel ihr die Freiheit bedeutet.

Ich habe versucht, mich mit Worten für meinen epischen Fehler zu entschuldigen, was verständlicherweise nicht gereicht hat. Also muss ich jetzt auch Taten sprechen lassen, um ihr zu beweisen, wie sehr ich ihr vertraue und wie viel sie mir bedeutet.

Es ist nicht so, dass ich sie völlig aus den Augen lasse. Ich bin ich mir ständig bewusst, wo Riva sich befindet, während ich zügig durch die Männerabteilung eines Ladens gehe und mir Shirts und Hosen schnappe, die nicht zu teuer sind. In einem anderen Geschäft kaufe ich billige, aber robust aussehende Rucksäcke und in einem Elektronikladen vier Prepaid-Handys.

Allerdings kann ich nur spüren, wo sie ist. Gefühle oder sonstige Eindrücke nehme ich nicht wahr. Wenn sie in Not wäre, hätte ich also keine Ahnung.

Ich arbeite die Einkaufsliste in meinem Kopf so schnell ab, dass ich noch viel Zeit übrig habe. Bei einem Ladenverzeichnis bleibe ich stehen und überfliege die Optionen.

Vielleicht könnte ich Riva ein Geschenk besorgen? Ein Zeichen meiner Zuneigung?

Ich stöbere in meiner großen Sammlung von eingefangenen Geschichten ... Aus den Erinnerungen anderer Menschen, aus Fernsehsendungen, Filmen und Büchern. Wie verwöhnt man die Frau, die man liebt?

Bisher hatte ich noch nie die Gelegenheit dazu. Ich bezweifle, dass Riva jemals so verwöhnt wurde, dass sie eine Vorstellung davon hat, was sie mag.

Umso wichtiger ist es, dass es mal *jemand* tut.

Sie bekommt bereits Klamotten, die ihr gefallen. Und sie hat Griffins Halskette, die sie noch nie abgenommen hat, außer in dieser einen Nacht, in der alles zum Teufel ging. Ich glaube also nicht, dass sie noch mehr Schmuck will.

Mein Blick fällt auf einen Bath & Body Shop. Wenn sogar Zian ein schönes Bad in der Wanne zu schätzen weiß, dann vielleicht auch Riva?

Das scheint mir ein guter Anfang zu sein.

Als ich den Laden betrete, steigen mir die blumigen Düfte in die Nase, und ich versuche, etwas nach Rivas Geschmack auszusuchen. Ich glaube nicht, dass sie wie ein Rosengarten riechen will – aber was weiß ich schon?

Am Ende nehme ich eine Auswahl verschiedener Düfte mit und verstaue die Tüte in einem der Rucksäcke, damit es eine Überraschung bleibt.

Als ich zehn Minuten zu früh zum Eingang zurückkehre, wartet Riva bereits dort. Sie trägt die gleiche Jeans wie vorhin, nur jetzt mit einem Paar geschnürter Lederstiefel, die sich ideal dafür eignen, jemandem in den Hintern zu treten.

Sie wackelt mit einem Fuß, und ihr Lächeln ist etwas breiter als vorher. „Ich dachte mir, ich sollte mich auf mehr Waldwanderungen vorbereiten. Und auf Schnee. Wenn wir den Wärtern weiter voraus sein wollen, werden wir es wohl auch mit Winterwetter zu tun bekommen."

„Sehr weise", bemerke ich beiläufig, als hätte filmein Herz keinen Schlag ausgesetzt, als ich den Rest von ihr gesehen habe. Sie hat ihren alten marineblauen Kapuzenpulli gegen einen kastanienbraunen getauscht, der die Goldtöne in ihren leuchtenden Augen hervorhebt.

An ihren Armen baumeln ein paar Einkaufstüten aus Plastik, also hat sie sich offensichtlich nicht zurückgehalten. Gut.

Als wir über den Parkplatz gehen, kehrt ein wenig von ihrer früheren Unsicherheit zurück. „Soll ich dir das Geld zurückgeben, das ich nicht ausgegeben habe?"

Ich schüttle sofort den Kopf. „Wir sollten alle etwas Bargeld bei uns haben, falls wir getrennt werden. Oh, und ich habe ein Handy für dich. Wir müssen uns gegenseitig unsere Nummern einspeichern, wenn wir wieder im Motel sind."

Sie nimmt mir die Schachtel ab und hält sie einen Moment lang fest, bevor sie sie in ihre Tasche steckt. „Diesmal haben wir wirklich gut zusammengearbeitet."

„So hätte es von Anfang an sein sollen." Ich öffne den Kofferraum und werfe meine Taschen hinein, dann schaue ich zurück zum Einkaufszentrum. „Wir sollten wahrscheinlich auch ein paar Lebensmittel einkaufen. Nicht verderbliche Lebensmittel. Dann reicht uns das Geld länger, als wenn wir in Restaurants gehen."

„Gutes Argument." Riva reibt ihre Hände aneinander, als wäre sie in Gedanken schon bei den nächsten Mahlzeiten.

Der Supermarkt, der an das Einkaufszentrum angeschlossen ist, steht in krassem Gegensatz zum Rest des Gebäudes: Die Luft ist kühl und die Deckenbeleuchtung doppelt so grell. Ich kann nicht umhin, einen der Angestellten zu bemerken, der hinter mir herläuft und so tut, als würde er sichergehen, dass die Regale richtig eingeräumt sind.

Denkt er etwa, dass ich den Gang mit den Suppen und Soßen ausrauben werde?

Da ich weiß, wie gerne Dominic Süßes isst, lege ich eine

Schachtel Kekse und ein paar Törtchen in den Korb, den ich mir im Vorbeigehen geschnappt habe. In der Obst- und Gemüseabteilung treffe ich Riva wieder, die gerade die Netze mit den Zitronen begutachtet.

„Suchst du etwas, das du Jacob in den Mund stopfen kannst?", frage ich mit einem Augenzwinkern.

Rivas Mundwinkel zucken nach oben, und sie schüttelt den Kopf. „Ich habe gerade gedacht, dass mir der Drink, den ich mit Brooke im Club getrunken habe, ziemlich gut geschmeckt hat. Er war irgendwie zitronig und sauer. Nur ohne Alkohol wäre er mir lieber."

Brooke, die auf dem Campus im Nachbarhaus wohnte. Sie starb, als die Wärter uns dort überfielen.

Bei der Erinnerung daran zucke ich innerlich zusammen und deute auf die Zitronen. „Dann solltest du sie mitnehmen. Ein Experiment. Warum nicht?"

„Ja. Jetzt sagt uns niemand mehr, was wir tun sollen. Warum nicht?"

Ich würde sie nicht gerade als ausgelassen bezeichnen, doch als wir zum zweiten Mal zum Auto zurückkehren, wirkt sie definitiv etwas gelöster. Als wir am Motel ankommen und unsere Tüten auseinandersortieren, bin ich etwas nervös, als ich die Bade- und Körperpflegeprodukte auspacke.

„Ich habe dir etwas mitgebracht", sage ich und reiche es ihr. „Für den Fall, dass du dich ein bisschen entspannen willst, solange wir können. Da ist normales Badesalz und ein Haufen verschiedener Düfte …"

Mit verwirrter Miene holt Riva eine Flasche mit einer blauen Flüssigkeit heraus. „Schaumbad?"

Grinsend breite ich die Arme aus. „Vielleicht willst du die Kindheit, die wir nie hatten, noch einmal erleben."

Als sie mir einen nachdenklichen Blick zuwirft, lasse ich meine Hände wieder sinken. „Du hast viel durchgemacht, allgemein und in letzter Zeit … Und vieles davon ist unsere Schuld. Du hast etwas Entspannung verdient."

Ich kann ihren Gesichtsausdruck nicht lesen, aber zumindest scheint sie nicht verärgert zu sein. Sie wirft einen weiteren Blick in die Tüte und legt den Kopf schief.

„Vielleicht werde ich das."

Sie verschwindet in ihrem Zimmer, und ich klopfe an die Tür von Jacob und Zian, um Dominic nicht zu stören, der immer noch mit der Hackerin beschäftigt ist.

Jake reißt die Tür auf, als würde er denken, ich sei gekommen, um ihn vor einer bevorstehenden Apokalypse zu warnen. Zee, der gerade das Zimmer durchquert, hält nur kurz inne, seine Haare sind noch feucht von seinem Bad vorhin.

„Kein Notfall." Ich halte die Tüten hoch. „Ich habe Kleidung, Handys und Lebensmittel – und Rucksäcke, in denen wir alles verstauen können."

Natürlich reißt Jacob mir die Tüten sofort aus der Hand und fängt an, die Klamotten in die jeweiligen Rucksäcke zu sortieren und zu entscheiden, was wem gehört, ohne zu fragen. Doch er kennt uns so gut, dass ich mich nicht beschwere.

„Telefoniert Dominic noch mit der Hackerin?", frage ich Zian.

Der große Mann nickt und läuft weiter im Zimmer umher. Er hat es bereits ein paar Mal durchquert, bevor er innehält und die Einkaufstüten betrachtet. „Was hast du zu essen besorgt?"

Ich unterdrücke ein Lachen. „Hauptsächlich Dinge, bei denen wir uns keine Sorgen machen müssen, dass sie schnell verderben, wie Proteinriegel und Trockenfrüchte. Aber für heute Abend habe ich ein paar Sandwiches aufgetrieben. Deines ist mit Fleischbällchen."

Trotz seiner offensichtlichen Anspannung leuchten seine

Augen auf. Ich lege die Sandwiches in den Kühlschrank, bevor er auf die Idee kommt, sie sofort aufzufuttern. Immerhin haben wir erst vor wenigen Stunden auf dem Weg hierher Mittagessen in einem Drive-in besorgt.

Als sich seine Miene verfinstert, werfe ich ihm einen Apfel zu. „Du brauchst mal ein paar andere Nährstoffe als Eiweiß."

Obwohl sein Blick angesichts meiner Stichelei noch finsterer wird, nimmt er einen Bissen, bevor er wieder anfängt, auf und ab zu laufen.

Jacob geht mit ein paar frischen Klamotten ins Bad und duscht in Windeseile. Wahrscheinlich hat er Angst, dass eine Katastrophe ausbricht, wenn er uns länger als ein paar Minuten allein lässt. Das Rauschen des fließenden Wassers lenkt meine Gedanken zurück zu Riva im Nebenzimmer.

Ob sie gerade ein Bad nimmt? In meinem Kopf taucht das Bild ihrer weichen Kurven auf, die harten Nippel, die ich gestreichelt habe, ihre schmalen Hüften, die sich mir entgegenstreckten …

Hitze steigt in mir auf. Jetzt brauche *ich* eine Dusche. Und zwar eine kalte.

Vielleicht wird sie mir eines Tages so viel Vertrauen schenken, dass sie mich zu einem Bad mit ihr einlädt.

Dieser Gedanke bringt mich auf einen anderen gefährlichen Weg. Ich übernehme Jacobs Taktik und beginne, auf und ab zu gehen, um mich abzulenken.

Jake kommt aus dem Bad und wirft einen kurzen Blick auf die Tür zu Rivas Zimmer. An seinem angespannten Gesichtsausdruck erkenne ich, dass er nach ihr sehen will und sich zurückhält.

Dann sieht er mich an, und die Hitze, die mich gerade noch erfüllt hat, verschwindet unter seinem Blick.

Ich bin mir nicht sicher, ob Zee und Dom wissen, wie nah Riva und ich uns letzte Nacht gekommen sind, aber

Jacob ahnt es definitiv. Dieses Wissen löst ein seltsames Gefühl der Schuld in mir aus.

Soweit ich weiß, bin ich der Einzige von uns, der schon einmal Sex hatte, eigentlich sogar zweimal. Auch wenn das erste Mal unfreiwillig war, hat ein Teil von mir es am Ende genossen.

Es ist ziemlich schwer für einen Teenager, seinen Körper davon zu überzeugen, nicht auf bestimmte Arten von Stimulation zu reagieren.

Ich bin mir verdammt sicher, dass die anderen Jungs mich nicht um dieses erste Mal beneiden. Die erstickende Qual, wenn man mit aller Willenskraft gegen seine körperlichen Reaktionen ankämpft und trotzdem verliert … Das wünsche ich niemandem.

Um Riva könnten sie mich allerdings beneiden.

Von uns vieren hat sie sich mir gegenüber geöffnet, weil ich für sie da war. Auch wenn meine Unterstützung zum Teil auf falschen Motiven beruhte.

Ich bin mir nicht sicher, ob ich es wirklich verdiene, sie als Erster auf diese Weise kennengelernt zu haben. Sie hat zugegeben, dass sie Gefühle für uns alle hat.

Doch ich kann es jetzt nicht mehr ändern.

Ich halte noch einen Apfel hoch. „Hunger?"

Jacob wirft das abgenagte Kerngehäuse gerade in den Mülleimer, als Dominic mit dem Laptop in der Hand die Tür zum Nebenzimmer aufstößt. Wir erstarren alle.

„Ich bin drin", verkündet er atemlos, und ein ungewöhnlich wilder Blick liegt in seinen haselnussbraunen Augen. „Und ich habe etwas gefunden … Wir hatten keine Ahnung …"

Riva stößt die Tür gegenüber auf, offensichtlich hat sie ihn gehört. Sie hat ihr Haar neu geflochten, aber ein paar Strähnen kleben feucht an den Seiten ihres hübschen

Gesichts, und ich kann einen Anflug der Genugtuung nicht unterdrücken, weil sie mein Geschenk benutzt hat.

„Was?", fragt sie. „Was hast du gefunden?"

Dominic winkt uns zu sich und setzt sich auf eines der Betten, sodass wir uns um ihn herum versammeln können. Sein offener Parka hängt von seinen Schultern.

Mit zitternder Hand zeigt er auf eine geöffnete Datei auf dem Bildschirm.

„Möglicherweise gibt es noch andere", meint er. „Andere Schattenblüter wie uns."

VIER

Riva

In den ersten Momenten nach Dominics Erklärung starren wir alle nur auf ihn und den Laptop-Bildschirm. In meinem Kopf dreht sich alles zu schnell, als dass ich mich auf die Worte konzentrieren könnte.

„Was meinst du?", platze ich schließlich heraus. „Wir haben nie … Die Wärter haben nie gesagt, dass …"

Dominics Parka raschelt, als er auf den Bildschirm deutet. Obwohl er den Reißverschluss geöffnet hat, bin ich mir sicher, dass er in dem dicken Mantel schwitzt, aber er versteckt seine Tentakel immer, außer er muss sie unbedingt benutzen.

„Es ist nicht klar, ob sie *tatsächlich* mehr Hybridwesen geschaffen haben. Aber ich habe eine Datei gefunden, in der verschiedene Verfahren beschrieben werden, mit denen Engel gearbeitet hat. Es gibt eine ursprüngliche Version, die als erste Generation bezeichnet wird und vor fast zweiundzwanzig Jahren entstanden ist."

„Etwa zu der Zeit, als wir gezeugt wurden, wie auch immer das passiert sein mag", ergänzt Andreas, der aussieht, als wäre ihm übel.

Dominic nickt. „Danach gab es noch zwei weitere, eine etwa fünf Jahre später und die andere nach zwei weiteren Jahren. Einige Aufzeichnungen sind in einer Kurzschrift geschrieben, die ich nicht entziffern kann. Es scheint fast so, als wollte sie sich damit an Dinge erinnern, die sie absichtlich ausgelassen hat."

Mir ist flau im Magen. „Sie wollte nicht, dass es noch mehr wie uns gibt. Sie wollte nicht einmal, dass wir weiterleben. Sie sagte, sie hätte ihre Meinung bereits geändert, als wir noch Kleinkinder waren."

Jacob runzelt die Stirn und stützt sich auf seine Hand, die neben mir auf der Bettdecke liegt. Obwohl er mich nicht beachtet, wird mir schlagartig bewusst, wie nah er mir ist.

Wie nah sie alle mir sind.

Ich habe mich auf Dominics Zeichen hin auf das Bett gesetzt, ohne nachzudenken, weil ich wissen wollte, was er herausgefunden hat. Jetzt hocke ich auf meinen Knien, nur wenige Zentimeter von Jacob zu meiner Rechten und Andreas zu meiner Linken.

Dom steht direkt vor mir. Ich könnte meinen Kopf auf seine Schulter legen, wenn ich wollte.

Meine Haut kribbelt, und plötzlich wünsche ich mir, ich hätte Andreas' Vorschlag, ein Bad in der Wanne zu nehmen, nicht befolgt.

Ich dachte, dass das Badesalz der Wunde auf meiner Seite guttun könnte, die immer noch schmerzt. Wenn sie sich entzündet, werde ich Dominic um Hilfe bitten *müssen*.

Doch jetzt ist meine Haut unter meinen neuen

Klamotten sauber geschrubbt. Das Gefühl ist auf eine Weise erregend, die ich eigentlich nicht weiter ergründen möchte.

Egal, wie sehr mich diese Männer verletzt haben, ein Teil meines Körpers – womöglich sogar meiner Seele – glaubt, dass ich zu ihnen gehöre.

Zum Glück trifft mein Verstand die Entscheidungen.

Ich positioniere mich so, dass ich den Bildschirm noch sehen kann, ohne näher an die Jungs heranzurücken.

Jacob macht eine vage Geste zum Computer. „Sie war diejenige, die herausgefunden hat, wie man uns herstellen kann, aber sie hat auch gesagt, dass andere Leute die Kontrolle über die Einrichtung hatten, denen sie unterstellt war. Sie wollten uns behalten. Vielleicht wollten sie noch weitere Schattenblüter herstellen.“

Zian stößt ein raues Glucksen aus. „Möglicherweise hat sie ihnen eine unvollständige Anleitung gegeben, damit es nicht funktioniert. Vielleicht hat sie so getan, als wäre unsere Entstehung ein Zufall gewesen.“

„Oder das neue Verfahren hat funktioniert, aber ohne die Teile, die uns ihrer Meinung nach zu gefährlich machen“, gibt Dominic leise zu bedenken.

Ich schaudere. „Es könnte einen Haufen Schattenblut-Teenager geben, die die gleichen Tests durchlaufen wie wir.“

Oder sogar noch jüngere Kinder. Es ist nicht auszuschließen, dass die Wärter Engels Verfahren mehr als einmal repliziert haben, nachdem sie die Einrichtung verlassen hat.

„Ist da noch etwas drauf, was uns Gewissheit verschaffen könnte?“, fragt Jacob.

Als Dominic anfängt, sich durch weitere Akten zu klicken, rutsche ich auf dem Bett noch weiter nach hinten. Könnte es in der Einrichtung, in der wir aufgewachsen sind, noch andere wie uns gegeben haben, mit Rauchschwaden im Blut und monströsen Kräften?

In dem Stockwerk, in dem sich unsere Zellen befanden, hatte es sehr viele Türen gegeben. Möglicherweise gab es woanders im Gebäude separate Trainingsräume.

Außerdem haben wir während unserer Gefangenschaft in mindestens drei verschiedenen Einrichtungen gelebt. Es könnte also sein, dass sie jüngere Versuchspersonen an einem vollkommen anderen Ort untergebracht hatten.

Oder möglicherweise hat Engel ihre Kollegen verarscht, und es ist ihnen nicht gelungen, andere wie uns zu erschaffen. Abgesehen davon, dass Griffin nicht bei uns war, fand sie es nicht sonderlich verwunderlich, dass nur wir fünf bei ihr auftauchten.

Dominic gibt einen unzufriedenen Laut von sich. „Da sind noch mehr Dokumente mit diesem seltsamen Notationssystem, das ich nicht entziffern kann. Ich kann nichts Eindeutiges über andere ‚Schattenblüter‘ finden, aber sie scheint auch keine Dateien über uns hier zu haben. Ich werde weiter nachforschen."

„Hast du ihr Handy auch angezapft?", fragt Andreas.

„Ja, aber sie muss alles gelöscht haben. Da ist keine Anrufliste, keine gespeicherten Kontakte, nichts."

Ich unterdrücke einen Seufzer und rutsche an die Bettkante. Am liebsten würde ich in mein Zimmer zurückkehren, wo mich die Anwesenheit der Jungs nicht beeinflusst, aber ich will dabei sein, wenn Dominic etwas findet.

Womöglich ist auf dem Laptop nichts Brauchbares und wir sind noch aufgeschmissener als vor ein paar Wochen, als ich sie aus der Einrichtung befreit habe und sie vorhatten, Engel zu finden, um herauszufinden, was sie weiß.

Die Fernbedienung liegt auf dem Nachttisch. Ziellos nehme ich sie in die Hand und beginne, durch die Kanäle zu zappen.

Zian steht auf und kommt näher, um einen besseren

Blick auf den Fernseher zu haben, setzt sich aber vorsichtig auf das andere Bett, etwas weiter weg. Ich weiß, dass ich mir bei *ihm* keine Sorgen machen muss, dass er mir zu nahe kommt.

Er wirft mir einen vorsichtigen Blick zu, aber seine Stimme klingt trotz des schroffen Tonfalls freundlich und warm. „Glaubst du, dass in den Nachrichten über ein Massaker in dieser Hütte berichtet wird? So etwas passiert nicht oft in der Nähe einer kleinen Stadt."

Ich denke ernsthaft über die Frage nach. „Engels Haus war so abgelegen, dass die Wärter sicherlich zuerst dort waren. Und sie haben es vermutlich vertuscht."

„Als wäre es nie passiert."

„Ja." Ich verschränke meine Arme und stoße mit dem Ellbogen gegen die verbundene Wunde unter meinem Kapuzenpullover.

Ich wünschte, ich könnte das, was ich getan habe, genauso auslöschen, wie Andreas Erinnerungen auslöschen kann.

Ich wünschte, ich könnte diese Kraft aus *mir* herauslöschen.

Ich schalte noch durch ein paar Kanäle, bevor ich ruckartig innehalte. Die Gesichter auf dem Bildschirm, die leicht verschwommene Beleuchtung und die dramatisch anschwellende Musik sind mir so vertraut, dass sie mich in die Fernsehpausen von vor über vier Jahren zurückversetzen, die wir während des Trainings hatten.

Eine Frau mit wallendem Haar und einem eleganten Kleid wedelt mit einem manikürten Finger vor einem streng dreinblickenden Mann mit zurückgegeltem Haar. „Wage es ja nicht", sagt sie eindringlich.

Er zieht die Schultern hoch und blickt dramatisch auf sie herab. „Du bist die letzte Person, die mir drohen sollte, Carolina."

Andreas hebt den Kopf, um zu sehen, was ich mir anschaue. Ein leises Glucksen entweicht ihm. „Das ist die verrückte Seifenoper, die Griffin immer sehen wollte."

Auch Jacob blickt auf. Als sein Kiefer zuckt, verspüre ich auf einmal den Drang, mich zu rechtfertigen. Um klarzustellen, dass ich kein Salz in die Wunde streuen wollte.

Die Erinnerung daran, wie ich diese Geschichten mit seinem Zwillingsbruder auf dem Sofa gesehen habe, versetzt mir einen Stich ins Herz.

Hitze kriecht in meine Wangen, als ich mich zum Sprechen durchringe. „Eigentlich fand ich diese Seifenoper toll. Griffin wusste das. Und er wusste auch, dass ihr mich aufziehen würdet, wenn ich sagen würde, dass ich die Sendung sehen will."

An Jacobs zuckendem Augenlid kann ich nicht erkennen, ob mein Geständnis die Sache besser oder schlechter gemacht hat.

Andreas zieht die Augenbrauen hoch, doch sein Tonfall ist sanft. Seit seiner letzten Entschuldigung spricht er auf eine sehr vorsichtige Art mit mir.

„Ich denke, du darfst ein oder zwei mädchenhafte Interessen haben, Tinkerbell. Wir hätten nie vergessen, dass du uns in einem Sparringkampf in zwei Sekunden zu Boden bringen kannst."

Zian stöhnt auf. „Den Rest von euch vielleicht."

Ich winde mich ein wenig, weil es mir immer noch peinlich ist. „Alles in dieser Show war einfach so anders als in der Einrichtung. Sie gingen immer an tolle Orte und trafen tolle Leute. Und wenn sie wütend wurden, starrten sie sich nur an und schnauzten sich gegenseitig an, anstatt zuzustechen oder zu schießen."

Ganz zu schweigen davon, dass ich mich beim Anblick der melodramatischen Beziehungsprobleme der Charaktere weniger lächerlich fühlte, weil ich in meine fünf besten Freunde verknallt bin.

Bevor irgendjemand weiter über die Serie sprechen kann, für die ich heimlich geschwärmt habe, und weitere schmerzhafte Erinnerungen geweckt werden, schalte ich den Fernseher aus und wende mich wieder Dominic zu. „Ist sonst noch was auf dem Laptop?"

Er hat eine Hand zum Mund geführt und seine Fingerknöchel gegen seine Lippen gepresst, während er die neuesten Dateien durchsucht. „Na ja, hier ist eine ganze Menge drauf. Einiges ist ziemlich interessant. Sie hat Notizen über verschiedene Arten von ‚Monstern'."

Wir horchen alle auf.

„Wie die Arten, aus denen wir bestehen?", fragt Zian.

Dominic schüttelt den Kopf. „Darüber kann ich nichts finden. Nur Beobachtungen, Daten, Fähigkeiten und mögliche Schwächen."

Jacob verzieht das Gesicht. „Entweder um herauszufinden, welche Arten sie mit uns kreuzen wollte oder wie wir die Dinger zur Strecke bringen sollen."

Engel meinte, dass sie uns ursprünglich in der Hoffnung erschaffen hatte, dass wir stark genug sein würden, um die sogenannten Monster zu bekämpfen. Bis sie zu dem Schluss gekommen war, dass wir sogar noch gefährlicher waren als die ursprünglichen Monster.

Ich ziehe meine Beine an meine Brust. „Wir müssen irgendwie herausfinden, was wir sind, und wozu wir fähig sind. Wenn die richtigen Monster sich unter die Menschen mischen können, ohne bemerkt zu werden, können *sie* ihre Fähigkeiten offensichtlich gut kontrollieren."

Also muss uns das theoretisch auch möglich sein. Es muss eine Möglichkeit geben, wie ich den Drang, zu schreien, besser unterdrücken kann, wenn ich wütend werde.

Eine Möglichkeit, sicherzustellen, dass Andreas nicht

jedes Mal verschwindet, nachdem er sich unsichtbar gemacht hat. Eine Möglichkeit, Zians wölfische Wut zu zähmen.

Vielleicht sogar eine Möglichkeit, Dominics Tentakel schrumpfen anstatt wachsen zu lassen.

Dominic reibt sich das Kinn. „Ich glaube nicht, dass jemand in der Einrichtung davon weiß. Engel hat uns erschaffen. Es ist unwahrscheinlich, dass sie noch jemanden in den Prozess mit einbezogen hat."

„Außerdem wäre es verdammt schwer, die Wärter in ihrem Territorium anzugreifen", gibt Andreas zu bedenken.

Zian zögert und fängt dann meinen Blick auf. „Was ist mit dem Ort, an den sich dich nach unserem Fluchtversuch gebracht haben?"

Bei dem Gedanken an die Käfigkampfarena, in der ich festgehalten wurde, unterdrücke ich einen Schauder – die wöchentlichen Kämpfe gegen bewaffnete Männer, die doppelt so groß waren wie ich, die Fesseln, die in der Zeit dazwischen in meine Haut schnitten, und die Mischung aus Angst und Hass, die von meinen Wärtern ausging.

„Sie wussten nichts", sagte ich. „Ich bin mir nicht sicher, ob sie überhaupt wussten, was ich war. Sie hielten mich einfach für einen Freak."

Jacob kneift die Augen zusammen. „An ihnen müssen wir uns auch rächen. Sie werden bereuen, was sie dir angetan haben."

„Sie haben es bereits bereut", werfe ich ein und wende meinen Blick ab. Ich will ihre Gesichter nicht sehen, wenn ich das zugebe. „Das war das erste Mal, dass meine neue Kraft zum Vorschein kam. Ich habe den Boss und alle seine Leute, die in der Arena waren, ausgeschaltet ... und die Zuschauer."

Ich ziehe abwehrend die Schultern hoch, weigere mich aber, zusammenzuzucken. Bei der Erinnerung an dieses viel größere Massaker wird mir immer noch mulmig, doch es hat mich befreit. Es hat mich zu meinen Jungs zurückgebracht, auch wenn unser Wiedersehen nicht ganz so verlaufen ist, wie ich gehofft hatte.

Ohne das Blutbad, das ich mit meinem Schrei angerichtet habe, wäre ich immer noch in diesem Raum, in dem der Boss mich gefangen hielt. Ganz allein.

Einen Moment lang herrscht Schweigen, als wüssten die Jungs nicht, was sie sagen sollen. Dann grunzt Zian. „Gut."

Jacobs Mund verzieht sich zu einem dieser harten, kleinen Lächeln, die bis vor kurzem normalerweise mir galten. Diesmal gilt es meinen Peinigern. „Ja. Sie haben bekommen, was sie verdient haben."

Ich bin mir nicht sicher, ob die anderen beiden Jungs das genauso sehen, doch Andreas wechselt zumindest das Thema, damit wir uns nicht mit meiner vergangenen Brutalität beschäftigen müssen.

„Wenn wir keine Antworten auf unsere ‚monströsen' Kräfte von den Menschen bekommen können, die sie uns eingepflanzt haben, wie wäre es dann, wenn wir jemanden fragen, der selbst über Kräfte verfügt?", schlug er vor.

Zian runzelt die Stirn. „Du willst mit den *Monstern* reden?"

Andreas hebt die Hände. „Sie sind die einzige andere direkte Informationsquelle. Wir müssen uns ja nicht mit ihnen anfreunden. Ich denke, es reicht, wenn wir ein oder zwei finden und ihnen ein paar Fragen stellen."

Ich denke über seinen Vorschlag nach und nicke. „Wir wissen nicht, wie monströs diese Monster wirklich sind. Engel meinte, sie seien schrecklich … Allerdings hielt sie auch *uns* für schrecklich."

Die Wärter sind gegen diese sogenannten Monster und wollen uns versklaven. Wir haben also zumindest eine weitere Sache mit diesen Kreaturen gemeinsam: einen gemeinsamen Feind.

„Wir müssen trotzdem vorsichtig sein", sagt Dominic.

„Ja, natürlich. Wir dürfen niemandem trauen." Jacob zuckt mit den Schultern, als würde er sich auf ein Verhör vorbereiten. „Kannst du ihren Aufzeichnungen entnehmen, wo wir am besten nach diesen Kreaturen suchen sollten?"

Dominic neigt seinen Kopf zur Seite und betrachtet den Bildschirm. „Die meisten, die sich regelmäßig unter die Menschen mischen, scheinen sich am liebsten an belebten Orten aufzuhalten. Eine große Stadt scheint also unsere beste Wahl zu sein."

Zian entspannt sich ein wenig. „Das bedeutet, dass wir uns auch unter die Leute mischen können. Sollen wir trotzdem in Kanada bleiben? Was ist die größte Stadt hier?"

„Toronto. Die Stadt ist sogar größer als die meisten Städte in den USA." Andreas schaut uns mit einem breiten Grinsen an. „Was haltet ihr davon, wenn wir ein bisschen weiter östlich auf Monsterjagd gehen?"

FÜNF

„Ist das hier das Stadtzentrum?", frage ich und schaue durch die Windschutzscheibe auf die Gebäude, an denen wir vorbeifahren. „Wie groß ist es?"

Andreas lacht hinter dem Lenkrad. „Ich sagte doch, dass die Stadt riesig ist."

Er bremst an einer roten Ampel und wirft den anderen Jungs einen Blick über seine Schulter zu. Sie sitzen zusammengepfercht auf der Rückbank, weil Zian darauf bestanden hat, dass ich den Beifahrersitz nehme, obwohl er mit seinem massigen Körper den Platz mehr bräuchte als ich.

Ich bin mir nicht ganz sicher, ob er rücksichtsvoll war oder sichergehen wollte, dass er nicht neben mir eingequetscht sitzen muss, falls Jacob den Beifahrersitz für sich beansprucht hätte.

„Ich bin mal einem Typen begegnet, der in Toronto aufgewachsen ist", beginnt Andreas in seinem üblichen

Plauderton. „Er hatte eine Menge Erinnerungen an diesen Ort. Er hat irgendwo in der Innenstadt gearbeitet, wo viel Trubel und Hektik herrschte."

„Ich nehme an, er hatte keine Erinnerungen an Begegnungen mit Monstern?", fragt Jacob mit einem Anflug von Ungeduld.

Andreas lässt die angedeutete Kritik einfach an sich abperlen. „Nein. Das Interessanteste, was ich gesehen habe, war, dass er einmal ganz oben auf diesem Gebäude dort war."

Er zeigt auf eines der hinteren Fenster, wo ein schmales Gebäude mit einer Ausbuchtung auf halber Höhe in den bewölkten Himmel ragt. Es erinnert mich an eine aufgespießte Olive auf einem Zahnstocher, nur viel größer. Es muss doppelt so hoch sein wie die höchsten Wolkenkratzer in der Umgebung.

„Ist er an der Außenseite hochgeklettert?", fragt Zian zweifelnd.

Andreas gluckst. „Nein, er ist drinnen die Treppe hochgegangen. Es kam ihm wie eine Ewigkeit vor. Oben angekommen musste er sich übergeben."

„Soll diese Geschichte lustig sein?", brummt Jacob.

„Es schien ihn nicht besonders zu stören. Er hat danach darüber gelacht und dann haben seine Freunde ihn eingeholt, und sie haben in dem Restaurant da oben ein bisschen gefeiert."

Ich runzle die Stirn über die Fußgänger, die auf den belebten Bürgersteigen vorbeischlendern. Genau wie auf allen anderen Gehwegen, die wir abgesucht haben, sticht auch hier keiner durch unmenschliches Aussehen hervor.

Neugierde kribbelt in meinem Kopf. „Ich frage mich, ob du jemals in die Erinnerungen eines Monsters geschaut hast. Ob du das überhaupt *könntest*."

Andreas legt den Kopf schief. „Ich weiß es nicht. Ich bin noch nie jemandem begegnet, dessen Erinnerungen ich nicht sehen konnte. Hoffentlich haben sich die echten Monster nicht so gut getarnt, dass ich sie nicht schnell erkennen würde, wenn ich in ihren Geist eindringe."

„Wenn sie sich nicht daran erinnern, etwas Ungeheuerliches getan zu haben, dann sind sie wahrscheinlich gar nicht so schlimm", meint Dominic in seiner ruhigen, nachdenklichen Art.

Wir schweigen eine Weile, während das Auto durch den Verkehr schlängelt. Dann legt Zian eine Hand auf seinen Bauch.

„Da wir noch nicht wissen, wohin wir fahren … Sollten wir vielleicht etwas essen gehen?"

Jacob schnaubt, aber Andreas nickt. „So habe ich etwas Zeit, mich auf die Leute in der Umgebung zu konzentrieren und zu sehen, ob ich auf ungewöhnliche Erinnerungen stoße, die uns in die richtige Richtung führen könnten."

„Gut", sagt Jacob. „Aber wir sollten uns einen unauffälligen Ort aussuchen, wo man sich nicht in Schale werfen muss."

Mit seinem Kragenhemd und der Hose, die Andreas ihm aus dem Einkaufszentrum mitgebracht hat, ist er relativ elegant gekleidet. Und auch Andreas würde in seinem Langarmshirt und der Khakihose vermutlich nicht auffallen, wenn wir nicht gerade in ein gehobenes Restaurant gehen.

Der Rest von uns hingegen … Ich habe meinen neuen Lieblingskapuzenpulli an, dessen Innenseite sich samtig weich an meine Arme schmiegt, und eine neue Cargohose mit ein paar Messern in den Taschen und einer Pistole hinten im Bund, nur für den Fall.

Zian trägt eine Jogginghose und eine Trainingsjacke über einem T-Shirt, und Dominic … Nun ja, es wird etwas seltsam wirken, wenn er den Parka drinnen anbehält, egal wo wir hingehen.

Trotzdem sind sie alle absolut umwerfend. Ich richte

meinen Blick wieder auf die Windschutzscheibe und befehle mir, nicht darüber nachzudenken, als wäre es wirklich so einfach.

„Ich glaube, da drüben ist ein guter Laden." Andreas lenkt das Auto in eine enge Parklücke und deutet auf ein Gebäude weiter unten in der Straße.

Nachdem wir alle ausgestiegen sind, atme ich tief die kühle Herbstluft ein, um meine Lunge zu befreien. Und um zu sehen, ob ich irgendwelche ungewöhnlichen Eindrücke wahrnehme, die uns zu unserem Ziel führen könnten. Neben mir zuckt Dominic zusammen.

Ich nehme es nur aus dem Augenwinkel wahr, und als ich ihn ansehe, wirkt er vollkommen ruhig, doch ich bin mir sicher, dass ich mir die Bewegung nicht eingebildet habe. Ein schwacher Hauch von nervösem Adrenalin steigt mir in die Nase, bevor er von der Brise davongetragen wird.

Wahrscheinlich habe ich diesen Geruch auch wahrgenommen, kurz bevor ich meinen Todesschrei ausgestoßen habe.

Der Gedanke versetzt mir einen Stich ins Herz, als ich den Jungs zu einem Restaurant folge, über dessen Tür ein verblasstes Schild mit der Aufschrift Daffodil Diner hängt. Die Fenster sind ein wenig schmutzig, und die Ledersitze, die ich durch das Fenster sehen kann, sind zerschlissen, aber es ist nicht überfüllt und definitiv nicht schick.

Das reicht für unsere Zwecke.

Jacob drängt sich mit seiner gewohnt souveränen Art als Erster hinein und sucht uns einen Platz in der Ecke neben den Fenstern. Vermutlich will er während des Essens ein Auge auf die Leute haben, die draußen vorbeigehen.

So groß die Stadt auch sein mag, das heißt nicht, dass die Wärter uns hier nicht aufspüren könnten.

Ein Schauer der Besorgnis bringt meine Haut zum Kribbeln, und ich merke erst, dass Jacob uns zu den Sitzen geführt hat, als er mir zu verstehen gibt, dass ich mich ihm gegenüber setzen soll.

Er hat es so arrangiert, dass ich am Ende der Bank sitze, wo ich nicht eingepfercht bin. Das ist genau das Gegenteil von dem, was er vor einer Woche gemacht hätte, als er Angst hatte, dass ich abhauen könnte.

Ich sitze neben Zian, der mir neben seinem muskulösen Körper viel Platz gelassen hat, was für uns beide von Vorteil ist.

Ich nehme eine der Speisekarten, die die Kellnerin uns bringt, und mein Blick huscht zwischen ihr und dem Fenster hin und her.

Wenn die Wärter uns hier finden *sollten*, würden wir sie kommen sehen, oder? Es sieht so aus, als gäbe es einen Hinterausgang bei den Waschräumen.

Und wenn wir wirklich schnell flüchten müssen, können wir immer noch eine Glasscheibe einschlagen.

Als ich mich endlich dazu durchringen kann, der Speisekarte meine volle Aufmerksamkeit zu schenken, läuft mir das Wasser im Mund zusammen. Wir haben seit Tagen nichts anderes gegessen als das, was im Supermarkt und Drive-in angeboten wird.

Die Burger hören sich lecker an und auch viele der anderen Optionen klingen gut.

Das mag zwar kein Fünf-Sterne-Restaurant sein, doch immerhin ist das Angebot vielfältiger als das, wovon ich mich den Großteil meines Lebens ernährt habe.

Ich lecke mir über die Lippen. Andreas nimmt die Bewegung mit offensichtlicher Belustigung zur Kenntnis.

„Weißt du schon, was du willst, Tinkerbell?"

„Ich will die ganze Speisekarte", murmle ich. „Es gibt Fish and Chips und Lasagne. Wie soll ich mich da nur entscheiden?"

Einer seiner Mundwinkel zuckt nach oben. „Ich habe die

Lasagne im Auge. Wie wäre es, wenn ich die bestelle und dir etwas davon abgebe?"

Ich schaue ihm in die Augen, aber er wirkt völlig entspannt – womöglich sogar ein wenig hoffnungsvoll.

Ich will nicht das Gefühl haben, dass ich ihm etwas schuldig bin für seine Freundlichkeit. Aber ich will auch keine zwei Gerichte bestellen.

Ich lege meine Speisekarte auf den Tisch. „Abgemacht."

Zian brummt vor sich hin. „Rippchen oder Steak? Die sollten eine Kombination aus beidem anbieten."

Dominic lässt seinen Blick nachdenklich durch das Innere des Restaurants schweifen. „In einem Laden wie diesem sind Rippchen wohl die bessere Wahl."

„Nicht, dass ich bei Steaks wählerisch wäre", antwortet Zian.

Ich versuche eigentlich, Jacob so wenig wie möglich anzusehen, was gar nicht so einfach ist, da er direkt vor mir sitzt. Das nächste Mal, als mein Blick an ihm hängen bleibt, sieht er mit zusammengekniffenen Augen aus dem Fenster.

Ruckartig drehe ich den Kopf, und mein Herzschlag beschleunigt sich. Ein Mann auf dem Bürgersteig verschüttet seinen Kaffee to go, und die dampfende Flüssigkeit spritzt auf sein Hemd. Er schreit so laut auf, dass ich es durch die Scheibe hören kann.

Als der Typ davoneilt, drehe ich mich zu Jacob um. Ein kleines, aber zufriedenes Lächeln umspielt seine Lippen.

Sobald er meinen Blick bemerkt, richtet er sich ein wenig auf. „Der Idiot hat dich angestarrt, als würde er denken, er könnte *dich* zum Abendessen verspeisen."

Er hat seinen Kaffee also nicht wegen seiner Ungeschicklichkeit verschüttet, sondern weil er einen kleinen telekinetischen Schubs bekommen hat.

Ich funkle Jacob böse an. „Angeschaut zu werden, wird

mir nicht wehtun. Und wenn er versucht hätte, mehr zu tun, wäre ich schon mit ihm fertig geworden."

Jacob zuckt mit den Schultern. „Eine subtilere Herangehensweise ist besser für uns, als in der Öffentlichkeit die Krallen zu zeigen."

Obwohl er recht hat, verschränke ich die Arme vor der Brust. „Oder du könntest dich einfach nicht wegen imaginärer Belästigungen aufregen."

Jacob starrt mich mit der ganzen Kraft seines kühlen Blicks an. Irgendwie fühlt er sich in diesem Moment gar nicht so kühl an.

„Du kannst ruhig wütend auf mich sein, das ist in Ordnung", sagt er mit leiser, sanfter Stimme, doch der scharfe Unterton deutet darauf hin, dass er nicht wirklich glücklich über meine Gefühle ist. „Das wird mich nicht davon abhalten, dich zu beschützen."

Sagt der Typ, der mich in den letzten Wochen auf jede erdenkliche Weise gequält hat. Es ist wirklich nicht fair, dass die Vehemenz seiner Worte einen Schwall Hitze in mir aufsteigen lässt.

„Keinen von uns", fügt Zian hinzu und blickt zum Fenster, um sich zu vergewissern, dass da draußen keine neue Bedrohung lauert.

Bevor ich mir überlegen kann, was ich meinen selbsternannten Leibwächtern sagen soll, kommt die Kellnerin herein und nimmt unsere Bestellungen auf.

Nachdem sie gegangen ist, wendet sich Jacob an Dominic, um den Druck von mir zu nehmen. „Du hast dir auf der Fahrt Engels Notizen angesehen. Hast du noch etwas gefunden, das uns helfen könnte, die Monster zu finden?"

Dominic verzieht den Mund. „Ich bin mir nicht sicher. Sogar die Abschnitte, die nicht in ihrer Kurzschrift verfasst sind, sind lückenhaft. Vermutlich hat sie viele Dinge nicht aufgeschrieben, weil sie für sie selbstverständlich waren."

„Die Monster müssen irgendwie auffallen, sonst wüsste doch niemand, dass es sie gibt", sagt Zian.

„In den Beschreibungen der verschiedenen Arten hat sie ‚charakteristische Merkmale' erwähnt. Zum Beispiel, dass ein Werwolf wahrscheinlich spitze Ohren, Reißzähne oder Krallen hat. Aber natürlich laufen sie nicht die ganze Zeit so herum."

Andreas reibt sich das Kinn. „Möglicherweise haben sie ja doch äußere Anzeichen. Warum sollte sie es sonst erwähnen?"

Zian runzelt die Stirn. „Wir haben keine erkennbaren Auffälligkeiten." Er hält inne und verzieht das Gesicht, als hätte er gerade seine Zunge verschluckt. „Ich meine …"

„Keiner außer mir", meint Dominic leichthin, wobei er mehr seine Serviette als uns ansieht.

„Für alle mit offensichtlich unmenschlichen körperlichen Merkmalen dürfte es schwierig sein, nicht aufzufallen", gebe ich zu bedenken. „Vielleicht halten sie sich ja an dunkleren Orten auf, wie in Nachtclubs oder Bars oder so."

Jacob stößt ein kurzes Lachen aus. „Orte, an denen sich generell merkwürdige Leute aufhalten. Solche Lokale gibt es in jeder Stadt."

Ich versuche, mich an eines zu erinnern, aber … „Von außen ist es schwer zu sagen, welche seltsam sind."

„Vielleicht sollten wir uns einfach mal ein paar Lokale von innen ansehen."

Zian runzelt die Stirn. „Ich weiß nicht. Je länger wir uns in der Öffentlichkeit aufhalten, desto wahrscheinlicher wird es, dass *wir* bemerkt werden."

Ich lasse die Jungs noch ein bisschen länger über ihre Bedenken reden, während ich aus dem Fenster schaue, wo es langsam dunkel wird. Die Straßenlaternen gehen an und werfen ihr Licht auf den Bürgersteig.

Dutzende von Menschen gehen vorbei, doch keiner von ihnen hat Reißzähne oder wedelt mit dem Schwanz.

Wenn die Monster so einfach zu erkennen wären, würde dann nicht *jeder* über sie Bescheid wissen?

Die Kellnerin kommt schon mit unserem Essen, als mein Magen gerade erst zu rumoren beginnt. Der Anblick des goldbraun panierten Fischs und der dicken, knusprigen Pommes frites hebt meine Laune augenblicklich.

Ich habe definitiv die richtige Wahl getroffen. Und zwar mit beiden Gerichten. Fleischige Tomatensoße und cremiger Käse quellen aus Andreas' Lasagne.

Ich erwarte fast, dass er einen Rückzieher macht, doch er schneidet sofort ein Viertel von der Lasagne ab, legt es auf seine Untertasse und schiebt es mir zu.

„Sag Bescheid, wenn du mehr willst."

Ich werfe einen Blick auf meinen Teller und lege eines der drei panierten Filets auf meine Untertasse, um es ihm zuzuschieben. „Ein gutes Tauschgeschäft."

„Du musst wirklich nicht ..."

„Doch", wiederhole ich fest. „Ich möchte nach dem Essen noch *laufen* können."

Ein flüchtiges Lächeln huscht über Andreas' Gesicht. „Okay, in Ordnung."

Ich würde mich mit dem seltsamen Gefühl der Freundschaft auseinandersetzen, das ich nicht fühlen will, doch in diesem Moment sticht Jacob mit seiner Gabel auf meinen Teller. Die Metallzinken klirren gegen das Porzellan.

Ich ziehe eine Augenbraue hoch, als er die Pommes, die er aufgespießt hat, von meinem Teller nimmt. „Verteidigst du mich jetzt vor meinem Essen?"

Er dreht die Gabel zwischen seinen Fingern, sodass ich den schwarzen Fleck sehen kann, der von einem Zinken durchbohrt wurde. „Eine Fliege ist darauf gelandet."

Eine Sekunde lang kann ich nicht sprechen. Er muss die

Fliege mit seiner Kraft festgehalten haben, um sie so aufzuspießen.

Während ich noch um Worte ringe, erhebt sich Jacob von seinem Platz, geht zum Tresen und legt das Besteck auf die glatte Oberfläche.

„Ich brauche eine neue Gabel", sagt er ruhig und bestimmt.

Die Kellnerin, die hinter dem Tresen beschäftigt ist, schiebt ihm eine hin, ohne irgendwelche Fragen zu stellen. Wahrscheinlich denkt sie, dass seine Gabel auf den Boden gefallen ist.

Mir wird langsam schlecht vor Hunger, also stürze ich mich auf mein fliegenfreies Abendessen, um mich abzulenken. Der Fisch ist wunderbar zart und die Soße dazu herrlich säuerlich. Als ich mir eine Gabel Lasagne in den Mund schiebe, schließe ich genüsslich die Augen.

Morgen gibt es wieder Proteinriegel und Sandwiches aus dem Supermarkt. Ich sollte das auskosten, solange ich kann.

Niemand ist überrascht, dass Dominic ein Frühstück zum Abendessen bestellt hat, um seine Vorliebe für Süßes zu befriedigen. Er hat einen Teller mit in Sirup getränkten Blaubeerpfannkuchen und ein paar Scheiben Speck vor sich stehen.

Nach fünf hastigen Bissen winkt er Andreas mit der Gabel zu. „Schreib Ahornsirup für das nächste Mal auf die Einkaufsliste. Ich glaube, ich könnte mich für den Rest meines Lebens ausschließlich davon ernähren."

Dann dreht er sich zögerlich zu mir um. „Willst du etwas davon? Der hier ist viel besser als herkömmlicher Sirup, und auch die Pfannkuchen sind fantastisch."

Ich öffne meinen Mund, um etwas zu sagen, schließe in jedoch sofort wieder.

Er hatte nicht so oft die Gelegenheit, so etwas zu essen, wie ich. Von den Wärtern bekamen wir meist sehr einfache

Mahlzeiten, damit wir die kleinen Leckerbissen, mit denen sie uns belohnten, zu schätzen wussten. Gelegentlich ließen sie uns auch testweise hungern.

Wahrscheinlich hat er noch nie so frische Pfannkuchen gegessen. Und trotzdem bietet er mir etwas davon an.

Versucht er, seine Reaktion von vorhin, als wir aus dem Auto stiegen, wiedergutzumachen?

Bevor ich antworten kann, weiten sich Zians Augen. Er reißt eine weitere Rippe aus der Reihe, die er gerade abgearbeitet hat, und hält sie mir hin. „Die Rippchen sind auch sehr gut, falls du probieren möchtest."

„Ähm", sage ich, wohl wissend, dass sie sich untereinander nichts anbieten. Ihre Großzügigkeit gilt ausschließlich mir.

Ein einfacher Weg, um etwas zu beweisen? Soll ich wegen eines Bissens Pfannkuchen und einem Grillrippchen alles verzeihen, was vorher passiert ist?

Mein Blick fällt unwillkürlich auf Jacob. Er hat mir als Einziger noch nichts von seinem Essen angeboten. Er erwidert meinen Blick und schaut dann auf seinen Teller hinunter. Auch er hat Fish and Chips bestellt.

„Hättest du nicht das Gleiche bestellt, würde ich dir natürlich auch etwas anbieten", sagt er, als hätte er meinen Blick als Aufforderung interpretiert.

„Ist schon gut", versichere ich ihm schnell. „Wirklich. Ich habe genug zu essen."

Ich sollte mich wahrscheinlich bei ihnen bedanken, doch irgendwie würde sich das wie eine Entschuldigung anfühlen, und dazu bin ich noch nicht bereit.

Die Rückkehr der Kellnerin bewahrt mich davor, noch nervöser zu werden. „Alles in Ordnung bei euch?", fragt sie mit einem freundlichen Lächeln.

Da fällt mir ein, dass wir hier eine perfekte Quelle haben.

Ich ringe mir ein Lächeln ab. „Ja, alles ist wunderbar. Wir

haben uns nur gefragt … Gibt es hier in der Gegend gute Lokale, wenn wir nach dem Essen etwas trinken oder ein wenig feiern gehen wollen? Irgendeinen interessanten Laden, wo Leute hingehen, die man außerhalb der Stadt nicht antreffen würde. Wir möchten die Atmosphäre hier voll auskosten."

Ich bin mir nicht sicher, ob sie meine Erläuterung seltsam findet, doch entweder klang es wie eine ernst gemeinte Bitte, oder sie will einfach nur sichergehen, dass sie ein gutes Trinkgeld bekommt. Sie tippt sich mit dem Stift an die Lippen.

„Na ja … Wenn ihr auf der Suche nach etwas Ausgefallenem oder einer etwas extremeren Szene seid, dann gibt es ein paar Blocks östlich von hier einen Punk-Laden. Und noch ein Stück weiter ist eine Bar, die Gothic-Abende veranstaltet. Das sind die nächstgelegenen, die mir einfallen."

„Klingt perfekt", sage ich fröhlich und hole mein Handy heraus. „Wie heißen die Läden?"

Sie kramt sie aus ihrem Gedächtnis hervor, und ich tippe sie in meine Notizen-App. Als sie weggeht, stößt Andreas einen leisen Pfiff aus.

„Sehr geschmeidig, Tinkerbell."

Jacob grinst, was bei ihm atemberaubend und erschreckend zugleich ist. „Dann wissen wir, wo es als Nächstes hingeht. Sobald ihr aufgegessen, habt, machen wir uns auf den Weg."

Sechs

Jacob

Möglicherweise ist keiner in diesem Club ein Monster.

Es könnte aber auch sein, dass sie alle Monster sind.

Zumindest tun die Gäste, die sich hier tummeln, ihr Bestes, um wie gefährliche Bestien auszusehen. Die rötlichen Lichtstreifen, die die Dunkelheit durchdringen, fangen immer wieder Gebilde ein, die ich einen Moment lang für Stacheln oder Hörner halte, bevor ich erkenne, dass es sich nur um Verzierungen an einer Jacke, einer Manschette oder einem Halsband handelt.

Der Geruch von Leder erfüllt den großen, niedrigen Raum und vermischt sich mit den säuerlichen Noten verschiedener alkoholischer Getränke.

Und dann sind da noch die Tätowierungen und Piercings der Gäste. Ringe und Edelsteine und noch mehr Stacheln, die im Licht blitzen. Dunkle Tintenranken ziehen sich über Unterarme und Hälse und sogar Gesichter, manchmal sind es klare Motive, manchmal nur abstrakte Muster.

Angespannt scanne ich jeden einzelnen von ihnen, wobei ich nach einem Anzeichen von etwas eindeutig Unmenschlichem Ausschau halte. Doch jedes Augenpaar, in das ich blicke, und jede Form, die ich betrachte, erscheint mir bei genauerem Hinsehen ziemlich normal.

Währenddessen werden wir im Gegenzug von den Gästen gemustert. Die meisten Blicke sind skeptisch, gemischt mit Neugierde oder Feindseligkeit.

Wir passen nicht wirklich hierher. Mir war nicht klar, dass man hier eine Uniform braucht.

Ohne Piercings und Tattoos sehen Andreas, Zian und ich viel zu normal aus in unseren College-Klamotten. Dominic, der in seinem Parka durch die Menge wandert, sieht dagegen einfach nur seltsam aus.

Nicht auszudenken, wie dieser Haufen vermeintlich harter Kerle auf das reagieren würde, was er unter seinem Mantel verbirgt.

Riva ist die Einzige, die so aussieht, als könnte sie dazugehören. Sie schreitet in ihren Kampfstiefeln und mit den Händen in den Taschen ihres dunklen Kapuzenpullis vergraben, durch den Raum, wobei ihr silbernes Haar das Licht reflektiert.

Sie bewegte sich immer mit einer gewissen Sicherheit und der Zuversicht, dass sie jede körperliche Herausforderung meistern kann, die sich ihr bietet. Ich erinnere mich daran, wie sie durch die Arena schritt und ihre Augen vor Entschlossenheit blitzten, als wäre sie bereit, es mit allem aufzunehmen, was die Wärter uns vorsetzen.

Dieses Selbstvertrauen hat sich in den Jahren, in denen wir getrennt waren, gefestigt. Wenn sie früher feurig war, hat sie jetzt auch eine Menge Stahl in sich.

Doch sie ist verletzt. Zuerst dachte ich, ich würde es mir nur einbilden, bis mir auffiel, wie sie schützend die Arme um ihren Unterleib schlingt und mich die Wahrheit wie ein Schlag ins Gesicht traf.

Ich bleibe dicht bei ihr – so dicht, wie es geht, ohne dass sie zusammenzuckt. Es sind nicht viele Frauen in dieser Bar, und keine ist so hübsch wie sie. Die meisten Blicke, die über ihren Körper wandern, sind zumindest neugierig, wenn nicht sogar lüstern.

Meine Hände sind immer noch zu Fäusten geballt. Wenn wir nicht auf einer Aufklärungsmission wären, bei der wir nicht noch mehr auffallen dürfen, als wir es ohnehin schon tun, würde ich ihnen allen die Augen ausstechen.

Es hilft nicht, dass Riva sich schwingend im wilden Rhythmus der Musik bewegt, die aus den Lautsprechern dröhnt. Bei jeder Bewegung wird ihre geschmeidige, athletische Anmut noch deutlicher.

Ich möchte meine Hände an ihren Seiten hinuntergleiten lassen und sie fest an mich ziehen. Ich möchte mein Gesicht in ihrem Haar vergraben und ihren Duft einatmen.

Allerdings würde sie *mir* wahrscheinlich die Augen ausstechen, wenn ich das auch nur versuchen würde. Ich würde es ihr nicht einmal verübeln.

Ich wende meinen Blick ab. Meine Nerven sind gespannt wie Drahtseile, als die rastlose Energie durch meine Glieder fließt, für die ich kein Ventil habe.

In mir brodeln so viele Gefühle, dass ich nicht weiß, was ich damit anfangen soll. Bedauern und Verlangen, Scham und Hingabe.

Ich empfinde schon so lange nichts anderes mehr als Rachegelüste, dass diese Emotionsflut mich aus dem Gleichgewicht bringt. Als wäre ich ein Schiff, das von einer plötzlichen Welle erfasst und unerwartet in eine andere Richtung getrieben wird.

Ich habe es versaut. Ich habe es gründlich und vollständig versaut.

Ich habe der Frau neben mir – der Frau, die ich so lange geliebt habe – schreckliche Qualen bereitet, sowohl körperlich als auch emotional. Und zwar absichtlich.

Es ist ein verdammtes Wunder, dass sie es überhaupt duldet, mit mir in einem Raum zu sein.

Ich habe keine Ahnung, wie ich den Schaden, den ich angerichtet habe, wiedergutmachen kann, wie ich dafür sorgen kann, dass sie sich gut fühlt.

Alles, was ich tun kann, ist, hier zu sein und sie vor Bedrohungen zu schützen. Ihrer Stimme Raum geben, wenn sie etwas zu sagen hat.

Ganz allmählich *werde* ich ihr zeigen, dass ich sie wertschätze. Dass ich weiß, dass sie mir ebenbürtig ist.

Dass sie diese Scheiße nicht verdient hat, die sie meinetwegen durchmachen musste.

Und wenn das nicht ausreicht, dass sie meine Anwesenheit mehr als nur toleriert, dann bin ich selbst schuld, oder?

Bei dem Gedanken pocht mein Herz ein wenig schneller, und meine Hände verkrampfen sich fester.

Ich werde sie vor allen da draußen beschützen. Genauso wie vor *mir selbst.*

Und vor der Macht in ihr, vor der sie sich immer noch fürchtet. Wir müssen eines dieser Monster finden und es dazu bringen, seine Geheimnisse preiszugeben.

Bis jetzt habe ich noch nichts Auffälliges um uns herum entdeckt. Mein Kiefer verkrampft sich vor Frustration, ein Gefühl des Versagens steigt in mir auf. Meine Nerven flattern, als meine eigene Kraft sich regt.

Eine der Lampen über mir geht mit einem Knall aus, und das Glas zerspringt. Ein paar der Gäste schreien auf, als die winzigen Scherben wie gefährlicher Schnee auf sie herabfallen.

Mist! Das wollte ich nicht.

Keiner von diesen Idioten kann mich mit dem kleinen Missgeschick in Verbindung bringen. Trotzdem greife ich nach der sich verändernden Energie in mir und versuche, sie besser in den Griff zu bekommen.

Wir schwenken nach links und umrunden den Raum. In der Nähe der Bar ist die Musik nicht ganz so ohrenbetäubend.

Das karmesinrote Licht verbirgt Andreas' Fähigkeiten, während er seinen Blick von einem Kopf zum anderen schweifen lässt. An dem kurzen Flackern seiner Iris erkenne ich, dass er in die Erinnerungen der Gäste eindringt, um ein potenzielles Monster aufzuspüren.

Zian führt unterdessen seine eigene Inspektion durch und nutzt seinen Röntgenblick, um unter den Kleidungsschichten nach monströsen Anhängseln zu suchen, die sie verstecken, so wie Dominic es tut. Nur sein angestrengter Gesichtsausdruck lässt erkennen, dass er seine Kraft einsetzt.

Alles, was er erblickt, muss menschlich sein, wenn auch nicht besonders schön anzusehen, denn er geht weiter, ohne mir ein Zeichen zu geben.

Ein Kerl, der ungefähr so groß ist wie ich und dessen kurzes Haar in einem grünen Leopardenmuster gefärbt ist, rempelt mich an, und ich drehe mich zu ihm um.

„Was zum Teufel habt *ihr* Idioten hier zu suchen?", fragt er über das Dröhnen der Bassgitarre hinweg. „Habt ihr euch auf dem Weg zu einer Party verlaufen?"

Ich schenke ihm ein scharfes Lächeln und widerstehe dem Drang, meine Zähne zu fletschen, als wäre ich ein Wolfsmensch wie Zian. „Wir sind genau da, wo wir sein wollen."

Er öffnet wieder den Mund – und oh, welch ein Unglück, sein Bierkrug auf dem Tresen neben ihm kippt plötzlich um.

Als er aufschreit, und der Barkeeper eilig die Sauerei aufwischt, verschwinden wir fünf immer mehr in der Masse der Körper.

Die anderen waren zu sehr auf andere Dinge konzentriert, um die kleine Auseinandersetzung mitzubekommen. Doch als wir weiter hinten in der Bar sind, streckt ein Typ mit einer Nietenweste seine Hand aus und schnippt mit den Fingern nach Riva, als wäre sie ein Hund.

„Warum hängst du mit diesen Idioten ab, Hübsche?", brüllt er. „Komm her und lass dir von einem echten Mann einen Drink spendieren."

Riva verdreht die Augen, doch meine Schultern haben sich bereits vor Wut und Eifersucht versteift, als würde ein dummer Teil von mir denken, dass sie auf das Angebot dieses Idioten eingehen könnte.

Drei Flaschen fliegen aus den Regalen hinter der Theke. Eine davon trifft den Trottel am Hinterkopf.

Ups.

Irgendwie kann ich keinen Kummer über diesen kleinen Ausrutscher empfinden.

Doch als das Arschloch herumwirbelt, um den verwirrten Barkeeper anzuschreien, fällt Rivas Blick auf mich. Genauso wie die meiner Freunde.

Mit einer unwirschen Bewegung bedeutet Riva uns, von der Bar wegzugehen. Kaum hat sich die Menschenmenge im Raum um uns geschlossen, dreht sie sich zu mir um.

„Was zum Teufel sollte das?"

„Er war ein Arschloch", protestiere ich und zucke innerlich zusammen. Ich will mich nicht mit ihr streiten.

Und ich hätte wirklich nicht schon wieder die Kontrolle verlieren sollen. Was zum Teufel ist in mich gefahren?

Ich kenne die Antwort darauf bereits.

Sie starrt mich aus nur einem Meter Entfernung an, und mir wird klar, wie sehr ich es vermasselt habe.

„Wir sollen uns doch unauffällig verhalten!" Sie verschränkt die Arme vor ihrer Brust.

Andreas nickt mit reumütiger Miene. „Wir sollten den Einsatz unserer Fähigkeiten auf ein Minimum beschränken, oder? Schließlich wollen wir keine Monster verschrecken *oder* riskieren, dass die Wärter Wind von unserem Vorhaben bekommen."

„Ja, ja, ich weiß", murmle ich.

Wie soll ich zugeben, dass ich dem Kerl nicht den Schädel einschlagen wollte? Ich bin derjenige, der uns alle auf Kurs gehalten hat.

Ich kann jetzt nicht einfach aus der Spur geraten. Nicht, wenn Riva mich braucht.

So wie sie jeden von uns braucht. Auch wenn sie zum Takt der Musik wippt und die fließende Anmut ihres straffen Körpers zum Ausdruck kommt, kann ich die Stärke in jeder Bewegung sehen.

Ich erinnere mich, wie sie all diese Soldaten allein mit ihrer Stimme in die Knie gezwungen hat.

Sie ist kein Monster. Sie ist ein verdammtes Wunder.

Trotzdem müssen wir die echten Monster finden.

Ich fange Zians Blick auf, und er schüttelt den Kopf. Andreas runzelt die Stirn, während er immer wieder seine Fähigkeiten bei den Gästen einsetzt.

Vielleicht haben Engels furchterregende Kreaturen nichts mit der Punkszene am Hut, was ich verstehen kann, mir gefällt sie auch nicht.

Ich drehe mich zu Dominic um, der in seinem Parka noch gebückter und unbeholfener aussieht als sonst. Ich will ihm gerade vorschlagen, in einen anderen Laden zu gehen, doch in diesem Moment ertönt ein Brüllen hinter mir.

„Was zum Teufel hast du gerade gesagt?"

Ich halte inne und drehe mich um, wobei sich mein Körper noch mehr anspannt. Zwei kräftige Kerle, die von der Größe her fast mit Zian mithalten können, funkeln sich gegenseitig an, während einige andere – möglicherweise ihre Freunde – mit besorgten Mienen zusehen.

„Du hast mich gehört", knurrt der eine Typ durch seinen dicken roten Bart. „Twilight Zombduds haben sich mit ihrem letzten Album verkauft und sollten für uns alle gestorben sein."

Der andere Kerl stößt dem Bärtigen seinen dicken Finger ins Gesicht. „Sie haben ihre verdammten Schulden bezahlt. Außerdem redest du hier über den Cousin des besten Freundes meines Onkels."

Ich verstehe nicht wirklich, warum sie sich so aufregen, doch im nächsten Moment holt der Bärtige mit seiner Faust aus. Plötzlich verwandelt sich die Menschentraube um sie herum in eine brodelnde Masse aus wütenden Schreien und schlagenden Händen.

Die Stimmung im Raum verwandelt sich im Handumdrehen von leicht bedrohlich in ein Kriegsgebiet. Ich stelle mich zwischen Riva und einen der Raufbolde, der auf sie zustürmt, und verpasse ihm einen Ellbogenstoß in die Rippen, bevor ich ihn beiseite zerre.

Wenn sie auch nur einen blauen Fleck abbekommt …

Mein Puls rast, und meine Nerven sind gespannt wie Drahtseile. An der Decke zerbersten zwei weitere Lichter.

Das wollte ich auch nicht. Verdammte Scheiße.

Ich drehe mich zu den anderen um, und jede Zelle in meinem Körper vibriert. Ich muss uns hier rausbringen – sowohl um Riva und meine Freunde von dem Kampf fernzuhalten, als auch um uns nicht zu verraten.

Die anderen eilen bereits durch die Menge zur Tür, aber die Clubbesucher drängeln sich jetzt in alle Richtungen.

Einige bahnen sich einen Weg in Richtung des Kampfes, entweder um mitzumachen oder um sie anzufeuern.

Mein Herzschlag beschleunigt sich, als ich mich zwischen den Gästen zu Riva durchdränge.

Auf meinem Weg zur Tür, ramme ich einem Arschloch meinen Ellbogen in die Seite, während ich einen anderen Lahmarsch wegstoße.

Ich ignoriere die Flaschen, die aus den Regalen an der Bar fallen und die Scherben, die in alle Richtungen fliegen.

Ich ignoriere das Knarren des Bodens, das ein Teil von mir sein könnte, der an den Brettern rüttelt.

Wir müssen einfach nur hier raus. In dieser Absteige war sowieso nichts für uns zu holen.

Wir stolpern auf den Bürgersteig hinaus, zusammen mit einem Strom anderer Leute, die sich nicht für den Kampf interessieren. Irgendein Arschloch packt Rivas Arm.

Ich stürze mich sofort auf ihn, doch sie kommt mir zuvor und schlägt ihm mit der Faust auf die Nase. Er beschimpft sie und taumelt davon, und ich komme mit einem Knurren neben ihr zum Stehen.

Das Schild über den Clubfenstern quietscht und ein Ende beginnt sich nach vorne zu wölben.

Riva sieht mich an. Ich konzentriere mich mit aller Kraft, die in mir steckt, wobei sich jeder Muskel versteift.

Ich werde sie verteidigen. Ich werde ihr keinen Schaden mehr zufügen – nie wieder.

Behalte einen klaren Kopf, Jake.

Der Sturm der Gefühle, von dem ich immer noch nicht weiß, wie ich ihn beherrschen soll, tobt weiterhin in mir. Allerdings geht nichts mehr kaputt. Das Unterdrücken meiner Kräfte hat mich so ausgelaugt, als wäre ich einen Kilometer gesprintet.

Ich bin es nicht mehr gewohnt, etwas zu fühlen.

Andreas schubst uns alle die Straße hinunter. Ich atme

gleichmäßig durch die Nase ein, während die kühle Nachtluft über meinen Körper strömt.

In diesem Moment wünsche ich mir, ich wäre wieder im Wald. Nichts als Bäume um uns herum und nackte Erde unter meinen Füßen.

Dann bleibt Riva ein paar Schritte vor mir wie erstarrt stehen.

Der Rest von uns hält ebenfalls an. Sie zeigt auf die andere Seite der Straße, weiter unten.

„Die Frau dort", murmelt sie. „Die mit dem grünen Kleid. Ich glaube, sie ist eine von denen, die wir suchen."

SIEBEN

Riva

Ich weiß nicht, wie ich es erklären soll, und die Jungs werden mich wahrscheinlich für verrückt halten. Doch je länger mein Blick auf der Frau auf der Straße verweilt, desto sicherer bin ich mir, dass sie eine der Kreaturen ist, die Engel als Monster bezeichnet hätte.

Ein kleiner, aber spürbarer Schauer durchfährt mich, wie der leiseste Windhauch, der die Schatten in meinem Blut aufwirbelt. Als würde ich sie auf körperlicher Ebene erkennen, obwohl ich es mit meinen Augen nicht tue.

Dann verschwindet sie aus meinem Blickfeld und durch die Tür einer Ladenfront an der Ecke.

„Ich konnte es einfach … spüren", sage ich zu den Jungs, die um mich herum stehen und ihr nachschauen. „Irgendetwas an ihr ist wie bei uns und nicht wie bei normalen Menschen."

Zian nickt langsam, seine Augen sind weit aufgerissen.

„Nachdem du mich auf sie aufmerksam gemacht hast, konnte ich es auch spüren.“

Er schenkt mir ein hoffnungsvolles Lächeln, das ich automatisch erwidere. Mein Herz setzt einen Schlag aus, als ich den Schimmer von Zuneigung in seinen Augen sehe, obwohl ich weiß, dass es nicht das bedeutet, was ich mir wünsche.

Was ich mir immer gewünscht *habe*.

Die anderen Jungs wirken immer noch verdutzt. Vielleicht ist es logisch, dass Zian und ich andere Wesen, die uns ähnlich sind, am ehesten wahrnehmen, da unsere körperlichen Sinne am stärksten ausgeprägt sind.

Wir hatten schon immer animalischere Züge als die anderen.

Das Gefühl ist gar nicht mal so seltsam. Eine andere Art von Schauer durchfährt mich wie ein eisiger Finger, der mir über den Rücken streicht.

Ich habe dieses Gefühl des Wiedererkennens schon einmal verspürt. Damals hatte ich keine Ahnung, was es bedeutete, doch während meiner Missionen haben ein paar Menschen dieses leichte Zittern in meinem Blut ausgelöst.

Und dieser Wolkenkratzer in San Francisco. Ich konnte nicht anders, als stehenzubleiben und ihn anzustarren. Das muss mittlerweile fast zehn Jahre her sein. Ob er von Monstern oder für sie gebaut wurde?

Jacob klatscht in die Hände und holt mich zurück in die Gegenwart. Sein Blick ist auf das Gebäude gerichtet, in dem die Frau verschwunden ist.

„Dann wollen wir mal sehen, was sie ist und was sie uns sagen kann.“

Er sieht mich an, doch sein Blick ist weder herausfordernd noch anklagend. Er hat mich in den letzten Tagen schon öfter so angesehen, deswegen weiß ich, dass ich mir nicht einbilde, dass er meine *Zustimmung* möchte.

Diese Gewissheit macht es jedoch nicht weniger verwirrend. Aber mal ehrlich, was sollen wir sonst tun?

Ich atme tief ein und nicke.

Wir überqueren die Straße und schlendern auf das Gebäude zu. Normalerweise schenke ich Jacob kaum Beachtung, weil ich mich vor den unangenehmen Erinnerungen scheue, die seine Anwesenheit hervorruft, doch jetzt mustere ich ihn verstohlen.

In der Punkkneipe ist er ein bisschen wilder geworden als sonst. Zumindest habe ich ihn nie so gesehen, als wir noch jünger waren.

Er hat sich immer viel auf seinen kühlen Scharfsinn eingebildet, mit dem er in jeglichen Situationen nie die Kontrolle verlor. Mit maximaler Konzentration stürzte er sich in jede Übung, die eine Strategie erforderte, und zog uns alle mit seinen schnellen Beobachtungen und Entscheidungen mit.

Seit wir wieder zusammen sind, hat sich dieses Verhalten nur noch verstärkt.

Außer nach dem einen Angriff der Wärter am Stadthaus auf dem Campus. Als wir wegfuhren, schien es, als wäre er in eine Art Trance verfallen und völlig in seinen Gedanken versunken.

Er hat mit seiner Telekinese praktisch den Beifahrersitz zerstört, bevor ich ihn aus diesem Zustand herausholte.

Heute Abend wirkte er jedoch so wach und konzentriert wie immer.

Allerdings hatte ich noch keine Gelegenheit, alle Nuancen dessen kennenzulernen, was aus ihm oder den anderen Jungs in den letzten vier Jahren geworden ist. Bis vor Kurzem waren sie mir gegenüber feindselig und haben mich auf Abstand gehalten … Und ich spüre, dass sie auch jetzt noch mit der schmerzhaften Vergangenheit zu kämpfen haben.

Wir kommen langsam vor dem Gebäude zum Stehen. *Royal Lounge* steht in kursiven Buchstaben auf dem Schild über dem Eingang.

Die meisten Fenster an der Front sind von einem violetten Samtvorhang verdeckt, sodass nur ein kleiner Teil des Innenraums in der Nähe der Tür zu sehen ist. Dort fällt bernsteinfarbenes Licht auf helles, glänzendes Holz und zart gekörntes Leder.

Die wenigen Gäste, die ich erkennen kann, sind ähnlich gekleidet wie die Frau, die ich gesehen habe: dezente, aber elegante Abendgarderobe.

Andreas mustert uns. „Ich glaube nicht, dass wir da drin so auffallen wollen wie in der Punkkneipe. Jake und ich sind wahrscheinlich kein Problem. Zee, ich habe dir ein Poloshirt besorgt, falls wir uns ein wenig schick machen müssen.“

Zian verzieht das Gesicht. „Dann lass es uns holen.“

Wir haben unsere Rucksäcke mit unseren neuen Klamotten und den anderen Sachen im Kofferraum gelassen. Wenn wir sie immer dabeihaben, stehen die Chancen gut, dass wir nicht wieder alles verlieren.

Während Zian in seinem Rucksack wühlt, öffne ich meinen. „Ich habe einen Pullover, der etwas besser aussieht als der Kapuzenpulli.“

Auch meine dunkle Jeans wäre vermutlich besser für ein schickeres Ambiente geeignet als die Cargohose. Da ich mich allerdings nicht komplett umziehen will, tausche ich nur meinen Kapuzenpulli gegen den weichen, schwarzen Pullover.

Als ich mich umdrehe, zerrt Zian am Kragen des marineblauen Poloshirts. Obwohl er seinen Mund komisch verzieht, muss ich mich zusammenreißen, um nicht zu sabbern.

Die Farbe passt perfekt zu seinem dunklen Haar und

seiner pfirsichbraunen Haut. Und ich habe ihn noch nie in etwas anderem als Sportkleidung gesehen.

Zee sieht umwerfend aus.

Als er mich ansieht, wende ich meinen Blick rasch ab, bevor er merkt, dass die Röte auf meinen Wangen etwas mit ihm zu tun hat. Stattdessen stehe ich nun Dominic gegenüber, der in seinem Parka noch unbeholfener aussieht.

Er neigt den Kopf, und der kurze Pferdeschwanz, zu dem er sein glattes, kastanienbraunes Haar zusammengebunden hat, fällt ihm über die Schulter. „Niemand braucht es zu sagen. Mir ist klar, dass ich auf jeden Fall auffallen werde."

In einem Hemd oder einem Mantel, der dünner ist als der Parka, würden sich die Tentakel auf seinem oberen Rücken deutlich abzeichnen. Er hat keine vernünftigen Optionen.

Ich spüre einen Stich in der Brust. Es ist nicht das erste Mal, dass wir ihn zurücklassen.

Bei den Trainingseinheiten, die viel Kraft und Ausdauer erforderten, gerieten Dominic und Griffin immer als Erste ins Straucheln. Ich erinnere mich, dass die Wärter ihnen Elektroschocks verpassten, wenn wir ihnen nicht schnell genug halfen.

Manchmal hatten sie nichts dagegen, wenn wir zusammenarbeiteten, aber manchmal war es das Ziel, uns alle an unsere Grenzen zu bringen. Ob wir wollten oder nicht.

Jacob zögert. Es ist klar, dass er nichts sagen will, wodurch Dominic sich noch schlechter fühlen könnte, was seine Einschränkungen angeht.

Ich kann nicht anders, als seine offensichtliche Besorgnis wertzuschätzen, sosehr ich mich über ihn ärgern möchte.

„Du kannst das Haus von draußen überwachen", sagt er einen Augenblick später. „Tu so, als würdest du auf jemanden warten und warne uns, wenn es so aussieht, als würde es Ärger geben."

Wir haben keinen Grund zu glauben, dass wir es plötzlich mit einer Bedrohung von draußen zu tun bekommen, aber es ist ein vernünftiger Kompromiss.

Dominic schenkt Jacob ein festes Lächeln. „Klingt gut."

Wir versuchen, lässig auszusehen, als wir zurück in den Club gehen. Dominic stützt sich an der Wand des Nachbargebäudes ab, und wir anderen gehen hinein.

Als wir den warm beleuchteten Raum betreten, werden wir von stimmungsvoller, klassischer Musik mit anschwellenden Geigen und Klavierklängen empfangen. Es riecht auf jeden Fall besser als in der Punkkneipe. Zwar hängt auch hier der Geruch nach Alkohol in der Luft, aber gemischt mit einem Hauch von rauchigen Blumenblättern. Ich vermute, dass irgendwo ein Räucherstäbchen brennt.

In der Mitte des langen, schmalen Raums vor uns befindet sich eine kleine, halbkreisförmige Bar mit einem glänzenden schwarzen Tresen. Im vorderen Bereich befinden sich mehrere Mahagonitische mit schlichten Ledersofas und Sesseln darum herum, während die Gäste im hinteren Bereich um kleine, runde Bartische stehen.

Ein paar Leute entspannen sich mit ihren Getränken auf den Sesseln neben uns, doch die Frau im grünen Kleid kann ich nirgendwo entdecken. Die meisten Aktivitäten scheinen sich ohnehin im hinteren Teil des Lokals abzuspielen.

Wir schlendern in den Raum und Andreas bleibt an der Bar stehen, um Getränke für sich und die anderen Jungs zu bestellen, wohl um den Anschein zu wahren, dass wir normale Gäste sind. Auf seinen fragenden Blick hin schüttle ich den Kopf.

Auch wenn Jacobs Gift nicht mehr durch meinen Körper fließt, wird mir immer noch übel, wenn ich an die berauschende Wirkung des Cocktails denke, den ich damals getrunken habe. Am liebsten würde ich nicht einmal einen in der Hand halten.

Ein paar Dutzend Leute haben sich um die Stehtische im hinteren Bereich versammelt. Als wir darauf zugehen, stelle ich fest, dass der Club hier beinahe doppelt so breit ist wie vorne, als würde er in das Nachbargebäude hineinragen,

Die anderen Gäste plaudern und lachen und nippen gesittet an ihren Getränken. Sie sehen in keiner Weise monströs aus.

Die Frau in dem grünen Kleid ist nicht unter ihnen. Hat sie das Lokal bereits wieder verlassen?

Vielleicht gibt es einen zweiten Stock oder ein Untergeschoss.

Als ich die Jungs darauf aufmerksam machen will, durchfährt mich wieder das leichte Kribbeln, das meine Aufmerksamkeit auf die Frau gelenkt hat.

Mein Blick fällt auf einen schlanken Mann, der Ende zwanzig zu sein scheint und in der hinteren Ecke allein an einem Tisch steht. Seine Finger umfassen locker den Stiel seines Weinglases.

Er beobachtet die anderen Gäste mit einer lässigen Miene, doch ich bin mir plötzlich sicher, dass er sie genau betrachtet. Weil sie Beute sein könnten?

Zian stupst mit seinem Ellbogen kurz gegen meinen Arm. Er blickt zu einem anderen, etwas älteren Mann mit einer kräftigen Statur und einem breiten Grinsen, der etwas sagt, das seine Begleiter zum Lachen bringt.

Sobald ich ihn ansehe, spüre ich wieder ein Kribbeln. Jetzt, wo ich mich daran gewöhnt habe, nehme ich das Gefühl noch deutlicher wahr.

Jacob gibt uns mit einer Handbewegung zu verstehen, dass wir uns zu einem der wenigen freien Tische an der Wand begeben sollen, wo wir uns ungestört unterhalten können. Er ist erst ein paar Schritte gegangen, als eine elegant gekleidete Frau auf ihn zustürmt und ihre schlanke Hand auf seinen Unterarm legt.

„Ich habe dich hier noch nie gesehen", säuselt sie.

Ich habe schon einmal mitbekommen, dass diese Jungs bei Frauen auf Interesse stoßen – in dem Tanzclub, in dem ich diesen einen Drink hatte. Es ist nicht wirklich überraschend, wenn man bedenkt, wie unglaublich attraktiv sie sind.

Und ich *will* Jacob sowieso auf keinen Fall.

Doch in der Sekunde, in der sie ihn berührt, dringt ein Knurren aus meiner Kehle, und meine Krallen wollen aus meinen Fingerspitzen schießen.

Das letzte Mal, als er diese Art von Aufmerksamkeit bekam, schien es ihm nichts auszumachen. Heute Abend zieht er seinen Arm sanft, aber bestimmt weg und tritt zur Seite.

Seine hellblauen Augen werden eiskalt. „Kein Interesse", sagt er mit einer Stimme, mit der man Glas schneiden könnte.

Die Frau zuckt zusammen, offensichtlich erschrocken über seine nachdrückliche Zurückweisung, und Andreas geht dazwischen. Er hebt beschwichtigend die Hände, bleibt aber ganz ruhig. „Tut mir leid. Wir sind vergeben."

Ach ja?

Der Blick der Frau huscht zu mir, und meine Wangen werden doppelt so heiß, wie vorhin, als ich Zian begafft habe.

Oh. Äh.

Ich möchte am liebsten schreien, dass ich mit *keinem* von ihnen zusammen bin, geschweige denn mit allen, doch damit würde ich unseren Versuch, unauffällig zu bleiben, zunichtemachen.

Außerdem ist es sowieso besser, wenn sich die Jungs auf unsere aktuelle Mission konzentrieren, oder? Egal, welche Ausreden sie dafür vorbringen.

Ich setze meinen Weg zu dem Tisch fort, auf den wir

zusteuern, ohne die Situation zu kommentieren. Als die Jungs mir ein paar Augenblicke später folgen, habe ich es geschafft, die Röte auf meinen Wangen verschwinden zu lassen.

„Kein grünes Kleid", flüstert Andreas so leise, dass nur wir es hören können.

„Hier sind noch zwei weitere Kreaturen, glaube ich", sage ich. „Der Typ da drüben in der Ecke und der Dicke, der mit den vielen Leuten am Tisch sitzt."

Zian nickt. „Ich habe es auch gespürt. Kannst du in ihre Erinnerungen schauen, Drey?"

Andreas dreht das Glas, aus dem er noch nicht getrunken hat, zwischen seinen Händen und betrachtet seine potenziellen Ziele. „Ich mache mir Sorgen, dass sie es merken, wenn ich meine Kräfte bei ihnen einsetze. Wir wollen schließlich nicht, dass sie sofort in die Defensive gehen."

„Wir brauchen ihre Erinnerungen sowieso nicht", wirft Jacob ein. „Wir wollen herausfinden, über welche übernatürlichen Fähigkeiten sie verfügen. Doch falls sich die Möglichkeit bietet, einen von ihnen zu verhören, kannst du dann einen Blick darauf werfen. Es könnte nützlich sein, zu wissen, was sie so im Schilde führen."

Ich beobachte die beiden Männer so unauffällig, wie es mir möglich ist. „Wie sollen wir es schaffen, sie zu befragen? Wir wollen doch nicht gleich aggressiv werden, wenn wir nicht wissen, wozu sie fähig sind."

Zian folgt meinem Blick und runzelt die Stirn. „Der Einzelgänger ist wahrscheinlich unsere beste Chance. Wir sollten ihn nach draußen bringen, wo sich niemand einmischt, oder?"

Jacob brummt nachdenklich und führt sein Getränk an die Lippen, doch ich kann sehen, dass er nicht wirklich an der bernsteinfarbenen Flüssigkeit nippt. „Lass uns einen kleinen Testlauf machen. Zee, du bist der Einschüchterndste von uns vieren. Geh um die Tische herum, an beiden vorbei, dann werden wir sehen, ob sie irgendwelche interessanten Reaktionen zeigen. Der Einzelgänger könnte auch der Gefährlichste sein."

Falls es Zian stört, dass er als Köder benutzt wird, lässt er es sich nicht anmerken. Er nimmt sein eigenes Getränk und macht sich sofort auf den Weg.

Trotz seines lässigen Ganges und obwohl er nirgends zu lange stehenbleibt, ist es unmöglich, dass er völlig unbemerkt bleibt. Er muss der größte und kräftigste Kerl in der Lounge sein und sieht obendrein noch gut aus.

Er geht am Tisch des Einzelgängers vorbei, ohne den Mann anzusehen. Der schlanke Mann wirft Zian nur einen kurzen Blick zu, bevor seine Aufmerksamkeit zu den anderen Gästen zurückkehrt. Einen Hinweis auf übernatürliche Fähigkeiten kann ich nicht erkennen.

Der beliebte Mann blickt über seine Schulter, noch bevor Zian ihn erreicht hat, als würde er eine nahende Bedrohung spüren. Ich glaube, ich sehe einen kurzen gelblichen Schimmer über seine Augen huschen, bevor er sich wieder seinem Fanclub widmet.

Jacob zuckt im selben Moment zusammen. Er hat die Reaktion auch bemerkt.

Als Zian wieder auf uns zukommt, dreht sich eine Frau, die mit ein paar Freundinnen gekichert hat, von ihrem Tisch weg. Ihre wackeligen Beine deuten darauf hin, dass sie ein paar Martinis zu viel getrunken hat.

Trotzdem glaube ich nicht, dass ihr Stolpern völlig unbeabsichtigt war. Sie fällt direkt in Zians Arme, hält sich an seinem Hemd fest und lächelt ihn verschmitzt an.

Ich verstecke meine Hände gerade noch rechtzeitig unter der Tischplatte, um meine Krallen zu verbergen, bevor ich sie wieder in meine Fingerspitzen zwingen kann.

Im selben Moment klimpert die Frau mit ihren Wimpern und spitzt die Lippen, als wolle sie eine kokette Bemerkung machen.

Doch Zian weicht vor ihr zurück.

Seine Lippen sind fest aufeinandergepresst, als ob er einen Schrei unterdrücken würde. Ein wilder Blick liegt in seinen Augen, und seine Muskeln sind angespannt, als hätte sie ihn angegriffen anstatt mit ihm geflirtet.

„Nein", sagt er mit einem Zittern in der Stimme, das er eine Sekunde später unterdrückt. Er lässt die Arme sinken, die er hochgerissen hat, als ob er sie abwehren wollte.

„Alles in Ordnung?", fügt er unwirsch hinzu, seine Haltung ist immer noch angespannt.

Die Frau blinzelt ihn verwirrt an und wendet sich dann wieder ihren Freundinnen zu, die Zian böse anstarren. Mit gesenktem Kopf eilt er zurück zu uns.

Mir ist flau im Magen. Ich habe schon öfter mitbekommen, dass Frauen Zian anhimmeln, aber noch nie auf eine so aggressive Weise.

Er will also nicht nur von mir nicht berührt werden. Er sah regelrecht *panisch* aus.

Offensichtlich bin ich nicht die Einzige, die das bemerkt hat. Andreas hat seine Stirn in Falten gelegt.

„Zee", ruft er, sobald dieser in Hörweite ist.

Zian schüttelt unwirsch den Kopf. „Mir geht's gut. Welchen der beiden nehmen wir uns vor?"

Jacob wartet einen Moment ab, um sich zu vergewissern, dass es Zian wirklich gut geht, dann nickt er zu dem Mann, der allein am Tisch sitzt. „Der Typ in der Ecke hat keine Anzeichen von Kräften gezeigt und wirkt nicht so, als wäre er dir gegenüber misstrauisch. Ich denke, dein erster Instinkt war richtig. Wir sollten ihn nehmen."

Ich ziehe die Augenbrauen hoch. „Wir sollen also den Monster-Typen davon überzeugen, die Lounge zu verlassen, ohne dass es aussieht, als würden wir ihn belästigen. Ganz einfach."

Ein kleines Lächeln umspielt Andreas' Lippen. „Vielleicht ist es an der Zeit, dass ich ein kleines Risiko eingehe und in seinen Kopf schaue."

Seine Augen leuchten kurz rötlich auf. Dann macht er eine Handbewegung in unsere Richtung. „Ich habe etwas, mit dem ich arbeiten kann. Kommt mit."

Diesmal überlässt Jacob Andreas die Führung. Wir gehen als Gruppe auf den Tisch des Mannes zu.

Da wir alle vier vor ihm stehen, kann er nicht wirklich woanders hinschauen. Er legt den Kopf schief. „Kann ich euch helfen?"

„Wir haben eine Nachricht von Frond für dich", sagt Andreas.

Er benutzt die Information, die er im Kopf des potenziellen Monsters gefunden hat. Der Mann zuckt zusammen, und seine Lässigkeit ist mit einem Mal verschwunden. „Worüber?"

Andreas deutet mit dem Daumen zur Hintertür der Lounge. „Ich denke, es ist besser, wenn wir das an einem ruhigeren Ort besprechen."

Der Mann nickt langsam und wirft uns einen weiteren misstrauischen Blick zu, bevor er sich von seinem Tisch erhebt. Wir verlassen den Club und treten in die breite, dunkle Gasse hinter dem Gebäude.

Dort dreht sich der schlanke Mann zu uns um und verschränkt die Arme vor der Brust. „Also gut, dann lasst mal hören."

Kaum hat er die Worte ausgesprochen, wird er von einer unsichtbaren Kraft gegen die gegenüberliegende Wand geschleudert. Jacob schreitet im Windschatten seiner Kraft vorwärts und packt den Mann an der Kehle.

Offenbar hat er beschlossen, dass es sinnlos ist, so zu tun, als wäre dies ein freundliches Gespräch. Um ehrlich zu sein, hat er damit vielleicht gar nicht so unrecht.

Als wir anderen uns näher heranpirschen, fixiert Jacob den Monstermann mit seinem eisigen Blick. „Wir haben ein paar Fragen. Es sollte nicht allzu lange dauern, wenn du schnell antwortest.“

Der Mann stößt ein ersticktes Lachen aus. „Für wen hältst du dich?“ Seine Augen verengen sich, und die Farbe weicht aus seinem Gesicht. „Was zum Teufel bist du?“

„Das geht dich einen Scheißdreck an. Also, wir können …“

Jacob hat noch nicht einmal den ersten Teil seiner Drohung zu Ende gesprochen, als der Mann einfach … verschwindet.

In der einen Sekunde steht er noch an der Wand, und in der nächsten taumelt Jacob vorwärts und schlägt mit der Hand gegen die Ziegelsteine. Mit einem wütenden Grunzen wirbelt er herum.

Ich drehe mich um meine eigene Achse und recke den Hals, um die Gasse abzusuchen, doch der Mann ist weit und breit nicht zu sehen.

„Was zum Teufel?“ Zian spannt seine Muskeln an.

Andreas befeuchtet seine Lippen, seine Miene ist angespannt. „Es sieht so aus, als hätten die echten Monster mehr Tricks im Ärmel, als wir dachten.“

Acht

Riva

„Ihr seid hier nicht mehr willkommen", sagt die imposante Frau am Eingang der Lounge.

Wir bleiben auf der Schwelle stehen, wo sie uns den Weg versperrt. Nachdem die Hintertür hinter uns zufiel, liefen wir außen herum, um etwas aus dem korpulenten Mann herauszubekommen oder die Frau in dem grünen Kleid zu finden.

Stattdessen wird uns nun der Weg versperrt.

Jacob hebt sein Kinn. „Warum nicht?"

Die Frau hebt hochmütig den Kopf. Durch ihre Absätze und die Tatsache, dass sie auf einer Stufe steht, ist sie sogar noch ein bisschen größer als Zian. „Wir dulden es nicht, wenn jemand unsere Gäste belästigt. Verschwindet, bevor ich weitere Maßnahmen ergreifen muss."

Oh, Scheiße.

Wir kehren um und laufen die Straße hinunter, wo Dominic sich zu uns gesellt. Unbehagen legt sich über uns.

Andreas runzelt die Stirn. „Jemand muss mitbekommen haben, wie wir den Kerl zur Rede gestellt haben."

„In dem Sekundenbruchteil, in dem wir ihn hatten, bevor er sich auflöste", murmelt Jacob und blickt Andreas an. „Er ist nicht einfach unsichtbar geworden. Nicht so wie du."

Andreas nickt. „Ich habe immer noch eine Art körperliche Präsenz. Er hingegen ist einfach verschwunden."

Zian gibt einen unzufriedenen Laut von sich. „Wie zum Teufel sollen wir Antworten aus ihnen herausbekommen, wenn sie einfach so verschwinden können?"

Dominic hat genug gesehen und gehört, um die Puzzleteile zusammenzusetzen. „Die Monster haben möglicherweise nicht alle die gleichen Fähigkeiten", gibt er zu bedenken. „Wir haben auch unterschiedliche Kräfte."

Ich richte mich auf, und eine neue Entschlossenheit durchströmt mich. „Das stimmt. Wir müssen nur ein anderes Monster finden."

Bei der leichten Bewegung schmerzt die Wunde an meiner Seite. Vermutlich ist die Schorfschicht wieder aufgeplatzt, als ich aufsprang, um den verschwundenen Monstermann in der Gasse zu suchen.

Das macht allerdings nichts. Es erinnert mich daran, wie gefährlich diese Kreaturen sein können, wenn man bedenkt, dass ich diese sadistische Kraft in mir von ihnen bekommen habe.

„Kommt schon", sage ich, um mich von den immer stärker werdenden Schmerzen abzulenken. „Je mehr Orte wir abklappern, desto wahrscheinlicher ist es, dass wir heute Nacht jemanden finden, aus dem wir etwas herausbekommen."

Als wir zum Auto zurückgehen, stupst Jacob Andreas an.

„Hast du etwas Interessantes in den Erinnerungen des Monsters gesehen?"

Andreas verzieht das Gesicht. „Ich habe nur einen kurzen Blick hineingeworfen, gerade lange genug, um einen Namen zu finden, der ihm etwas zu sagen schien. Ich wollte vermeiden, dass er ausrastet. Das ist mir wohl nicht gelungen."

Der Typ wirkte ziemlich erschrocken, bevor er verschwand. Was hatte das zu bedeuten?

„Wahrscheinlich ist er nicht daran gewöhnt, erkannt zu werden", sage ich.

Wir steigen ins Auto, und ich nehme wieder auf dem Beifahrersitz Platz. Ich will einen guten Blick haben, damit ich sofort jeden sehen kann, bei dem ich ein merkwürdiges Kribbeln spüre.

Diesmal setzt sich Jacob ans Steuer und umklammert das Lenkrad fest mit beiden Händen. Er ist sauer, weil uns die Frau den Zutritt zur Lounge verwehrt hat.

„Wenn wir ein anderes finden, sollten wir vielleicht diplomatischer vorgehen", schlage ich ein wenig säuerlich vor.

Jacob schnaubt, widerspricht aber nicht. „Mal sehen, wen wir finden, bevor wir eine Entscheidung treffen."

Wir fahren durch die immer dichter werdende Nacht und halten uns an die Gewerbegebiete mit Geschäften und Restaurants. Es ist unwahrscheinlich, dass sich Monster mitten in einem Wohngebiet herumtreiben.

Besitzen sie Häuser? Verstecken sie sich in Höhlen, Schluchten und Wäldern?

Wir haben keine Ahnung, wie diese Wesen überhaupt leben. Engel zufolge sind sie wie die übernatürlichen Bestien aus Geschichten, doch inwiefern sind diese Geschichten wahr?

Es sind immer noch viele Fußgänger auf den Straßen

unterwegs, die meisten von ihnen in Pärchen oder Gruppen. Ich beobachte, wie eine junge Frau, die etwa in meinem Alter zu sein scheint, auf eine Gruppe anderer Frauen zustürmt und sie der Reihe nach umarmt.

Beinahe hätte ich eine Freundin gehabt. Brooke, unsere Nachbarin auf dem Campus, hat versucht, für mich da zu sein.

Wenn wir dort geblieben wären, hätten sie und ich vielleicht beste Freundinnen werden können. Doch ausgerechnet, weil sie versucht hat, für mich da zu sein, geriet sie ins Kreuzfeuer, als die Wärter uns fanden.

Ich kann keine anderen Freunde finden als die unsicheren, die ich im Moment habe. Es ist zu riskant – und zwar für sie noch viel mehr als für mich.

Dieser Gedanke versetzt mir einen Stich ins Herz, der schmerzhafter ist als meine Verletzung. Ich schlucke schwer und lasse meinen Blick weiter über die Bürgersteige draußen schweifen.

Wir passieren die dichten Schatten eines großen Parks mit Bäumen, als ich wieder dieses Kribbeln spüre. Ich rucke in meinem Sitz nach vorne und versuche, nicht zusammenzuzucken, als mich bei der plötzlichen Bewegung ein heftiger Schmerz durchzuckt.

„Da", sage ich und deute auf das andere Ende des Parks. „Da ist jemand … Jemand sitzt dort neben der Bank."

Die Gestalt ist kaum mehr als ein Klumpen Stoff mit krausem Haar, doch ich kann das immer vertrauter werdende Gefühl nicht leugnen, das in meinem Blut kribbelt. Jacob parkt am Bordstein, und wir gehen vorsichtig hinüber.

Neben der Bank kauert eine Frau mittleren Alters. Um ihre Schultern liegt eine schmuddelige Decke, und ihr rundes Gesicht ist schmutzig.

Sie sieht aus wie eine Obdachlose. Ist das eine

Verkleidung, oder können Monster genauso verwahrlosen wie normale Menschen?

Oder spielen meine Sinne verrückt, und sie *ist* ein ganz normaler Mensch?

Zian geht voraus. Seine Muskeln spannen sich unter der schicken Kleidung an. Schließlich dreht er sich zu uns um und nickt uns zu.

Er spürt es auch. Ich werde nicht verrückt – jedenfalls nicht noch verrückter, als ich es vielleicht schon bin.

Die Frau starrt ihn finster an, noch unfreundlicher als der Typ von vorhin. Mit einem warnenden Blick zu Jacob gehe ich an Zian vorbei, um mich vor sie zu stellen.

„Hey", sage ich mit der freundlichsten Stimme, die ich zustande bringe, während ich denke, dass Andreas besser für diese Aufgabe geeignet wäre als ich.

Jetzt ist es zu spät, ich bin schon mittendrin.

Ich ringe mir ein Lächeln ab. „Wir haben gehofft, dass wir dir ein paar Fragen stellen können. Weil … Wir denken, dass du wie wir bist."

Die Frau lässt ihren Blick über uns fünf schweifen, und ihre Miene wird noch finsterer.

„Ich bin kein Infostand", sagt sie mit einer trockenen, rasselnden Stimme.

Ich hebe die Hände und blende den Schmerz in meiner Seite aus, der durch die Bewegung immer stärker wird. „Das verstehe ich. Aber wir sind nicht wirklich auf dem Laufenden, was ungewöhnliche Dinge betrifft. Dinge, die diese Leute nicht verstehen würden", füge ich mit einer Handbewegung in Richtung der Fußgänger zu, die auf der anderen Straßenseite vorbeischlendern.

Andreas scheint zu merken, dass ich ein wenig zappelig bin, denn er tritt neben mich, um mit seiner ruhigen Stimme hinzuzufügen: „Wir wollen dir keinen Ärger machen. Wir brauchen nur ein paar Ratschläge, wie man bestimmte Fähigkeiten einsetzt, ohne dass die normalen Menschen es bemerken. Ich nehme an, du hast damit schon Erfahrung?"

Sein Lächeln sieht deutlich weniger steif aus als meins, da bin ich mir sicher. Und da seine Augen dunkelgrau bleiben, nehme ich an, dass er nicht versucht, ihre Gedanken zu lesen.

Er will ihr keine Angst machen, schließlich wissen wir nicht, wozu sie fähig sein könnte.

Die Frau mustert uns erneut. Sie fährt sich mit der Zunge über ihre Lippen, und ein Schauer durchfährt ihren pummeligen Körper. Dann steht sie abrupt auf.

„Ich will nichts mit euch zu tun haben."

„Warte!", ruft Jacob und stürzt nach vorne.

Die Frau weicht vor ihm zurück, als er nach ihr greifen will, und seine Finger schließen sich um nichts als Luft.

Sie ist verschwunden, genauso plötzlich wie der Mann in der Gasse.

Jacob starrt auf seine Hand und dann auf die Stelle, an der eben noch die Frau war. „Scheinbar können sie *alle* einfach so abhauen. Verdammte Scheiße."

Dominic verlagert sein Gewicht von einem Fuß auf den anderen. „Es ist schon spät und wir wissen nicht wirklich, womit wir es zu tun haben. Vielleicht sollten wir zurück in die Wohnung gehen, uns etwas ausruhen und morgen früh neu planen."

Meine pochende Seite hält das für eine tolle Idee. Ich will mich einfach nur auf ein Bett legen und meine Gefühle und meinen Körper wieder in Ordnung bringen. Und zwar ohne die Jungs.

„Dominic hat recht", stimme ich zu.

Er sieht mich ein wenig verwundert an, aber auch Zian nickt, wenn auch etwas widerwillig. „So kommen wir nicht weiter."

Jacob seufzt. „Na gut. Es muss doch einen Weg geben, diese Arschlöcher zum Reden zu bringen."

Andreas gibt ihm einen leichten Klaps auf die Schulter. „Uns wird schon etwas einfallen, Jake. Wir sind nicht umsonst so weit gekommen."

Die Airbnb-Unterkunft, die er für uns arrangiert hat, befindet sich in einem schmuddeligen Viertel am Stadtrand, was wahrscheinlich der Grund dafür ist, dass sie so kurzfristig verfügbar war. Dafür gibt es drei Schlafzimmer mit je vier Betten und ein ausziehbares Sofa, sodass wir genug Platz haben.

Einer der Vorteile der neu entdeckten Großzügigkeit meiner Jungs ist, dass sie angekündigt haben, dass ich das Hauptschlafzimmer mit eigenem Bad bekomme. Kaum haben wir das kastenförmige dreistöckige Haus betreten, in dem wir die beiden oberen Stockwerke gemietet haben, ziehe ich die Pistole aus meinem Hosenbund, lege sie in die Waffentasche und mache mich auf den Weg zur Treppe.

Selbst nachdem ich die ganze Fahrt über stillgesessen habe, schmerzt meine Seite immer noch. Als ich die Treppe erreiche, rücke ich meinen Rucksack auf meinen Schultern zurecht, damit nicht zu viel Gewicht auf dieser Seite lastet.

Ich war wohl nicht so subtil, wie ich gedacht hatte, denn Dominic fragt mich von hinten: „Geht es dir gut, Riva?"

„Ja", antworte ich schnell. „Ich bin nur müde und ein bisschen enttäuscht. Ich werde ein Bad nehmen und mich ausruhen."

Theoretisch sollte das die Jungs davon abhalten, mir Gesellschaft leisten zu wollen. Doch Andreas folgt mir die Treppe hinauf bis zu meiner Zimmertür.

Als ich mit der Hand auf dem Türknauf innehalte und ihn mit hochgezogenen Augenbrauen ansehe, hält er sein Handy hoch. „Ich habe herausgefunden, wie man Musik herunterlädt. Ich kann es dir zeigen, falls du während deines Bades etwas Musik hören möchtest."

Sein hoffnungsvoller Blick macht mir beinahe ein schlechtes Gewissen, weil ich nicht auf seinen Vorschlag eingehe. „Das ist schon okay. Ich glaube, Stille ist jetzt genau das Richtige für mich."

Ich will einfach nur weg von ihnen. Irgendwohin, wo ich meine Schwäche nicht verstecken muss. Wo ich nicht ständig bestimmte Körperteile daran erinnern muss, dass diese Typen mich genauso gut verletzen wie mir helfen können.

Andreas sieht ein wenig enttäuscht aus, nickt jedoch. „Vielleicht später."

„Ja." Das könnte mir sogar gefallen, auch wenn ich ihm das jetzt nicht sagen möchte.

Er hält inne, sein Blick sucht meinen, und seine Stimme wird leiser. „Wenn ich irgendetwas tun kann, damit du dich besser oder sicherer fühlst, brauchst du es nur zu sagen. Was auch immer es ist."

Das flaue Gefühl in meinem Magen kriecht meine Brust hinauf und drückt mir die Kehle zu. Wenn er mich so anschaut und so mit mir spricht, flackert die Erinnerung an die Nacht auf, in der alles so schrecklich schieflief.

An die Zeit, bevor alles den Bach hinunterging. Als er mir das Gefühl gab, dass ich es verdient habe, wertgeschätzt anstatt bestraft zu werden. Als er mir mit ähnlich sanfter Stimme seine Liebe gestanden hatte.

Doch dann fand ich heraus, dass er mich belogen hatte, um herauszufinden, ob ich etwas Böses im Schilde führte.

Der Kerl von früher, der immer die richtige ironische Bemerkung parat hatte, um eine miese Stimmung aufzulockern, der uns mit seinen dramatischen Anekdoten von Filmen oder Geschichten, die er kannte, in seinen Bann zog. Der uns mit Erzählungen der Erinnerungen von Menschen unterhielt, denen er auf seinen Missionen begegnet war – dieser Kerl hätte seinen Charme niemals so gefühllos und berechnend eingesetzt.

Ich muss mir immer wieder vor Augen führen, dass ich nicht mehr genau weiß, wer diese Männer eigentlich sind.

Mein Kiefer verkrampft sich. „Ich weiß nicht, ob ich dir jemals wieder voll vertrauen kann. Doch dich um etwas zu bitten, ohne zu wissen, ob du mir nur hilfst, weil du dadurch mein Vertrauen zurückgewinnen willst, wird ganz sicher nicht dazu beitragen."

Andreas zuckt zusammen. „Gut. Aber das Angebot steht, ob es dir hilft, mir zu vertrauen oder nicht. Ich werde dich zu nichts drängen."

Er tritt zurück, und ich gehe in mein Zimmer.

Sobald sich die Tür hinter mir geschlossen hat, stockt mir der Atem. Ich werfe meinen Rucksack auf das Bett und ziehe meinen Pullover aus.

Als ich den Saum meines Tanktops hochziehe, stelle ich fest, dass ein wenig Blut durch meinen Verband gesickert ist. Zum Glück habe ich in einem der Läden, in denen wir uns mit Vorräten eingedeckt haben, etwas Gaze mitgenommen, als die Jungs nicht hingesehen haben, sodass ich einen neuen Verband anlegen kann.

Nach meinem Bad.

Der Dampf, der vom Wasser aufsteigt, beruhigt meine Nerven. Ich konzentriere mich nur auf die zerkratzte, aber tiefe Wanne.

Erst war ich mir nicht sicher gewesen, ob mir das Baden wirklich Spaß machen würde, denn normalerweise bin ich nicht gern im Wasser. Allerdings bin ich bisher auch nur in kaltem Wasser etwas geschwommen.

Offenbar ist das Katzenmädchen einem warmen Bad nicht abgeneigt, zumindest in kleinen Dosen.

Ich habe noch etwas von den Badezusätzen, die Andreas

mir gekauft hat, und gebe sie ins Wasser, bevor ich mich hineingleiten lasse.

Die Wärme umhüllt meine Glieder und leckt an meinem Hals. Ich lasse mich so weit ins Wasser sinken, bis mein Hinterkopf ganz untergetaucht ist. Dann löse ich meinen Zopf, sodass mein Haar um meine Schultern herum fließt.

Meine Hand wandert zu meiner Katzenhalskette, die sich an mein Brustbein schmiegt, um sicherzugehen, dass sie intakt ist. Ich habe sie nicht mehr abgenommen, seit Jacob sie mir zurückgegeben hat.

Dann gleiten meine Finger tiefer und fahren über das Tattoo auf meinem äußeren Oberschenkel. Die Mondsichel mit dem dunklen Tropfen, der von der oberen Spitze herabhängt. Dasselbe Motiv, das die Jungs auch haben.

Schattenblüter hat Ursula Engel uns genannt. Weil wir aus der Essenz der Wesen erschaffen wurden, die in ihren Augen Monster waren. Deswegen strömt Rauch aus unseren Adern, wenn wir bluten.

Da erscheint es eigentlich geradezu passend, dass die richtigen Monster mit den Schatten zu verschmelzen scheinen, wenn wir versuchen, sie zur Rede zu stellen. Wäre es einfacher, sie bei Tageslicht festzuhalten?

Mein Verstand verweilt bei dieser Idee und geht verschiedene Szenarien durch. Das warme Wasser lullt mich ein, und ich werde schläfrig.

Als auf einmal ein dumpfer Aufprall und ein Schrei von unten ertönen, springe ich blitzschnell aus der Wanne.

„Hau ab!", knurrt Zian, bevor ein Knall ertönt, von dem ich nicht weiß, ob er von einem meiner Jungs oder einem unbekannten Eindringling stammt.

Mein Herz klopft gegen meine Rippen, während ich mir ein Handtuch um meinen Körper wickle und das Zimmer durchquere. Ich stürme in den Flur, renne die Treppe zum

Wohnzimmer hinunter und bleibe ruckartig auf der untersten Stufe stehen.

Alle vier meiner Jungs haben ihre Kampfhaltung eingenommen und starren auf den Neuankömmling.

Dabei handelt es sich um eine zweieinhalb Meter große Gestalt mit lila Haut, Hörnern und bedrohlich rotglühenden Augen.

Neun

Riva

Der lila, gehörnte Mann – zumindest nehme ich aufgrund des kantigen Kiefers und der ausgeprägten Brustmuskeln an, dass es ein Mann ist – glotzt uns an. Er steht nur ein paar Schritte vom Eingang der Wohnung entfernt, doch ich weiß, dass keiner der Jungs ihm die Tür geöffnet hätte.

Er ist hereingekommen, ohne dass sie es tun mussten.

Meine Ohren, die spitz und pelzig geworden sind, zucken, und meine Hand, die das Handtuch um meinen Oberkörper festhält, krampft sich fester zusammen. Krallen bohren sich durch den dicken Stoff und schießen aus meiner freien Hand.

Dies sind die einzigen Waffen, die ich habe. Meine Messer sind in meiner Cargohose im oberen Stockwerk, und der Rest unserer Waffen befindet sich in der Reisetasche neben den Füßen des Eindringlings.

Sofern ein Messer oder eine Kugel überhaupt etwas gegen eine solche Kreatur ausrichten könnte.

Ich trete einen Schritt nach hinten und gehe in Sprunghaltung, ohne meinen Blick von dem Eindringling abzuwenden.

Seine Hörner, die glühenden Augen und die lila Haut sind nicht die einzigen unmenschlichen Merkmale. Er trägt nichts außer einem schwarzen Stoffstreifen um die Hüften, aus dem hinten ein kurzer Teufelsschwanz herausragt.

Der Schwanz peitscht hin und her, wie bei einer verärgerten Katze. Dann hebt seine riesige Gestalt einige Zentimeter vom Boden ab.

Er schwebt in der Luft. Eine Welle von Energie durchströmt mich und zerrt an meinen Nerven.

Ich muss keinen meiner Sinne anstrengen, um zu erkennen, dass dieser Mann ein Monster ist.

„Was willst du?", fragt Jacob, und ich merke an seinem angespannten Tonfall, dass er nervös ist. Einer der Stühle im Esszimmer schwebt neben ihm, als würde er ihn auf den Eindringling schleudern wollen.

Ich vermute, dass er für das krachende Geräusch verantwortlich war, das ich gehört habe, denn eine Vase liegt in Scherben auf dem Boden, nur wenige Meter von der lila Bestie entfernt.

Das Monster fletscht seine Zähne, was man vielleicht für ein Grinsen halten könnte, wären da nicht die vielen scharfen, bedrohlichen Reißzähne.

„Genau dasselbe wollte ich *euch* fragen", grollt er, und das Kribbeln in mir wird stärker. „Ich habe gehört, dass ihr Wesen belästigt, die lieber in Ruhe gelassen werden wollen."

Mit grimmiger Miene lässt er seinen Blick erneut über uns gleiten, und seine Muskeln zucken, als er seine Haltung in der Luft anpasst.

Als würde *er* sich vorbereiten, falls er in die Defensive

gehen muss. Ein seltsames Zittern macht sich in meiner Mitte breit.

Nervöse Pheromone erfüllen die Luft, doch ich glaube, die meisten, wenn nicht sogar alle, stammen von meinen Männern. Vielleicht verströmen Monster nicht die gleichen Chemikalien wie Menschen.

Trotzdem merke ich, dass auch dieser monströse Mann zumindest ein wenig Angst hat. Und zwar vor uns. Was zur Hölle?

Andreas' Augen flackern kurz rötlich auf, bevor er sich wieder auf die Gegenwart konzentriert. „Wir wollten niemanden belästigen. Wir wollten nur ein paar einfache Fragen stellen."

Die Kreatur stößt einen spöttischen Laut aus. „Wie es scheint, war eure Annäherung nicht besonders friedlich. Was *seid* ihr? Woher kommt ihr?"

Zian verschränkt seine muskulösen Arme vor der Brust. Die Wolfshaare in seinem Nacken und auf seinen Schultern sträuben sich, doch es gelingt ihm, sein Wolfsgesicht zu verbergen.

„Was geht dich das an?", fragt er mit gespielter Tapferkeit. „Im Gegensatz zu dir sind wir nicht in jemandes Wohnung eingebrochen."

„Außergewöhnliche Situationen erfordern außergewöhnliche Maßnahmen", erwidert das Monster. „Ihr wollt Fragen stellen? Dann beantwortet erst meine. Vielleicht habe ich danach einen kleinen Rat für euch."

In den letzten Worten schwingt ein spöttischer Unterton mit, doch seine Haltung bleibt wachsam. Was genau befürchtet er, was *wir* tun könnten?

Die Jungs zögern, doch ich sehe keinen Grund, diese Konfrontation länger als nötig hinauszuzögern. Es ist ja nicht so, dass wir uns Sorgen machen müssen, dass die Bestie den

Wärtern erzählt, was wir ihr sagen. Außerdem würde ich nichts erzählen, was sie nicht schon wissen.

Ich hebe mein Kinn ein wenig höher und schiebe die Enden meines Handtuchs unter meine Achselhöhle, um beide Hände frei zu haben. „Wir wurden von den Leuten gefangen gehalten, die uns erschaffen habe … wir sind euch sehr ähnlich. Wir sind geflohen, doch wir verstehen unsere Kräfte in vielerlei Hinsicht nicht."

Dominic spricht mit seiner gewohnt sanften, ruhigen Stimme. „Die Leute, vor denen wir geflohen sind, wollen uns nichts sagen. Wir möchten vor allem unsere Fähigkeiten besser kontrollieren können."

„Leute", sagt der lila Riese. „Du meinst Menschen?"

Wir fünf tauschen einen Blick aus. „Soweit wir wissen", antwortet Andreas.

Die Lippen des Monsters verziehen sich angewidert. „Und sie haben euch *erschaffen*? Aus …" Er schüttelt den Kopf, als wolle er diese Möglichkeit nicht in Betracht ziehen.

„Wir verstehen es auch nicht wirklich", sagt Jacob verärgert. „Sonst hätten wir niemanden ‚belästigt'."

„Ihr seid also halb Mensch, halb Schattenwesen", stellt der monströse Mann klar.

„Schattenwesen?", wiederhole ich verwirrt.

Sein Blick fällt auf mich, und wieder blitzen seine Reißzähne auf. „So nennen wir uns selbst. Eure Schöpfer haben uns möglicherweise als ‚Monster' bezeichnet. Die meisten Menschen benutzen dieses Wort."

Mensch, ich frage mich, warum.

Doch der Begriff erscheint mir sinnvoll. Schattenwesen. Wie der schattenartige Rauch, der aus unseren Wunden sickert.

Ich schlucke schwer. „Sie nannten uns Schattenblüter."

Das Monster-Schattenwesen – was auch immer es ist –

schnaubt. „Und was blutet ihr? Rote Flüssigkeit oder schwarzen Rauch?"

„Beides."

Tatsächlich scheint er darüber noch verärgerter zu sein, als er es ohnehin schon war. Er weicht zur Tür zurück.

„Ich habe kein Interesse daran, euren Mentor zu spielen. Ich passe nur auf meine Stadt auf, um sicherzugehen, dass niemand Unruhe stiftet."

„Wir würden viel weniger Ärger machen, wenn einer von euch mit uns reden würde", murmelt Jacob.

Der monströse Mann funkelt ihn an. Dann hält er inne und sein furchterregendes Gesicht wird nachdenklich.

„Ich habe gehört, dass es unten im Süden ein mächtiges Schattenwesen gibt, das sich um Sonderlinge kümmert. Er hat ein Hotel in Miami. Vielleicht könnt ihr es dort versuchen."

Ich bin mir nicht sicher, ob er tatsächlich versucht, uns zu helfen, oder ob er uns einfach nur aus seinem Gebiet vertreiben will.

So wie Dominic den Mund verzieht, scheint er sich das Gleiche zu fragen. „Wie sollen wir das Hotel finden? Wer ist dieser Typ?"

„Ich glaube, sein Name ist Rollick. Aber ich kann nichts versprechen." Der lila Riese wirft uns einen weiteren Blick zu. „Lasst die Schattenwesen hier in Ruhe und stellt eure Fragen woanders."

Sein Blick fällt auf die kleine Tasche mit den Waffen, und seine Lippen verziehen sich grimmig.

„Ihr habt tödliche Waffen hier. Ist da *Silber* drin?"

Ich habe keine Ahnung, warum er etwas gegen Silber hat, oder ob wir ein paar besonders hochwertige Schusswaffen haben. Doch das Monster wartet nicht auf eine Antwort.

„Ohne die hier macht ihr weniger Ärger."

Er reißt die Tasche vom Boden. Dann verschwindet er

genauso schnell wie die beiden Monster, die wir vorhin verhören wollten, und nimmt unseren gesamten Waffenvorrat mit.

„Scheiße", murmle ich.

Die Deckenlampen im Raum leuchten hell. So viel zu meiner Hoffnung, dass das Licht uns helfen könnte, die Monster festzuhalten.

Als er nicht wieder auftaucht, löst sich meine Anspannung ein wenig. Ich ziehe meine Krallen wieder ein und schlinge die Arme über dem Handtuch um meinen Körper.

„Na ja", meint Andreas mit einem Augenzwinkern, „das war ein lustiger kleiner Besuch. Ich schätze, dass Kugeln gegen solche Typen ohnehin nicht viel ausrichten können."

Dann schweift sein Blick zu mir und verweilt dort. Auch die anderen Jungs schauen zu mir herüber, und plötzlich weht ein anderer Duft durch die Luft, und ein hitziger Blick tritt in ihre Augen.

Auf einmal wird mir bewusst, dass von meinen nassen Haaren ein Wasserrinnsal über meinen Rücken läuft, und dass ich wirklich *nur* ein Handtuch trage. Darunter bin ich völlig nackt.

Das Handtuch reicht nur bis zur Mitte meiner Oberschenkel und die beiden Enden haben sich geöffnet, sodass ein Dreieck fast bis zur Hüfte zu sehen ist. Feuchte Flecken kleben an den Seiten meiner Brüste.

Ich versuche, mehr von mir mit dem Handtuch zu bedecken. „Ich wusste nicht, was los war … Ich hatte keine Zeit, mich anzuziehen."

Jacob starrt mich mit seinen sonst so kühlen Augen an, als wäre er kurz davor, durch den Raum zu marschieren und mir das Handtuch vom Leib zu reißen. Ich bin hin- und hergerissen zwischen dem Wunsch, mich zurückzuziehen und diesen Hunger zu stillen.

Zian gibt ein raues Geräusch von sich und ruckt mit dem Kopf zur Seite.

Dominic räuspert sich, seine gebräunten Wangen erröten, und er wendet seinen Blick von mir ab und richtet ihn wieder auf die anderen Jungs. „In dieser Stadt scheinen die Monster zumindest miteinander zu kommunizieren. Sie passen aufeinander auf."

Ja, bitte konzentrieren wir uns auf etwas anderes als meinen unbekleideten Zustand.

Ich nicke. „Ich glaube nicht, dass es eine gute Idee wäre, uns den anderen hier zu nähern. Ich weiß nicht, welche Fähigkeiten der Typ hatte, aber er schien *eine Menge* zu haben."

„Ja." Zian schaut stirnrunzelnd auf die Stelle, wo das lila Schattenwesen schwebte, wobei er immer noch darauf achtet, mich nicht anzusehen. „Meinst du, wir können ihm glauben, was er über diesen Typen in Miami gesagt hat?"

Jacob scheint aus seiner Trance aufzuschrecken. Er verzieht das Gesicht. „Er wollte uns nur loswerden."

„Er war ziemlich spezifisch", fügt Andreas hinzu und hält inne. „Ich meine, möglicherweise frisst dieses Rollick-Monster – oder Schattenwesen oder was auch immer – tatsächlich Menschen zum Frühstück und unser neuer lila Freund dachte, das sei ein einfacher Weg, uns endgültig loszuwerden. Allerdings bin ich mir ziemlich sicher, dass dieser Rollick mit seinem Hotel in Miami tatsächlich existiert."

„Hast du in seinen Erinnerungen etwas darüber gesehen?", frage ich.

Andreas schüttelt den Kopf. „Es gab einige dunkle, düstere Momente, auf die ich mir keinen Reim machen konnte, und einige, in denen er nur die Leute in der Stadt zu beobachten schien. Einmal hat er einen kleineren, unheimlich aussehenden Kerl verprügelt, warum weiß ich nicht. Nichts wirklich Nützliches. Ich hatte nicht viel Zeit."

„Kein Problem", sagt Jacob. „Wir können in Miami nach Hotels suchen und herausfinden, welches jemandem namens Rollick gehört, bevor wir uns auf den Weg dorthin machen."

Dominic atmet sichtlich erleichtert aus. „Ja. Wir sollten Informationen einholen, bevor wir eine Entscheidung treffen."

Als Jacob wieder mich ansieht, jagt mir sein hitziger Blick einen wohligen Schauer über den Rücken. „Und du solltest besser zurück in die Wanne gehen, Wildkatze."

Seine Stimme ist sanft. Womöglich ist es die Kombination aus seiner Selbstbeherrschung, seinem offensichtlichen Hunger und der Verwendung meines alten Kosenamens, die das unwillkommene Verlangen zwischen meinen Schenkeln aufflackern lässt.

Ja, ich sollte lieber gehen.

Ich drehe mich zur Treppe um. „Ich beeile mich. Danach könnt ihr mir erzählen, was ihr herausgefunden habt."

Dann fliehe ich vor der Sehnsucht, die von jedem meiner Männer ausgeht – und vor dem Verlangen, das in mir aufsteigt.

ZEHN

Riva

Es hat etwas unerklärlich Befriedigendes, eine halbe Zitrone um die gekerbte Spitze einer Saftpresse zu drehen. Ich spüre, wie sich die Rillen unter dem Druck meiner Finger in das Fruchtfleisch graben und sehe zu, wie sich der Glasboden mit hellgelbem Saft füllt.

Es gibt mir das Gefühl, etwas zu schaffen, was ich in den letzten Tagen nicht oft hatte.

Andreas sieht zu, wie er an dem kleinen Esstisch in der Wohnung eine Tasse Kaffee trinkt. „Du konntest nicht widerstehen, oder?", fragt er in einem leicht neckischen Tonfall.

Ich verziehe das Gesicht. „Ich musste die Ausstattung ausnutzen. Bestimmt wird es in keinem Motel einen Entsafter geben. Und ich trage das Netz mit den Zitronen schon seit Manitoba mit mir herum."

Zian, der gerade mehrere Frühstückswürstchen

verschlungen hat – ein weiterer Vorteil einer richtigen Küche – meldet sich von der anderen Seite des Tisches zu Wort. „Wir wissen nicht sicher, dass wir heute abreisen, oder?"

Sein Blick fällt auf Jacob. Er sitzt mit Engels Laptop auf den Knien auf dem Sofa und ist mit dem WLAN der Wohnung verbunden. Ich wende mich dem Wasserkocher zu, der gerade zu pfeifen begonnen hat.

Wir haben die ganze Nacht abwechselnd Wache gehalten, für den Fall, dass der große lila Kerl beschließt, uns mit mehr Nachdruck dazu zu drängen, die Stadt zu verlassen. Die Jungs bestanden darauf, dass ich durchschlafe. Allerdings habe ich ihnen klargemacht, dass mir ihr Vertrauen nicht dadurch beweisen können, mich von solchen Schutzmaßnahmen auszuschließen.

Ich bin mir nicht sicher, ob Jacob überhaupt geschlafen hat, selbst wenn er gerade nicht mit Wachehalten dran war. Er saß bis in die frühen Morgenstunden genauso so da wie jetzt.

Als ich meine Schicht antrat, ging er in das Schlafzimmer, das er sich mit Dominic teilt. Doch als ich wieder nach oben in mein Bett ging, meinte ich, Schlüssel klimpern zu hören.

Während ich das heiße Wasser in einen Messbecher gieße, seufzt er. „Ich habe in Miami *nichts* über jemanden namens Rollick gefunden. Nicht im ganzen Bundesstaat Florida."

„Vielleicht sollte es mal jemand anderes versuchen", schlägt Andreas milde vor. „Dominic kennt sich mittlerweile ziemlich gut mit dem Computer aus, vielleicht könnte er …"

„Ich weiß, was ich schon versucht habe", unterbricht Jacob genervt. „Und zwar so ziemlich alles."

Er legt den Laptop auf den Couchtisch und lässt sich zurück in die Sofakissen sinken.

Ich tauche einen Löffel in die Packung mit dem weißen

Zucker aus der Küche des Airbnbs und gebe ihn in das heiße Wasser, bevor ich auf das Rezept auf meinem Handy schaue. *Dort* steht, dass ich zwei Esslöffel hineingeben soll, aber ich möchte, dass es leicht säuerlich schmeckt.

Nachdem ich den einen Löffel eingerührt habe, greife ich nach dem Zitronensaft. Ich kann später immer noch mehr Zucker dazugeben, falls es nötig ist.

„Was müssen wir sonst noch wissen?", frage ich, während ich den Saft hinzufüge und die Tasse mit kaltem Wasser auffülle. „Es wäre gefährlich, hier weiter mit Schattenwesen zu reden. Der einzige andere Ort, von dem wir sicher wissen, dass sich dort welche aufhalten, ist Miami."

Dominic betritt die Küche, um sich einen Kaffee aus der Kanne einzuschenken, die Andreas gebrüht hat. Er wirft mir einen Blick zu. „Wir wissen nicht, wie gefährlich es sein könnte, den Rat dieses Monsters zu befolgen."

Ich zucke mit den Schultern. „Das wissen wir bei *keinem Ort*. Außerdem sind wir auch ziemlich gefährlich. Und ich glaube, diese ‚Monster' wissen das. Was glaubt ihr, warum sie alle vor uns weggelaufen sind?"

Ich spreche nicht gerne über die Bedrohung, die wir darstellen können, vor allem, weil ich am gefährlichsten von allen zu sein scheine. Doch wir können nicht einfach hier herumsitzen und uns verstecken.

Zian gibt einen nachdenklichen Laut von sich. „Sogar der große Kerl gestern wirkte ein wenig nervös."

Ich gieße mein Gemisch in ein Trinkglas, in das ich bereits einige Eiswürfel gefüllt habe. Sie stoßen klirrend gegen die Seiten, als ich das Glas aufhebe und mich zu den Jungs umdrehe.

Jacob mustert mich, während ich das Glas an meine Lippen hebe. Ich bin mir nicht sicher, welche Reaktion er von mir erwartet, also konzentriere ich mich einfach auf den ersten Schluck Limonade, der über meine Zunge fließt.

Oh, das ist verdammt gut. So säuerlich, dass es meine Geschmacksnerven wie ein Schlag ins Gesicht weckt.

Wer braucht schon Kaffee, wenn man das hier hat? Und ich werde nie wieder einen Cocktail trinken.

Als ich einen größeren Schluck nehme und einen wohligen Schauer unterdrücke, reibt Jacob sich den Mund. „Es ist unsere einzige Spur."

Andreas nickt. „Und vielleicht hat der Kerl ja tatsächlich die Wahrheit gesagt. Es ist ja nicht so, dass seine Stadt ständig von Schattenblütern aufgesucht wird und er eine Strategie parat hat, um uns zu verarschen."

„Ich bin dafür, dass wir es in Miami versuchen", murmelt Dominic. „Natürlich müssen wir vorsichtig sein, aber das wären wir sowieso."

Zian schluckt einen weiteren Bissen Wurst hinunter. „Wenn ihr alle denkt, dass das die beste Idee ist, bin ich dabei."

„In Ordnung." Jacob schnappt sich seinen Laptop und steht auf. „Dann sollten wir uns gleich auf den Weg machen. Je schneller wir dort sind, desto weniger Zeit haben diese Schattenmonster, um ihre eigenen Pläne zu schmieden, falls sie uns doch an den Kragen wollen. Nachdem wir aufgegessen haben, packen wir alles zusammen. In einer Stunde brechen wir auf."

Andreas kippt den letzten Schluck seines Kaffees hinunter. „Ich gehe als Erster duschen!"

Während Jacob und er nach oben gehen, stürzt Zian sich mit noch größerer Eile auf sein reichhaltiges Frühstück, während Dominic einen großen Schluck von seinem Kaffee nimmt.

Ich genieße jeden einzelnen Schluck meiner Limonade und stelle das Glas dann neben dem Spülbecken ab. Es ist noch ein Gebäckstück mit Kirsche und Frischkäse aus dem

Supermarkt übrig, aber ich bin mir nicht sicher, wie sehr mich das anspricht.

Ohne nachzudenken, stelle ich mich auf die Zehenspitzen, um einen der oberen Schränke zu öffnen, und ein Schmerz schießt durch die Wunde an meiner Seite.

Meine Finger zucken, und ich presse die Lippen aufeinander, um ein Keuchen zu unterdrücken.

Langsam entspanne ich meinen Oberkörper, während ich die Schranktür öffne. Der Schmerz lässt nach und wird zu einem dumpfen Stechen.

Es geht mir gut. Keine große Sache.

Leider finde ich nichts in dem Schrank, wofür sich das Opfer gelohnt hätte. Ich schaue einen Moment lang auf die Geschirrstapel und greife dann nach dem Gebäck. „Ich gehe jetzt packen.“

Dominic stellt seine Tasse ab und folgt mir die Treppe hinauf. Ich nehme an, dass er ebenfalls packen möchte, doch als ich meine Zimmertür öffne, ergreift er meinen Ellbogen.

Als ich stehenbleibe und mein Puls durch den unerwarteten Körperkontakt in die Höhe schnellt, lässt er seine Hand fallen. Seine haselnussbraunen Augen mustern mich.

„Wann wurdest du verletzt?“

Ich erstarre und verfluche mich für meine Unachtsamkeit vorhin. Natürlich hat Dominic bemerkt, dass ich verletzt bin.

„Ist schon gut“, sage ich. „Ich kümmere mich darum. Du brauchst dir keine Sorgen zu machen.“

Sein Mund verzieht sich. „Es ist nicht *gut*. Wir sind seit Engels Haus nicht mehr in einen Kampf geraten – das ist jetzt schon ein paar Tage her. Wenn die Wunder immer noch ...“

„Ich komme schon klar. Es ist nicht dein Problem.“

Ein Anflug von Schmerz huscht über sein Gesicht, so unverhohlen, dass ich ihn nicht übersehen kann. Er schluckt hörbar und neigt dann seinen Kopf in Richtung meines Zimmers.

„Können wir reden – nur wir beide?"

Ich könnte gemein sein und darauf hinweisen, dass wir gerade nur zu zweit sind, doch wir wissen beide, dass die anderen Jungs jeden Moment in den Flur kommen können. Mit seinem scharfen Gehör könnte Zian dieses Gespräch sogar von unten mitbekommen, wenn er es versucht.

Wenn Dominic es verlangt hätte, anstatt zu fragen, hätte ich nein gesagt. Doch bei seiner besorgten Miene verkrampft sich mein Magen.

Wortlos betrete ich mein Zimmer und lehne mich ein paar Schritte entfernt von ihm mit verschränkten Armen gegen die Wand.

Dominic folgt mir zögerlich. Er stößt die Tür hinter sich zu und bleibt unbeholfen und steif davor stehen.

„Es tut mir leid", sagt er in einem Ton, der viel rauer ist als seine sonst so bedächtige Stimme. „Ich kann mich nicht erinnern, ob ich es schon einmal richtig ausgesprochen habe, aber das hätte ich tun sollen. Es tut mir leid, dass ich dir das Gefühl gegeben habe, dass es ein Problem für mich ist, dich zu heilen."

Ich werfe einen Blick auf die Beulen, die sich unter den Schultern des neuen Trenchcoats abzeichnen, den Andreas für ihn gekauft hat, damit er nicht immer den schweren Parka anziehen muss. „Aber es ist ein Problem, oder? Jedes Mal, wenn du deine Kräfte einsetzt, wachsen sie."

„Das ist scheißegal. Es ist viel wichtiger, dass es dir gut geht."

Er hält inne und streicht sich mit der Hand über das Gesicht. „Ich habe schon mal Mist gebaut. Eine Menge. Das weiß ich, und du hast keine Ahnung, wie leid mir das alles tut. Ich hätte Jake gar nicht erst erlauben sollen, das mit dem Gift zu machen. Mir hätte klar sein müssen, dass die Wärter gelogen haben. *Du* hast uns nie einen Grund gegeben, dir nicht zu vertrauen."

Die Säure, die in meiner Antwort mitschwingt, ist weitaus weniger angenehm als die in meiner Limonade. „Du vertraust mir immer noch nicht."

Dominics Haltung wird noch steifer. „Was meinst du?"

Ich kann genauso gut gleich mit der Sprache herausrücken.

„Du hast Angst vor mir, wegen dem, was ich in Engels Haus getan habe. Ich habe gesehen, wie du mich angeschaut hast. Und im Zug hattest du Angst, dass ich diese Kraft nicht kontrollieren könnte. Ich habe bemerkt, wie du zusammengezuckt bist, als würdest du denken, ich würde dich plötzlich anschreien."

Dominic schließt für einen Moment die Augen. Sein Kiefer verkrampft sich. Als er mich wieder ansieht, sind seine Augen so dunkel, dass meine Brust schmerzt.

„Es liegt nicht an dir", sagt er und tippt sich an die Schläfe. „Hier oben weiß ich, dass du mir nie etwas antun würdest. Aber zu sehen, wie du all diese Menschen vernichtet hast, hat mich an die schlimmsten Seiten *meiner* Kräfte erinnert. Es ist nicht deine Schuld. Das ist mein Problem."

Ich runzle die Stirn. „Was meinst du damit? Du fügst anderen nur dann Schaden zu, wenn du die Energie brauchst, um jemanden zu heilen."

Er senkt den Kopf. „Nein. Es scheint, als hätten meine zusätzlichen Gliedmaßen meine ursprünglichen Kräfte um eine neue Dimension erweitert. Die Wächter haben mich gezwungen, das mehrmals auszuprobieren."

Die Bitterkeit in seiner Stimme ist nicht zu überhören. Mein Körper spannt sich instinktiv an.

Sie haben meine Jungs auf so viele Arten verletzt. Hört das denn nie auf?

„Was haben sie getan?", frage ich und spüre die aggressive Energie in mir, die mich ausnahmsweise mal nicht stört.

Dominics Stimme wird noch leiser als zuvor. „Ich kann Lebewesen die Lebenskraft aussaugen, auch wenn es nichts zu heilen gibt. Und es fühlt sich unglaublich an …"

Seine Miene verzieht sich vor Abscheu – vor sich selbst, nicht vor mir.

„Ich habe es immer nur dann getan, wenn sie darauf bestanden haben und drohten, einem der anderen Jungs wehzutun, wenn ich es nicht täte", fügt er hinzu. „Doch wenn ich erst einmal angefangen habe, weiß ich nicht, ob ich hätte aufhören können, bevor die Pflanze oder das Tier tot war."

„Dom." Ich weiß nicht, was ich sagen soll.

Vor meinem geistigen Auge sehe ich den ruhigen, nachdenklichen Jungen, der immer zur Stelle war, um zu helfen, wenn einer von uns auch nur leicht verletzt war. Er verbrachte einen Großteil unserer wenigen Freizeit damit, die Medizinbücher zu studieren, die die Wärter ihm gaben.

Er hoffte immer, dass er seine Kräfte noch besser einsetzen und noch mehr helfen könnte. Stattdessen bekam er einen Fluch auferlegt.

Und die Wärter zwangen ihn, diesen Fluch immer und immer wieder auszuüben.

Der Schmerz ist mir bis in die Kehle gekrochen und hat dort einen Kloß gebildet. Ich möchte ihm die Hand reichen, doch ein Teil von mir sträubt sich.

Dominic blickt auf und sieht mir in die Augen. „Ich habe dir schon einmal gesagt, dass alles, was kaputt ist, schon kaputt war, bevor du zurückgekommen bist. Das ist die Wahrheit. Ich glaube, das gilt für uns alle. Und es ist unsere eigene Schuld, dass wir unseren Schmerz mit unseren Annahmen über dich in Verbindung gebracht haben. Ich werde mich nicht mehr so verwirren lassen. Du warst immer für mich da, und *nichts* würde mich glücklicher machen, als auch für dich da zu sein. Wie auch immer du mich brauchst. Was auch immer es mit mir macht."

Plötzlich brennen Tränen in meinen Augen. Ich blinzle und kämpfe gegen die wachsende Welle der Gefühle in mir an.

Ich glaube ihm. Er steht hier in einem geschlossenen Raum, nur ein paar Meter von mir entfernt, und spricht über Dinge, die mich wütend machen könnten, und ich spüre nicht einmal einen Hauch von Angst in der Luft.

Eigentlich war ich auf ihn sowieso am wenigsten wütend. Jacob war furchtbar und Andreas hat mich manipuliert. Zian hat mich angeschnauzt und mehr als einmal beschimpft.

Das Schlimmste, was Dominic getan hat, war, dass er sich nicht eingemischt und sein Unbehagen nicht vollständig verborgen hat. Jetzt verstehe ich seine widersprüchlichen Gefühle im Hinblick auf den Einsatz seiner Kräfte.

Doch es gibt immer noch einen Haken.

„*Ich* möchte nicht, dass es noch schlimmer für dich wird", erkläre ich mit angestrengter Stimme.

Ein wenig von der Anspannung, die Dominics Gesicht beherrscht, verschwindet mit einem kleinen Lächeln. „Unterm Strich würde es nicht schlimmer werden. Ich würde mich besser fühlen, wenn ich alles getan habe, um deine Schmerzen zu lindern, als zu verhindern, dass diese blöden Dinger noch länger werden."

Die Tentakel zucken unter dem dünnen Mantel.

Ich befeuchte meine Lippen, immer noch hin- und hergerissen. Nicht zuletzt, weil jeder Zentimeter meines Körpers kribbelt, wenn er mich so ansieht, und zwar definitiv nicht vor Schmerz.

Doch wir wissen nicht, was uns in Miami erwarten wird. Es wäre besser, wenn ich dort nicht von einer Verletzung beeinträchtigt würde.

Außerdem will ich nicht unbedingt ständig daran erinnert werden, wie furchtbar meine neue Fähigkeit ist. Meine Erinnerungen sind lebhaft genug.

Ich greife nach dem Saum meines Kapuzenpullis. „Ich schätze, du könntest es dir mal ansehen. In der Wohnung gibt es sowieso nichts, woraus du Energie ziehen könntest.“

Ich ziehe den unteren Teil des Kapuzenpullis und das Tanktop darunter von dem Verband an meiner Taille weg und Dominic tritt näher. Vorsichtig berührt er den Verband mit seinen Fingern.

„Mach ruhig“, sage ich und bemühe mich, meine Stimme ruhig zu halten.

Er zieht den Verband behutsam ab und betrachtet die größtenteils verschorfte Wunde. Seine Mundwinkel biegen sich nach unten. „Wann ist das passiert?“

„In Engels Haus. Nach dem Kampf. Ich hatte eine unglückliche Begegnung mit einer Glasscherbe im Fensterrahmen.“

„Es ist kaum verheilt. Hast du daran herumgedrückt, damit sie sich nicht ganz von selbst schließt?“

Ich verziehe das Gesicht. „Ich wollte, dass der Schmerz mich an die Dinge erinnert, die ich anderen *nicht* zufügen möchte.“

Dominic sieht mich mit so viel Mitgefühl in seinen Augen an, dass ich vergesse zu atmen. Er ist jetzt weniger als einen Meter von mir entfernt, und ich verspüre das vertraute Verlangen, ihn noch näher zu mir zu ziehen.

„Ich kann sie mit meiner eigenen Energie heilen“, sagt er. „Der Schmerz wird gleichmäßig über meinen ganzen Körper verteilt sein. Davon kann ich mich leicht erholen.“

„Dom …“

Er ignoriert meinen Protest. „Bitte, lass mich?“

Das „Bitte“ bricht meinen Widerstand. Ich neige meinen Kopf und traue mich nicht zu sprechen.

Dominic legt seine Handfläche auf die Wunde und streift den Schorf nur knapp. Einen Moment später fließt seine warme Heilenergie in meine Taille.

Das aufgeschlitzte Fleisch wächst zusammen, die Kruste verschwindet, und der anhaltende Schmerz schmilzt dahin.

Noch mehr Wärme durchströmt den Rest meines Körpers.

Nach weniger als einer Minute lässt Dominic seine Hand sinken. Er sieht nicht mitgenommener aus als vorher.

Er sieht so nachdenklich und gut aus wie immer, und sein Gesicht ist nur wenige Zentimeter von meinem entfernt.

Anstatt zurückzuweichen, hebt er seine andere Hand, um meine Wange zu berühren, und unsere Blicke treffen sich.

„Danke", sagt er leise, als ob ich *ihm* einen Gefallen getan hätte.

Mein Herz rast. Ich möchte mich seiner Berührung hingeben, doch die Sehnsucht versetzt mich in Panik.

Das letzte Mal, als ich einen der Jungs so nah an mich herangelassen habe, wurde mir das Herz gebrochen.

Bevor ich meine Nervosität in den Griff bekommen kann, zucke ich zusammen und weiche ein paar Schritte zurück.

Dominic bleibt, wo er war, und seine Finger krümmen sich in seiner Handfläche. Seine Miene hat sich wieder verfinstert.

Doch das ist besser so, oder?

Ich sollte mich nicht von der größeren Mission ablenken lassen. Ich sollte nicht in meinen Teenager-Fantasien über eine epische Romanze schwelgen.

„Danke", sage ich, denn das bin ich ihm definitiv schuldig. „Wir sollten jetzt packen, bevor Jacob die Peitsche schwingt."

Dominics Lächeln ist noch breiter als zuvor. „Gut. Wir sehen uns dann unten."

Nachdem er gegangen ist, habe ich eigentlich nicht viel zu tun. Nach dem Bad in der Wanne gestern Abend mache ich mir nicht die Mühe, zu duschen, sondern wasche mich nur am Waschbecken und packe anschließend ein paar Kleinigkeiten in meinen Rucksack.

Dann gehe ich die Treppe hinunter, wo sich die Jungs mit ihren Rucksäcken auf den Schultern bereits im Wohnzimmer versammelt haben. Ich schätze, wir brechen ein wenig früher auf.

Jacob weist uns wortlos den Weg zur Haustür. Als wir ihm folgen, dreht Zian ruckartig den Kopf, als hätte er ein Geräusch gehört. Er bleibt auf der Stelle stehen.

„Wartet mal", murmelt er und geht zum Fenster.

Mit zusammengekniffenen Augen sucht er die Straße draußen ab. Seine breiten Schultern spannen sich an.

Dann blickt er mit großen Augen zu uns zurück. „Da draußen sind Wärter. Sie haben uns gefunden."

ELF

Riva

„Bist du sicher?", fragt Jacob und tritt ebenfalls ans Fenster. Als ob Zian eine Invasion von Wärtern erfinden würde.

Zian blickt wieder nach draußen auf die Straße. Er nickt.

„Da ist dieses klirrende Geräusch, das ihre dämlichen Rüstungen machen … Es ist nicht laut, deshalb hätte ich es beinahe nicht gehört, doch ich würde diesen Klang überall wiedererkennen."

Seine Muskeln zucken, als er seine Kraft kontrolliert.

Auch ich bin starr vor Panik. „Wie viele sind es?"

„Ich habe nur zwei gesehen." Er neigt seinen Kopf zum Fenster. „Einer steht hinter der Ecke eines Gebäudes auf der anderen Straßenseite, und einer versteckt sich neben einem Auto."

Dominic runzelt die Stirn. „Ich bezweifle, dass sie nur zwei Leute geschickt haben, um uns auszuschalten. Die anderen sind wahrscheinlich zu weit weg, als dass du sie mit deinem Röntgenblick erfassen könntest."

Zian gibt ein leises Knurren von sich. „Ja."

„Wenigstens hast du sie bemerkt und konntest uns warnen", sagt Andreas in einem typischen Versuch, optimistisch zu sein, obwohl er genauso beunruhigt aussieht wie der Rest von uns. Er packt den Riemen seines Rucksacks und nickt mit dem Kinn in Richtung Tür. „Wir müssen zum Auto gehen."

Jacob stößt einen tiefen Atemzug aus. „Ja. Es hat keinen Sinn, hier auf sie zu warten. Wenn dieser Mistkerl gestern nicht unsere Waffen mitgenommen hätte …"

Zian tritt vom Fenster weg. „Bisher haben wir es geschafft, niemanden zu erschießen. In der Öffentlichkeit und bei Tageslicht müssen sie auch vorsichtig sein, oder?"

Mir läuft ein Schauer über den Rücken. „Wir haben keine Ahnung, wie weit sie gehen werden. Aber ich hoffe es."

„Macht euch bereit", befiehlt Jacob. „Vielleicht versuchen sie, uns zu betäuben, oder sie haben beschlossen, dass es besser ist, uns einfach auszuschalten, egal, was Engel gesagt hat. Ich werde meine Kräfte einsetzen, um sie so weit wie möglich von uns fernzuhalten."

Zian blickt mich an. „Riva und ich können jeden platt machen, der uns zu nahe kommt."

„Ich werde jeden, den ich sehen kann, mit projizierten Erinnerungen verwirren", verkündet Andreas. „Das hat schon mal geklappt. Diesmal sind wir nicht gefangen. Wir können es schaffen."

„Solange es nur die Wärter sind." Meine Kehle ist wie zugeschnürt. „Meint ihr, das Schattenwesen von gestern Nacht hat sie gewarnt? Was, wenn noch mehr von den *Monstern* da draußen sind?"

Wir alle halten einen Moment lang inne und denken nach. Dann schüttelt Jacob den Kopf.

„Die Wärter werden nicht mit uns verhandeln, und sie kennen uns. Ich kann mir nicht vorstellen, dass sie mit den Wesen zusammenarbeiten, die wir für sie umbringen sollten.“

„Das bedeutet trotzdem nicht, dass uns das Schattenwesen nicht verraten hat“, meint Dominic leise. „Vielleicht haben wir die Stadt nicht so schnell verlassen, wie er es wollte.“

Zian verzieht das Gesicht. „Das spielt keine Rolle. Lasst uns jetzt einfach aufbrechen, dann sind wir alle glücklich.“

Da hat er recht. Ich lasse meine Schultern kreisen, um sie zu lockern, und gehe mit den anderen zur Tür.

Über die Außentreppe an der Seite des Gebäudes kann man von außen in den zweiten Stock gelangen. Unser Auto ist auf der Rückseite in der Garage geparkt.

So nah und doch so fern.

Jacob geht voran. Er schiebt die Tür auf und späht hinaus. Ich bin sofort dankbar für die solide hüfthohe Betonwand, die entlang der Treppe verläuft und mir bei unserer Ankunft noch so trostlos vorkam.

„Noch keine Spur von ihnen“, murmelt Jacob. „Bleibt unten, aber beeilt euch. Vielleicht schaffen wir es, hier wegzukommen, bevor sie sich richtig positioniert haben.“

Er stürzt sich auf die Treppe, wobei er seine Knie und Schultern beugt, um hinter der Wand versteckt zu sein. Er krabbelt mehr, als dass er läuft.

Zian bedeutet den anderen, dass sie vorausgehen sollen. Vermutlich ist es keine schlechte Idee, wenn der die Nachhut bildet.

Sobald wir unten an der Treppe angekommen sind, brauchen wir vielleicht jemanden, der groß und stark genug ist, um dem Rest von uns Rückendeckung zu geben, während wir zum Auto sprinten.

Ich schleiche hinter Jacob her und fahre meine Krallen

aus. Die Spannung unserer Flucht löst das heftige Kribbeln in meiner Brust aus, doch ich unterdrücke es mit zusammengebissenen Zähnen.

Ich kann keinen Schrei ausstoßen, ohne zu wissen, wo meine Zielpersonen sind. Außerdem bin ich mir nicht sicher, ob ich die Kraft so präzise einsetzen kann, dass sie nur unsere Feinde trifft und keine Unbeteiligten.

Dank des geschäftigen Treibens in der Stadt können wir uns hier gut verstecken … Dafür ist es schwierig, Kollateralschäden zu vermeiden.

Jacob hat fast den mittleren Treppenabsatz erreicht, als seine Füße unter ihm wegzurutschen scheinen. Er stolpert und landet auf allen vieren.

„Was zum …?" Er rappelt sich auf und dreht ruckartig den Kopf, um nachzusehen, worüber er gestolpert ist.

Bevor ich etwas sagen kann, trifft es auch mich: Ein unsichtbares Ding schlägt gegen meine Knöchel. Ich wanke und halte mich am Geländer fest, um das Gleichgewicht nicht zu verlieren.

Mein Herz rast, als ich bemerke, dass es kein Ding ist. Es ist eine unsichtbare Kraft, wie Jacobs telekinetische Kraft.

Schritte donnern über den Bürgersteig unter uns, und Jacob streckt knurrend seine Hand aus.

Wir anderen rennen nach unten, um ihn einzuholen und ihm zu helfen.

Irgendetwas fällt scheppernd auf den Boden, und Geschosse prallen gegen die Seitenwand des Treppenhauses. Ein Pfeil zischt an meinem Ohr vorbei.

Sie versuchen immer noch nicht, uns zu töten. Aber was zum Teufel war das für eine Energie, die uns zu Fall gebracht hat?

Das Sonnenlicht wird von den Helmen unter uns reflektiert, und ich sehe, dass es viel mehr sind als nur zwei. Die Wärter schwanken, als Jacob sie zurückstößt.

Er rennt weiter die Treppe hinunter, und wir anderen folgen ihm dicht auf den Fersen. Andreas' Augen blitzen rot auf, und ein paar Rufe ertönen.

Dann schießt auf halbem Weg nach unten auf einmal eine Stichflamme aus der Treppe.

Wir bleiben ruckartig stehen und sehen uns an. Aus dem Augenwinkel nehme ich eine Bewegung wahr. Gerade noch rechtzeitig, um Dominic zu Boden zu reißen.

Nur Zentimeter von seinem Kopf entfernt fliegt ein weiterer Pfeil vorbei.

Dann winden sich dunkle Ranken wie aus dem Nichts über die Mauer. Ich schlucke einen Schrei hinunter und hole zu einem Schlag auf eine von ihnen aus, die nach uns zu schnappen droht.

Meine Hand fliegt geradewegs hindurch, und meine Knöchel knallen gegen den Beton.

Ich starre vor mich hin, und in meinem Kopf macht es klick. „Es ist eine Illusion. Wie …"

Mein Kopf dreht sich, und mir fällt nur eine Erklärung ein. Ich richte mich kurz auf und schaue mich suchend um.

Die meisten unserer Fähigkeiten setzen voraus, dass wir unser Ziel sehen, wenn auch nicht direkt in Reichweite. Wer auch immer dafür verantwortlich ist, ist wahrscheinlich in der Nähe.

Dort. An einem Buswartehäuschen am Ende der Einfahrt sitzt ein Mädchen, das nicht älter als sechzehn zu sein scheint, mit einem Wärter auf beiden Seiten.

Als sich unsere Blicke treffen, bleibt ihr der Mund offen stehen. Ich ducke mich wieder, um einem Pfeilregen auszuweichen.

„Auf der anderen Straßenseite ist ein Typ", murmelt Zian mir zu, während er sich hinter unsere Gruppe kauert. „Ein *Junge*, aber er macht etwas."

Ich schlucke, was mir schwerfällt, da mein Mund jetzt

völlig ausgetrocknet ist. „Sie haben tatsächlich noch mehr Schattenblüter gemacht.“

Da sind Kinder, Teenager, wie wir es einst waren, und ihre Betreuer zwingen sie, uns anzugreifen.

Was für eine Art von Folter haben *sie* wohl im Laufe ihres Lebens durchgemacht?

Jacob holt mit seinem Arm aus, und ein paar weitere Körper gehen hinter der Treppe zu Boden. Da er es mit einer ganzen Armee auf einmal zu tun hat, kann er sich allerdings nicht ausreichend konzentrieren, um größeren Schaden anzurichten.

Die Flammen lodern bis zum Himmel, breiten sich jedoch nicht aus. Andreas deutet mit dem Zeigefinger darauf.

„Lauft einfach durch sie hindurch und dann weiter, bis wir beim Auto sind“, befiehlt er. „Wir halten uns an unseren Plan.“

Jacob treibt die Angreifer zurück, Andreas verwirrt sie, und Zian und ich reißen jeden in Stücke, der an ihnen vorbeikommt. Und zu guter Letzt ist Dominic da, um alle Wunden zu heilen, die uns die Angreifer zufügen.

Wir nicken und stürmen los.

Die Wärter haben ihre Stimmen gesenkt, doch von der anderen Seite der Treppe sind Gemurmel und Schritte zu hören. Wir rennen weiter.

Ich weiche zur Seite aus, sodass das Feuer mich nur kurz streift, bevor ich es hinter mir lasse. Dann sind wir wieder im Freien.

Jacob wirbelt herum, und die Pfeile folgen seinen Arm- und Kopfbewegungen. Sie prallen gegen die Hauswand oder fallen zu Boden, anstatt uns zu treffen.

Ein paar der Wärter, die auf uns zukommen, stolpern und strecken ihre Hände aus, als wollten sie nach etwas greifen, das nur sie sehen können, doch es kommen immer mehr auf uns zu.

Zian rennt direkt auf einen zu, der einen Taser in der Hand hält. Seine Wolfsschnauze ragt aus seinem Gesicht, als er brüllend seine Klauen in den Oberkörper des Mannes schlägt.

Ich ducke mich unter einem Schlagstock hindurch und schlage meine eigenen, dünneren Krallen in den Bauch meines Angreifers. Als ich zur Seite ausweiche, um sicherzugehen, dass er uns nicht noch einmal angreift, werde ich von Blutspritzern und Fleischfetzen getroffen.

Ich springe und taumle, schlitze hier eine Kehle auf und trete dort hart genug zu, um einen Oberschenkelknochen zu brechen. Nur vage bekomme ich mit, dass Zian neben mir kämpft, und die anderen drei Jungs zum Auto rennen.

Der Motor heult auf und der Wagen rast schlingernd auf uns zu. Der Kofferraum rammt einen Wärter, der sich gerade nach vorne gestürzt hat.

Die Hintertür fliegt auf, und Dominic bedeutet uns einzusteigen.

Ich verpasse dem nächsten Angreifer einen heftigen Schlag gegen den Kiefer und springe auf den Sitz.

Zian stürzt hinter mir her und versucht, die Tür hinter sich zuzuziehen, während Andreas das Gaspedal durchtritt.

Als wir scharf wenden und auf die Straße rasen, falle ich in der Kurve auf Zians Schoß. Er fasst mich am Arm, um mich aufzurichten, und spannt sich abrupt an.

„Riva!", schreit er, halb protestierend, halb stöhnend.

Als ich den Kopf hebe, ist sein Gesicht zwischen seiner menschlichen und seiner Wolfsgestalt eingefroren. Seine faltigen Lefzen enthüllen ungleichmäßige Reißzähne, und Panik schimmert in seinen Augen.

Ihm kommt ein so gequältes Heulen über die Lippen, dass mir fast das Herz stehenbleibt. Gleichzeitig stellen sich die Härchen in meinem Nacken auf.

Dieses Geräusch wird unseren Verfolgern auf keinen Fall entgehen.

„Zee!", zische ich und versuche, mich von ihm wegzustoßen, falls unsere Nähe das Problem ist. Doch er hält weiterhin meinen Arm fest und lässt seinen Blick über mich schweifen.

Sein massiger Körper zittert. „Nein, Riva, nein, nein."

Dann zuckt er auf einmal von mir zurück und stößt mit der Schulter so heftig gegen die Autotür, dass eine Delle entsteht. „Dom, du musst ihr helfen, du musst ... Ich wollte nicht ..."

Die wirren Worte ergeben keinen Sinn, bis ich seinem Blick folge und an mir hinunterschaue. Ich bin voller Blut. Denkt er etwa, dass es *meins* ist?

Man sollte meinen, dass er an meinem Gesichtsausdruck erkennen kann, dass ich nicht im Sterben liege, doch seine Reaktion entzieht sich jeglicher Logik.

Dominic, der auf meiner anderen Seite sitzt, hat sich hinübergebeugt und Zian an der Schulter gefasst.

„Hey", sagt er in einem sanften, aber nervösen Tonfall. „Zee, wir sind den Wärtern entkommen. Riva ist nicht verletzt. Es ist alles in Ordnung."

Doch Zians volle Aufmerksamkeit ist auf mich gerichtet. Sein Atem kommt in heiseren Zügen. Er schüttelt energisch den Kopf.

Ich habe ihn nur ein einziges Mal so panisch gesehen – vor fast zehn Jahren, als die Wärter uns an einen See zum Schwimmen brachten. Ich tauchte bis auf den schlammigen Grund, um zu sehen, wie lange ich die Luft anhalten konnte. Als ich auftauchte, kraulte Zee panisch durch das Wasser und rief nach mir.

Damals beruhigte er sich allerdings ziemlich schnell, als er mein entschuldigendes Lächeln sah. Ich weiß nicht, warum er jetzt so aufgebracht ist.

Mein Herz setzt einen Schlag aus, als ich mich daran erinnere, wie er vorhin auf meine Berührung reagiert hat. Ich lege meine freie Hand um seine Finger und drücke fest zu, als er versucht, sie wegzuziehen.

Diesmal lasse ich nicht zu, dass er sich aus meinem Griff windet. Ich verstehe seine Reaktionen nicht, aber mein Instinkt treibt mich weiter an.

Er muss wissen, dass es mir gut geht.

Ich halte seinem Blick stand und ringe mir ein Lächeln ab. „Mir geht's gut, Zee. Es ist alles in Ordnung. Das ist nur das Blut unserer Feinde, so wie es sein soll, was?"

Ich streiche mit dem Daumen über seine Handfläche. Er blinzelt mich an, und sein Kopf zuckt.

Seine Haltung beginnt sich zu entspannen. Vorsichtig ziehe ich an dem nassen Stoff meines offenen Kapuzenpullis und dem Tanktop darunter, damit er sehen kann, dass ich nicht blute.

„Mir geht es gut. Ich bin nicht verletzt. Nur die, die es verdient haben, sind es."

Zian stößt einen langen, zittrigen Atemzug aus. Seine wölfischen Züge lösen sich auf, bis nur der großartige Mann zurückbleibt, der er normalerweise ist, auch wenn er im Moment etwas kränklich aussieht.

Seine Finger krümmen sich an meinen und drücken zurück, nur für eine Sekunde.

Er hasst meine Berührung nicht immer.

„Geht es dir gut?", krächzt er und mustert mein Gesicht.

„Ja, mir geht es absolut, hundertprozentig gut", versichere ich ihm. „Abgesehen davon, dass ich mich ärgere, dass diese Arschlöcher meinen neuen Lieblingskapuzenpullover ruiniert haben."

Er stößt ein verwundertes Lachen aus und zieht dann seine Hand aus meiner. Dieses Mal lasse ich ihn los.

Er senkt den Kopf. „Es tut mir leid. Ich habe mir nur solche Sorgen gemacht …“

„Ist schon in Ordnung“, sagt Dominic, bevor ich mir überlegen kann, was ich antworten soll. „Das hätte jedem von uns passieren können.“

Zian wirft ihm einen Blick zu, als wäre er anderer Meinung, doch er lässt sich tiefer in seinen Sitz sinken, anstatt zu widersprechen. Ich rücke von ihm weg auf den mittleren Sitz und nehme meinen Rucksack ab.

Wenigstens haben wir es geschafft, unsere Habseligkeiten mitzunehmen.

„Ich *muss* mich unbedingt bald umziehen“, verkünde ich.

Zian hat keine Blutspritzer abbekommen. Das ist der Vorteil, wenn man größer ist als die meisten Gegner.

Der Gedanke an die Schlacht, vor der wir gerade geflohen sind, steigt wieder an die Oberfläche, und mein Magen verkrampft sich.

„Hast du sie gesehen?“, füge ich hinzu. „Die Teenager, die dort waren?“

Dominic zieht die Stirn in Falten. „Teenager?“ Er scheint Zians Bemerkung nicht gehört zu haben.

„Rund um das Gebäude. Ich habe einen bei den Wärtern gesehen, der von weiter weg aus zusah, und Zian auch.“

Als Zian zustimmend den Kopf senkt, stößt Andreas einen rauen Laut aus. „Ich habe einen Jungen im Highschool-Alter gesehen, der aus dem Fenster eines der anderen Gebäude zusah. Ich dachte, er wäre einfach nur ein Unbeteiligter, der den Kampf erschrocken beobachtet …“

„Etwas hat Jacob und mich aufgehalten“, sage ich. „Und dann war da noch das Feuer, das aus dem Nichts kam, und die Ranken, die nur eine Illusion waren. Ähnliche Dinge wie das, wozu wir in der Lage sind.“

Dominic holt scharf Luft. „Stimmt, du hast etwas von

Schattenblütern gesagt, doch ich war einfach nur darauf konzentriert, da rauszukommen."

„Das waren wir alle", sagt Jacob. „Außerdem ist es sowieso egal. Wir sind jetzt auf dem Weg nach Miami."

Ich werfe ihm einen finsteren Blick zu. „Das ist nicht egal. Wir können nicht einfach … Wenn die Wärter noch mehr Kinder quälen, so wie sie es mit uns getan haben, müssen wir ihnen helfen."

„Warum? Wenn du recht hast, haben diese Kinder gerade geholfen, uns anzugreifen."

„Vielleicht hatten sie keine andere Wahl", gibt Zian zu bedenken. Seine Stimme ist immer noch rau. „Oder sie dachten, wir wären das Problem. Wir wissen, welche Taktiken die Wärter anwenden."

Wenn sie die Jungs, mit denen ich aufgewachsen bin, gegen mich aufbringen konnten, ist es vermutlich ziemlich einfach für sie, ein paar Fremde, die uns nicht kennen, davon zu überzeugen, dass wir der Feind sind.

„Damit müssen wir uns im Moment nicht auseinandersetzen", sagt Andreas. „Im Moment können wir sie sowieso nicht befreien."

Er hält inne. „Aber ich stimme Riva zu. Wenn sich uns die Chance *bietet,* können wir nicht zulassen, dass sie anderen Menschen das antun, was sie uns angetan haben."

Ich lächle dankbar, doch dann kommt mir ein weiterer beunruhigender Gedanke. „Was, wenn sie uns so gefunden haben? Was ist, wenn die anderen Schattenblüter uns mit ihren Fähigkeiten aufspüren können?"

Eine unangenehme Stille senkt sich über das Auto. Jacobs Stimme durchbricht sie, noch grimmiger als zuvor.

„Dann müssen wir einfach weiterfahren, damit sie uns nicht einholen können."

ZWÖLF

Riva

Es stellt sich heraus, dass ich meinen neuen Lieblingskapuzenpulli eigentlich gar nicht brauche, denn in Miami ist es im September verdammt heiß.

Obwohl wir mit laufender Klimaanlage den Ocean Drive entlangfahren, spüre ich die Hitze der späten Nachmittagssonne, die durch die Fenster unseres neuen Autos dringt. Jacob und Andreas haben es in der Nähe von Toronto geklaut, da die Wärter, die den Kampf überlebt haben, unser vorheriges Fahrzeug vermutlich erkennen würden.

Der Kombi ist zwar etwas schwerfällig und klapprig, aber der Rücksitz ist geräumiger als bei unseren letzten Fahrzeugen. Ich sitze neben dem linken Fenster und strecke meine Beine aus.

Dieses Mal habe ich die Jungs davon überzeugt, dass Zian der Beifahrer sein sollte. Er und ich müssen die Straßen nach Monstern absuchen. Oder Schattenwesen. Oder wie auch immer wir sie nennen wollen.

Die Sonne ist nicht das Einzige, was durch die Fenster dringt. Wummernde Bässe scheinen aus den Gebäuden in jeder Straße und durch die offenen Autofenster auf der Straße um uns herum zu hallen.

Irgendwie gefällt mir das. Dadurch wirkt die ganze Stadt wie eine einzige riesige Party.

Das ist auch gut so, denn wir sind viel unterwegs, bisher ohne Erfolg.

Es gibt jede Menge Hotels in Miami, doch an keinem hängen Schilder mit der Aufschrift „Hier gibt es Monster!" Also gehen wir davon aus, dass wir das Hotel, das wir suchen, am ehesten finden, wenn wir uns an die potenzielle Kundschaft wenden.

Hoffentlich ist wenigstens einer von ihnen bereit, unsere Frage zu beantworten, die einfach nur lautet: „Weißt du, wo wir einen Typen namens Rollick finden können?" Doch in den vier Stunden, seit wir in der Stadt sind, hat Zian nur eine Frau gesehen, bei der es sich potenziell um ein Monster handeln könnte, und die ist abgehauen, bevor wir ihr diese Frage stellen konnten.

„Wir könnten runter zum Strand gehen", schlägt Zian mit einem unverkennbar hoffnungsvollen Tonfall vor.

Jacob tritt gegen die Rückenlehne seines Sitzes. „Wir sind nicht hier, um uns zu sonnen. Wenn die Wärter die jüngeren Schattenblüter dazu bringen können, uns aufzuspüren, sollten wir nicht länger hierbleiben als unbedingt nötig."

Zian senkt verlegen den Kopf. „Ich weiß. Aber vielleicht halten sich die Monster auch gerne am Strand auf."

Er hält inne. „Angeblich kann man sich wegen des Salzgehalts im Meer treiben lassen, egal wie schwer man ist. Ich hatte noch nie die Gelegenheit, das auszuprobieren."

Andreas hebt seine rechte Hand vom Lenkrad und klopft

Zian mit den Fingerknöcheln auf den Arm. „Wir werden schon etwas Zeit finden, damit du an den Strand gehen kannst."

Die unverhohlene Zuneigung in seiner Stimme und die Tatsache, dass er Zian überhaupt beruhigen will, jagen mir einen Schauer über den Rücken. So ist Andreas eben, er hält seine Freunde immer bei Laune.

Wenn er so mit Zian redet, meint er es ernst, ohne Hintergedanken. Nicht wie all die ermutigenden und beruhigenden Worte, die er in den ersten Wochen zu mir gesagt hat.

„Wenn wir ein paar Fortschritte gemacht haben", brummt Jacob.

Ich kehre in die Gegenwart zurück und schaue mir die Hochhäuser an, an denen wir vorbeifahren. „Vielleicht haben wir mehr Glück, wenn es dunkler wird. Die beiden Monster in Toronto haben wir auch erst gegen Abend gefunden."

„Schattenwesen bleiben in den Schatten", murmelt Dominic neben mir. Seit wir Toronto verlassen haben, wirkt er noch nachdenklicher als sonst.

Selbst in seinem dünneren Trenchcoat wird er sich an Orten ohne Klimaanlage unwohl fühlen. Als wir angehalten haben, um diese eine Frau anzusprechen, ist er im Auto geblieben.

Vielleicht können die sogenannten Schattenwesen ihm auch bei diesem Problem helfen. Selbst wenn er die Tentakel nicht loswerden kann, gibt es möglicherweise andere Techniken, um sie zu verstecken oder von ihnen abzulenken, an die wir einfach noch nicht gedacht haben.

Wir lassen das Geschäftsviertel hinter uns und fahren an einer Reihe schicker Wohnhäuser vorbei, die sich weiß gegen das immer dunkler werdende Blau des Himmels abheben. Als Andreas den Blinker setzt, um zurück in die Innenstadt zu fahren, gleitet mein Blick über die Vorhöfe und bleibt an zwei Kindern hängen, die auf einem gepflasterten Gehweg spielen.

Auf den ersten Blick ist eigentlich nichts ungewöhnlich an ihnen. Es sind ein Junge und ein Mädchen, beide vermutlich um die sieben Jahre alt.

Zumindest *scheinen* sie so alt zu sein. Denn als mein Blick länger auf ihnen verweilt, durchzuckt mich das vertraute Kribbeln des Wiedererkennens.

„Wartet!", rufe ich.

Andreas biegt ab, hält aber ein paar Autolängen nach der Kreuzung am Straßenrand an. „Was ist los? Hast du etwas gesehen?"

Er dreht sich in seinem Sitz zu mir um, und auch die anderen Jungs mustern mich neugierig.

Ich deute über meine Schulter in Richtung der Wohnhäuser. „Ich weiß, es hört sich lächerlich an, aber da hinten waren ein paar Kinder vor einem Gebäude. Von beiden ging diese Schattenwesen-Aura aus."

Zian legt seine Stirn in Falten. „Kinder?"

Andreas legt den Kopf schief. „Vielleicht sind sie gar nicht jung. Es könnte eine Illusion oder ein anderer übernatürlicher Effekt sein."

Jacob beugt sich vor, um mir ins Gesicht sehen zu können. „Bist du dir sicher, dass sie das Gefühl bei dir ausgelöst haben?", fragt er, eher besorgt statt zweifelnd.

Ich nicke. „Ich habe mich nach dem ersten Eindruck zweimal umgedreht. Für mich ergab das auch keinen Sinn."

„Dann wollen wir mal sehen, was die Kinder zu sagen haben." Er wirft Zian einen Blick zu. „Vielleicht solltest du lieber mit Dominic zurückbleiben, Zee. Nicht, dass es so aussieht, als würden wir auf zwei Kinder losgehen."

Zian bleibt grunzend sitzen, während Jacob, Andreas und ich aus dem Auto steigen. An der Ecke nicke ich zu den beiden Kindern, die kichernd mit Stöcken gegen etwas auf dem Boden stupsen.

Obwohl sie wie normale Menschenkinder aussehen, kann ich das beunruhigende Gefühl nicht ignorieren, dass irgendetwas mit ihnen nicht stimmt.

Etwas, das dem ähnelt, was bei mir nicht stimmt.

Wir gehen betont lässig auf sie zu, ohne dass Andreas Jacob daran erinnern muss. Die Kinder schauen nicht in unsere Richtung, bis wir vom Bürgersteig in den Hof abbiegen.

Sie halten inne und schauen uns an, während der fette Käfer, den sie angestupst haben, davonfliegt.

Andreas schiebt die Hände in seine Hosentaschen und schenkt den beiden ein freundliches Lächeln. „Wir kennen uns hier nicht aus und haben gehofft, ihr könntet uns helfen. Habt ihr eine Ahnung, wo wir einen Mann mit dem Namen Rollick finden können?"

„Wir haben gehört, dass ihm ein Hotel hier in der Gegend gehört", füge ich hinzu.

Das Gesicht des Jungen wird blass. Er rennt so schnell vor uns weg, dass ich keine Zeit habe zu reagieren. Nur Sekundenbruchteile später ist er hinter der Hecke verschwunden.

Das Mädchen rappelt sich ebenfalls auf, doch anstatt zu fliehen, betrachtet sie uns nur neugierig.

„Bitte", sage ich und mache einen weiteren Schritt auf sie zu. „Das ist alles, was wir wissen wollen."

Sie mustert mich von oben bis unten und schlingt ihre Arme um sich. „Beach Bliss", sagt sie, bevor sie in die gleiche Richtung verschwindet wie der Junge.

Jacob stapft frustriert hinter ihnen her, doch Andreas hat sein Handy schon in der Hand. Mit dem Daumen streicht er über die Tastatur und ein breites Grinsen umspielt seine Lippen.

„Beach Bliss Hotel und Nachtclub", sagt er und hebt den Kopf. „Es ist nur zwanzig Minuten von hier entfernt."

Äußerlich fügt sich das Beach Bliss Hotel perfekt in die Reihe der anderen Hotels an der beliebten Strandpromenade ein. Mit seiner weißen Fassade und dem schlichten, modernen Design ist es etwas höher als die Hotels direkt daneben, mit zehn Stockwerken jedoch auch kein Wolkenkratzer.

Die der Straße zugewandte Fassade leuchtet im schwindenden Tageslicht in scharlachrotem Neon. Ich kann nicht umhin, zu denken, dass diese Farbwahl im Vergleich zu den Rosa- und Blautönen links und rechts ein wenig bedrohlich wirkt.

Schon von der anderen Straßenseite höre ich die rhythmische Musik aus dem Nachtclub, der die Hälfte der ersten beiden Stockwerke einnimmt. Durch die ansonsten dunklen Fenster sind flackernde Lichter zu erkennen.

Obwohl es noch früh am Abend ist, scheint die Party schon in vollem Gange zu sein.

In der kurzen Zeit, in der wir das Gebäude beobachten, haben wir niemanden hineingehen sehen, außer ein paar Touristen mit Rollkoffern. Entweder sind die Clubbesucher allesamt Hotelgäste, die bereits eingecheckt haben, oder es gibt einen anderen Eingang, der sich außerhalb unseres Blickfeldes befindet, möglicherweise auf der Strandseite.

„Also …", sagt Zian mit zweifelnder Miene. „Sollen wir einfach hineingehen?"

Jacob, dessen Haltung ohnehin schon steif ist, richtet sich noch ein wenig mehr auf. „Wir gehen rein, halten Ausschau nach einem Monster und erkundigen uns, wie wir mit Rollick sprechen können. Ganz einfach."

Er wirft einen Blick auf Dominic, der immer noch im

Auto sitzt und das Hotel durch eines der offenen Autofenster betrachtet.

„Ich komme mit", sagt Dominic. „Bei der Beleuchtung im Club dürfte ich wohl nicht allzu sehr auffallen."

Er steigt aus und krempelt die Ärmel seines Trenchcoats bis zu den Ellbogen hoch, um die Hitze besser aushalten zu können. Da die Sonne gerade untergeht, ist die Luft bereits ein wenig abgekühlt.

Wir überqueren die Straße und gehen an der Seite des Hotels vorbei. Als wir ein paar Gäste sehen, die von einer Terrasse auf der Rückseite in das Gebäude gehen, beschleunigen wir unser Tempo. Schon bei diesem ersten Blick durchzuckt mich ein übernatürliches Gefühl.

Ich habe keine Zeit, herauszufinden, welche der Gestalten es ausgelöst hat, bevor sie aus meinem Blickfeld verschwinden. Zum Glück scheint die Kleiderordnung im Club eher leger zu sein. Die Frau, die den Raum gerade betritt, trägt nur einen Sarong über ihrem Bikini und Sandalen. Ein paar Männer sind in Khaki-Shorts und T-Shirts gekleidet.

Mit meinem Tanktop und der Cargohose sollte ich also nicht auffallen.

Es sieht nicht so aus, als ob die Sicherheitskontrolle besonders streng wäre. Niemand überprüft die Leute an der Tür, obwohl ich links und rechts von der Tür zwei große, uniformierte Kerle entdecke.

Es ist noch früh und die Tanzfläche ist nur etwa zur Hälfte gefüllt. Die meisten Leute stehen in Grüppchen zusammen, unterhalten sich und wippen ein wenig im Takt, anstatt wirklich zu tanzen. Ich muss das Bedürfnis unterdrücken, mich zu der eindringlichen Melodie zu bewegen.

Wir sind nicht hier, um zu tanzen. Wir haben eine Mission. Und zwar diesmal eine eigene.

Mein Blick gleitet über die Gruppen und meine Füße erstarren. Auch Zian kommt ruckartig zum Stehen.

Von innen sieht der Club alles andere als normal aus. Das Kribbeln, das ich hier verspüre, trifft mich wie ein elektrischer Schlag.

Mindestens ein Drittel der Menschen, die ich anschaue, lösen diese Reaktion in mir aus. Wohl eher sogar die Hälfte.

Der ganze Club ist voller Monster.

Hier sind wir definitiv richtig.

Die anderen Jungs halten ebenfalls inne und schauen Zian und mich fragend an. Ich winke sie zu einer ruhigeren Ecke an der marmorierten Bar.

„Hier sind jede Menge", murmelt Zian leise, bevor ich etwas sagen kann. Seine Muskeln spannen sich unter dem dünnen Stoff seines T-Shirts an. „Das gefällt mir nicht."

Meine Hand wandert instinktiv zu meinem Anhänger und es juckt mich in den Fingern, die Katze und das Garn aufschnappen zu lassen, so wie ich es früher getan habe. „Ja. Wenn wir jemanden verärgern, könnten wir in große Schwierigkeiten geraten."

Jacob atmet scharf ein, bevor er die Lippen zusammenpresst und seinen Blick erneut durch den Raum gleiten lässt. „Wir müssen es versuchen."

„Warum fragen wir nicht jemanden vom Personal?", schlägt Dominic vor. „Die Sicherheitsleute oder die Barkeeper? Auch wenn sie keine Schattenwesen sind, müssen sie doch wissen, wie sie ihren Chef erreichen können."

Andreas schnippt mit den Fingern. „Das ist die Eintrittskarte. Kommt mit."

Er schlendert zur Bar und stützt sich mit den Ellbogen auf den Tresen. Einer der Barkeeper – ein großer, schlanker Kerl mit spitzem Kinn – kommt sofort zu uns und ich erschaudere.

Ich weiß nicht, ob alle Mitarbeiter Schattenwesen sind, aber dieser Kerl ist auf jeden Fall eins.

„Hey“, sagt Andreas in seiner üblichen lockeren Art. „Eine Runde Sangria, bitte. Und wir würden gerne mit dem Besitzer des Ladens sprechen. Ich glaube, sein Name ist Rollick?“

Die Augen des Barkeepers verengen sich. Er mustert uns von oben bis unten, und ich glaube, so etwas wie Überraschung in seinem Gesicht zu erkennen.

„Er redet normalerweise nicht mit Gästen“, erklärt er gelassen.

„Falls es möglich ist, einen Termin mit ihm zu vereinbaren, sind wir für jeden Tipp dankbar.“ Andreas schenkt ihm ein freundliches Lächeln. „Wir wurden von jemandem hierhergeschickt, der dachte, er könnte uns helfen.“

„Und wer war dieser Jemand, damit ich einen Namen weitergeben kann?“

„Er hat uns keinen Namen genannt“, sage ich gerade so laut, dass der Barkeeper uns hören kann, aber die anderen Gäste in der Nähe nichts mitbekommen. „Es war ein großer lila Kerl mit Hörnern, der schweben konnte. In der Nähe von Toronto, falls dir das weiterhilft.“

Der Kiefer des Barkeepers bewegt sich. Ich kann nicht sagen, ob er eher genervt oder verärgert ist.

„Gebt mir eine Minute, dann kümmere ich mich um die Drinks.“

Als er weggeht, verzieht Jacob das Gesicht. „Bist du sicher, dass das eine gute Idee war, Riva?“

Ich zucke mit den Schultern. „Ich habe gespürt, dass er einer von ihnen ist. Und er hat offensichtlich gemerkt, dass etwas an uns anders ist.“

„Wenn wir dadurch mit diesem Rollick-Typen reden

können, war es vermutlich nicht die schlechteste Idee", meint Zian.

Jacob sieht immer noch nicht überzeugt aus. „Bleibt wachsam. Wir wissen nicht, wie freundlich unser Empfang sein wird."

Nach etwa einer Minute ist der Barkeeper wieder da und serviert uns unsere Getränke. Er schiebt sie uns über den Tresen zu und nimmt wortlos Andreas' Geld entgegen.

Ich greife nach dem schwitzenden Glas und rümpfe die Nase über den säuerlich-süßen Geruch. Ich wünschte, ich hätte stattdessen mehr von der selbstgemachten Limonade.

„Was jetzt?", fragt Zian.

Andreas lässt seinen Blick durch den Club schweifen. „Ich denke, wir sollten zusammenbleiben und abwarten. Ich glaube nicht, dass es uns etwas bringt, noch mehr potenzielle Schattenwesen zu belästigen."

Er nippt an seinem Getränk, während ich mein Glas nur zum Schein festhalte, da ich meinen Verstand nicht mit Alkohol vernebeln will.

Immer mehr Leute strömen in den Club. Viele von ihnen sind keine Menschen, wie mir meine geschärften Sinne verraten.

Ein Lied geht in das nächste über, und die bunten Lichter huschen über die Gestalten, von denen jetzt mehr tanzen. Der Beat pulsiert in meinen Muskeln, doch ich bin zu nervös, um mich darin zu verlieren, selbst wenn ich es wollte.

Wir entfernen uns von der Bar, als weitere Gäste hereinkommen. Ein unbehagliches Gefühl steigt in mir auf.

„Was wäre, wenn …", beginne ich zu sagen, und in diesem Moment schreitet eine Frau aus der wachsenden Menschenmenge auf uns zu.

Ich weiß sofort, dass sie ein Schattenwesen ist. Selbst wenn ich nicht so sensibel dafür wäre, würde sie mit ihrer statuenhaften Größe, ihren scharfen Wangenknochen und der markanten Kieferpartie sowie der wilden Anmut ihrer Bewegungen unmenschlich aussehen.

„Rollick wird euch jetzt empfangen", erklärt sie und dreht sich dann einfach um, als würde sie erwarten, dass wir ihr folgen.

Es gibt nicht viel, was wir sonst tun können. Mit einem misstrauischen Blick folgen wir der Frau, vorbei an der Bar und durch den Rest des Clubs zu einer Tür, die sich kaum von den dunkelgrauen Wänden abhebt.

Sie entriegelt die Tür mit einer Handbewegung und führt uns eine Treppe hinauf und einen kurzen Flur entlang zu einem anderen Raum. Dann öffnet sie die Tür, um uns hineinzulassen.

Wir betreten ein großes, aber spärlich eingerichtetes Büro. Ein dicker purpurroter Teppich bedeckt einen Großteil des Bodens und führt zu einem altmodischen Holzschreibtisch mit einem Lederstuhl dahinter. Daneben steht ein passender Schnapsschrank und das war's.

Nun, abgesehen von dem Mann, der sich von dem Lederstuhl erhebt, als wir hereinkommen.

Wie die anderen Kreaturen, die sich selbst als Schattenwesen bezeichnen und denen ich bisher begegnet bin, sieht auch dieser Mann äußerlich wie ein Mensch aus. Ein außergewöhnlich attraktiver Mensch, wie einer der Darsteller aus meiner Seifenoper, der mitsamt Lichteffekten und Make-up direkt aus dem Fernseher kommt, aber in keiner Weise monströs.

Unsere Begleiterin schließt die Tür hinter uns und stellt sich dann mit dem Rücken davor, als wolle sie uns daran hindern, zu fliehen.

Der Mann kommt näher, und sein braunes Haar schimmert im hellen Licht der Lampe.

Er lächelt, doch es ist ein bedächtiges Lächeln, als wäre er sich noch nicht sicher, wie viel Freundlichkeit er uns entgegenbringen soll. Er ist so groß und muskulös wie Jacob, was angesichts meiner oder Zians übernatürlichen Kräften nichts heißen muss – doch wer weiß, über welche Kräfte *er* verfügt.

Als er etwa anderthalb Meter von uns entfernt stehenbleibt, spüre ich einen Hauch seiner Kraft auf meiner Haut. Die *Leg-dich-nicht-mit-mir-an*-Schwingungen, die von ihm ausgehen, lassen mir die Nackenhaare zu Berge stehen.

„Also", sagt er mit sanfter Stimme, „ein lila Typ in Toronto hat euch gesagt, ihr sollt nach mir suchen."

Er zitiert meine Worte an mich gewandt, und ich habe das Gefühl, dass es meine Aufgabe ist, darauf zu antworten. „Er sagte, dass du vielleicht etwas für uns tun kannst. Dass du ‚besonderen' Schattenwesen hilfst."

Der Mann, der Rollick sein muss, zieht die Augenbrauen hoch. „Ihr seid aber keine Schattenwesen, oder?"

„Wir sind Hybriden", meldet sich Jacob knapp zu Wort. „Wir haben Kräfte."

Dominic räuspert sich. „Wir wurden von menschlichen Experimentatoren aufgezogen, die bestimmt viel weniger darüber wussten, wie man mit diesen Kräften lebt, als echte Schattenwesen. Wir wollen einfach eine bessere Vorstellung davon bekommen, wie wir mit dieser Seite unserer Natur umgehen können."

Andreas nickt. „Das ist alles, was wir wollen. Eine kleine Anleitung. Wir wollen weder Ärger machen noch jemandem in die Quere kommen."

Rollick verschränkt die Arme vor der Brust. „Und diese Experimentatoren sind dafür verantwortlich, dass ihr Hybriden seid?"

„Ja", sagt Zian, bevor er zögert. „Ich glaube nicht … Gibt es noch mehr Hybriden, von denen du weißt?"

Gute Frage. Der Schattenwesen-Typ klang nicht

besonders überrascht von der Vorstellung, dass wir existieren könnten.

„Nicht direkt", antwortet Rollick sachlich, ohne wirklich eine Antwort zu geben. Er mustert uns einen Moment lang schweigend. „Ich gebe keine Nachhilfestunden."

Trotzdem scheint er mit dem Gedanken zu spielen, uns zu helfen. Wenn der lila Schwebetyp uns hierhergeschickt hat, nur damit wir beseitigt werden, hätte der Typ vor uns das sicherlich schon längst erledigt, oder?

„Wir wollen nur sichergehen, dass wir nicht aus Versehen normalen Menschen Schaden zufügen", sage ich. „Und herausfinden, ob wir verhindern können, dass die Leute, die uns gemacht haben, uns aufspüren. Solche Dinge. Möglicherweise habt ihr dieses Wissen von Geburt an, aber wir haben keine Ahnung, was wir tun."

Rollick gluckst. „Ihr müsst offensichtlich noch viel lernen, angefangen mit der Tatsache, dass Schattenwesen nicht geboren werden."

Er reibt sich den Kiefer und fügt dann hinzu: „Nun. Es könnte tatsächlich interessant sein zu sehen, was ihr seid und was ihr vorhabt. Außerdem ist es nicht in meinem Interesse, dass irgendwelche Wesen Amok laufen und die Aufmerksamkeit auf unsere Existenz lenken."

„Heißt das, du kannst uns helfen?", fragt Zian vorsichtig.

Der unheimliche Mann mustert uns noch eine Weile nachdenklich. Meine Haut beginnt zu jucken.

Dann reibt er seine Hände aneinander, als würde er sich so sein Dilemma abwaschen. „Dann zeigt mal, was ihr könnt, und ich bringe euch für ein paar Tage im Hotel unter, während ich mir überlege, was ich davon halte."

Meine aufflackernde Hoffnung wird durch einen Anflug von Nervosität erschüttert. Mehrere Tage am gleichen Ort?

Andreas scheint die gleiche Sorge zu plagen. „Wir wissen deine Großzügigkeit zu schätzen, versteh mich nicht falsch.

Allerdings glaube ich nicht, dass es eine gute Idee ist, wenn wir lange an einem Ort bleiben. Unsere Verfolger haben es geschafft, uns innerhalb eines Tages in Toronto aufzuspüren."

„Vielleicht hatten sie einfach Glück", fügt Dominic hinzu. „Davor waren wir schon einmal eine Woche lang an einem Ort. Doch wir können uns nicht sicher sein."

Rollick summt vor sich hin. „Ihr wollt also hierbleiben, ohne euch zu lange am selben Ort aufzuhalten. Ich habe vielleicht auch eine Idee, wie ihr das schaffen könnt. Das würde jedoch voraussetzen, dass ihr in der Nähe bleibt, um euch jeden Tag mit mir zu treffen. Könntet ihr diese Bedingungen akzeptieren?"

Jacob hebt sein Kinn, sein Kiefer ist verkrampft. „Das hängt davon ab, was du uns vorschlagen wirst."

Das Schattenwesen grinst, als würde er sich über die Antwort amüsieren. „Wie ich sehe, haben sie euch das Hirn nicht komplett aus dem Kopf experimentiert. Zufälligerweise bin ich vor ein paar Jahren einem seltsamen Haufen begegnet, der ein sehr nützliches Fortbewegungsmittel hatte …"

Dreizehn

Dominic

Zian fährt mit den Händen über die Granitarbeitsplatten und schüttelt staunend den Kopf. „Das ist die schönste Unterkunft, in der ich je übernachtet habe, und das ist ein verdammtes *Auto*.“

„Ein Wohnmobil!“, ruft Andreas fröhlich aus dem Fahrerbereich. Auch er ist von unserem neuen Gefährt begeistert.

Ich betrachte das Wohnmobil von meinem Platz auf dem Schlafsofa aus, das uns letzte Nacht als Bett diente. Es ist schwer zu glauben, dass das, was wie eine Luxuswohnung aussieht, tatsächlich Räder hat, obwohl das leise Rumpeln des Motors und das gelegentliche Schwanken in einer Kurve eindeutig sind.

Dieses Sofa und das Sofa mir gegenüber sind mit weichem, taubengrauem Leder bezogen. Die Schränke in der Küche und unter der Decke sind aus glänzendem, dunklem

Holz, und der Küchenbereich ist mit einem großen Kühlschrank und einer Mikrowelle sowie einem Herd und einem kleinen Ofen ausgestattet.

Mit dem Kingsize-Bett im hinteren Schlafzimmer, den Etagenbetten gegenüber vom Badezimmer, dem ausziehbaren Sofa und dem Bereich über dem Fahrersitz haben wir sogar alle unsere eigenen Betten. Das Einzige, worüber wir uns beschweren könnten, ist, dass es keine Badewanne gibt. Dafür haben wir zwei separate Badezimmer mit Glasduschkabinen – eins im Hauptraum und eins im Schlafzimmer.

Irgendwie hat der geheimnisvolle Rollick in ein paar Stunden dieses erstaunliche Heim-Schrägstrich-Fahrzeug für uns aufgetrieben.

Ich rutsche auf meinem Sitz umher, während sich meine zusätzlichen Gliedmaßen unangenehm an meinen Rücken drücken. „Sind wir sicher, dass es eine gute Idee war, ein so *schönes* Geschenk von einem Kerl anzunehmen, der offen zugibt, dass er ein Dämon ist?" Was auch immer dieses Wort in der realen Welt bedeutet.

„Ich würde es nicht gerade ein ,Geschenk' nennen", meint Jacob, der auf dem Sitz neben Andreas sitzt und durch die Windschutzscheibe den Vorort von Miami vorbeiziehen sieht. „Er hat klargemacht, dass er es konfiszieren lässt, wenn wir uns nicht jeden Tag bei ihm blicken lassen."

„Trotzdem ist es sehr großzügig."

Rollick hat uns nicht nur das extravagante Fahrzeug überlassen, sondern auch eine Kreditkarte für Benzin und Essen. Dafür bin ich unglaublich dankbar, denn so konnten wir die ganze Nacht in den Außenbezirken von Miami herumfahren und uns am Steuer abwechseln, während der Rest schlief.

„Ich frage mich, wie das alles funktioniert", murmelt Zian, der neben dem Ofen in die Hocke geht. An seiner angespannten Miene erkenne ich, dass er seinen Röntgenblick benutzt, um die inneren Mechanismen zu studieren, doch er bekommt unser Gespräch trotzdem noch mit. „Rollick schien sehr interessiert an uns zu sein."

„Oder nervös", fügt Riva hinzu, als sie aus dem Hauptschlafzimmer kommt, das, wie wir uns alle einig waren, ihr gehören sollte.

Sie brauchte ihre Privatsphäre – und Abstand zum Rest von uns – am dringendsten.

Ihre blasse Haut hat einen rosigen Schimmer von der Dusche, die sie gerade genommen hat. Sie hat ihr Haar bereits zu ihrem üblichen Zopf geflochten und trägt die typische Kombination aus Tanktop und Cargohose.

Ich kann nicht umhin, daran zu denken, wie sie vor ein paar Nächten nur mit dem Handtuch bekleidet dastand.

Als mein Schwanz zuckt, verscheuche ich die Gedanken und wende meinen Blick ab. So wie sie vor mir zurückgewichen ist, nachdem ich sie geheilt hatte, hätte sie nicht deutlicher machen können, dass sie mich nicht auf *diese* Weise will.

Und warum sollte sie das auch? Wer zum Teufel würde mit einem Kerl herummachen wollen, dem zwei grauenhafte Tentakel aus dem Rücken sprießen?

Jacob brummt auf Rivas Vorschlag hin. „Er will auf jeden Fall mehr darüber erfahren, was wir mit unseren Kräften machen können. Oder sichergehen, dass wir sie nicht benutzen, um seine Stadt zu zerstören."

Andreas gluckst. „Wenn er *so* besorgt wäre, hätte er uns gar nicht erst gehen lassen."

Riva verzieht den Mund. „Möglicherweise wollte er nicht herausfinden, was passieren könnte, wenn er versucht, uns aufzuhalten."

Sie lehnt sich mit gesenktem Blick gegen die Wand neben dem Bad und eine weitere Erinnerung steigt in mir auf. Daran, wie sie gestern Abend den Mund verzog, als Rollick sie überredete, ihre stärkste Kraft zu demonstrieren.

Er hatte eine kleine rattenähnliche Kreatur dabei. Das Tier war so groß wie seine Hand, hatte ein seltsames Irokesenfell am Rücken und unheimlich leuchtend grüne Augen.

Verpass ihm einen kleinen Schock. Schattenwesen sind sehr widerstandsfähig. Du wirst es wahrscheinlich nicht umbringen, wenn du es nicht wirklich versuchst, und es wird schnell heilen.

Ich vermute, dass sie seiner Forderung nur nachgekommen war, weil sie sich von Rollick Informationen erhoffte, wie sie diese Kraft besser in den Griff bekommen kann. Schließlich richtete sie ihren Blick auf die Kreatur, und ihr ganzer Körper spannte sich an, als sie den Schrei heraufbeschwor.

Es war nicht viel mehr als ein Quietschen, doch das rattenähnliche Wesen quiekte, als sich eines seiner Beine aus der Hüfte löste.

Das ist nicht das Problem, sagte sie zu Rollick. *Das Problem ist, wenn ich wütend bin. Dann ist es viel schwieriger, den Hunger zu zügeln.*

Rollick hatte jedoch nicht so ausgesehen, als ob ihre Erklärung ein Problem darstellen würde. Er gab uns allen eine Hausaufgabe für heute, die wir jetzt erledigen wollten, bevor wir ihm später einen Besuch abstatten.

Jetzt wissen wir immerhin, dass unsere Kräfte — insbesondere die von Riva — bei Monstern genauso gut funktionieren wie bei normalen Menschen.

Wie würde es sich anfühlen, einer dieser schrecklichen Kreaturen die Lebensenergie zu entziehen? Einem Dämon wie Rollick, der die Luft um sich herum mit seiner Kraft zum Zittern bringt?

Ich unterdrücke ein Schaudern und richte meine Aufmerksamkeit wieder auf die Gegenwart. „Wir wissen nicht viel über die Schattenwesen. Was sie wollen. Wie sie denken. Die Wärter haben offensichtlich falsche Prioritäten, das bedeutet allerdings nicht, dass sie diese Wesen zu Unrecht als Monster bezeichnen."

„Deshalb gehen wir mit offenen Augen und gespitzten Ohren hinein und halten Ausschau nach Anzeichen für Ärger", sagt Andreas und hält inne. „Wir sollten auf jeden Fall vorsichtig sein, wenn Rollick in der Nähe ist, egal wie großzügig er zu uns war. Ich konnte einen Blick in seine Erinnerungen erhaschen und … Er hat mindestens einmal selbst ein paar Kreaturen ziemlich übel zugerichtet, aus Gründen, die mir nicht bekannt sind."

Mir läuft ein unbehaglicher Schauer über den Rücken. „Dann hat er wohl auch keine Skrupel, Gewalt anzuwenden, um seinen Willen durchzusetzen."

„Wir trauen ihm nicht", stimmt Jacob zu. „Es könnte allerdings sein, dass die Wesen in dieser Erinnerung es verdient haben."

„Stimmt." Andreas reißt das Steuer herum. „Hier, das sieht nach einem guten Platz aus."

Wir sind in einem Industriegebiet an der Küste gelandet. Drey fährt in eine riesige Werft, in der ein paar stillgelegte Stahlmaschinen stehen.

Die Lagerhalle aus Beton, die an diese Werft angrenzt, scheint verlassen zu sein. Ein schmutziges ZU VERMIETEN-Schild hängt schief in einem dunklen Fenster.

Auf der anderen Seite des Werftgeländes erstreckt sich die Rückseite eines weiteren langen, niedrigen Gebäudes, und zu unserer Linken bildet ein hoher Metallzaun eine Barriere. Auf der anderen Straßenseite befinden sich ein paar kleinere Gebäude. Ein Lkw rollt darauf zu, als Andreas parkt.

Nett und abgelegen. Niemand in der Nähe, der uns bei der Ausübung unserer Fähigkeiten sehen könnte.

Andreas hat das Wohnmobil bis zu dem stillgelegten Gebäude gefahren, das so weit wie möglich von Passanten entfernt ist. Einer nach dem anderen steigen wir aus und atmen die warme Herbstluft ein.

Es dauert nur ein paar Sekunden, bis ich unter meinem Trenchcoat schwitze, obwohl Andreas mir einen extra leichten Mantel mitgebracht hat. Doch ich werde nicht riskieren, meine monströsen Gliedmaßen in aller Öffentlichkeit zu zeigen, egal wie abgelegen dieser Ort ist.

Jacob nimmt eine gebieterische Haltung ein. „Alles klar. Seid ihr alle bereit?"

Ich glaube, dass sein Blick etwas länger auf Riva verweilt als auf dem Rest von uns. Falls es ihr auffällt, tut sie so, als würde sie es nicht bemerken.

Zian streicht mit einer Hand über die Fingerknöchel seiner anderen. „Wir versuchen nur, ein wenig von unseren Kräften einzusetzen, ohne dabei über die Stränge zu schlagen, richtig?"

Andreas nickt. „Ja. Es geht darum, ein Gefühl dafür zu bekommen und zu sehen, wie wir sie Stück für Stück steigern können. Das ergibt Sinn. Wenn wir uns mit unseren Fähigkeiten wohler fühlen, sollten sie nicht mehr so übermächtig sein, selbst wenn wir angegriffen werden."

Trotz seines beruhigenden Lächelns, weiß ich, dass er sich Sorgen wegen seiner eigenen Kräfte macht und darum, wie sie ihn beeinflussen. Ich habe gesehen, wie viel Mühe es ihn gekostet hat, seinen Körper wieder ganz fest zu machen, nachdem er sich vor nicht allzu langer Zeit zu oft hintereinander unsichtbar gemacht hatte.

Wie kann ich mich über die Dinger ärgern, die mir aus dem Rücken wachsen, wenn Drey mit der Möglichkeit rechnen muss, buchstäblich zu *verschwinden*?

Zian wirft einen Blick auf das Wohnmobil. „Ich schätze,

ich bleibe besser ganz außer Sichtweite, wenn ich mich in einen Wolfsmann verwandle."

Er versucht, gelassen zu wirken, doch seine Muskeln spannen sich an, als er zwischen dem Wohnmobil und dem leerstehenden Gebäude verschwindet.

Jacob reibt seine Hände aneinander. „Wir sollten uns etwas verteilen, damit wir uns nicht beobachtet und unsicher fühlen."

Ich weiß nicht, wie unsicher er sich wegen seiner Kräfte fühlt, doch ich nehme an, dass er es wegen Zian sagt. „Gute Idee."

Er geht nach links zu einer der großen Maschinen, die er vielleicht mit seinen telekinetischen Kräften manipulieren will. Ich bin mir nicht sicher, ob er heute auch seine Giftstacheln benutzen will.

„Ich suche mir besser auch einen Platz weiter weg, wenn ich immer wieder verschwinden und auftauchen werde", verkündet Andreas mit einem schiefen Lächeln und geht nach rechts, wo sich eine schattige Nische in der Seite des Gebäudes befindet.

Schnaubend verschränkt Riva die Arme vor der Brust. „Ich schätze, ich muss mir etwas Lebendiges suchen. Können Käfer Schmerz empfinden?"

Sie erschaudert, und für einen kurzen Moment fällt ihr Blick auf mich. „Ich will sie nicht quälen."

Ich ringe mir ein beruhigendes Lächeln ab. „Ich denke, das ist es auf lange Sicht wert, wenn du dadurch sicherstellen kannst, dass du niemandem Leid zufügst, den du *wirklich* nicht verletzen willst."

„Ja." Sie beißt sich auf die Lippe und geht dann über den kiesbestreuten Hof, um den Boden abzusuchen.

Ich habe eine ähnliche Aufgabe vor mir. Ich muss versuchen, einem Lebewesen genug Energie zu entziehen, um das Hochgefühl zu bekommen, ohne es komplett auszusaugen.

Bei dem Gedanken bekomme ich ein flaues Gefühl im Magen. Eigentlich möchte ich meine Kraft nicht auf diese Weise einsetzen.

Doch genau das ist das Problem, bei dem Rollick uns helfen will. Wenn wir vor den Teilen von uns selbst zurückschrecken, vor denen wir Angst haben, wie sollen wir dann lernen, mit ihnen umzugehen?

Ich traue ihm vielleicht nicht, aber ich glaube nicht, dass er mit dieser Strategie unrecht hat.

Ob Käfer nun Schmerz empfinden oder nicht, sie können auf jeden Fall sterben. Und um zu vermeiden, dass ich ihnen so viel Energie entziehe, dass sie sterben, ist besondere Raffinesse gefragt.

Ich bewege mich vorwärts, nicht genau in die gleiche Richtung wie Riva, aber ich behalte sie aus dem Augenwinkel im Blick.

Sosehr ich den grausamen Aspekt meiner Kräfte auch verabscheue, in der Vergangenheit musste ich mich ihm auf Anweisung der Wärter bereits Dutzende Male stellen. Für Riva ist das alles völlig neu.

Sie will vielleicht nicht, dass ich ihr körperlich nahe komme, doch ich werde sie durch jedes emotionale Trauma begleiten, so gut ich kann.

Vorausgesetzt, ich kann selbst die Kontrolle über meine Kräfte behalten. Erinnerungen flackern auf – das verängstigte Quieken eines Schweins, der Todesschrei eines Golden Retrievers, der sich in meine Seele eingebrannt hat – und ich zucke innerlich zusammen.

Ich wollte das nicht. Ich hätte es nie getan, wenn die Folgen der Befehlsverweigerung nicht schlimmer gewesen wären als die Befehle selbst.

Doch am Ende konnte ein Teil von mir nicht genug

bekommen.

Wir haben etwa die Hälfte des weitläufigen Hofes durchquert, als ich einen fetten Käfer entdecke, der verloren aussieht. Trotz des mulmigen Gefühls in meinem Bauch weiß ich, dass er perfekt für meine Zwecke geeignet ist.

Ich hebe ihn auf und schiebe meine Hand unter die Lasche meines Mantels, damit einer meiner Saugnäpfe an dem Insektenpanzer andocken kann.

Wenn ich nicht gerade versuche, jemanden zu heilen, kostet es mich große Anstrengung, Energie abzusaugen. Vor allem, wenn ich mich im ersten Moment dagegen sträube.

Ich atme langsam ein und konzentriere mich auf das leichte Zucken der Beine des Käfers. Auf das schwache Kitzeln des Lebens, das ich in ihm spüren kann.

Nimm nur einen kleinen Schluck. Nur eine winzige Kostprobe.

Betäube ihn, aber töte ihn nicht.

Lass ihn sich erholen.

Ich konzentriere mich noch mehr und richte meine gesamte Aufmerksamkeit auf meine Kraft.

Nur der Hauch eines Impulses schießt durch meine Nerven. Das Kribbeln ist so unwiderstehlich berauschend, dass ich nach mehr greife, bevor es mir richtig bewusst ist.

Einen Augenblick später verpasse ich mir eine mentale Ohrfeige. Doch es ist zu spät.

Mir rutscht das Herz in die Hose, als ich meine Hand wieder hervorziehe und auf den Käfer hinunterschaue. Er liegt steif und regungslos in meiner Handfläche.

Ich brauche nicht zu warten, um zu sehen, ob er aus der Trance erwacht. Ich weiß bereits, dass es tot ist.

Diese Tatsache wird noch deutlicher, als ich ihn ablegen will, und sein ausgetrockneter Körper zu Staub zerfällt.

Ein Stich der Schuld durchzuckt meine Brust. Ich

schlucke schwer und zwinge mich, weiterzugehen und mir ein anderes Ziel zu suchen.

Tief im Inneren würde ich mich am liebsten mit meinen eigenen Tentakeln erwürgen.

Vielleicht ist das alles sinnlos. Abgesehen von den Experimenten der Wärter *musste* ich diesen Teil meiner Kraft noch nie einsetzen. Wer weiß, ob ich jemals …

Eine Bewegung aus der Richtung, in die Riva gegangen ist, unterbricht meine Gedanken. Als ich mich umdrehe, sehe ich drei stämmige Männer in Lederkleidung auf Riva zugehen, die nicht weit von der Metallwand entfernt steht.

Riva hat sie auch gesehen. Natürlich, denn sie sind kaum zu übersehen. Sie erstarrt und mustert sie stirnrunzelnd, als sie auf sie zugehen.

„Was hast du hier zu suchen?", fragt einer von ihnen. „Das ist kein Spielplatz."

„Ich mache nur einen Spaziergang", antwortet Riva. „Was ist das Problem?"

Ich habe keine Ahnung warum, doch scheinbar stellt ihre Anwesenheit für die Männer ein ziemlich großes Problem dar, denn sie stürzen sich ohne ein weiteres Wort auf sie.

Unter normalen Umständen würde ich mich nicht einmischen. Nicht einmal, als einer von ihnen ein Messer zückt.

Riva kann sich selbst verteidigen. Wenn ich mich einmische, stünde ich ihr wahrscheinlich nur im Weg und würde es ihr erschweren, sich zu verteidigen.

Ihre Gliedmaßen rotieren um ihren zierlichen Körper wie ein Wirbelwind – ein absolut umwerfender Wirbelwind. Doch als ihre Faust einen der Angreifer an der Nase erwischt, während sie einem anderen ihr Knie in den Bauch rammt, springen zwei weitere Männer über den Zaun hinter ihr. Ihrer Kleidung nach zu urteilen, gehören sie zu den ersten dreien.

Einer der Neuankömmlinge hält ein Messer in der Hand, der andere hat eine Pistole.

Meine Nerven liegen blank. Noch bevor ich meine Panik richtig unter Kontrolle habe, stürme ich los.

Sie ist noch so von der ersten Gruppe abgelenkt, dass sie die neuen Angreifer nicht bemerkt hat. Und keine noch so übernatürliche Kraft kann eine Kugel auf dem Weg zu ihrem Schädel aufhalten.

Nicht einmal meine Kräfte könnten sie retten, wenn dieser Arsch sie an der richtigen Stelle trifft.

Ich bin zwar sofort losgerannt, als ich die herannahende Drohung erkannte, bin allerdings kein Sprinter. Ich bin noch drei Meter entfernt, als der Idiot seine Pistole hebt und seine Finger auf den Abzug legt.

Der andere hat sich inzwischen zu mir umgedreht und stellt sich mir mit seinem Messer in den Weg.

Doch selbst ohne dieses Hindernis würde ich es nicht rechtzeitig schaffen.

Nicht mit meinen Händen und Beinen.

Dann kommt mir auf einmal eine Idee. Es ist helllichter Tag – es gibt mehrere Zeugen – doch ich habe keine Zeit für Zweifel.

Ich kann sie beschützen, also werde ich es tun.

Trotz des Schmerzes, der mich durchzuckt, zögere ich keine Sekunde. Mit einer schnellen Bewegung schüttle ich meinen Mantel ab und strecke meine Tentakel nach unseren Angreifern aus.

VIERZEHN

Riva

Der Mann sticht mit seinem Messer nach meiner Schulter, und ich schaffe es gerade noch, mich zu ducken und gleichzeitig den Schlag seines Kollegen abzuwehren. Ein entfernter Teil meines Verstandes protestiert, doch mein Kampfinstinkt überlagert jede andere Überlegung.

Diese drei Arschlöcher sehen nicht wie Wärter aus. Sie tragen weder Rüstung noch Helme. Und sie scheinen keine Ahnung zu haben, womit sie es zu tun haben.

Doch was auch immer ihre Beweggründe sein mögen, sie versuchen, mich zu verletzen. Und sie werden diese Entscheidung bereuen.

Obwohl ich ebenfalls Messer in den Taschen meiner Cargohose habe, ist es einfacher, nur mit meinem Körper zu arbeiten. Ich schlage dem einen Typen das Messer mit einem so harten Schlag aus der Hand, dass die Knochen in seinem Handgelenk brechen.

Er taumelt zur Seite und stöhnt vor Schreck und Schmerz. Der andere Typ, der sich auf mich stürzt, reißt fassungslos die Augen auf, als ich meine Krallen ausfahre.

Ich nutze seine Überraschung und trete ihm so kräftig in den Bauch, dass er durch die Luft geschleudert wird und mehrere Meter weit weg auf dem Boden landet.

Erst dann höre ich das Scharren von weiteren Schritten hinter mir. Ich wirble herum und treffe meinen dritten Angreifer im Gesicht, als ich mich um meine eigene Achse drehe.

Er taumelt zurück und ich starre in den Lauf einer Waffe. Im gleichen Moment wird der Mann, der sie auf mich richtet, von einem langen, sehnigen Tentakel getroffen.

Die Arme des Bewaffneten schwingen zur Seite, und der Schuss geht daneben und prallt gegen den Metallzaun.

Dominic stürmt vorwärts. Er hat seinen Trenchcoat ausgezogen, sodass seine beiden Tentakel um uns herum peitschen. Ein weiterer Angreifer, der ein Messer in der Hand hält, liegt hinter ihm auf dem Boden.

Ich mache einen Satz nach vorn und reiße dem Angreifer die Waffe aus der Hand. Er scheint mich kaum zu bemerken.

Sein breites Gesicht ist bleich geworden, als er die unmenschlichen Auswüchse auf Dominics Rücken anstarrt.

„Was zum Teufel!", spuckt er. „Was für ein Freak …"

Eine intensivere Wut als vorhin, als sie nur mich angriffen, lodert in meiner Brust auf. Ich ramme ihm meine Faust in den Mund, bevor er seine Frage beenden kann.

Damit renke ich ihm den Kiefer aus und er geht stöhnend zu Boden.

Dominic starrt keuchend auf ihn hinab. Er sieht fast genauso kränklich aus wie der Mann, der ihn anstarrt.

Er hat sich so viel Mühe gegeben, seine Tentakel zu verstecken. Und zwar genau aus diesem Grund.

Er wusste, wie die Leute auf ihn reagieren würden.

Doch er hat sich diesen Arschlöchern gezeigt, um mich zu retten. Dafür hat er sogar ihre entsetzten Blicke auf sich genommen.

Andere, willkommenere Schritte poltern auf uns zu. Jacob, Andreas und Zian rennen über den Parkplatz, Verwirrung und Wut liegen in ihren angespannten Gesichtern.

„Wer zum Teufel sind diese Mistkerle?", knurrt Jacob, bei dem wie immer die Wut überwiegt.

Ich trete weiter von den fünf Männern weg, die mit ihren unterschiedlichen Verletzungen auf dem Boden liegen und uns anstarren. Ihre Aggression ist der Angst gewichen.

Mein Mund verzieht sich grimmig. „Ich weiß es nicht. Ich habe hier keine Wärter gesehen."

Schäumend vor Wut, marschiert Zian auf den Mann mit dem gebrochenen Handgelenk zu. „Wer hat euch auf uns gehetzt? Was wollt ihr?"

Der Mann zuckt bei den gebrüllten Fragen zusammen. „Das geht euch einen Scheißdreck an", stößt er mit zusammengebissenen Zähnen hervor, sieht aber immer noch verwirrt aus.

„Ich glaube, die hatten keine Ahnung, wer wir sind", murmle ich. Oder was wir sind.

„Ihr seid *Monster*", murmelt der Typ, dem ich in den Bauch getreten habe, und rappelt sich auf. Mit wächserner Miene blickt er zu Dominic auf.

Andreas schnaubt spöttisch. „Ich würde sagen, die Monster sind diejenigen, die wahllos Leute angreifen."

Er fasst Dominic an der Schulter, und der andere erwacht aus der Trance, in die er gefallen zu sein scheint.

„Hol deinen Mantel", sagt Andreas, leise und sanft. „Ich

werde dich aus ihrem Gedächtnis löschen. Sie werden sich nicht daran erinnern, was sie gesehen haben. Es wird so sein, als wäre es nie passiert."

Dominic nickt zittrig und eilt zu seinem Mantel. Ich schaue ihm hinterher und verspüre einen Stich in meinem Herzen.

Es ist passiert. *Ich* werde es nicht vergessen.

Ich wusste bereits, dass er bereit war, seine monströsen Tentakel wachsen zu lassen, um mich zu heilen. Doch sich auf diese Weise zu offenbaren, muss ihn noch viel größere Überwindung gekostet haben.

Während Andreas sich meinen verletzten Angreifern zuwendet, tritt Jacob einem von ihnen in die Rippen, sodass er mit dem Rücken auf den Asphalt prallt.

„Ihr sagt uns besser, was ihr hier vorhattet, oder es wird noch viel mehr von euch kaputtgehen. Auf eine Art und Weise, die ihr euch nicht einmal vorstellen könnt."

Ich bin mir nicht sicher, ob es an Jacobs grimmiger Miene, seinem giftigen Tonfall oder den unmenschlichen Gesichtszügen liegt, aber der Mann stößt ein kapitulierendes Wimmern aus. „Es war nur ein Job. Wir bekamen etwas Geld und ein paar Bilder. Angeblich sollten wir noch mehr bekommen, wenn wir das Mädchen umlegen."

„Wer hat euch beauftragt?"

„Ich weiß es nicht! Vor einer halben Stunde fanden wir einen Umschlag in unserem Auto, in dem stand, dass wir sofort hierherkommen sollen."

Andreas mustert ihn. „Ich glaube, er sagt die Wahrheit."

„Wenn das so ist, ergibt das nicht viel Sinn", murrt Jacob.

„Nein."

Andreas' Augen leuchten rötlich auf. Nach einer Minute schüttelt er den Kopf. „Ich sehe nichts, was diese Idioten mit den Wärtern in Verbindung bringen würde."

Jacob verzieht das Gesicht. „Dann solltest du uns wohl besser *alle* aus ihrem Gedächtnis löschen.“

Er dreht sich zu den verletzten Männern um. „Bringt uns zu eurem Auto, gebt uns die Fotos und das Geld, und dann werden wir euch in ein Krankenhaus fahren, als wäre nichts passiert. Ansonsten können wir euch auch umbringen und euch eure Sachen wegnehmen. Es liegt ganz bei euch.“

„Wir geben euch, was ihr wollt“, krächzt einer der anderen Männer.

Ich reibe mir die Arme, denn meine Nerven liegen immer noch blank. Das gefällt mir ganz und gar nicht.

„Danach“, sage ich, „sollten wir unser nächstes Gespräch mit Rollick lieber früher als geplant führen.“

Falls ich Zweifel daran hatte, dass der selbst erklärte Dämon die Bedrohung durch die Wärter ernst nimmt, wurden diese durch die Tatsache beseitigt, dass er die Annehmlichkeiten seines Hotels verlassen hat, um sich an einem anderen Ort mit uns zu treffen. Ich weiß nicht, inwieweit wir darauf vertrauen können, dass er unser Wohlergehen im Sinn hat, doch er scheint sehr pragmatisch zu sein, was seine eigene Sicherheit betrifft.

Wir fahren in die große Tiefgarage, die er als Treffpunkt vorgeschlagen hat, und halten Ausschau nach ihm, doch es gibt keine Anzeichen für eine Gefahr. Nachdem wir nicht weit von der Ausfahrt geparkt und uns in den kühlen, dunklen Raum begeben haben, taucht Rollick ohne Vorwarnung in der Nähe einer Betonsäule auf.

Wir zucken alle zusammen und heben abwehrend die Hände.

Rollick kichert und seine ausgeprägten Lachfalten kräuseln sich um seine Augenwinkel. „Ich wollte euch nicht erschrecken. Falls ihr in Zukunft mehr mit Schattenwesen zu tun haben werdet, solltet ihr euch besser an das plötzliche Auftauchen und Verschwinden gewöhnen."

Jacob mustert ihn aufmerksam. „Wie machst du das? Einige der Schattenwesen, die wir befragen wollten, haben sich einfach in Luft aufgelöst. Genauso plötzlich, wie du jetzt aufgetaucht bist."

Rollick zieht die Augenbrauen hoch. „Wir haben unseren Namen nicht ohne Grund. Das Reich, aus dem wir kommen, besteht größtenteils aus Schatten, und das ist unsere natürliche Heimat. Wir können uns in der Dunkelheit eurer Welt bewegen, wann immer wir wollen."

Zian schaut an sich hinunter, als würde er erwarten, dass sein eigener Körper mit dem Schatten verschmilzt. „Das können wir nicht tun."

„Das überrascht mich nicht. Das einzige andere Hybridwesen, dem ich je begegnet bin, brauchte eine Menge Übung, um diese besondere Fähigkeit zu nutzen, wie ich gehört habe."

Neugierde durchzuckt mich. „Kennst du noch einen Hybriden wie uns?"

„Nicht ganz so wie euch", sagt Rollick mit einem amüsierten Funkeln in den Augen. „Sie ist durch natürliche Prozesse zu ihrer kombinierten Natur gekommen, nicht durch Experimente von neugierigen Menschen."

Auch Andreas ist hellhörig geworden. „Wo ist sie? Vielleicht können wir mit ihr reden …"

Rollick macht eine abweisende Handbewegung. „Ich habe bereits versucht, sie zu erreichen und keine Antwort erhalten. Sie ist ein flatterhaftes Wesen, in mehr als einer Hinsicht. Sie übernimmt allerdings auch Projekte aller Art. Wir wissen nicht, wie lange sie dieses Mal von der Bildfläche verschwunden sein könnte. Aber ich habe noch ein paar andere Mitarbeiter mitgebracht, die ich euch vorstellen möchte."

Er macht eine weitere Bewegung, woraufhin drei weitere Gestalten sichtbar werden, die in einem Halbkreis vor uns stehen.

Wie Rollick sehen sie menschlich aus, soweit ich das beurteilen kann, aber sie verströmen ganz offensichtlich eine übernatürliche Energie. Meine Muskeln spannen sich an.

Ist das ein Hinterhalt?

Doch Rollick redet weiter, ohne eine Spur von Aggression zu zeigen. „Ich dachte, diese drei könnten vielleicht von Nutzen sein, falls eure ‚Wärter' wieder auftauchen. Cinder kann Elektrizität manipulieren."

Die drahtige, dünne Frau zu seiner Linken schnippt mit ihren gebräunten Fingern und Funken schießen in die Höhe. Weitere tanzen in ihren hellen Augen.

Rollick deutet auf den stämmigen Mann mit den dicken, schokoladenbraunen Locken neben ihr. „Slick hat ein Händchen dafür, Gegenstände aufzuspüren und in seinen Besitz zu bringen."

Der Mann nickt uns zu und blinzelt uns unter schweren Augenlidern an.

„Und ich habe darauf bestanden, mitzukommen, weil ihr alle so interessant seid", sagt die Frau rechts von Rollick.

Sie grinst uns selbstbewusst an. Mit ihrer Sanduhrfigur, die von einem Seidenkleid verhüllt wird, ist sie eine sinnliche Erscheinung, was jedoch durch ihre Grübchen und das jugendliche Strahlen in ihrem glatten Gesicht gemildert wird.

Rollick räuspert sich. „Pearl hat während unseres ersten Treffens aus dem Schatten heraus zugeschaut. Aber sie verkauft sich unter Wert. Sie ist ein Sukkubus und kann die meisten Sterblichen zu so ziemlich allem überreden."

„Es muss nicht einmal etwas Schmutziges sein", erklärt Pearl mit einem glockenhellen Lachen und betrachtet die

Männer, die um mich herum stehen. „Obwohl ich bei euch nicht zögern würde …“

Ein warnendes Knurren vibriert in meiner Kehle, bevor ich mir meiner Reaktion bewusst bin. Meine Krallen sind aus meinen Fingerspitzen hervorgeschossen, und das Mal, das sich nach dem Sex mit Andreas gebildet hat, brennt.

Pearl hebt die Hände. „Hey! Ich fasse nichts an, worauf schon jemand anders Anspruch erhoben hat.“

Sie senkt ihre Wimpern und blickt zu mir auf. „Ich würde ja erwähnen, dass mein Angebot auch für *dich* gilt, aber ich habe das Gefühl, dass die anderen das nicht gutheißen würden.“

Die Jungs um mich herum haben sich bei ihrer letzten Bemerkung versteift. Ich ziehe meine Krallen in meine Fingerspitzen zurück, und mein Gesicht errötet vor Verlegenheit.

„Es ist nicht … Wir sind nicht …“

Doch ein Teil von mir schreit danach, sie in Stücke zu reißen, wenn sie auch nur andeutet, einen von ihnen anzufassen.

Rollick klatscht in die Hände. „So, das war die Vorstellungsrunde. Wie ist eure erste Trainingseinheit gelaufen?“

Jacobs Aufmerksamkeit richtet sich wieder auf den Dämon, und seine Augen verengen sich. „Was *denkst* du denn?“

„Deinem Tonfall nach zu urteilen, vermute ich, dass etwas Unerwartetes passiert ist. Du musst mir schon sagen, was, denn ich habe keine Ahnung.“

Rollicks Tonfall ist nach wie vor locker, das könnte allerdings auch nur gespielt sein.

„Wir wurden angegriffen“, sagt Andreas. „Nun, vor allem Riva. Ein paar Menschenmänner, die aussahen, als gehörten sie zu einer Bande, behaupteten, sie seien angeheuert worden, um sie zu töten."

Zian bleckt seine Zähne. „Wir haben sie in die Flucht geschlagen."

Dominic verlagert sein Gewicht von einem Fuß auf den anderen. Er hat bisher noch nichts gesagt und steht mit gesenktem Kopf ein wenig abseits von uns anderen.

Ich werfe ihm einen besorgten Blick zu, doch sein Gesicht verrät nichts als leichtes Unbehagen.

Die Reaktion der Arschlöcher auf seine Tentakel scheint ihn noch immer zu belasten.

Rollick legt den Kopf schief. „Haben euch diese Wärter schon erwischt? Das ist sehr schnell für Sterbliche."

„Nein", sage ich. „Deshalb ist es auch so seltsam. Die Wärter scheinen nichts mit dem Angriff zu tun zu haben."

Rollick hält inne, bevor sich sein Körper auf eine Weise verändert, die ich mir nicht ganz erklären kann. Er verwandelt sich nicht so wie Zian, doch irgendwie fühlt sich seine Präsenz auf einmal *größer* und mächtiger an. Ein nervöser Schauer durchzuckt mich.

Er dreht sich zu Slick um. „Du hast davon gesprochen, sie zu testen, sie zu provozieren. Ich habe dir doch *gesagt*, dass du das lassen sollst."

Jede Spur von guter Laune ist aus seiner Stimme gewichen. Sein düsterer, kalter Tonfall jagt mir einen Schauer über den Rücken.

Slicks Augen weiten sich. „Ich habe nicht … Du kennst mich doch, Rollick …"

„Ja, ich kenne dich. Und du kennst *mich*. Wenn du mich noch einmal anlügst, wirst du es kein drittes Mal tun."

Die Haltung des anderen Schattenmannes versteift sich. „Wir wissen nicht, wozu sie fähig sind, abgesehen von den Fähigkeiten, die sie zugegeben haben. Wir mussten sichergehen …"

Rollick holt so schnell mit seiner Hand aus, dass ich sie kaum sehen kann. Aus seinen Fingerspitzen ragen dicke, schwarze Klauen.

Sie bohren sich so tief in Slicks Hals, dass ein Schwall schwarzen Rauchs aus seinem Fleisch aufsteigt.

Slick taumelt und verschwindet. Rollick dreht sich wieder zu uns um. Seine bedrohliche Energie ist abgeflaut, und seine Krallen sind verschwunden. Er sieht vollkommen ruhig aus, genau wie die Frauen links und rechts von ihm.

Mein Körper hat sich noch mehr versteift. „Hast du ihn *umgebracht*?"

Rollick schüttelt den Kopf. „Es braucht viel mehr als das, um ein Schattenwesen zu töten. Ich hätte es aber tun können, wenn ich nicht so barmherzig gewesen wäre."

Er blickt in die Schatten hinter ihm. „Slick weiß, dass er Rechenschaft ablegen muss, wenn er sich von seiner gerechten Strafe erholt hat."

Meine Kehle ist wie zugeschnürt. Mit so einer Kreatur haben wir es also zu tun. Einem Dämon, der im Handumdrehen eine schmerzhafte, ja sogar tödliche Strafe verhängt, wenn man ihm nicht gehorcht.

Die Tatsache, dass er es in unserem Namen getan hat, beruhigt mich nicht gerade.

Ich vermute, meinen Männern geht es ähnlich. Sie sind alle ein wenig näher an mich herangerückt.

Nun, alle außer Jacob, der wahrscheinlich denkt, dass eine wirklich „gerechte" Strafe darin bestünde, den Täter abzuschlachten. Er hat einen Schritt auf Cinder zugemacht.

„Elektrizität", sagt er. „Kannst du damit Dinge erhitzen? Wie mit echtem Strom? Zum Beispiel, wenn wir etwas schmelzen wollen?"

Die schlanke Frau wirft ihm einen verwirrten Blick zu. „Was willst du denn schmelzen? Ich mache keine gegrillten Käsesandwiches."

Trotz allem, was mich an dieser Situation beunruhigt, verziehen sich meine Lippen zu einem Lächeln. Dann deutet Jacob auf mich.

„Keinen Käse. Wir haben … *Riva* hat eine Halskette, die ihr sehr wichtig ist. Leider ist sie kaputtgegangen, und keiner von uns kann sie mit seinen Kräften richtig reparieren. Aber vielleicht kannst du das Metall ja wieder verschmelzen, wo es gebrochen ist."

Oh. Mein Herz pocht heftig, als ich nach meinem Katzengarn-Anhänger greife. „Ich weiß es nicht."

Jacob hat mir gesagt, er würde versuchen, ihn zu reparieren. Offenbar ist er so darauf erpicht, sein Versprechen einzuhalten, dass er dafür sämtliche Möglichkeiten in Betracht zieht, egal wie bizarr sie auch sein mögen.

Cinder betrachtet mich. „Wenn es dein Schmuckstück ist, liegt es an dir. Ich könnte es tun … Es wäre nicht allzu schwer."

Zögernd greife ich nach dem Verschluss der Kette. Warum sollte ich sie es nicht versuchen lassen, wenn sie es mir anbietet?

Es ist ja nicht so, dass sie einen Grund hätte, den Anhänger zu beschädigen.

„Sehr gut", sagt Rollick, während ich Jacob die Kette zögerlich reiche, der sie direkt an Cinder weitergibt. Er wendet sich an Dominic. „Bevor wir uns dem eigentlichen Thema zuwenden, wollte ich dir sagen, dass ich mir Gedanken über deine Tentakel gemacht habe. Da du ein Hybrid bist, bin ich mir nicht sicher, wie das ablaufen würde. Ich glaube allerdings nicht, dass es ein großes Risiko wäre, sie abzutrennen."

Dominics Körper versteift sich, und er starrt den Dämon an. Mein Puls stottert.

Er hat Rollick gegenüber erwähnt, dass sie ihm Unbehagen bereiten, als wir gestern unsere Fähigkeiten demonstriert haben. Vielleicht hat er noch mehr Abscheu vor ihnen gezeigt, als mir bewusst war.

„Das ist gut zu wissen, doch ich glaube nicht, dass wir zu einer so extremen Maßnahme greifen sollten", antwortet Dom mit rauer Stimme.

„Ich habe einen Experten, den ich zurate ziehen könnte." Danach lässt Rollick das Thema fallen, als wäre es ihm sowieso egal, und lässt seinen Blick über uns alle schweifen. „Jetzt möchte ich einen vollständigen Bericht darüber hören, was ihr gemacht habt, wenn ihr nicht gerade irgendwelche Angreifer abgewehrt habt. Anschließend werde ich entscheiden, wie es mit euch weitergeht."

FÜNFZEHN

Als Andreas das Wohnmobil aus dem Parkhaus lenkt, lasse ich mich auf eines der schmalen Sofas fallen. Bei der Bewegung gleitet der Anhänger mit der Katze und dem Garn über meine Brust.

Ich umschließe ihn mit meinen Fingern. Obwohl Cinder gesagt hat, dass sie das zerbrochene Metallstück wieder zusammengeschweißt hat, bin ich zu nervös, es in meiner alten zappeligen Gewohnheit auseinander- und wieder zusammenschnappen zu lassen.

Jacob beobachtet mich mit seinem eindringlichen Blick, der in der letzten Woche irgendwie noch intensiver geworden ist. „Es sollte alles wieder in Ordnung sein. Genau so wie früher."

Ich weiß nicht, was ich auf diese Aussage antworten soll. Die Halskette wird nie wieder so sein, wie sie vorher war, denn ich habe sie kaputtgemacht, egal wie gut sie repariert wurde.

Es ist nur eine Sache von vielen, die ich kaputtgemacht habe, als ich meine Selbstbeherrschung verlor, aber es ist die Wichtigste.

Und ich habe seinetwegen die Kontrolle verloren. Wegen der grausamen Worte, die er mir entgegengeschleudert hat.

„Glaubt ihr, dass das wirklich einen Sinn hat?", frage ich stattdessen. „Mit Rollick zu reden, seine ‚Hausaufgaben' zu machen?"

Zian blickt sich um. „Er hat uns ein schönes Fahrzeug besorgt. Das ist viel besser, als zusammengepfercht in gestohlenen Autos herumzufahren und in schäbigen Motels zu übernachten."

Da hat er nicht ganz unrecht. Seufzend reibe ich mir mit der Hand über das Gesicht.

„Was sollen wir denn sonst tun?", fragt Andreas vom Fahrersitz aus. „Wenn wir den Wärtern entkommen oder sie zur Strecke bringen und die anderen Schattenblüter retten wollen, müssen wir unsere Kräfte besser im Griff haben."

„Ich habe meine schon sehr gut unter Kontrolle", murmelt Jacob.

„Du hast sie hervorragend unter Kontrolle, bis du dich so sehr darin verrennst, dass es einen Kurzschluss in deinem Gehirn gibt", bemerkt Andreas trocken, und ich kann regelrecht hören, wie er die Augen verdreht.

Jacob grunzt, unfähig, dem etwas entgegenzusetzen.

Zian schaut auf seine Hände hinunter und krümmt seine dicken Finger. „Ich glaube, das Üben mit den kleineren Lebewesen hat mir geholfen, sie in den Griff zu bekommen. Doch das lässt sich wohl erst in einem echten Kampf sicher sagen."

Ich werfe einen Blick auf Dominic, der auf einer der

Bänke am Esstisch Platz genommen hat. Bestimmt hat er viel über unsere Situation nachgedacht – das ist seine Art.

Ich habe keine Ahnung, wie das Experiment heute für ihn gelaufen ist. Er hat sich nicht dazu geäußert.

Er hat immer noch nicht viel gesagt. Nicht, seit er seinen Mantel abgelegt hat, um mir zu Hilfe zu eilen.

Mein Magen verkrampft sich.

Als ich ihnen allen meine Wunder verschwiegen hatte, bestand er darauf, mir zu helfen. Vorhin hat er mich ungeachtet der Konsequenzen beschützt.

Ich möchte, dass er weiß, dass ich genauso für ihn da bin. Dass ich glaube, dass er so sehr auf meiner Seite ist, dass ich auch auf seiner Seite sein kann.

Ich richte mich auf. In dem Wohnmobil gibt es keine Möglichkeit, das zu tun, ohne aufzufallen, also müssen die anderen damit klarkommen, ausgeschlossen zu werden.

„Dom", sage ich sanft. „Kann ich kurz mit dir reden?"

Er hebt ruckartig den Kopf und blinzelt mich ein wenig benommen an.

Hat er über Rollicks Angebot nachgedacht und überlegt, ob er seine Tentakel abtrennen lassen soll, ohne Rücksicht auf mögliche Konsequenzen?

Auch Jacob und Zian beobachten uns, verwirrt und womöglich sogar ein wenig misstrauisch. Ich ignoriere sie.

Ein angespannter Blick tritt in Dominics Augen, und er richtet sich entschlossen auf. „Natürlich."

Ich gebe ihm ein Zeichen, dass er mir folgen soll.

Wir können nirgendwo hingehen, wo wir ungestört sind und wo wir beide bequem hineinpassen – außer in das Hauptschlafzimmer im hinteren Teil des Wohnmobils, das die Jungs mir zugewiesen haben. Als ich hineingehe und das Bett sehe, fängt mein Puls an zu flattern.

Ich will mich nicht darauf setzen, während ich mit ihm hier bin. Es erinnert mich zu sehr an die Dinge, die ich mit all meinen Jungs machen wollte – daran, was ich mit Andreas gemacht habe. An Erinnerungen, die jetzt getrübt sind.

Ich schaue mich um und setze mich auf die hervorstehende Kante unter dem Fernseher. Meine Beine baumeln gegen die Schubladen, die in die Wand eingelassen sind.

Dominic schiebt die Tür zu und mustert mich aus ein paar Schritten Entfernung. Seine Augen verdunkeln sich vor Besorgnis.

„Bist du verletzt worden, als diese Mistkerle dich angegriffen haben? Was brauchst du?"

Ach. Deshalb ist er so schnell gekommen. Er denkt, dass es wieder um mich geht.

Ihm ist gar nicht in den Sinn gekommen, dass ich merken könnte, dass *er* Hilfe braucht.

Ich schlucke schwer. „Mir geht's gut, Dom. Aber dir offensichtlich nicht."

Seine Haltung versteift sich. „Mir geht es gut. Sie haben mich nicht einmal berührt."

Ich halte seinen Blick fest. „Nicht mit Fäusten oder Messern. Aber es war bestimmt nicht angenehm, zu hören, wie sie über dich gesprochen haben."

Dominic senkt den Kopf und zuckt mit den Schultern. „Das spielt keine Rolle. Es war nichts, was ich nicht schon wusste."

Ich stoße einen rauen Laut aus. „Es ist nicht wahr. Mit dir ist alles in Ordnung. Nur weil du *anders* aussiehst, heißt das nicht, dass du furchtbar bist."

Er hebt seinen Blick gerade weit genug, um mein Gesicht zu mustern. „Trotzdem stören dich die Tentakel auch, oder?"

„Warum sagst du das?", frage ich und runzle die Stirn.

Seine Lippen verziehen sich zu einer Grimasse. „Neulich nachts, nachdem ich dich geheilt hatte …"

Die Erinnerung kommt zurück, bevor er zu Ende

sprechen kann, und Schuldgefühle steigen in mir auf. „Es tut mir leid, dass ich mich zurückgezogen habe. Es war nicht …"

„Ich verstehe", sagt Dominic schnell. „So, wie ich jetzt bin, hätte ich auch nicht erwartet, dass …"

„Dom!", unterbreche ich ihn und warte, bis er mir in die Augen schaut. „Es hatte nichts damit zu tun, wie du aussiehst. Es hatte überhaupt nichts mit dir zu tun."

Meine Stimme zittert, und jetzt senke ich meinen Blick.

„Alles ist vollkommen durcheinandergeraten, nachdem ich euch befreit habe, dass ich nicht weiß, wie ich mich davon erholen soll. Ich weiß nicht, ob ich das bei den anderen überhaupt *will*. Und selbst mit dir … Ich glaube, ich habe einfach Angst."

Schweigen breitet sich zwischen uns aus. Dann tritt Dominic vor und nimmt meine Hand.

Ich spüre seinen Oberschenkel nur wenige Zentimeter neben meinem Knie. Seinen Körper direkt vor mir, seinen nachdenklichen Blick, der mein Gesicht mustert und Hitze auf meiner Haut hinterlässt.

„Wenn du wirklich … Was immer du möchtest, Riva. Egal wie lange es dauert. Selbst wenn du es nie wieder versuchen möchtest. Ich werde hier sein."

Ich schaue wieder auf, und mein Herz macht einen Sprung. „Bin ich dir so wichtig?"

Seine Finger schließen sich fest um meine. „Das warst du immer, und das wirst du auch immer sein. Vom ersten Moment an, als ich alt genug war, um mehr als nur eine Freundin in dir zu sehen, war ich in dich verliebt."

Er deutet mit seinem Kopf auf die Beule unter seinem Mantel an der linken Schulter. „Weißt du, was ich dachte, als Rollick davon sprach, dass wir diese Dinger abtrennen könnten? Nein. Auf keinen Fall. Selbst wenn es dauerhaft sein könnte und ich die hasse. Sie haben dein Leben gerettet und werden es vielleicht eines Tages noch einmal tun. Nichts ist wichtiger als das."

In meiner Brust schwillt mehr Liebe an, als ich mir je hätte vorstellen können. Meine Lippen öffnen sich, doch diese drei Worte zu sagen, scheint nicht halb so gut zu sein wie sie zu zeigen.

„Kann ich sie sehen?", frage ich leise.

Überraschung und vielleicht auch etwas Angst flackern in Dominics Blick auf. „Du willst …"

„Sie sehen. Ja. Ich will *dich* sehen, ganz, so wie du jetzt bist."

Das habe ich bisher nicht wirklich. Die Male, die er seine Tentakel hervorgeholt hat, war ich entweder zu kaputt oder durch einen Kampf zu sehr abgelenkt, um sie wirklich zu betrachten.

Dom zögert einen Moment lang, bevor er nach seinem Trenchcoat greift. Vorsichtig zieht er ihn aus und legt ihn auf das Ende des Bettes.

Dann steht er mit dem Profil zu mir, gespannt auf meine Meinung.

Er hat sich angewöhnt, T-Shirts mit weitem Halsausschnitt zu tragen, die hinten eingeschnitten sind, um mehr Platz für die Tentakel zu haben. Sie ragen auf beiden Seiten zwischen seinem Hals und der Schulter etwa drei Zentimeter weit aus seinem Rücken heraus.

Ich beuge mich vor und fahre mit meinen Fingern über die nackte Haut oberhalb des Kragens seines T-Shirts. Es gibt keine klare Linie, die Dominics Fleisch von den Tentakeln trennt.

Es ist, als würden sie nicht aus seiner Haut herausragen, sondern als wären sie ein voll integrierter Teil von ihm. Nach den ersten Zentimetern seiner normalen hellbraunen Hautfarbe nimmt ihre gesprenkelte Oberfläche einen orangefarbenen Ton an, aber es ist ein stufenweiser Übergang.

An den Unterseiten befinden sich zwei Reihen kleiner Saugnäpfe, etwa fünfzehn Zentimeter unterhalb des Ansatzes bis zu den Spitzen. Sie sind jetzt etwa doppelt so lang wie seine Arme, aber dünn genug, dass er sie an seinen Rücken drücken kann.

Sie sind nicht beängstigend oder erschreckend. Wie ich schon sagte, sie sind einfach anders.

Sie sind ein Teil dieses Mannes, den ich geliebt habe und vielleicht immer noch lieben kann.

Ich fahre mit meinen Fingerspitzen direkt um den Ansatz eines Tentakels. Dominic atmet unwillkürlich ein, und ich ziehe meine Hand zurück.

„Tut mir leid. Habe ich dir wehgetan?"

Seine Wangen erröten leicht. „Nein. Im Gegenteil."

Schamesröte kriecht mir in die Wangen und Hitze sammelt sich zwischen meinen Schenkeln. Ich kann nicht widerstehen, meine Finger wieder auszustrecken und leicht über den Ansatz des Tentakels zu streichen.

Dominic schließt die Augen. Der Hauch von Pheromonen in der Luft bestätigt seine Aussage.

Meine Nerven zittern vor Erwartung, und ich lasse meine Finger weiter an dem Tentakel entlanggleiten.

Er fühlt sich weicher an als die Haut auf seinem Rücken, fast seidig. Und als ich meinen Daumen vorsichtig direkt in einen der Saugnäpfe tauche, stelle ich fest, dass sie sich samtig anfühlen.

Mein Puls rast, und ich kann dem Drang nicht widerstehen, den ich plötzlich verspüre.

Gibt es einen besseren Weg, ihm zu zeigen, wie sehr ich das, was er geworden ist, akzeptiere?

Ich umfasse den Tentakel mit meinen Fingern und führe

ihn zu mir. Dann senke ich meinen Kopf und drücke einen Kuss auf zwei Saugnäpfe.

Dominic zittert, jedoch nicht vor Unbehagen, wie ich an dem anschwellenden Verlangen in der Luft merke.

„Riva", murmelt er mit ungewöhnlich heiserer Stimme.

Die Saugnäpfe schmiegen sich an meinen Mund, als würden sie den Kuss erwidern, während mich Doms frischer Geruch umweht, und mein Herz schneller schlägt.

Ich öffne meine Lippen und fahre mit meiner Zunge über die Vertiefung des einen Saugnapfes.

Mit einem erstickten Laut dreht Dominic sich zu mir um und hält sich an meiner Schulter fest. Er vergräbt sein Gesicht an meiner Halsbeuge und erwidert meinen Kuss, indem er seine Lippen fest auf die empfindliche Haut dort presst.

Hitze durchzuckt meine Brust, und ich drehe meinen Kopf im selben Moment wie Dom.

Unsere Münder treffen heiß und sehnsüchtig aufeinander, und ich vertiefe den Kuss mit einem ermutigenden Murmeln.

Dominic legt seinen Arm um meinen Rücken und zieht mich näher an sich heran, wobei er meine Knie auseinanderdrückt. Während er mich mit einer Hand festhält, streicht er mit der anderen über meine Seite und meinen Oberschenkel.

Sein Atem strömt gegen meinen Mund, und ich küsse ihn erneut.

Ich will ihn. Ich brauche ihn. Die wilde Dunkelheit, die sich durch mein Blut schlängelt, treibt mich weiter an.

Mehr. Mehr. Mehr.

Genauso wie sie es verlangte, als ich mit Andreas zusammen war.

Meine Muskeln spannen sich an und der Hunger brodelt in mir.

Dominic erstarrt. Als er sich zurückziehen will, greife ich nach seinem T-Shirt.

„Nein", murmle ich, und mein Mund ist nur wenige Zentimeter von seinem entfernt. „Ich …"

Als ich meinen Kopf senke, fängt er ihn mit seiner Schulter auf und legt seine Arme wieder um mich.

Ein Zittern geht durch seinen Körper. Er scheint das gleiche Verlangen zu verspüren, das auch in mir nach Erlösung schreit.

Doch er hält still und wartet meine Reaktion ab.

Meine Stimme ertönt gedämpft an seinem Hemd. „Die beiden anderen Male, als ich mit jemandem intim war, endeten wirklich schlimm. Beim ersten Mal ist der Junge, den ich geküsst habe, gestorben. Beim zweiten Mal wäre *ich* beinahe gestorben, wegen allem, was danach passiert ist."

Dominic drückt mich fest an sich.

„Ich kann nicht versprechen, was die Wärter so im Ärmel haben könnten", murmelt er, „aber ich habe keine Geheimnisse mehr. Du weißt alles, was es über mich zu wissen gibt, Riva. Dinge, die ich nicht einmal den anderen Jungs erzählt habe."

Ich lasse seine Worte auf mich wirken. Ich glaube ihm.

Ich habe Angst. Und zwar verdammt viel Angst, mehr Angst als in der ganzen Zeit seit der Nacht mit dem Zug.

Lasse ich mich von meinen Ängsten beherrschen, oder tue ich, was ich wirklich will? Was jede Faser meines Körpers weiß, dass ich verdiene?

Die Entschlossenheit verbindet sich mit der Sehnsucht in meinem Herzen. Doch mich hält noch etwas zurück – eine Sorge, die nicht mir gilt, sondern dem Mann, der mich in seine Arme geschlossen hat.

Andreas' Worte, als er sich bei mir über die Risiken unseres Intermezzos erkundigte, kommen mir immer wieder in den Sinn.

Die Wärter haben es arrangiert. Ich glaube, sie dachten, wir bräuchten eine Art Ventil. Aber es … ist nicht so gut gelaufen.

Ich will das nicht tun, wenn es auch die Schrecken aus Dominics Vergangenheit wachruft.

„Dom", sage ich. „Andreas hat mir erzählt, dass die Wärter, nachdem ich weg war, eine Frau besorgt haben …"

Mehr brauche ich nicht zu sagen, damit er weiß, was ich meine. Das spüre ich daran, wie sich sein Körper an meinem anspannt.

„Es war krank. Ich nehme an, das ist ihnen auch ziemlich schnell klar geworden."

Ich schmiege meinen Kopf an seinen Hals und unterdrücke das überwältigende Verlangen. Andreas habe ich vorher nicht gefragt. Ich wusste nicht, dass das wichtig ist. Ich muss sichergehen.

„Du hast doch nicht … Das hier weckt doch nicht etwa schlechte Erinnerungen bei dir, oder?"

Dominic stößt einen zittrigen Seufzer aus. „Da gibt es nicht viel zu erinnern. Sie hat Andreas in einen anderen Raum gebracht und dann …"

Er hält inne, unbeholfen wegen der Sache, über die Andreas auch nicht reden wollte.

An diesem Tag ist etwas Schreckliches passiert. Doch ich werde ihn nicht drängen, wenn er nicht bereit ist, darüber zu reden.

„Sie ist nie zu mir gekommen", sagt er schließlich. „Also musste ich nie etwas tun … Danach haben sie uns jeden Tag eine halbe Stunde lang Pornos auf die Bildschirme in unseren Zellen geschickt, um uns zu ermutigen, die Hormone aus dem Körper zu bekommen oder so."

Ich zucke zusammen. „Das klingt schrecklich unangenehm."

Dom stößt ein leicht angestrengtes Lachen aus, das meine Sorgen ein wenig lindert. „Besser als ihr ursprünglicher Plan. Außerdem weiß ich so wenigstens, was ich zu tun habe."

Er lehnt sich ein wenig zurück, um mir in die Augen zu sehen. „Nicht, dass ich davon ausgehe, dass wir … Ich würde nie wollen, dass du etwas tust, bei dem du dir nicht sicher bist."

Ich befeuchte meine Lippen, und wieder flammt Verlangen unter meiner Haut auf, als ich den Hunger in seinem Blick sehe und wie er die Bewegung meiner Zunge verfolgt. „Willst du es denn?"

Er legt seine Stirn an meine. „Riva, ich glaube, es gibt nichts, was ich mir in meinem ganzen Leben mehr gewünscht habe."

Mein Herz klopft vor Aufregung. Vielleicht, nur vielleicht … könnte es für uns beide etwas Gutes sein.

Vielleicht könnte es etwas Schönes werden, so wie Liebe machen sein soll.

Ich neige meinen Kopf nach oben und recke die Lippen, die er sofort mit seinen umschließt. Wieder pulsiert Hunger durch meine Adern, und unsere Münder verschmelzen mit unserer aufkeimenden Leidenschaft.

Ich umklammere ihn fester, und meine Finger gleiten durch sein weiches Haar. Das Gummiband, das seinen kurzen Pferdeschwanz zusammenhält, löst sich, sodass die Strähnen über meine Fingerknöchel rutschen, was ihn jedoch nicht zu stören scheint.

Dann öffnen sich unsere Lippen, und unsere Zungen tanzen mit einem schwindelerregenden Gefühl umeinander.

Meine Hände gleiten an der Vorderseite von Dominics Hemd hinunter und fassen den Saum. Ohne etwas zu sagen, hebt er seine Arme und richtet seine Tentakel so aus, dass ich ihm den Stoff vom Leib reißen kann.

Beim Anblick seines schlanken, durchtrainierten Oberkörpers, lodert eine noch stärkere Hitze in mir auf.

Dann fährt einer von Dominics Tentakeln an meiner Taille entlang, und meine Haut wird glühend heiß.

Würden andere Mädchen schreiend vor Angst weglaufen? Wenn ja, wären sie Idioten.

Dieser Mann hat zwei zusätzliche Gliedmaßen, mit denen er mich streicheln und lieben kann.

Ein Kloß bildet sich in meiner Kehle. Ich habe es noch nicht gesagt.

Ich hebe meinen Kopf und schaue in Dominics glühende Augen. „Ich liebe dich."

Etwas wie Ehrfurcht flackert über sein Gesicht, dann ist sein Mund wieder auf meinem.

Ich drücke mich an ihn, und die Hitze seines Körpers strömt in meinen. Die Liebkosung meiner Hände auf seiner nackten Brust entlockt ihm ein Stöhnen.

Mehr, mehr, mehr.

Er reißt mein Tanktop hoch, und unsere Lippen lösen sich gerade lange genug voneinander, um es zur Seite zu werfen. Während seine Finger an dem Verschluss meines BHs herumfummeln, streichen seine beiden Tentakel über meine Rippen und meinen Bauch.

Ich zittere vor Verlangen. Es ist nicht einmal annähernd genug.

Ich dachte, die verzweifelte Wildheit, die mich bei Andreas überkam, hätte damit zu tun, dass es mein erstes Mal war. Doch anscheinend lag es daran, dass es mein erstes Mal mit *ihm* war. Die Schatten in mir sehnen sich genauso sehr nach der neuen Verbindung mit Dom.

Oder vielleicht wird es mit jedem der Jungs immer so intensiv sein, egal wie oft wir schon zusammen waren. Ich weiß nur, dass der Rauch in meinen Adern mich zu Dom treibt.

Der Hunger ist zu einem Echo geworden, das in meinen Ohren widerhallt. Meine Finger graben sich in Dominics nackten Rücken, und ich muss mich zwingen, meine Krallen nicht auszufahren.

Ein Teil von mir möchte ihn aufschlitzen und unsere Essenz auf diese Weise vermischen.

Ein intensives Verlangen pulsiert zwischen meinen Beinen, und als Dom meine nackten Brüste umfasst und meine Nippel streichelt, wimmere ich, sowohl wegen der Empfindung als auch wegen der noch nicht erfüllten Sehnsucht, mich mit ihm zu verbinden.

Ich möchte diesen Moment in vollen Zügen genießen, doch mein Körper schreit förmlich nach einer vollständigen Vereinigung. Ich wölbe mich unter seinen Liebkosungen und drücke meine Hüfte gegen die Ausbuchtung seiner Jeans.

Dominic stöhnt an meinem Mund. Er küsst mich noch leidenschaftlicher und kneift so stark in meine Nippel, dass ich nach Luft schnappe.

Bevor ich überhaupt darüber nachdenken kann, machen sich meine Finger schon am Reißverschluss seiner Hose zu schaffen.

„Ich will …", murmelt er. „Ich brauche … Oh, Gott, Riva."

Ich nicke hastig und reiße mit den Fingern am Knopf. „Ja. Bitte."

Keiner von uns beiden hat eine Ahnung, was wir hier tun. Ich hatte bisher erst eine einzige intime Begegnung, verloren in der Leidenschaft des Augenblicks, und er hat noch nie mit jemandem geschlafen.

Doch die Schatten in uns wissen, was sie wollen. Jede Bewegung passiert automatisch, ohne dass ich nachdenken muss. Geradezu schicksalhaft.

Ich schiebe Dominic die Hose über seine Schenkel, ziehe sein steifes Glied aus seiner Boxershorts und atme sein Stöhnen in meine Lunge ein.

Er krallt seine Finger in den Gummibund meiner

Cargohose und zieht sie herunter. Sie fällt von dem Vorsprung, auf dem ich sitze, auf den Boden.

Seine Hand gleitet zwischen meine Beine, stillt meinen verzweifelten Hunger und lässt mein Verlangen noch weiter anschwellen.

„Du bist perfekt", flüstert er, während er mir mein durchnässtes Höschen vom Leib reißt. „Verdammt perfekt. Alles an dir. Alles, was du tust."

Ich widerspreche nicht. Ich kann nicht. Ich bin zu sehr von den berauschenden Gefühlen eingenommen, zu sehr im Strudel meines Blutes verloren.

Ich umfasse seinen Po und ziehe ihn an mich, und er dringt so schnell in mich ein, als wäre er schon immer dazu bestimmt gewesen, dort zu sein.

Ja. Ja. Das habe ich so dringend gebraucht.

Und so vereinigen wir uns miteinander.

Wir schaukeln über die Schublade, und Dominic stößt immer tiefer in mich hinein. Sein Atem geht stoßweise, genau wie meiner.

Seine Tentakel gleiten an den Seiten meines Körpers auf und ab und steigern meine Lust. Ich küsse ihn wild und verliere mich in demselben Gefühl der Verschmelzung, das ich bei Andreas gespürt habe.

Unsere Essenzen vermischen sich miteinander, genau wie unsere Atemzüge.

Wir bewegen uns als Einheit, während wir von Glückseligkeit durchströmt werden.

Meine Krallen schießen hervor, und Dominics Tentakel zittern.

Er streicht damit über meine Brüste und umfasst meine Hüfte, um mich noch fester an sich zu ziehen. Sein Schwanz gleitet so tief in mich hinein, dass er einen Punkt in mir trifft, der meine Gedanken ins Trudeln bringt und dann zum Zersplittern, und dann …

Die Ekstase schießt durch meinen Körper und verdrängt jedes andere Gefühl. Die Schatten in meinem Blut tanzen.

Die Worte kommen wie ein Flehen über meine Lippen. „Komm. Komm mit mir. Bleib bei mir."

Dominic stößt einen markerschütternden Schrei aus und stößt ein weiteres Mal in mich. Dann zucken seine Hüften, als er mir in die Erlösung folgt.

Er bewegt sich noch ein paar Mal in mir, bevor er zum Stillstand kommt. Mit seinem Kopf über mich gebeugt lehnt er sich an meinen Körper.

Jede Zelle in mir pulsiert von der Intensität unserer Vereinigung. Ich hätte damit rechnen müssen. Mit diesem elektrischen Gefühl, als wären alle meine Gefühle an die Oberfläche meines Fleisches gestiegen.

Genauso war es auch mit Andreas gewesen.

Ich hebe meinen Kopf, auf der Suche nach einem weiteren Kuss. Nach Trost, nach Bestätigung, nach … irgendetwas.

Dominic kommt mir auf halbem Weg entgegen. Er zittert, da ihm unser Intermezzo einiges an Energie abverlangt hat, doch der Kuss ist so süß, dass ich darin ertrinken möchte.

Als wir uns voneinander lösen, fällt mein Blick auf seine Brust. Ich berühre das dunkle Mal, das sich auf der Haut seines Brustbeins gebildet hat.

„Ich habe dich auch markiert", murmle ich überrascht.

Dominics Daumen streicht über mein Schlüsselbein. „Du hattest schon eins auf dieser Seite, aber jetzt hast du auch hier eins."

Er hält inne. „War das … weil wir …?"

„Ich weiß nicht, wie es funktioniert oder warum es passiert", gebe ich zu. „Doch ich weiß immer, wo Andreas ist, wenn ich mich darauf konzentriere. Wahrscheinlich wird es bei dir jetzt genauso sein."

Ein Lächeln huscht über Doms Gesicht, so strahlend, dass jede momentane Unsicherheit darüber verschwindet, ob es ihm etwas ausmacht, dauerhaft gebrandmarkt zu sein.

„Das ist auch perfekt", sagt er mit der sanftesten Stimme, die ich je von ihm gehört habe. „Dann kann ich dich immer finden, wenn du mich brauchst."

Unerwartete Tränen schießen mir in die Augen. Ich schlinge meine Arme um ihn und drücke ihn fest an mich.

Ohne Vorwarnung hebt Dominic mich von dem Vorsprung und legt mich auf dem Bett ab.

Dann kuschelt er sich an mich und drückt mir einen Kuss auf die Stirn.

„Du hast mich gebeten, zu bleiben. Ich werde so lange bleiben, bis du entscheidest, dass es Zeit ist, zu gehen."

Ein Schmerz durchzuckt meine Brust, doch es ist die angenehmste Art von Schmerz. Erschöpft schmiege ich mich an ihn und schließe meine Augen.

Endlich habe ich einen meiner Jungs, und zwar richtig. Und der besitzergreifende Hunger in mir muss sich damit abfinden, dass ich am Ende vielleicht nur *einen* von ihnen bekomme.

SECHZEHN

Zian

Mein scharfes Gehör hat uns den Weg für unsere beiden Fluchtversuche geebnet. Und mich vor dem Angriff der Wärter in Toronto gewarnt.

Normalerweise bin ich sehr dankbar für diese Fähigkeit. Doch im Moment wünsche ich mir, ich könnte mir das Trommelfell aus dem Schädel schneiden.

Ich stütze mich mit den Händen auf dem Ledersitz des Sofas ab und presse meine Zähne zusammen, um meine Krallen nicht auszufahren. Ich glaube nicht, dass es eine gute Idee wäre, die Polster in dem schicken Wohnmobil zu zerfetzen. Vor allem, weil es uns nicht einmal gehört.

Ein weiteres Keuchen dringt an meine Ohren. Das Rascheln von Stoff, als ob ein Kleidungsstück ausgezogen wird.

Meine Gefühle kochen in mir hoch und verbrennen mein Inneres.

Es sollte keine Rolle spielen. Ich kann Riva nicht bieten, was Dominic ihr offensichtlich gibt.

Ich bin viel zu verkorkst.

Ich sollte froh sein, dass sie sich von der Scheiße, die wir ihr angetan haben, so weit erholt hat, dass sie zumindest *einen* von uns auf diese Weise will.

Trotzdem lösen die leisen Geräusche ihres Intermezzos brennende Eifersucht und eine Hitze in meinem Unterleib aus.

Ich sollte wahrscheinlich nicht so bald aufstehen. Mein dummer Schwanz steht auf Halbmast.

Ein Teil von mir möchte sich ins Bad schleichen und die wachsende Spannung aus mir herausreiben, doch allein der Gedanke daran lässt mich vor Scham erröten.

Wie soll ich Riva jemals wieder in die Augen sehen, wenn ich *das* tue?

Stattdessen richte ich meine Aufmerksamkeit auf die Einbaugeräte gegenüber von mir. Mit einem kleinen Schubs meiner Sehkraft kann ich durch die Oberflächen hindurch und auf die darunter liegenden Kabel blicken.

Ich kann das Innenleben der Dinge sehen. Manchmal bin ich neugierig, wie die Dinge funktionieren.

Wenn ich mit den Teilen umgehen könnte, ohne sie zu zerstören, so wie das Computersystem der alten Einrichtung … Aber der Ofen eines Wohnmobils sollte nicht annähernd so empfindlich sein wie ein Computerschaltkreis, oder?

Nicht, dass ich mich im Moment wirklich konzentrieren könnte, egal wie sehr ich es versuche.

Ein stotternder Atemzug dringt durch die Schlafzimmertür, gefolgt von einem Stöhnen. Jacob, der auf dem kleinen Sofa gegenüber von mir liegt, wirft einen Blick an die Decke.

Das Geräusch war zwar nicht laut, doch offensichtlich

hat er es auch gehört. Er lässt sein Handy sinken, und seine Miene wird angespannt.

Ein Stöhnen, das sogar Andreas' Kopf zum Zucken bringt, dringt durch das Wohnmobil, gefolgt von einem Murmeln, das selbst ich kaum verstehen kann.

Jacobs ganzer Körper wird steif.

Ein Becher wird aus dem Spülbecken des Wohnmobils geschleudert und kracht gegen die Decke.

Andreas wirft einen Blick über die Schulter und tritt an einer roten Ampel auf die Bremse. „Gute Reflexe, was?"

„Halt die Klappe!", schnauzt Jacob. Mit sichtlicher Anstrengung lässt er sich in die Lederpolster zurücksinken und tut so, als sei er entspannt, obwohl er ganz und gar nicht so wirkt.

Andreas schaltet das Radio ein und eine schrille Melodie ertönt im Wohnmobil, die die lüsternen Laute aus dem hinteren Schlafzimmer übertönt.

Ich zucke innerlich zusammen. Hätte ich ihn früher darum gebeten, hätten die beiden das vielleicht gar nicht mitbekommen.

„Das ist schon in Ordnung", murmelt Jacob, mehr zu sich selbst als zu uns beiden. „Das ergibt Sinn. Ich habe sie vergiftet, und Dom hat sie geheilt. Natürlich hat sie ihm zuerst verziehen."

Seine Hände ballen sich zu Fäusten, doch es fliegen keine Gegenstände mehr durch die Luft. Wenn ich ihn ansehe, bekomme ich den Eindruck, dass er im Moment vor allem auf sich selbst wütend ist.

„Vielleicht sollten wir mit unseren Schlafschichten beginnen", schlage ich unbeholfen vor. „Rollick wollte, dass wir uns morgen in aller Frühe mit ihm treffen."

Andreas nickt. „Ich kann noch mindestens ein paar Stunden fahren. Ich sage dir Bescheid, wenn du mich ablösen musst."

Falls ihn die Geräusche im Schlafzimmer beunruhigen, lässt er es sich nicht anmerken. Allerdings kann ich nicht viel mehr als seinen Hinterkopf sehen.

Und Drey war schon immer der Beste von uns, wenn es darum ging, eine entspannte Haltung einzunehmen, egal was in ihm vorgeht.

Ich klettere auf die Fläche über dem Fahrersitz, wo das Radio alle Geräusche vom anderen Ende des Wohnmobils übertönt, und ziehe die Decke über mich. Als ich die Augen schließe, tauchen vor meinem geistigen Auge Bilder auf, wie Rivas Gesicht ausgesehen haben könnte, als sie diese Laute von sich gab.

Es dauert lange, bis ich tatsächlich einschlafe.

Das Wohnmobil schlingert leicht, als wir auf die Rampe in die Tiefgarage abbiegen, und ich umklammere das Lenkrad fest mit beiden Händen.

Ich fahre generell nicht *gerne*, aber dieses riesige Haus auf Rädern mag ich bisher am wenigsten. Es erinnert mich an meinen eigenen Körper, wenn ich mich verwandle: zu klobig und zu anfällig dafür, um aus Versehen etwas oder jemanden zu verletzen.

Doch ich kann den anderen nicht die ganze Arbeit überlassen.

Als ich das Wohnmobil endlich an der gleichen Stelle anhalte, an der wir gestern geparkt haben, und den Motor abstelle, stoße ich einen erleichterten Atemzug aus.

Es wäre wohl etwas zu viel verlangt, den Dämon zu fragen, ob er uns auch noch einen Fahrer zur Verfügung stellen kann, oder?

Obwohl, wer weiß? Wenn diese Schattenwesen mit jedem Fleckchen Dunkelheit verschmelzen können, haben wir möglicherweise bereits unbekannte Passagiere an Bord, die uns die ganze Zeit über ausspionieren.

Der Gedanke löst ein unangenehmes Kribbeln auf meiner Haut aus. Wir wissen nicht wirklich, womit wir es zu tun haben, wenn es um diese Monster geht.

Zumindest weiß *ich* es nicht.

Hilft Rollick uns, weil ihm tatsächlich etwas daran liegt, dass wir überleben? Oder weil er uns als potenzielle Gefahr sieht, die er eindämmen will?

Hätte er uns womöglich schon längst die Kehle durchgeschnitten, wenn er sich sicher wäre, dass er mit unseren Kräften ungeschoren davonkommen würde?

Ich hoffe, dass Jacob und Dominic über die Antworten auf diese Fragen nachgedacht haben.

Er ist immer noch nicht aus dem Schlafzimmer aufgetaucht, wo er die ganze Nacht mit Riva verbracht hat.

Auch wenn ich nicht der sensibelste Typ bin, wenn es um Gefühle geht, *spüre* ich, dass Andreas und Jacob sich dessen bewusst sind, als wir uns im Hauptraum versammeln. Als sich die Schlafzimmertür öffnet, zucken wir alle zusammen.

Riva kommt zuerst heraus, das Kinn hoch erhoben, als wolle sie uns zu einem Kommentar herausfordern. Doch es ist das leichte Lächeln auf ihren Lippen, das mir den größten Stich ins Herz versetzt.

Dominic folgt ihr dicht auf den Fersen, wenn auch etwas verhaltener. Er sieht auffallend frisch aus, seine kastanienbraunen Wellen sind zu ihrem üblichen kurzen, glatten Pferdeschwanz zusammengebunden.

Außerdem glaube ich, dass er ein anderes Hemd als gestern trägt. Hat er sich nachts herausgeschlichen, um seinen Rucksack zu holen?

Haben sie zusammen *geduscht?*

Meine Reißzähne jucken unter meinem Zahnfleisch. Das geht mich nichts an.

Jacob wackelt mit den Füßen und öffnet den Mund, als wolle er etwas sagen.

Bevor er dazu kommt, dringt Rollicks leise Stimme durch die Tür. „Kommt ihr raus, oder wolltet ihr nur einen guten Parkplatz?"

Jacobs Lippen verziehen sich zu einer schmalen Linie. Er drückt auf den Knopf, um die Tür zu öffnen, und wir steigen in die feuchte Luft der schummrigen Tiefgarage hinaus.

Rollick wartet schon. Es sieht so aus, als wäre er allein, doch ich weiß, dass ich dem Schein nicht trauen darf.

„Da seid ihr ja", verkündet er zufrieden. „Ausgeschlafen in aller Frühe und bereit, loszulegen. So fleißige Schüler."

Jacob funkelt ihn böse an. „Du hast uns *befohlen*, um diese Zeit herzukommen."

„Und ich bin froh, dass ihr gekommen seid. Lasst uns loslegen."

Rollicks Blick gleitet nacheinander über jeden von uns. „Nach den Berichten über euer erstes Training habe ich noch einmal in Ruhe nachgedacht und bin zu dem Schluss gekommen, dass mein fehlgeleiteter Kollege im Prinzip nicht ganz unrecht hatte. Wir müssen eure Reaktion auf Unvorhergesehenes trainieren."

Riva stemmt ihre Hände in die Hüften. „Und deshalb schickst du uns in einen anderen abgelegenen Teil der Stadt, um uns einem weiteren Angriff auszusetzen?"

Rollick winkt ihren sardonischen Vorschlag ab. „Nein, viel einfacher. Diejenigen von euch, die über Fähigkeiten verfügen, die in einem Kampf reflexartig zum Vorschein kommen, werden über diesen Platz spazieren – jeder für sich. Irgendwann werden meine Partner auftauchen, die ihr im Moment nicht sehen könnt, und testen, wie gut ihr euch im Griff habt."

Er zeigt auf mich, Jacob und Riva. „Ihr drei. Geht los."

„Was ist mit Dominic und Andreas?", protestiert Jacob.

Der Dämon mustert Jake mit zusammengekniffenen Augen. „Ich habe einen Freund mitgebracht, der sich sehr gut mit Tentakeln auskennt, damit er sich Dominic ansehen kann. Außerdem möchte ich ein paar kleine Experimente durchführen, um herauszufinden, ob Andreas' Fähigkeit, zu verschwinden, mit unserer Verbindung zu den Schatten zusammenhängt. Gibt es sonst noch Fragen?"

Obwohl seine Stimme ruhig geblieben ist, hat sich bei den letzten drei Worten ein scharfer, warnender Unterton eingeschlichen. Ein Kribbeln durchfährt meine Glieder.

Experimente. Hatten wir davon nicht schon genug?

Andreas sieht jedoch nicht besorgt aus. Ich schätze, es macht einen Unterschied, wenn man eine Wahl hat.

Als Jacob nicht spricht, winkt Rollick uns ab. „Husch, husch. In verschiedene Richtungen."

Mir gefällt es genauso wenig wie gestern, mich von den anderen zu trennen, doch ich zwinge mich, um das Wohnmobil herumzugehen, und laufe dann an der Betonwand auf der Seite der Garage entlang.

Was soll dieses Experiment überhaupt beweisen? Schließlich *wissen* wir, dass Rollicks Kumpels uns nicht wirklich etwas antun werden.

Ich denke an die Schläger, die Riva vor der Werft in die Enge getrieben haben. Okay, vielleicht können wir uns da doch nicht so sicher sein.

Kurz nachdem mir der Gedanke durch den Kopf gegangen ist, taucht direkt vor mir eine massige Gestalt auf. Der Angreifer ist größer als ich und holt mit einem kräftigen Arm nach mir aus, als wolle er mir ins Gesicht schlagen.

Mit einem erschrockenen Aufschrei weiche ich einen Schritt zurück, während eine Welle von aggressivem Adrenalin durch meine Adern schießt. Fell sprießt aus meinem Nacken und meinen Schultern, und mein Gesicht verlängert sich zu einer Schnauze mit scharfen Reißzähnen.

Der große grünhäutige Kerl, der mich sozusagen angegriffen hat, lässt seine Hand sinken und grinst mich schadenfroh an. „Der Plan war, *nicht* zu reagieren", grummelt er.

Ich verziehe das Gesicht, wobei sich meine wölfischen Lippen zu einem Knurren zusammenziehen. Mit viel Mühe bändige ich meine tierische Seite.

Mein Kiefer schmerzt, als ich den Wolf in mir zurückdränge. Ich lasse meine Schultern kreisen und mustere die Gestalt vor mir. Ich frage mich, ob er ein Oger oder ein Troll ist oder etwas, wovon ich noch nie gehört habe.

„Du sahst aus, als wolltest du mich schlagen", brumme ich, obwohl mir bewusst ist, dass das eine lahme Ausrede ist. Sein Boss – oder was auch immer Rollick für ihn ist – hat mich vor gerade einmal ein paar Minuten gewarnt, dass ich auf diese Weise getestet werden würde.

Der grimmige grüne Riese scheint sich von meiner Ausrede nicht beeindrucken zu lassen. Er zuckt mit den Schultern und weist mich an, weiterzugehen. „Versuche, es das nächste Mal besser zu machen."

Das nächste Schattenwesen, das mich angreift, sollte mich nicht erschrecken. Es ist die kokette Frau vom letzten Mal, die kaum älter aussieht als ein Teenager.

Doch als sie in der Luft schwebend auftaucht, ihre blonden Locken aufwirbelt und mit ihrem Knie nach meinem Gesicht ausholt, gerät mein Puls wieder ins Stocken. Das Nächste, was ich weiß, ist, dass ich mich zum zweiten Mal in einen Wolf verwandelt habe.

Als sie auf dem Boden landet, knurre ich und verziehe meine wölfischen Züge. Dieser „Test" macht mich nur noch wütender.

Die Frau – ein Sukkubus oder so – schenkt mir ein verschmitztes Lächeln. „Ich fühle mich geehrt, dass du denkst, du könntest mich nur in dieser bestialischen Gestalt besiegen."

Ich sehe sie finster an. „Ich konnte nichts dagegen tun."

Sie mustert mich mit einem seltsamen Blick. „Du magst es nicht, oder? Dass du dich verwandeln kannst?"

„Was gibt es daran zu mögen?"

„Es macht dich mächtig." Sie lacht. „Nur zu deiner Information: Wenn du dich gegen etwas *wehrst*, was dein Körper eigentlich tun will, wird es nur noch schneller passieren."

Sie verschwindet wieder aus meinem Blickfeld, und ich betrachte stirnrunzelnd die Stelle, wo sie eben noch gestanden hat.

Könnte das wirklich ein Teil des Problems sein? Fällt es mir deswegen *so schwer*, den Wolfsanteil in mir zu kontrollieren, weil ich so sehr gegen ihn ankämpfe?

Was wäre, wenn ich davon ausgehen würde, dass ich mich in einen Wolf verwandle? Was, wenn ich zumindest eine teilweise Verwandlung als unvermeidlich hinnehmen würde? Vielleicht sollte ich die Verwandlung eher als ein Werkzeug betrachten, das ich in meiner Hosentasche behalte, bis es absolut notwendig ist?

Während ich durch das Parkhaus schlendere, konzentriere ich mich auf den Teil in meinem Inneren, der aktiviert wird, wenn ich mich verwandle. Ich spüre das monströse Gesicht, das hinter meinem eigenen lauert.

Die Möglichkeit windet sich durch meine Muskeln und unter meiner Haut. Ich bin bereit. Wenn es wirklich sein muss, werde ich im Falle einer Bedrohung zur Bestie.

Mir ist immer noch ein wenig mulmig bei dieser Idee. Doch als die schlanke, elektrische Frau, Cinder, mit einem Funkenregen aus den Schatten auf mich zuspringt, zucke ich nur noch halb so stark zusammen wie vorher.

Meine Reißzähne schießen hervor, und ein paar

Haarbüschel sprießen aus meinem Fleisch. Doch mein Gesicht bleibt fast vollkommen menschlich.

Ich könnte mich verwandeln, doch das ist in dieser Situation nicht nötig.

Ich schaue auf meine Hände hinunter, während meine Krallen sich wieder in meine Fingerspitzen zurückziehen. Ich habe entschieden, dass ich den Wolfsmenschen herauslassen könnte … Also kann ich mich auch entscheiden, es *nicht* zu tun.

Cinder nickt, obwohl sie nicht besonders erfreut aussieht. „Das war nicht schlecht. Wäre ich einer dieser dämlichen Menschen, hätte ich wahrscheinlich angenommen, dass ich mir diese kleine Veränderung nur eingebildet habe.“

Als sie verschwindet, schallt Rollicks Stimme durch das Parkhaus. „Okay, ich glaube, unsere Möchtegern-Banshee braucht ein wenig Aufmerksamkeit. Der Rest von euch macht eine Pause.“

Ich drehe mich um und sehe, dass Riva auf ihn zugeht. Neben ihr ist ein Schattenwesen, das ich noch nie gesehen habe. Ihrem verärgerten Gesichtsausdruck nach zu urteilen, hat sie nicht um ein Sondertraining gebeten.

Mein Beschützerinstinkt regt sich. Ich trete näher heran, um bei Bedarf schnell bei ihr sein zu können.

Die anderen Jungs kommen zu mir. Dominic wirft Riva einen Blick über seine Schulter zu.

„Du kannst sie ruhig für ein paar Sekunden aus den Augen lassen“, sagt Jacob eisig. „Du bist nicht der Einzige, der sich um sie kümmern kann.“

Dominic wendet seinen Blick wieder uns zu. Irgendetwas in mir sträubt sich, als seine angespannte Miene vermuten lässt, dass er diese Meinung nicht teilt.

Doch sie verblasst schnell wieder, und seine Mundwinkel verziehen sich.

„Wisst ihr", sagt er zögernd, „letzte Nacht – das war nicht geplant."

Andreas schenkt ihm ein Lächeln, das ein wenig traurig aussieht. „Es ist überwältigend. Das erste Mal jedenfalls. Ich weiß nicht … Es hat etwas mit unserem Blut zu tun."

Dominic hält seinem Blick stand, eine Mischung aus Schuld und Erleichterung huscht über seine Züge. „Ja." Dann gleitet sein Blick zurück zu Jacob, und er richtet sich ein wenig auf. „Ich werde mich nicht entschuldigen. Wir haben nichts *Falsches* gemacht."

Jake blinzelt ihn an. Seine Schultern sacken ein wenig nach unten, nur ganz leicht, doch bei einem Mann, der *nie* nachgibt, ist das trotzdem auffällig.

Er blickt nach unten. „Ich weiß", sagt er mit fester Stimme. „Es ist gut, dass sie wenigstens einem von uns vertraut."

Ein kalter Schauer durchfährt mich. Was wäre passiert, wenn sie uns *allen* gegenüber weiterhin misstrauisch gewesen wäre? Wäre sie dann abgehauen?

Ich kann sie nicht so haben, aber ich will trotzdem auf jede erdenkliche Weise mit ihr zusammen sein. So viel wie möglich, ohne es zu vermasseln.

Ich hätte etwas sagen können, um Dominic zu versichern, dass ich nicht sauer auf ihn bin, aber genau in diesem Moment erhebt Riva ihre Stimme, und ich drehe mich sofort zu ihr um.

Sie hat die Arme um ihren Körper geschlungen und starrt Rollick an. Fünf andere Schattenwesen haben sich so dicht um sie herum versammelt, dass der Wolf in mir darauf drängt, hervorzubrechen.

„Ich habe dir doch gesagt, dass ich das nicht will", sagt sie. „Also lass es gut sein. Nur weil du uns hilfst, sind wir nicht deine Sklaven."

Rollick sieht ein wenig amüsiert aus, was mich nur noch

mehr irritiert. „Ich glaube kaum, dass mein Vorschlag etwas mit *Sklaverei* zu tun hatte. Ihr habt mich nach Strategien gefragt, um euer inneres Monster zu kontrollieren. Dies ist die einzige Möglichkeit, Strategien zu finden, die funktionieren …“

„Nein“, unterbricht sie ihn entschieden. „Vergiss es. Was ich schon versucht habe, war schlimm genug. Es muss andere Wege geben.“

„Hör zu, wenn du einfach …“

Ich höre den Rest seiner Ausführung nicht mehr, da sich Wut in meinen Muskeln zusammenbraut, als ich auf die beiden zumarschiere. Die anderen Jungs eilen hinter mir her. Die Spannung zwischen uns kocht, und wir richten sie auf eine Quelle, auf die wir sie viel besser lenken können.

Meine Stimme wird zu einem Knurren. „Sie hat nein gesagt. Du musst …“

Ein kreischendes Geräusch übertönt meine Stimme und ein Lichtgitter über uns bricht von der Decke und stürzt direkt auf unsere Köpfe.

SIEBZEHN

Riva

Als von oben ein Dröhnen ertönt, werfe ich mich zur Seite, ducke mich und hebe gleichzeitig meine Arme, um meinen Kopf zu schützen. Das war die richtige Entscheidung, denn einen Augenblick später fliegen Glassplitter wie Schrapnelle durch die Luft.

Ein Splitter schneidet quer durch meine Schulter. Ich beiße die Zähne zusammen, als der Schmerz durch meine Brust schießt.

Eine Hand umklammert meinen Ellbogen und reißt mich weiter zur Seite. Bei dem Ruck flammt erneut Schmerz in meiner Schulter auf, so stark, dass ich einen Aufschrei nicht unterdrücken kann.

Eine Stimme, die ich als die von Jacob erkenne, flucht. In der Nähe ist ein klirrendes Geräusch zu hören, das entweder von einem weiteren Angriff oder seiner Kraft stammen könnte. Ich kann nicht sagen, was von beidem.

Überall im Parkhaus sind verschwommene Gestalten zu erkennen. Da die Lichter in der Nähe ausgefallen sind, bewegen sich die Schatten auf das Wohnmobil zu.

Ich sehe, wie Rollick und ein paar seiner Leute angespannt zum Eingang des Parkhauses starren, kurz bevor Jacob mich um das Wohnmobil herumzieht.

Dann bleibt er stehen, lockert seinen Griff und dreht sich zu mir um.

Sein Blick gleitet suchend über meinen Körper, bis er die Wunde entdeckt. Sie ist nicht tief, aber Blut rinnt meinen Arm hinunter.

Jacobs Gesicht wird starr. Einer der Rückspiegel reißt aus seiner Halterung, als wäre er aus Styropor und nicht aus Stahl.

Okay, das war *definitiv* er.

Die anderen Jungs stürmen mit panischen Mienen auf uns zu.

„Dom!", bellt Jacob, leise und knapp. „Komm her. Riva ist verletzt."

Selbst nach allem, was Dominic gestern Abend zu mir gesagt hat, sträubt sich mein Körper bei dem Gedanken, dass er seine Kräfte einsetzt. „Mir geht's gut. Es ist nur ein Kratzer, nichts …"

Doch Dom ist schon neben mir und umfasst meinen Oberarm, direkt unterhalb der Schnittwunde. Die Sorge in seinen Augen und der Hauch von Angst, den er ausstrahlt, halten mich von weiteren Protesten ab.

Als die Wärme seiner Heilkraft über meine Schulter strömt, rücken Zian und Andreas enger zusammen, bereit, uns zu verteidigen. Sie werfen mir beide besorgte Blicke zu, bevor sie sich in dem dunklen Parkhaus umsehen.

„Was zum Teufel ist hier los?", murmelt Jacob. „Das war kein Unfall."

Zians Muskeln spannen sich an. Sein Körper wächst um ein paar Zentimeter, und Fell sprießt aus seinem Nacken.

Seine Stimme wird zu einem Knurren. „Da oben am Eingang ist jemand. Ein Haufen Leute."

Ein kalter Schauer durchfährt mich. „Wärter?"

Er hält inne. „Ja. Sie müssen es sein. Ich glaube, ich kann ein paar Helme sehen."

„Scheiße." Andreas blickt zum Wohnmobil. „Lasst uns abhauen. Wir können direkt durch sie durchfahren, wenn es sein muss."

Kaum hat er die Worte ausgesprochen, ertönt aus dem Motorraum des Wohnmobils ein bedrohliches Brummen. Es klingt, als wäre gerade ein Flammenmeer im Inneren des Wohnmobils entfacht worden.

Ich erinnere mich an das Feuer, das einer der jüngeren Schattenblüter gelegt hat, als die Wärter uns in dem Airbnb überfallen haben.

Ich greife nach Dominics Ärmel und ziehe ihn mit mir. „Weg da!"

Wir stürmen alle fünf vorwärts, wobei wir uns dicht an der Betonwand halten. In der nächsten Sekunde fliegt die Motorhaube des Wohnmobils mit einem Feuerstoß auf.

Wir sind noch nah genug dran, dass die Hitze meine Haut versengt. Zian stürzt sich vor mich und zuckt zusammen, als ihn ein paar glühende Trümmerteile treffen.

Bei unseren Angreifern muss es sich um eine Gruppe von Wärtern handeln. Sie haben es also wieder geschafft, uns zu finden. Haben sie unsere Spur bis zum Parkhaus verfolgt und sich hier auf die Lauer gelegt?

Oder haben sie eine neue Methode entwickelt, um uns noch schneller zu finden?

Flammen tanzen durch das Innere des Wohnmobils. Es ist offensichtlich, dass wir mit unserem Haus auf Rädern in nächster Zeit nirgendwohin fahren werden.

Doch es sind keine Schritte auf dem Betonboden zu hören. Ich kann mehrere Gestalten am anderen Ende des Parkhauses ausmachen, die in den Schatten auf beiden Seiten der Einfahrt lauern, aber sie machen keine Anstalten, anzugreifen.

„Warum kommen sie nicht auf uns zu?", murmle ich.

Die Antwort ertönt in Form eines Rufes, der unter der niedrigen Decke widerhallt. „Jacob, Andreas, Riva, Zian, Dominic. Es ist Zeit, dass ihr nach Hause kommt. Ihr wisst nicht, worauf ihr euch da eingelassen habt. Diese Monster werden eure Seelen fressen."

Ich zucke zusammen, als ich meinen Namen höre, doch als der Mann weiterspricht, begreife ich. Sie haben gemerkt, dass wir hier mit Schattenwesen reden.

Dominic kommt zu demselben Schluss. „Sie haben Angst, das Parkhaus zu stürmen, falls die ‚Monster‘ sie angreifen", sagt er leise.

Warum greifen die Schattenwesen die Eindringlinge nicht an, nachdem sie hier so aggressiv aufgekreuzt sind?

Ich schaue zu Rollick und stelle fest, dass er genauso angespannt ist wie wir. Er sieht zwar nicht besonders ängstlich aus, aber seine grimmige Miene verrät, dass er sich nicht gerade über die Neuankömmlinge freut.

Die wenigen Schattenwesen um ihn herum, die ihre körperliche Gestalt behalten haben, beobachten seine Reaktionen. Cinder neigt ihren Kopf zu ihm und sagt etwas, das ich nicht hören kann.

Sie sind alle auf eine plötzliche Bewegung gefasst und doppelt so nervös wie er.

Sie haben sich noch nicht entschieden, was sie tun sollen. Die Wärter haben uns in der Hoffnung großgezogen, dass wir in der Lage sind, die Schattenwesen zu vernichten – wahrscheinlich haben sie auch andere Methoden, um unsere zaghaften Verbündeten anzugreifen.

Selbst wenn diese Methoden nicht besonders effektiv sind, warum sollten die „Monster", an die wir uns gewandt haben, dieses Risiko für uns eingehen? Sie könnten einfach in den Schatten verschwinden und so tun, als hätte diese Auseinandersetzung nie stattgefunden.

Meine Lippen öffnen sich … doch ich bin mir nicht sicher, ob ich Rollick bitten *will*, uns aus zu helfen.

Die Wärter wissen viel mehr über die Schattenwelt als wir. Sie sind schon wer weiß wie oft mit ihnen aneinandergeraten.

Sie haben genug Schreckliches von den Kreaturen gesehen, die sie Monster nennen, um zu glauben, dass es eine vernünftige Maßnahme ist, teilweise monströse Krieger zur Verteidigung der Menschheit heranzuzüchten.

Und wir haben auch schon Schreckliches erlebt, oder? Eines dieser Schattenwesen hat eine Gruppe von Schlägern bestochen, damit sie versuchen, mich zu ermorden, nur um zu testen, wie wir unsere Kräfte einsetzen würden.

Rollick hat darauf reagiert, indem er seinem Kollegen die Kehle durchschnitt.

Und gerade eben hat mich der Dämon überredet, meine verkorksten Kräfte zu benutzen. Er bestand darauf, dass ich mehr Schmerzen zufüge, und weigerte sich, eine Taktik zu versuchen, um diese Fähigkeiten einfach unter Verschluss zu halten, egal wie sehr ich es hasse.

War sein Drängen wirklich zu meinem Vorteil oder zu seinem, weil er es genießt, wenn jemand leidet?

Die Stimme des Wärters ertönt erneut. „Hört auf zu kämpfen und kommt zu uns zurück, damit wir euch in Sicherheit bringen können. In den Einrichtungen können sie euch nichts anhaben. Wir werden alles in Ordnung bringen, was sie getan haben und wovon ihr vielleicht noch nicht einmal wisst."

Ein Kribbeln kriecht über meine Haut. Ich schlinge die

Arme um meinen Körper und verlagere mein Gewicht von einem Fuß auf den anderen.

Ist das möglich? Könnten die Schattenwesen uns Kräfte verliehen haben, die wir noch nicht bemerkt haben?

Natürlich könnten sie das. Sie können sich durch die Schatten und völlig unsichtbar durch unsere Welt bewegen. Es könnte sein, dass Tausende von ihnen gerade jetzt um uns herum stehen, ohne dass wir es wissen.

Wer weiß, was sie alles tun können, ohne dass wir es merken?

Jacobs Miene hat sich noch mehr verhärtet als zuvor. „Ich gehe nicht zurück in dieses verdammte Gefängnis", murmelt er. „*Diese* Monster haben Griffin getötet."

Ich schlucke schwer. Ich will auch nicht zurück in die Einrichtung – in keine der Einrichtungen, denn es scheint, als gäbe es noch mehr davon.

„Können wir allein an ihnen vorbeikommen?", frage ich. „Ohne das Wohnmobil? Zee, weißt du, mit wie vielen wir es zu tun haben?"

Zian blinzelt durch das schummrige Licht. „Ich glaube, ich habe zwölf gezählt. Aber wir sind zu weit weg, als dass ich durch die Wände schauen könnte. Es könnten durchaus noch mehr hereinstürmen."

Zu meiner Überraschung ist es Dominic, der Partei für die Schattenwesen ergreift. „Wenn wir Rollick und seine Leute um Hilfe bitten wollen, sollten wir uns beeilen, sonst verschwinden sie wieder."

Ich schaue ihn an und betrachte sein angespanntes, aber immer noch hübsches Gesicht im flackernden Licht der Flammen, die immer noch von der Vorderseite des Wohnmobils hinauflecken. „Meinst du, wir sollten ihnen vertrauen?"

Andreas presst die Lippen zusammen. „Wir wissen nicht, auf was für ein Geschäft wir uns einlassen, wenn wir sie um Hilfe bitten. Danach sind wir ihnen etwas schuldig."

„Ich glaube nicht, dass wir uns den Weg durch wer weiß wie viele Wärter und Schattenblüter freikämpfen können", meint Dom. „Zumindest nicht, wenn sie auf uns vorbereitet sind und zwischen uns und dem einzigen Fluchtweg stehen. Vielleicht würden es einige von uns schaffen ... aber das reicht mir nicht."

Mir ist mulmig zumute. Ich schüttle den Kopf. „Nein. Wir halten zusammen."

Wir sind vom gleichen Blut. Die Worte, die wir als Kinder und Jugendliche zueinander sagten, hallen in mir nach.

Ich bin noch nicht bereit, sie auszusprechen, nicht bereit, die Jungs, die mir wehgetan haben, wieder so etwas wie Familie zu nennen, doch ich werde sie auch nicht opfern, um selbst fliehen zu können.

Mein Blick schweift zurück zu der Gruppe von Schattenwesen, gerade als Cinder aus dem Blickfeld verschwindet, zusammen mit einem Schattenwesen, dessen Namen ich nicht kenne. Mein Herzschlag beschleunigt sich.

Sie haben beschlossen, dass sie dieser Kampf nichts angeht, und treten den Rückzug an. Warum sollten sie sich mit den Wärtern herumschlagen?

Sie sind auch vom gleichen Blut. Wir sind nur zur Hälfte Schattenwesen, die andere Hälfte ist wie die Wärter menschlich.

Woher sollen wir wissen, welche Seite unsere Interessen im Auge hat?

Was, wenn keine von beiden es tut?

Zian versteift sich, und aus seinen Schultern sprießt noch mehr Fell. „Gerade sind noch ein paar Wärter reingekommen. Einer von ihnen hat etwas bei sich – es sieht aus wie eine Waffe, aber so eine große habe ich noch nie gesehen."

Ein Schauer durchfährt meinen Körper. Uns läuft die Zeit davon.

Wie um diesen Verdacht zu untermauern, schreit der Mann uns noch einmal an und klingt dabei etwas ungeduldig. „Ihr könnt ihnen nicht trauen. Sie werden euch ausnutzen und ausspucken. Seid klug, und setzt dem Ganzen ein Ende."

Bei dem scharfen Unterton in seiner Stimme sträuben sich meine Nackenhaare. *Uns benutzen und ausspucken* – ist das nicht genau das, was die Wärter all die Jahre getan haben?

Warum ziehe ich es überhaupt in Erwägung, auch nur ein einziges Wort zu glauben, das sie sagen?

Auch wenn die Schattenwesen vielleicht nicht die Moralvorstellungen haben, die ich mir wünsche, hat nur einer von ihnen tatsächlich versucht, uns etwas anzutun. Soweit ich das beurteilen kann, wollten die anderen uns wirklich helfen, ob mir ihre Ratschläge nun gefallen haben oder nicht.

Die ersten Schritte ertönen auf dem Beton.

Ich atme tief ein, und mein Herz klopft, als ich mich an die Jungs wende. „Ich glaube, wir wissen, wer unsere wahren Verbündeten sind, auch wenn sie nicht perfekt sind. Wir schaffen das nicht alleine."

Die Jungs nicken, nur Andreas zögert. Dann neigt auch er grimmig den Kopf.

Sobald er zugestimmt hat, drehe ich mich zu Rollick um. Er winkt den massigen grünhäutigen Mann ab und macht auf dem Absatz kehrt.

Scheiße!

„Warte!", schreie ich und stürze hinter ihm her. „Wir können sie nicht allein abwehren. Wir brauchen eure Hilfe."

Rollick bleibt stehen und zieht die Augenbrauen hoch.

„Ihr wollt euch mit den Monstern verbünden, die eure Seelen stehlen wollen?"

Bei seinem sarkastischen Tonfall verziehe ich das Gesicht. „Wir sind mehr wie ihr als wie sie. Ich bitte dich. Ich weiß nicht, wie wir das ohne euch durchstehen sollen."

Auf Rollicks Handbewegung hin materialisieren sich ein paar weitere Schattenwesen um uns herum. Mir läuft ein Schauer über den Rücken, weil ich spüre, dass noch mehr von ihnen unsichtbar in den Schatten lauern.

„Was genau sollen wir tun?", fragt er. „Unsere Methoden sind nicht unbedingt angenehm."

Meine Jungs sind hinter mir aufgetaucht. „Gebt diesen Arschlöchern, was sie verdienen", befiehlt Jacob barsch.

„Aber nicht den jüngeren", füge ich hinzu. „Die Teenager – sie sind wie wir. Sie werden gezwungen. Verscheucht sie einfach. Die Wärter wussten, worauf sie sich einlassen. Es ist mir egal, was ihr mit ihnen macht."

Rollick nickt. „Gut. Bringen wir es hinter uns, bevor das Chaos noch größer wird."

„Willst du …", beginnt Andreas.

Die Schattenwesen in unserer Nähe sind bereits in die Schatten gesprungen. Ich schnappe nach Luft, und dann bricht das Chaos los.

Scheppern und das Knirschen von zertrümmerten Knochen ertönen. Schreie, die eher ängstlich als wütend klingen, schallen durch die Garage.

Die Wärter am Eingang zerstreuen sich, als dunkle Gestalten in ihrer Mitte auftauchen.

Eine krallenbewehrte Hand reißt einen behelmten Kopf vom Hals. Elektrizität knistert in der Luft, und zwei Körper winden sich.

Der Geruch von verbranntem Fleisch steigt in unsere Nasen. Mir dreht sich der Magen um.

„Sollen wir … ihnen helfen?", fragt Zian unsicher.

Dominic schüttelt den Kopf. „Ich glaube, wir würden ihnen nur in die Quere kommen."

Wir dachten, wir wären erfahrene Kämpfer, doch wir sind nichts im Vergleich zu diesen Monstern, die aus dem Schatten springen und ihre Kräfte und übernatürliche Stärke selbstbewusst zum Einsatz bringen.

Ein Knall ertönt, vielleicht von der Waffe, die Zian gesehen hat, und ein großer schwarzer Fleck erscheint auf einer der Zementsäulen. Die Schattenwesen werden nicht einmal langsamer.

Gurgeln und schmerzerfülltes Grunzen erfüllt die Luft. Ich sehe ein paar Gestalten, die über die Eingangsrampe fliehen, weg von den Leichen, die den Boden übersäen.

Genau das haben wir für die Wärter gefordert. Das war unser Wunsch.

Ich bin für das Blutbad hier genauso verantwortlich, wie damals, als mein Schrei unsere Angreifer zerfetzte.

Doch ich kann nicht sagen, dass ich es bereue. Nicht, wenn das Bild von Griffin, der auf dem Boden zusammensackt, vor meinen Augen aufblitzt.

Nicht, wenn ich an all die Qualen denke, die sie uns im Laufe der Jahre zugefügt haben, und an die Geschichten, die die Jungs mir über die Zeit erzählt haben, in der ich nicht bei ihnen war.

Für die Wärter sind wir nichts weiter als Werkzeuge. Sie würden uns auch töten, wenn sie uns nicht so dringend brauchen würden.

Zwei letzte Gestalten krabbeln in die Sonnenstrahlen hinaus. Im selben Moment kommen zwischen den zusammengesunkenen Leichen mehrere Schattenwesen zum Vorschein.

„Was für eine Armee", murmelt einer von ihnen verächtlich.

Wir eilen zu ihnen hinüber. Mein Blick gleitet über die

gefallenen Wärter und bleibt an einer kleinen, dünnen Gestalt hängen.

Es ist das Mädchen, das ich bei dem Überfall in Toronto gesehen habe.

Ihr dunkles Haar liegt ausgebreitet um ihr blasses, blutverschmiertes Gesicht herum. Ihre Brust ist aufgeschlitzt, ihre Eingeweide sind auf dem Boden verteilt, und Rauch steigt von ihrem Körper auf.

Übelkeit steigt in mir auf. Ich zucke zurück und richte meine Aufmerksamkeit auf Rollick. „Ihr solltet die Kinder doch nicht umbringen."

Rollick wirft einen Blick auf das Mädchen und zuckt mit den Schultern. Seine dunkelblauen Augen sind völlig emotionslos.

„In jeder Schlacht gibt es Kollateralschäden. Ein solches Szenario erlaubt selten Präzision. Wäre es dir lieber gewesen, die Sterblichen, vor denen wir euch gerade gerettet haben, hätten *euch* zu Fall gebracht?"

Ein Schauer durchfährt mich. „Nein."

Doch das wollte ich trotzdem nicht.

Haben wir wirklich die richtige Entscheidung getroffen?

Rollick lässt uns keine Zeit, über diese Frage nachzudenken. Er macht eine schwungvolle Geste in Richtung Eingang.

„Sterbliche oder nicht, sie haben es geschafft, uns hier zu finden und sich an meinen Wachen vorbeizuschleichen. Dieser Sache muss ich noch nachgehen. Offenbar habe ich diese Gruppe unterschätzt. Wir müssen euch sofort aus Miami wegbringen."

ACHTZEHN

Riva

Die Meeresluft weht über den Pier und erfüllt meine Nase mit dem Geruch von Seetang und Salz. Genauso wie meinen Mund, denn mir fällt die Kinnlade herunter, als ich das große weiße Boot vor uns sehe.

Wobei groß wohl ebenso eine Untertreibung ist wie Boot.

Das Schiff, das am Ende des Piers angedockt hat, ist die Seefahrerversion eines Schlosses. Die glatten weißen Wände erstrecken sich über drei Etagen bis hin zu den glänzenden Metallstangen einer Art Funkturm.

Auf dem offenen Deck laden mehrere gepolsterte Liegestühle zum Entspannen ein, und rechteckige Fenster säumen die Seiten des massiven Rumpfes, in den ein ganzes Fußballfeld passen könnte, soweit ich das beurteilen kann.

Andreas stößt einen leisen Pfiff aus. „Und ich dachte, das Wohnmobil wäre schick."

Zians Augen sehen aus, als würden sie ihm gleich aus dem Kopf fallen. „Das Ding passt nicht mal auf eine Autobahn.“

Obwohl uns noch immer die warme Luft von Miami einhüllt, leckt eine kühle Brise über meine Haut. Ich reibe meine Arme. „Ich weiß nicht so recht. Falls es nicht so läuft, wie wir wollen, können wir nicht einfach abhauen.“

Der weite Ozean um das Schiff herum und darüber hinaus macht mich nervös. So viel Wasser sollte an keinem Ort auf einmal sein – zumindest an keinem Ort, an dem ich mich aufhalte.

Jacob zuckt mit den Schultern. „Das ist der Punkt, oder? So kann auch niemand so leicht zu *uns* kommen.“

Sein Blick gleitet zu mir, und er verzieht besorgt den Mund. „Aber wenn du meinst, dass wir das Risiko nicht eingehen sollten …“

Ich verziehe das Gesicht. Ich habe nicht darum gebeten, für alle zu entscheiden, und das sollte ich wahrscheinlich auch nicht, da meine Abneigung gegen offene Gewässer eher instinktiv als logisch ist. „Ich weiß es nicht. Es macht mich einfach nervös.“

Dominic legt seine Hand auf meinen Rücken, und die einfache Geste löst ein weitaus angenehmeres Kribbeln in meinem Körper aus.

Ich finde es schön, dass er sich wohl dabei fühlt, mir kleine Gesten der Zuneigung zu zeigen. Und ich finde es auch schön, dass ich nicht mehr panisch werde, wenn mir diese Gesten zuteilwerden – zumindest nicht, wenn sie von ihm kommen.

„Es ist sinnvoll, vorsichtig zu sein“, sagt er. „Doch wenn es *wirklich* schlimm wird, muss es Rettungsinseln und dergleichen geben. Es ist schwer zu sagen, wo wir an Land sicher wären, wenn die Wärter uns so leicht aufspüren.“

„Ja." Ich stoße einen verärgerten Atemzug aus. „Wo ist Rollick hingegangen? Sollen wir an Bord gehen?"

Andreas nickt zum anderen Endes des Piers. „Ich habe ihn vorhin drüben beim Hafenbüro gesehen. Möglicherweise müssen sogar Monster Papierkram erledigen."

Zian lacht über diese sarkastische Bemerkung. Ich verlagere mein Gewicht von einem Fuß auf den anderen, während sich die Unruhe in meinem Körper ausbreitet, und drehe mich um.

„Ich werde nachsehen, wo er bleibt. Wenn es ein Problem gibt, will ich es wissen."

Dominic nimmt seine Hand von meinem Rücken und greift nach meiner. „Ich komme mit dir. Es ist besser, wenn keiner von uns alleine loszieht."

Jacobs Haltung versteift sich. „*Ich* komme mit."

Zian tritt ebenfalls vor und öffnet hastig seinen Mund. „Ich kann dafür sorgen, dass …"

Ich hebe meine Hände, um sie aufzuhalten. „Ich brauche kein ganzes Gefolge. Ich kann gut auf mich *selbst* aufpassen, schon vergessen?"

Falls die Schattenwesen etwas im Schilde führen, wird es für mich viel schwieriger sein, es herauszufinden, wenn meine selbsternannten Leibwächter hinter mir herlaufen.

Jacob verzieht das Gesicht, aber ich gebe ihm keine Chance zu widersprechen. Ich ziehe an Dominics Hand und mache mich auf den Weg zu dem kompakten beigen Bürogebäude hinter der Reihe kleinerer Boote.

Dom muss meine Stimmung spüren, denn er schweigt, als wir uns dem Gebäude nähern. Sein Gang war schon immer leise, also ist er der perfekte Begleiter.

Die Tatsache, dass seine Nähe und unsere vertiefte Verbindung mich ein wenig schwindlig machen, ist nur ein Bonus.

Rhythmische Beats dröhnen durch die Wände des Büros.

Offensichtlich gibt es niemanden in Miami, der nicht unter Tanzmusiksucht leidet.

Der Bass ist nicht laut genug, um Rollicks Stimme völlig zu übertönen. Ich schnappe ein paar Worte auf, die ich nicht ganz verstehe und schleiche mich so leise wie möglich an.

Wir bleiben an der Ecke des Bürogebäudes stehen. Rollick steht ein paar Meter weiter am Rande des Hafens und blickt auf das plätschernde Wasser, während er in sein Telefon spricht.

„Ich hoffe, dass es nicht zu lange dauern wird. Aber die Situation ist unberechenbar."

Er meint uns. Wir sind die Situation.

Ich verschränke die Arme vor der Brust und wünsche mir, ich könnte das andere Ende des Gesprächs hören.

Rollick hält inne, während sein Gesprächspartner spricht, und senkt den Kopf. Ein wenig von seiner typischen kühlen Zuversicht ist von ihm abgefallen, als ob die Antwort der anderen Person seine Pläne ändern könnte.

Ich dachte immer, der Dämon hätte hier das Sagen. Hat er etwa auch einen Chef über sich?

Dann stößt er ein fast sanftes Kichern aus, und auch seine Stimme wird leiser. „Du weißt, dass ich nicht länger von dir getrennt sein möchte, als unbedingt nötig ist, Quinn. Ich werde es auf jeden Fall wiedergutmachen, wenn wir uns das nächste Mal sehen."

Meine Wangen erröten, denn sein Tonfall verrät, dass er nicht mit einem Vorgesetzten, sondern mit einer Geliebten spricht.

„Ich bin mir sicher, dass alles gut laufen wird", fährt er fort. „Einige meiner Mitarbeiter geraten zu leicht in Panik. Ich werde dafür sorgen, dass du auch nicht zu lange auf Torrent verzichten musst. Und du weißt, dass du uns jederzeit anrufen kannst. Wenn du uns brauchst, sind wir sofort da."

Die unmissverständliche Zuneigung in seinen Worten beruhigt meine Nerven. Rollick ist offensichtlich in der Lage, Gefühle zu empfinden.

Er ist keine sadistische Bestie, zumindest nicht durch und durch, egal, was die Wärter von den Schattenwesen denken.

Dominic wirft mir einen Blick zu und in unausgesprochenem Einvernehmen verlassen wir das Büro. Auf halbem Weg zurück zu den anderen Jungs, nähern sich Rollicks zügige Schritte von hinten.

„Also gut, also gut", sagt er. „Alle an Bord. Ich führe euch kurz herum."

Weniger ängstlich als zuvor, aber immer noch mit einer gehörigen Portion Misstrauen, folge ich ihm mit den anderen die lange, schmale Rampe hinauf. Er deutet auf das breite Vorderdeck mit den Liegestühlen.

„Wenn wir nicht an euren Kräften arbeiten, könnt ihr euch entspannen, wie ihr möchtet. Ihr habt Zugang zu allen Bereichen des Schiffs."

Ich schätze, es gibt keinen großen Bedarf an privaten Räumen, wenn er und seine Kollegen in die Schatten schlüpfen können, um im Geheimen alles zu besprechen, wovon wir nichts mitbekommen sollen.

Rollick führt uns durch eine Reihe von Fluren mit glänzenden Böden und Wänden. Es gibt einen Essbereich, der wie ein gehobenes Restaurant aussieht und aus dessen Küche bereits der Geruch von gebratenem Fleisch herüberweht, und sogar eine Bibliothek voller Bücher und gemütlicher Sessel.

Als Nächstes kommen wir zu einer Lounge mit gepolsterten Sitzgelegenheiten vor einem breiten Fenster, das einen Blick auf das Meer bietet, der selbst für mich atemberaubend ist. Anschließend zeigt er uns einen riesigen Raum, in den eine ganze Wohnung passen könnte und den Rollick „Partyraum" nennt.

Als wir den Bereich mit den Schlafzimmern erreichen, bin ich so voller Ehrfurcht, dass ich mich wundere, dass ich nicht wie ein Heliumballon an der Decke schwebe.

Das Wohnmobil war zwar schick, aber etwas beengend und nur mit dem Nötigsten ausgestattet war. Das hier ist wie ein echter Luxusurlaub.

Doch die nagende Stimme in meinem Hinterkopf erinnert mich daran, dass dieser Luxus einen Preis haben könnte, den wir noch nicht kennen.

„Ich werde natürlich die Hauptsuite beziehen", verkündet Rollick. „Doch ich glaube nicht, dass ihr an euren Unterkünften etwas auszusetzen haben werdet. Und diesmal habt ihr alle eure eigenen Zimmer."

Jedes Schlafzimmer, das er uns zeigt, ist so groß wie das gesamte Innere des Wohnmobils. Die cremefarbenen Wände und die Lederbezüge verleihen ihnen eine gemütliche Atmosphäre.

Die Betten sind so groß, dass ich mich in alle Richtungen ausstrecken könnte, ohne die Kanten zu berühren. Davor stehen die größten Fernseher, die ich je in meinem Leben gesehen habe.

Als ich das letzte Zimmer betrete und meine Füße in den dicken Teppichboden einsinken, entscheide ich sofort, dass dies meines sein wird. Welche Kanäle kann man wohl auf hoher See empfangen?

Es wird niemanden interessieren, wenn ich mich hier verkrieche und alle verpassten Episoden meiner Seifenoper schaue, oder?

Rollick tritt mit einem zufriedenen Lächeln zurück. „Macht es euch bequem. Wir treffen uns in einer Stunde im Speisesaal, um die Strategie zu besprechen – und um zu essen natürlich."

Trotz meines Misstrauens läuft mir bei der Aussicht auf das, was sein Privatkoch zaubern wird, das Wasser im Munde zusammen, obwohl ich vorsichtig bin. Vielleicht wäre es gar nicht *so* schlecht, das magische Erlebnis zu genießen, in das wir irgendwie hineingeraten sind, oder?

Andreas schaut sich mit einem atemlosen Glucksen im Raum um. „Ich habe Erinnerungen an Urlaube auf Kreuzfahrtschiffen gesehen. Riesige Ozeandampfer mit eigenen Casinos, Wasserrutschen und Kinos. Aber in keinem davon gab es so schöne Kabinen.“

„Das ist mir auf jeden Fall lieber als ein Casino“, erkläre ich und lasse meinen Rucksack auf das Bett fallen, um es für mich zu beanspruchen.

Die Jungs bleiben an der Tür stehen. Jacob fängt an, den Raum zu durchstöbern, als würde er ihn nach Bedrohungen absuchen.

Ich kneife die Augen zusammen. „Du hast dein eigenes Zimmer.“

Seine Augen blitzen grimmig auf, als er sich zu mir umdreht. „Du schläfst hier auf keinen Fall allein.“

Ich kann mir ein Schnauben nicht verkneifen. „Ich schlafe auf keinen Fall mit *dir* hier.“

„Ich lege eine Decke neben die Tür. Dann müssen sie erst einmal an mir vorbei.“

Will er mich verarschen?

Meine Miene wird noch finsterer. „Die Schattenwesen können dich umgehen, ohne dass du überhaupt merkst, dass sie da sind. Und wenn mir *jemand* über Nacht Gesellschaft leistet, dann Dominic.“

Bei den letzten Worten werden meine Wangen wieder heiß, doch das schüchterne, aber strahlende Lächeln, das über Doms Gesicht huscht, war mein Eingeständnis wert.

Jacob blickt zu Dominic und sein Kiefer verkrampft sich. „Nichts für ungut, aber seine Fähigkeiten eignen sich besser für die Zeit *nach* einem Kampf, nicht für den Kampf selbst.“

Ich stemme meine Hände in die Hüften. „Du wirst hier nicht ...“

Bevor ich ihn zurechtweisen kann, hebt er kapitulierend die Arme. „Wenn du mich nicht in deinem Zimmer haben willst, bleibe ich draußen. Ich kann im Flur vor der Tür schlafen.“

Mein Mund verzieht sich grimmig, doch ich weiß nicht, wie ich ihn davon abhalten soll, wenn er darauf besteht. Was glaubt er überhaupt, was er damit erreichen kann?

„Klingt, als wäre das geklärt“, erklärt Andreas. Sein Tonfall ist trocken, aber mild. „Vielleicht sollten wir uns alle ein paar Minuten Zeit nehmen, um uns einzurichten?“

Jacob grunzt und marschiert hinaus. Die anderen Jungs folgen ihm, nur Andreas bleibt noch einen Moment an der Tür stehen.

Als ich seinen Blick erwidere, neigt er seinen Kopf zu mir, und sein Gesichtsausdruck wird weicher. „Wie geht es dir?“

Ich zucke mit den Schultern. „Abgesehen davon, dass ich mich ein bisschen erdrückt fühle und mich frage, ob wir uns übernommen haben, geht es mir gut.“

Er befeuchtet seine Lippen. „Wenn du irgendetwas brauchst, wenn du möchtest, dass ich etwas für dich tue, aus welchem Grund auch immer ...“

Der Schmerz, den ich so angestrengt unterdrückt habe, lodert auf, und mein Magen verkrampft sich.

„So weit sind wir noch nicht“, sage ich leise. „Ich weiß nicht, ob wir jemals so weit sein werden. Und du musst mich nicht daran erinnern, dass du für mich da bist. Das werde ich nicht vergessen. Lass es gut sein, okay. Wir haben Wichtigeres zu tun.“

Andreas nickt, doch seine Miene lässt vermuten, dass er innerlich genauso angespannt ist wie ich. „Das stimmt. Doch das alles ist mir nicht halb so wichtig, wie sicherzustellen, dass du glücklich bist."

Er geht, bevor ich noch etwas sagen kann. Ich schlucke schwer und bin so verwirrt, dass ich eine Sekunde lang keine Luft bekomme.

Ich mache mir nicht die Mühe, meine Tasche auszupacken, denn selbst auf dem Meer kann es sein, dass wir schnell abhauen müssen. Stattdessen lasse ich mich auf das Bett fallen und genieße einige Minuten lang die flauschige Bettdecke. Trotzdem nagt die Sorge weiter an mir.

Dieses Schiff ist toll, aber es wird nie unser Zuhause sein. Wir können nicht ewig auf der Flucht sein.

Werden Rollick und seine Freunde uns wirklich den Weg in ein normales Leben ebnen? Oder werden wir am Ende genauso gefangen sein wie in der Einrichtung, nur mit anderen Entführern und anderen Tests?

Ich wünschte, ich hätte eine Ahnung, wie es weitergeht.

Ich mache ein paar Fitnessübungen und dusche schnell, um einen klaren Kopf zu bekommen. Als eine Lautsprecherdurchsage in der Ecke des Raums ertönt, kann ich nicht sagen, dass ich von der Aufforderung begeistert bin.

„Alle Passagiere werden gebeten, sich im Speisesaal einzufinden."

Ich bin bereit und gleichzeitig nicht. Ich trete auf den Flur hinaus, während die Jungs ebenfalls ihre Zimmer verlassen.

Dominic sieht sich im Flur um. „Ich weiß nicht mehr, wo der Speisesaal ist."

Zian schnuppert und geht ohne einen Hauch von Zweifel los. „Ich kann es kaum erwarten, richtig reinzuhauen."

Seine Nase führt uns zuverlässig. Wir kommen in den Essbereich, den ich vorhin gesehen habe. Dort wurden ein paar Tische zu einer langen Tafel zusammengeschoben.

Auf einigen Platten liegen Rippchen, die einen würzigen und süßlich-herben Duft verströmen, auf anderen gebratene Schinkenscheiben, buttrig glänzende Babykartoffeln und zwei verschiedene Salate, einer mit Mandarinenscheiben und einer mit getrockneten Preiselbeeren.

Mir läuft das Wasser im Mund zusammen. Es ist noch niemand da – zumindest kann ich niemanden sehen – also nehme ich wahllos einen Teller und fülle ihn mit ein wenig von allem.

Zian geht direkt zu den Rippchen und häuft einen kleinen Berg auf seinen Teller, den er mit Schinken bedeckt. Dann lässt er sich auf einen Stuhl fallen und schiebt sich den ersten Bissen genüsslich in den Mund.

Offenbar macht er sich keine Sorgen wegen des Essens. Allerdings *wäre* es auch ein ziemlich bizarrer Plan, wenn Rollick eine große Kreuzfahrt organisieren würde, nur um uns am ersten Abend zu vergiften.

Als wir alle in einem Halbkreis an einem Ende des Tisches Platz nehmen, taucht Rollick aus dem Nichts auf und kommt auf uns zu. „Esst so viel, wie ihr wollt", sagt er. „Auch wenn wir eigentlich nicht essen *müssen,* sagen wir nicht Nein zu ein paar guten Rippchen." Er nimmt eines von der Platte und trägt es zu seinem Platz am Kopfende des Tisches.

Wie aufs Stichwort tauchen weitere Schattenwesen auf den anderen Plätzen auf. Pearl lässt sich mit einem Schwung ihrer goldenen Locken neben mich plumpsen und schnappt sich einen Mandarinenschnitz aus dem Salat.

„Obst ist das Beste", erklärt sie fröhlich und steckt ihn sich in den Mund. „Findest du nicht auch? Sie schmecken so gut, und aus den Kernen kann man noch mehr Früchte machen! Außerdem habe ich die Sterblichen sagen hören, dass sie viele Nährstoffe enthalten."

Meine Mundwinkel zucken, aber ich habe Angst, dass sie

beleidigt sein könnte, wenn ich lache. Ein Monster zu beleidigen, auch wenn es nicht monströs aussieht, ist definitiv keine gute Idee.

„Ja, Nährstoffe", sage ich. „Vitamine und so."

„Oh! Es gibt so viele Wörter. Und das ist nur eure Sprache." Sie nimmt sich noch einen Schnitz. „Die Menschen machen gerne alles kompliziert."

Okay, das ist eine faire Einschätzung.

„Das mag ich so an euch", fährt die Sukkubus-Frau hastig fort, als wäre sie besorgt, dass sie *mich* beleidigt haben könnte. „Das ist alles so interessant. Nicht, dass ihr völlig sterblich wärt. Wir wissen nicht genau, wie viel von dem einen und dem anderen in euch steckt. Es ist sehr aufregend."

Die anderen Wesen, die um den Tisch herum sitzen, sehen nicht besonders begeistert aus. Einige von ihnen werfen nicht einmal einen Blick in unsere Richtung.

Andere betrachten uns offenbar beunruhigt, als wären sie genauso besorgt wie wir.

Was hat Rollick am Telefon gesagt? Dass seine Mitarbeiter in Panik geraten? Sie sind doch wohl nicht unseretwegen *so* nervös, oder?

Warum sollten sie?

Mein Magen verkrampft sich kurz, doch dann entdecke ich den Desserttisch in der Ecke. Vielleicht beruhigt ein bisschen Süßes meine Nerven.

Ich gehe hinüber, schnappe mir einen der kleineren Teller und betrachte das Angebot. Es gibt Zitronenkuchen, fluffige Baisers und Kekse, die mit Zuckerkristallen bestreut sind.

Ich lege ein Stück Kuchen auf meinen Teller und schnappe mir auch einen der Zuckerkekse. Auf dem Weg zurück zu meinem Platz nehme ich einen Bissen und unterdrücke ein Stöhnen angesichts des perfekt knusprigen, buttrigen Teigs.

Ich lasse mich wieder zwischen Pearl und Dominic fallen und winke Dom mit dem Keks zu. „Die musst du probieren …"

Als er zu mir aufschaut, fällt mein Blick auf seinen Teller und ich stelle fest, dass er sich bereits zwei genommen hat. Drei, wenn man den Rest mitzählt, den er noch in der Hand hält.

Er muss direkt als Erstes zum Nachtisch gegangen sein.

Ein Lachen sprudelt aus mir heraus, erschrocken, aber aufrichtig glücklich. „Ich schätze, du Naschkatze, wirst hier voll auf deine Kosten kommen."

Dominic grinst mich an. „Und wie."

Während ich abwechselnd die Reste meines Hauptgerichts und meinen Nachtisch esse, rührt sich Rollick am Kopfende des Tisches. Er faltet seine Hände auf der Tischplatte und wirft einen spitzen Blick auf den leeren Stuhl neben ihm.

Einen Moment später taucht ein letztes Schattenwesen aus den Schatten auf – ein hagerer Mann mit struppigem, kastanienbraunem Haar, einer seltsam eingedellten Wange … und zwei Tentakeln, die aus seiner Taille herausragen und ihm zu helfen scheinen, das Gleichgewicht zu halten.

Dominics Miene erhellt sich. „Das ist Torrent", murmelt er mir zu. „Er hat heute Morgen mit mir geredet. Er will herausfinden, warum meine …" Er deutet auf seine Schultern. Wie immer hat er seine Tentakel unter seinem Trenchcoat versteckt. „… das tun, was sie tun."

Warum sie wachsen, wenn er seine Heilkraft einsetzt, meint er. So wie der Kerl aussieht, könnte er auf jeden Fall Ahnung haben.

Rollick räuspert sich. „Also gut, Leute. Wir können essen und reden. Versucht, die anderen nicht mit Krümeln zu bespucken, dann ist alles gut."

Er richtet seine Aufmerksamkeit auf unser Ende des

Tisches. „Unsere schattenblütigen Ehrengäste. Ihr habt heute eine Menge durchgemacht, also gönne ich euch eine Pause bis morgen. Dann sollten wir jedoch die Frage klären, wie ihr herausfinden könnt, wo sich andere eurer Art aufhalten. Wenn wir davon ausgehen, dass eure jüngeren Gegner dieselben Methoden anwenden, können wir vielleicht eine Möglichkeit finden, die Verbindung zu unterbrechen.“

„Vielleicht.“

Niemand hier ist sich wirklich sicher, was er von uns halten soll, oder? Nicht einmal wir selbst.

Doch seine Erwähnung der jüngeren Schattenblüter bringt die Erinnerung an das blutverschmierte Mädchen von heute Morgen zurück, und ein Kloß bildet sich in meiner Kehle.

Wir sind nicht die Einzigen, die Hilfe brauchen. Alles, was meine Jungs und ich durch die Wärter erleiden mussten, erleben sie immer noch jeden Moment, in dem sie versklavt sind.

„Und wir bleiben einfach auf diesem Boot, bis wir das herausgefunden haben?“, fragt Andreas.

„Ich hoffe, dass es nicht zu lange dauern wird.“ Rollick schenkt mir ein leicht grimmiges Lächeln. „Ihr solltet hier auf jeden Fall so lange in Sicherheit sein, wie es dauert.“

Nach diesen letzten Worten lässt er seinen Blick über seine Schattenwesen-Kollegen schweifen, und seine Augen verdunkeln sich, was wie eine Warnung aussieht. Macht er sich Sorgen, dass noch einer seiner Gefährten eigene Ideen haben könnte, wie mit uns verfahren werden sollte?

Meine Haut kribbelt. Luxusurlaub hin oder her, ich will nicht länger als unbedingt nötig mit dieser Bande mitten auf dem Meer festsitzen.

Außerdem könnte die Antwort etwas sein, das wir aus ganz anderen Gründen erreichen wollen.

„Was ist, wenn es keine Möglichkeit gibt, die Verbindung

zwischen Schattenblütern zu blockieren?", sage ich. „Oder womöglich benutzen sie eine Methode, von der wir nichts wissen?"

Rollick zieht die Augenbrauen hoch. „Dann werden wir das wohl herausfinden, wenn wir weitermachen."

„Oder wir lösen das Problem gleich ein für alle Mal."

Seine Augenbrauen wandern noch höher. „Woran hast du gedacht?"

Ich trommle mit den Fingern auf den Tisch. „Die anderen Schattenblüter sind das größte Problem. Die Wärter haben uns nur so schnell gefunden, weil sie die jüngeren Wesen in die Suche einbezogen haben. Allerdings sind sie Gefangene, genau wie wir es waren. Sie haben es nicht verdient, so benutzt zu werden. Wir sollten sie aus den Einrichtungen befreien, in denen sie gefangen gehalten werden, dann *können* die Wärter sie nicht mehr benutzen."

Zian nickt eifrig. „Zwei Fliegen mit einer Klappe. Wir müssen ihnen helfen."

Rollick hält inne und eines der anderen Schattenwesen, ein großer, schlaksiger Kerl, der mir vorher nicht aufgefallen ist, richtet sich in seinem Stuhl auf. Die sehnigen Muskeln an seinen Armen spannen sich bedrohlich an.

„Fünf wild gewordene Mutanten sind genug. Wir brauchen nicht noch mehr."

Rollick funkelt ihn böse an. „Das sind meine Gäste, von denen du sprichst, Kudzu. Bis jetzt haben sie uns noch keinen Ärger gemacht."

Auf der anderen Seite des Tisches gibt Cinder einen verächtlichen Laut von sich. „Ihretwegen sind wir hierhergekommen."

„Weil wir das entschieden haben." Die Stimme des Dämons senkt sich bedrohlich. „Ihr könnt euch jederzeit einen neuen Arbeitgeber suchen."

Cinder verkrampft sich in ihrem Stuhl und senkt

entschuldigend den Kopf. Doch die Spannung, die weiterhin in der Luft liegt, jagt mir einen Schauer über den Rücken.

„Sie alle befreien!", meldet sich Pearl zu Wort und klatscht in die Hände. „Ich glaube, das würde Spaß machen."

Kudzu schnaubt. „Dir macht alles Spaß. Du bist neu und eine Touristin."

Sie zuckt zusammen und sieht so verletzt aus, dass ich Mitleid mit ihr habe.

Ich hebe mein Kinn. „Das ist der direkteste Weg, das Problem zu lösen. Und wenn ihr uns alle helfen würdet, könnten wir das bestimmt viel schneller in die Tat umsetzen, als wenn wir erst mit einer Verbindung experimentieren müssen, die wir nicht verstehen."

„Das sehe ich genauso", meint Dominic leise, aber bestimmt.

Jacob stützt sich mit den Ellbogen auf den Tisch. „Ihr müsstet es doch nur mit einem Haufen Sterblicher aufnehmen, oder? Wovor habt ihr so viel Angst?"

Den Blicken der meisten Schattenwesen nach zu urteilen, scheinen sie sich nicht vor den Wärtern zu fürchten.

Wie der große lila Kerl in Toronto haben die meisten dieser Wesen aus irgendeinem Grund Angst vor *uns*.

Womöglich sogar Rollick, auch wenn er es hinter seiner selbstgefälligen Fassade verbirgt. Er wedelt mit der Hand durch die Luft, als könnte er dadurch die Bedenken auf beiden Seiten zerstreuen.

„Das wäre eine Option", sagt er. „Allerdings wissen wir nicht, wo diese Einrichtungen überhaupt sind. Warum fangen wir also nicht mit dem an, was wir gerade vor uns haben?"

„Kannst du jemanden bitten, mit der Suche zu beginnen?", fragt Andreas. „Ich glaube nicht, dass es für Schattenwesen allzu schwer wäre, herauszufinden, welche Orte geeignet sind."

„Ich werde sehen, was ich tun kann.“

Selbst seine unverbindliche Antwort scheint zu viel zu sein. Kudzu schiebt seinen Teller beiseite. „Das kann doch nicht dein Ernst sein.“

Rollick mustert ihn mit einem langsamen Blinzeln. „Ich möchte alle Strategien in Betracht ziehen, die uns zur Verfügung stehen. Das hat sich schon einmal bewährt.“

Der schlaksige Mann murmelt etwas vor sich hin, was ich nicht verstehe. Einen Moment später verschwindet er in den Schatten.

„Das ist nicht wie damals“, sagt Cinder mit angespannter Miene zu Rollick, bevor sie ebenfalls verschwindet.

Und so wie es aussieht, haben wir zwei vermeintliche Verbündete verloren, noch bevor die Sache richtig angefangen hat.

NEUNZEHN

Riva

Als ich meine Krallen ausfahre und sie an meinen Arm führe, versteifen sich meine vier Jungs, die um mich herum stehen.

„Riva!", protestiert Andreas, doch ich habe die Haut unter meiner Schulter bereits aufgeschlitzt.

Als ein dünnes Rinnsal Blut heraussickert, und ein winziger Hauch von dunklem Rauch in der Meeresbrise aufsteigt und über das Deck der Jacht weht, gibt Jacob einen Laut von sich, der einem Knurren gleicht. Seine Hand zuckt nach oben, als wolle er mein Handgelenk umfassen, doch im letzten Moment überlegt er es sich anders.

„Nie wieder", sagt er schroff. „Du wirst dich nicht selbst verletzen."

Mein Blick gleitet von ihm zu Zian, der sich vor Angst versteift hat, dann zu Andreas' angespannter Miene und schließlich zu Dominics entsetztem Blick.

„Das ist keine große Sache." Ich deute auf die winzigen weißen Narben, die meine blasse Haut vom Ellbogen bis zur Achselhöhle bedecken. „Ich habe das mindestens einmal pro Woche gemacht, während ich in der Käfigkampfarena gefangen war."

Zians Miene wird noch verzweifelter. „Warum hast du …?"

„Um herauszufinden, ob ihr noch da draußen seid", antworte ich und kann die Ungeduld in meiner Stimme nicht unterdrücken. „Das war, bevor ich wusste, dass ihr euch wie Arschlöcher verhalten würdet, wenn wir uns wiedersehen."

Rollick, der hinter unserer kleinen Gruppe steht, gibt einen plötzlichen Laut von sich. Möglicherweise ein gedämpftes Kichern.

Jacob erstarrt, und ein leises Knarren ertönt irgendwo in der Nähe der vorderen Kajüte der Jacht, bis Andreas ihm auf den Arm schlägt.

Jacob schüttelt sich, und sein durchdringender Blick lässt meine Nerven flattern, sowohl vor Sorge als auch wegen eines anderen Gefühls, das ich mir lieber nicht eingestehen möchte.

„Heile sie", schnauzt er Dominic an.

Ich werfe ihm einen finsteren Blick zu. „Ich kann das selbst. Ich brauche keine …"

„Du wirst nie wieder verletzt werden", unterbricht Jacob mich. „Nicht, wenn wir es verhindern können. Das ist das Mindeste, was wir tun können."

Er wendet sich an Rollick. „Ich kümmere mich um die Blutung für die Tests."

Der Dämon zuckt mit den Schultern. „Das liegt an dir. Ich würde nur gerne weitermachen, wenn du damit fertig bist, dich vor der Frau aufzuspielen, die sich davon offensichtlich nicht beeindrucken lässt."

Ich muss mir ein Grinsen verkneifen. Nein, Rollick ist definitiv kein Bösewicht durch und durch.

Dominic hat bereits seine Hand auf meine Schulter gelegt, aber er sucht meinen Blick, bevor er seine Kraft einsetzt. Er wartet auf meine Erlaubnis, anstatt automatisch Jacobs Befehle zu befolgen.

Ich habe viele Fortschritte mit meinen Jungs gemacht. Eigentlich mit allen.

„Es ist wirklich in Ordnung", versichere ich ihm. „Du weißt, wie schnell wir heilen. Die Wunde wird sich innerhalb von ein paar Minuten schließen."

Die Blutung hat bereits aufgehört. Ich müsste die Kruste abkratzen, damit das Blut erneut fließt, doch ich habe keine Lust, einen längeren Streit zu provozieren.

Dom drückt sanft meine Schulter. „Wenn du dir sicher bist. Es macht mir nichts aus."

„Aber *mir*. Das gegenseitige Beschützen geht nicht nur in eine Richtung, falls du das vergessen hast."

Ich nehme seine Hand und drücke sie kurz, bevor ich mich von abwende, um die Diskussion zu beenden. Wir gehen über das Deck zum Bug des Schiffes, während Jacob zurückbleibt.

Der Test funktioniert nicht wirklich, wenn wir direkt nebeneinanderstehen.

Rollick beobachtet das Geschehen mit offensichtlicher Neugier. „Der Schattenanteil eures Blutes sucht den jeweils anderen also ganz automatisch?"

Ich schüttle den Kopf. „Nein, es passiert nicht einfach so. Ich musste mich auf meine Erinnerungen an sie konzentrieren."

Zian runzelt die Stirn. „Wie sollten sich die anderen Schattenblüter auf uns konzentrieren können?"

„Vielleicht haben sie die Aufzeichnungen aus unserer Zeit in der Einrichtung gesehen", meint Andreas. „Über die

Jahre hat sich bestimmt umfassendes Filmmaterial angesammelt."

Wir können wohl davon ausgehen, dass das ausreichen würde. Es sei denn, die Wärter haben noch anderweitige Verbindungen gefunden, von denen wir nichts wissen.

Jacob schiebt seinen hochgekrempelten Ärmel über seinen Ellbogen. Die lilafarbenen Stacheln, die sein Gift enthalten, sprießen aus seinem Unterarm.

Ihm selbst scheint das Gift nichts auszumachen, denn er dreht seinen Arm und reißt, ohne zu zögern, die Haut des anderen Handgelenks auf.

Der Schnitt ist etwas tiefer als der, den ich mir zugefügt habe. Eine dickere Rauchfahne steigt in den strahlend blauen Himmel.

Jacob schließt die Augen, und sein Gesicht wird zu einer konzentrierten Maske.

Nach ein paar Sekunden krümmt sich der Rauchschwall. Er wabert über das Deck auf uns vier zu.

Rollick brummt vor sich hin. Als der Rauch uns fast erreicht hat, deutet er auf etwas auf der anderen Seite des Decks, das wie ein Flimmern in der Luft aussieht.

Ein paar Schattenwesen – Cinder und ein schlanker Mann, den ich gestern beim Abendessen gesehen habe – tauchen neben einer Plastikbox auf und schieben sie zu uns, bevor sie den Deckel öffnen. Der Mann zuckt zurück, und Cinder verzieht das Gesicht.

„Nehmt euch ein paar Schilde", sagt Rollick zu uns. „Mal sehen, ob die Essenz euch trotzdem noch aufspüren kann."

Essenz. So nennt er also das rauchige Zeug. Er hat uns vorhin mitgeteilt, dass Schattenwesen *nur* Rauch bluten, keine Flüssigkeit.

Zusammen mit den drei anderen gehe ich zu dem Container, in dem sich glänzende Servierschalen befinden.

Als ich Rollick einen fragenden Blick zuwerfe, schenkt er mir ein schiefes Grinsen.

„Schattenwesen können kein Silber und Eisen berühren. Das waren die größten Silberstücke, die wir auf die Schnelle bekommen konnten. Hybridwesen scheinen nicht die gleichen Probleme mit den Metallen zu haben, aber vielleicht kann euch der Rauch so nicht aufspüren.“

Silber. Da klingelt etwas bei mir … Das große lila Schattenwesen in Toronto hat uns gefragt, ob unsere Waffen Silber enthalten, oder?

Haben Engels mörderische Wärter mit Silberkugeln auf uns geschossen, als wären wir Werwölfe aus einem Horrorfilm?

Wenn man bedenkt, dass sowohl die Wärter als auch ihre Waffen längst verschwunden sind, spielt das wohl keine Rolle mehr.

Ich nehme eine der Servierplatten, die von meinem Kinn bis zu meiner Taille reicht, wenn ich sie vor meinen Körper halte, und stelle mich Jacob gegenüber.

Die anderen Jungs schließen sich mir an. Jacob starrt uns an, als ob er das Ganze lächerlich fände, presst aber noch ein wenig Blut aus der Wunde an seiner Hand.

Rauch steigt empor und wabert direkt auf uns zu, sobald er seine Augen wieder schließt.

Rollick gibt ein weiteres nachdenkliches Brummen von sich. „Na gut. Das funktioniert also nicht. Das dachte ich mir schon. Wenn man sich konzentrieren muss, um die Verbindung herzustellen, gibt es vielleicht eine andere Möglichkeit. Konzentriert euch alle darauf, die Essenz, die in eure Richtung fließt, zurückzudrängen.“

Ich wüsste nicht, wie uns das auf Dauer helfen soll. Schließlich können wir uns nicht ständig darauf konzentrieren, rauchiges Monsterblut von uns wegzuschieben.

Doch um ihn bei Laune zu halten, schließe ich meine Augen. Ich stelle mir vor, wie die Rauchschwaden von mir wegwehen.

Als Rollick vielsagend hustet, reiße ich meine Augen auf. Das Erste, was ich sehe, ist der dunkle Dunst, der sich auf uns zubewegt.

Ich stoße ein Grunzen aus. „So viel zu einem mentalen Schutzschild."

Der Dämon richtet seinen Blick auf mich. „Ihr habt erwähnt, dass ihr über euer Blut hinaus noch auf andere Weise miteinander verbunden seid. Was genau habt ihr damit gemeint?"

„Ich glaube, wir nehmen uns einander intensiver wahr, wenn wir zusammen sind", fügt Jacob hinzu und drückt mit der anderen Hand auf seine Wunde, um die Blutung zu stoppen. „In der Nacht, in der Riva uns befreit hat, wusste ich schon, dass etwas vor sich ging, bevor ich sie gesehen habe. Allerdings glaube ich nicht, dass der Effekt so stark ist, dass uns jemand dadurch aus der Ferne aufspüren könnte. Vorausgesetzt, das ist überhaupt eine Strategie. Möglicherweise liegt es auch nur daran, dass wir gemeinsam aufgewachsen sind."

Er hat mir noch nie erzählt, dass er meine Anwesenheit gespürt hat. Doch ich bin zu abgelenkt vom eigentlichen Thema, um weiter darüber nachzudenken.

Ich widerstehe dem Drang, das Unbehagen zu unterdrücken, das dieses Thema in mir auslöst. Stattdessen hake ich meine Finger in den Ausschnitt meines Tanktops.

„Es ist mehr als das. Nachdem ich mit einem der Jungs geschlafen habe, entdeckten wir beide ein Mal auf unserer Brust. Seitdem spüre ich, wo sie sind."

Ich schiebe den Stoff gerade so weit nach unten, dass die beiden kleinen schwarzen Flecken auf meinem Schlüsselbein zu sehen sind. Zian dreht ruckartig den Kopf, und Jacob starrt von der anderen Seite des Decks zu uns herüber.

Scheinbar haben Andreas und Dominic ihren Freunden nichts von dieser kleinen Nebenwirkung erzählt.

Pearl taucht so plötzlich aus dem Schatten neben mir auf, dass ich zusammenzucke. Nur durch schiere Willenskraft springe ich nicht drei Meter in die Luft.

Sie deutet begeistert auf meine Brust. „Du hast Schattenabdrücke vom Sex? Das ist so cool!"

Cool ist nicht das Wort, das ich benutzt hätte. Für einen Sukkubus ist es allerdings wohl weitaus weniger peinlich, offen über Schlafzimmeraktivitäten zu plaudern.

„Ich ... denke schon." Ich schaue Rollick an. „Schattenabdrücke? Ist das normal?"

Der Dämon geht auf mich zu und legt nachdenklich den Kopf schief. „Ich habe gehört, dass einige Schattenwesen, andere Wesen mit physischen Zeichen markieren, um Anspruch auf sie zu erheben. Allerdings sind das in der Regel Sterbliche, und sie tun es absichtlich. Und wie es klingt, war es bei euch keine Absicht?"

Ich schüttle den Kopf. „Nein, es ist einfach passiert."

„Höchst interessant. Es gibt so viel, was wir nicht über Hybriden wissen."

Er bedeutet mir, das Silbertablett wieder aufzuheben. „Halte es so, dass es das Mal vollständig bedeckt." Dann schnippt er mit den Fingern nach Andreas. „Geh irgendwo anders auf der Jacht hin, warte fünf Minuten und komm dann zurück."

Cinder, die immer noch von der Reling aus zusieht, gibt einen unzufriedenen Laut von sich.

Rollick ignoriert sie. Als Andreas weggeht, bleibt seine Aufmerksamkeit auf mich gerichtet.

„Kannst du ihm folgen, ohne ihn zu sehen, obwohl das Mal mit dem Silber bedeckt ist?"

Ich halte inne und richte meine Aufmerksamkeit auf das Mal, das mich mit Andreas verbindet. Ein leichtes Kribbeln breitet sich in meinem Fleisch aus.

Ich versuche, mein Gefühl für ihn mit dem Grundriss des Schiffes zu verknüpfen, an den ich mich erinnere. „Ich kann definitiv sagen, in welcher Richtung er sich befindet und wie weit er entfernt ist. Wenn ich zu ihm müsste, könnte ich ihn ohne Probleme finden. Er ist stehengeblieben … Ich glaube, bei der Bibliothek?"

Ein paar weitere Schattenwesen tauchen am Rande des Decks auf. Kudzu, der schlaksige, muskulöse Kerl, der sich gestern beschwert hat, verschränkt die Arme vor seiner dreieckigen Brust.

„Das funktioniert alles nicht. Sie sind nicht *wie* wir."

Rollick dreht sich zu ihm um. „Wir haben bis jetzt nur ein paar Strategien ausprobiert."

Der andere Mann grunzt. „Wir riskieren alles wegen …"

Er unterbricht sich selbst mit einem Kopfschütteln, doch die Frustration in seiner Stimme gräbt sich in meine Knochen. Was hat er für ein Problem mit uns?

Rollick sieht aus, als würde er ein Augenrollen unterdrücken. Als ich die Platte ablege, schreitet er auf seine Schattenwesen-Gefährten zu und gibt ihnen ein Zeichen, ihm neben die vordere Kabine zu folgen.

„Wenn du dir solche Sorgen über die effektive Nutzung unserer Zeit machst, kannst du deinen Dickschädel dafür benutzen, dir andere Möglichkeiten auszudenken."

Kudzu stößt ein Schnauben aus, aber er folgt ihm zusammen mit Cinder und ein paar der anderen. Der Tentakelmann – Torrent – taucht aus dem Schatten auf und schließt sich der Gruppe an.

Pearl lehnt sich näher an mich heran und verströmt einen rauchigen Rosenduft. Sie hebt ihren Finger und macht den Anschein, als wolle sie die Male auf meiner Brust berühren.

Doch ich weiche instinktiv zurück und ziehe mein Top wieder darüber.

Die Schattenfrau schlägt sich die Hand vor den Mund und schaut beschämt drein. „Tut mir leid! Ich habe so etwas einfach noch nie gesehen."

„Ich auch nicht", sage ich trocken und beäuge die Frau.

Sie ist furchtbar neugierig. Ist das typisch für Sukkubus-Wesen? Oder ist nur Pearl so?

Ihr Lächeln kehrt zurück, und sie winkt dem schlanken Mann zu, der die Silbertabletts hergebracht hat. „Billy, komm her!"

Der Kerl mit dem struppigen braunen Haar kommt zögernd auf uns zu, und seine hellen Augen werden groß. Als er näher kommt, stelle ich fest, dass unter seinem Haar zwei gebogene Hörner hervorragen, die eher beige als braun sind und von seinen Locken nicht ganz verdeckt werden.

„Billy ist wie ich", verkündet Pearl und legt ihren Arm um seine schmalen Schultern. „Na ja, er ist ein Faun und kein Kubus. Aber er war auch noch nicht oft in der Welt der Sterblichen. Es gibt so viele lustige Dinge zu lernen."

Der gehörnte Mann lässt seinen Blick über uns alle schweifen, auch über Andreas und Jacob, die das Deck überqueren, um sich unserer Gruppe anzuschließen. Seine Stimme ist atemlos. „Bist du schon mal mit einem Flugzeug geflogen? Ich bin das erste Mal auf einem Boot. Angeblich kann man im Wasser schwimmen, aber ich weiß nicht ..."

Er zupft an einer Haarsträhne und blickt nervös in Richtung Meer. Ein Stich durchzuckt meine Brust.

Ich weiß, wie es ist, sich wie ein Neuling in dieser Welt zu fühlen, wenn auch nicht ganz so wie dieser Typ.

„Wir haben selbst noch nicht so viel erlebt", sage ich. „Die meiste Zeit unseres Lebens waren wir in einem Gebäude eingesperrt."

Pearl schnalzt mit der Zunge. „Das ist so unfair. Da ist

diese wunderbare Welt, die es zu erkunden gibt, und sie sperren euch in einem winzigen Teil davon ein."

Ist sie deshalb so übereifrig? Weil sie noch nicht viel Zeit unter Menschen verbracht hat? Oder mit Sterblichen, wie die Schattenwesen uns zu nennen scheinen?

Das könnte das Fehlen von Manieren und persönlichen Grenzen erklären.

Dominic scheint etwas Ähnliches zu denken. „Wo geht ihr hin, wenn ihr nicht hier seid? Ich nehme an, dass die Schattenwesen nicht in unserer Welt entstehen?"

Pearl lacht. „Oh, nein. Wir entstehen im Schattenreich. Wir können nur über Schwellen hierhergelangen. Ich *muss* diese Reise machen, weil ich Nahrung brauche, aber mich gibt es erst seit etwa einem Jahr."

Zian legt die Stirn in Falten. „Du bist erst ein Jahr alt?"

Sie deutet auf ihren kurvigen Körper. „Wir entstehen so, wie wir immer sein werden. Wir werden nicht erwachsen. Wir entstehen einfach so aus dem Nichts."

„Wie Magie", sagt Andreas trocken.

Pearl klatscht in die Hände. „Ja. Ganz genau."

Billy senkt verlegen den Kopf, und sein Gesicht errötet unter seinem hellbraunen Teint, der dem von Dominic ähnlich ist. „Ich lebe schon länger. Leider kann ich mich nicht oft unter die Sterblichen mischen, da sie sonst die hier bemerken." Er deutet auf seine Hörner.

Jacob schüttelt den Kopf. „Kannst du sie nicht einfach wegdenken, wie Rollick es mit seinen Klauen macht?"

„Wir können unser Schattenwesen-Selbst nicht ganz hinter uns lassen. Bei jedem von uns bleibt ein monströses Merkmal, auch wenn wir unsere menschliche Gestalt annehmen."

Sie schiebt einen flatternden Ärmel ihres Kleides hoch und enthüllt einen Streifen aus funkelndem Gold, der sich über ihre normale, cremefarbene Haut schlängelt. „Er geht quer über meine Brust bis zu meinem anderen Arm. Allerdings kann ich ihn unter Kleidung verstecken, oder ihn als Tattoo ausgeben.“

„Manche von uns können ihre Merkmale besser verstecken als andere“, erklärt Billy.

„Ja.“ Pearl blinzelt uns an. „Ihr fünf scheint überhaupt keine zu haben.“ Sie wirft einen Blick auf Dominic. „Na ja, außer du, aber du hast gesagt, dass sie erst später gewachsen sind. Das muss eine Hybridsache sein.“

Schritte poltern über die polierten Holzdielen auf uns zu.

„Unterhältst du unsere Gäste?“ Rollick schlendert mit amüsierter Miene auf uns zu.

Pearl grinst ihn an. „Bei diesen ganzen Miesepetern hier muss das ja jemand tun.“

Bei der Erwähnung der „Miesepeter“ kehrt das mulmige Gefühl in meinen Bauch zurück. Nach einem kurzen Zögern ringe ich mich dazu durch, die Frage zu stellen, die mir auf der Seele brennt. „Warum sind einige von ihnen von uns genervt? Es scheint, als wären sie verärgert, weil du uns hilfst.“

Rollick macht eine kurze Pause, bevor er antwortet, und meine Nerven flattern vor Sorge. Er überlegt, wie er uns etwas sagen soll, das wir nicht hören wollen.

„Unsere Gemeinschaft hat … gemischte Gefühle gegenüber Hybriden“, antwortet er schließlich.

Zian blickt an seiner kräftigen Statur hinunter. „Haben sie ein Problem damit, dass wir zum Teil menschlich sind?“

„Nicht ganz.“ Rollick scheint seine Worte noch einmal zu überdenken, bevor er fortfährt. „Keiner von uns hat viel Erfahrung mit Wesen wie euch. Bevor ihr aufgetaucht seid, habe ich in den zigtausend Jahren meiner Existenz nur drei andere Hybriden kennengelernt, und zwei davon wurden von unseren Machthabern fast sofort ausgelöscht.“

Mein Körper spannt sich an. „Sie wurden *getötet*?“

Rollick breitet seine Hände aus. „Für euch ist das vielleicht schwer zu verstehen. Aber für uns ... Ihr seid die ultimativen Joker. Einiges davon habt ihr ja schon gesehen. Eure Kräfte können mit unseren konkurrieren oder sind in manchen Fällen sogar denen vieler Schattenwesen überlegen. Und obendrein habt ihr keine der Schwächen, die uns in Schach halten können."

„Wir können nicht wie ihr in die Schatten springen", betont Jacob. „Wir können *sterben*."

An seinem Tonfall kann ich erkennen, dass er an Griffin denkt.

„Nun, mit etwas Training könntet ihr Ersteres vielleicht lernen. Außerdem können wir auch sterben, es ist nur etwas schwieriger." Rollick schenkt uns ein schiefes Grinsen.

„Also sind sie ... eifersüchtig auf uns?", frage ich, während ich immer noch versuche zu verstehen, woher der Groll kommt.

Rollick gluckst. „Vielleicht ein bisschen. Doch es geht eher darum, dass ihr eine Bedrohung darstellt. Die Hybriden, mit denen wir es in der Vergangenheit zu tun hatten, waren schwer zu kontrollieren. Ihr habt ja selbst bereits festgestellt, dass es euch schwerfällt, eure Fähigkeiten zu regulieren. Wir wissen nicht, wie zerstörerisch ihr werden könntet. Sowohl uns als auch den Sterblichen gegenüber. Das könnte Aufmerksamkeit auf uns lenken."

Pearl nickt und senkt ihre Stimme zu einem ehrfürchtigen Flüstern. „Angeblich hat das letzte Hybridwesen fast den ganzen Planeten verbrannt."

Mir fällt die Kinnlade runter. „Was?"

Als mein Blick zu den grimmigen Gestalten auf der anderen Seite des Decks gleitet, sinkt meine Laune.

Kein Wunder, dass sie so feindselig sind. Kein Wunder, dass sogar die mächtigen Schattenwesen Angst vor uns haben.

Wir sind eine unbekannte Größe, die ihnen alles vermasseln könnte, und zwar auf eine Weise, auf die sie sich nicht einmal vorbereiten können.

Wir können froh sein, dass Rollick sich überhaupt so weit aus dem Fenster lehnt.

Mit einem Schaudern ringe ich mich zu einer weiteren Frage durch. „Was sollst du ihrer Meinung nach mit uns machen? Wollen sie, dass *wir* auch getötet werden?"

Rollick schnaubt. „Macht euch deswegen keine Sorgen. Soweit *ich* das beurteilen kann, seid ihr gerade nicht kurz davor, die ganze Welt in Brand zu setzen oder eine andere Katastrophe anzurichten." Er wirft mir einen vielsagenden Blick zu. „Zumindest nicht, solange ihr weiter übt, eure Kräfte in den Griff zu bekommen."

Ich zucke bei seiner Andeutung innerlich zusammen. Er reibt sich die Hände. „Torrent hat sich jedenfalls auf den Weg durch die Gewässer gemacht, um an Land zurückzukehren. Er wird sich zusammen mit ein paar anderen meiner Kollegen umhören. Mal sehen, ob wir die Einrichtungen eurer Wärter aufspüren können."

Zian wird hellhörig. „Werden wir die anderen Schattenblüter retten?"

„Wir werden sehen, ob das möglich ist."

Ich sollte mich siegreich fühlen. Das war meine Idee und Rollick setzt sie tatsächlich um.

Doch ich kann die unangenehme Last nicht abschütteln, die seit dem Gespräch auf meinen Schultern lastet.

Er hat nicht gesagt, dass die anderen Schattenwesen uns *nicht* umbringen wollen, sondern nur, dass wir uns keine Sorgen machen sollen, dass sie es schaffen werden.

Ist er das Einzige, was zwischen uns und einem Gemetzel steht?

Wenn die Menschen, die uns erschaffen haben, denken, dass wir zu gefährlich sind, um zu existieren, und die

Schattenwesen, gegen die sie gekämpft haben, genauso denken … Wo gehören wir dann überhaupt hin?

Es gibt Monster, so viel ist klar. Und wie sich herausgestellt hat, sind meine Jungs und ich das Einzige, was sie fürchten.

ZWANZIG

Andreas

Rollick deutet auf die Gläser vor uns. „Also gut, trinkt aus!"

Riva, die mir an dem kleinen, glänzenden Tisch gegenübersitzt, mustert die bernsteinfarbene Flüssigkeit und verzieht unsicher das Gesicht.

Ich kann nicht umhin, mich an das einzige andere Mal zu erinnern, als sie Alkohol getrunken hat, seit wir aus der Einrichtung geflohen sind. In jener Nacht hat sie in einem Nachtclub einen Cocktail getrunken, der sich nicht mit dem Gift vertrug, das Jacob ihr verabreicht hatte.

Das war die Nacht, in der sie mir ihre Narben zeigte und mir erzählte, wie oft sie sich damit getröstet hatte, dass wir noch existierten. Anschließend forderte sie mich zum Tanzen auf und sah so niedergeschlagen aus, als ich ablehnte.

Sie zog mich in eine Umarmung, der ich nicht

widerstehen konnte, und ich genoss das Gefühl grenzenlosen Glücks, das ich in ihren Armen empfand.

Da hätte ich es schon wissen müssen. Verdammt, mir hätte von Anfang an klar sein müssen, dass sie die Wahrheit sagt.

Doch stattdessen habe ich sie wie eine Feindin behandelt und gegen sie intrigiert, und jetzt sind wir hier. Selbst wenn der Tisch nicht zwischen uns wäre, würde uns eine unsichtbare Wand trennen, die ich nicht überwinden kann.

Ich schließe meine Finger um mein Glas. „Der ist nicht stark, oder?"

Rollick gluckst. „Es wäre unserer Mission nicht besonders zuträglich, wenn du betrunken herumstolpern würdest. Ich will nur sehen, ob eine kleine Störung deines normalen Geisteszustandes die Verbindung unterbricht."

Ich hebe das Glas an meine Lippen und trinke es aus. Die Mischung aus süßem und saurem Geschmack umhüllt meine Zunge und verursacht ein Brennen in meinem Bauch.

Riva zögert noch ein paar Augenblicke und leert dann ihr eigenes Getränk.

Nur ein schwaches Kribbeln in meinem Hinterkopf deutet darauf hin, dass ich leicht beschwipst bin. Ich könnte diesen Zustand problemlos eine Weile aushalten, wenn uns die Wärter dann nicht aufspüren könnten.

„Ihr kennt das Spiel", sagt Rollick. „Riva, dieses Mal gehst du. Andreas, du versuchst sie zu finden."

Riva erhebt sich von ihrem Platz und verlässt wortlos den Raum, ohne mich noch einmal anzusehen. Ein Kloß bildet sich in meiner Kehle.

Doch ich merke bereits, dass der Alkohol die Verbindung zwischen uns nicht im Geringsten abgeschwächt hat. Ich spüre ihre Anwesenheit an meinem Brustbein.

Sie ist nach links in den Flur abgebogen. Sie geht durch

eine Tür in einen anderen Raum weiter unten – ich vermute, in die Aussichtskabine.

Ich spüre ihre Existenz unter meiner Haut, aber ich kann sie nicht berühren. Nicht mehr.

„Es funktioniert nicht", sage ich, ohne mich aufzurichten. „Ich spüre sie genauso gut wie immer."

Rollick reibt sich das Kinn. „Ich glaube trotzdem, dass diese Male der Schlüssel sein könnten. Diese Verbindung kommt nur bei euch Schattenblütern vor."

Er steht auf. „Gut, gehen wir sie holen. Vielleicht fällt mir unterwegs eine neue Taktik ein."

In diesem Moment kommt der Koch aus der Küche und stellt eine Platte auf den Buffettisch an der Wand des Esszimmers. Er scheint alle ein bis zwei Stunden mit Essen aufzutauchen, nur für den Fall, dass jemand hungrig ist.

Pearl und Billy, die während Rollicks Tests jeden unserer Schritte mitverfolgt haben, kommen herüber, um sich ein paar Stücke von den Kuchen zu holen. Obwohl ich mich selbst nicht dafür begeistern kann, ertappe ich mich dabei, wie ich umkehre und mir auch ein paar Stücke auf einen Teller lege.

Riva mag Desserts nicht besonders, aber ich weiß, dass sie saure Aromen mag. Diese Zitronentarte könnte ihr also schmecken. Oder das Kopenhagener Gebäck mit dem Klecks Preiselbeeren oben drauf.

Rollick wartet wortlos auf mich.

„Die Aussichtskabine", sage ich ihm, als ich zu ihm gehe, während unser kleiner Fanclub hinter mir herläuft.

Als wir die Aussichtskabine mit den hohen Fenstern erreichen, die einen Blick über und unter die Meeresoberfläche bieten, sitzt Riva auf einer der gepolsterten Bänke. Sie betrachtet die Wasserlandschaft und sieht dabei entspannt aus.

Glücklich beinahe.

Es ist eine Schande, wie selten ich sie in den letzten Wochen so gesehen habe. Eine Schande, dass sie in diesen Wochen nicht oft so sein konnte.

Als sie mich ins Zimmer kommen sieht, verhärtet sich ihre Miene, und ihre Freude ist wie weggeblasen. Und das ist meine Schuld.

Das Geschenk, das ich mitgebracht habe, erscheint mir auf einmal erbärmlich, aber ich gehe trotzdem zu ihr. „Der Koch hat Gebäck gebracht. Ich dachte, die würden dir am besten schmecken."

Riva nimmt mir den Teller aus der Hand und stellt ihn auf die Armlehne der Bank. Sie betrachtet ihn einen Moment lang.

„Ich bin nicht wirklich hungrig", sagt sie in einem leicht entschuldigenden Ton, den ich nicht verdient habe.

Ich lache unbeholfen. „Ist schon okay. Ich wollte dir nur etwas mitbringen, falls du Hunger hast."

Auf ihren Lippen ist nicht einmal der Anflug eines Lächelns zu sehen. Es ist nicht zu vergleichen mit dem leichten Zucken ihrer Lippen, mit dem sie Pearl und Billy begrüßt, die den Gang zwischen den Bänken entlangeilen.

Billy drückt seine Hände ans Fenster und betrachtet die Fische, die vorbeischwimmen. „Sogar hier unten gibt es so viele sterbliche Kreaturen."

Er sagte, er sei noch nie auf einem Boot gewesen. Vermutlich ist er zum ersten Mal in diesem Raum.

Pearl wendet sich Riva mit einem Schwung ihrer Sukkubus-Hüften zu, den ein Mann wohl anziehend finden würde, wenn sein Herz nicht einer anderen Frau gehören würde. „Dir gefällt es hier drin, was?"

Riva streicht mit ihren Fingern über die Lederpolster. Sie sieht sich mit großen Augen in dem Raum um, und ihr Gesicht erstrahlt auf eine Weise, die meinen Puls beschleunigt.

„Mir gefällt das ganze Schiff. Es ist unglaublich … Ich fühle mich, als wäre ich in einem Film oder einer Fernsehserie gelandet."

„Mit Sicherheit besser als unterirdische Gefängniszellen", meint Rollick mit einem Grinsen. „Nun, du kannst es eine Weile in aller Ruhe genießen. Mir sind noch keine brillanten neuen Ideen gekommen."

Riva zögert, und ich spüre, wie sie ihre Optionen abwägt. Vielleicht erkenne ich das an ihrer Körpersprache oder empfange einen Teil ihrer Gefühle durch unsere Verbindung. Sie überlegt, ob sie lieber hierbleiben und das Unterwasserleben beobachten will, während ich im selben Raum bin, oder ob sie irgendwohin gehen soll, um von mir wegzukommen.

Eine unangenehme Hitze kribbelt in meinem Nacken. Ich öffne den Mund, um zu sagen, dass ich zurück in mein Zimmer gehe, doch bevor ich die Gelegenheit dazu habe, ist sie schon aufgesprungen.

„Apropos Fernsehen, ich bin die meiste Zeit meines Lebens nicht dazu gekommen, richtig zu zappen, also werde ich das wohl nachholen."

Ohne mich eines Blickes zu würdigen, schenkt sie den Schattenwesen um uns herum ein weiteres Lächeln und verschwindet.

Ich sehe ihr nach, wie sie durch die Tür verschwindet, und mein Magen verkrampft sich. Als ich meinen Blick von ihr abwende, sieht Rollick *mich* an.

„Es kann schwierig sein, eine Frau für sich zu gewinnen, die einen als Schurken sieht", sagt er etwas sarkastisch. „Aber es ist nicht unmöglich. Das weiß ich aus eigener Erfahrung."

Irgendwie kann ich mir nicht vorstellen, dass der übernatürlich attraktive Dämon in Liebesangelegenheiten mit den gleichen Herausforderungen konfrontiert war wie ich, doch sein Mitgefühl tut trotzdem gut.

Ich stoße einen scharfen Atemzug aus. „Es ist meine eigene Schuld. Ich weiß nur nicht, wie ich es wiedergutmachen soll."

Ich weiß nicht, ob ich das überhaupt kann.

Rollick schreitet auf die Tür zu. „Ich kann nicht sagen, dass es schnell geht oder einfach ist. Vielleicht musst du Dinge von dir preisgeben, die du ansonsten versteckst. Doch wenn es das wert ist, solltest du es vielleicht in Erwägung ziehen."

Als er sich auf den Weg nach wer-weiß-wohin macht, stürmt Pearl auf mich zu. „Vielleicht kann ich helfen! Auf diesem Schiff gibt es alles. Es muss doch etwas geben, mit dem du sie beeindrucken kannst."

Ich glaube nicht, dass es viel bringen wird, Riva zu beeindrucken, doch wer weiß? Vielleicht bringt mich die Zuversicht des Sukkubus genau auf den richtigen Gedanken.

Beziehungen sind schließlich ihre Spezialität. Na ja, zumindest eine bestimmte Art von Beziehungen.

„In Ordnung", sage ich. „Vielleicht habe ich ja etwas übersehen."

Wir schlendern durch die Flure und machen einen Rundgang durch die vielen Gemeinschaftsräume des Schiffes. Pearl plaudert über Rivas Essgewohnheiten: „Ich habe gehört, wie sie gefragt hat, ob wir noch Zitronen haben!" sowie ihr Desinteresse an der Bibliothek: „Ich kann es ihr nicht verdenken; Worte können nicht mit einer richtigen Erfahrung mithalten."

Es gibt einen Spa-Bereich, den ich noch nicht gesehen habe, doch ich kann mir nicht vorstellen, dass Riva sich von mir in irgendeiner Weise verwöhnen lässt, bei der ich sie berühre.

Wir gehen in den Partyraum. Eine Discokugel wurde von der Decke heruntergelassen, und Pearl stemmt die Hände in die Hüften. „Zu schade, dass sie nicht auf Partys steht."

Die Bemerkung löst in mir automatisch einen Hauch von Trotz aus. „Eigentlich mag sie Musik und Tanzen sehr", sage ich. „Es könnte allerdings auch schlechte Erinnerungen auslösen …"

Ich halte inne und betrachte den großen Raum vor mir. In meinem Hinterkopf taucht ein Bild von Rivas entzückter Miene auf, so wie eben in der Aussichtskabine, nur vor mehreren Jahren neben Griffin auf dem Sofa im Trainingsraum.

Ich fühle mich, als wäre ich in einem Film oder einer Fernsehserie gelandet, hat sie heute gesagt. Und vor ein paar Tagen, im Hotelzimmer, gab sie zu, wie sehr sie diese kitschige Seifenoper liebte, die Griffin immer für sie einschaltete.

Die Jungs in dieser Sendung haben immer Mist gebaut und um Vergebung gebettelt. Vielleicht kann ich etwas von ihnen lernen.

Die Idee trifft mich wie ein Geistesblitz und verdrängt alle anderen Gedanken, als sie durch meinen Kopf zischt.

Das könnte perfekt sein. Es wäre schwer durchzuziehen, und vielleicht würde es nicht klappen, aber ich kenne sie. Ich weiß …

Etwas in mir sträubt sich. Ist das wirklich der richtige Ansatz?

Wenn ich etwas so Persönliches, so Spezielles für sie auswähle, wird sie sich fragen, ob ich mit meiner Fähigkeit in ihren Kopf geschaut habe und in ihre Privatsphäre eingedrungen bin?

Ich schlucke schwer und schwanke zwischen Freude und Zweifel.

Rollick hat gesagt, dass ich vielleicht Dinge offenbaren muss, anstatt sie zu verstecken.

Riva weiß, dass ich die ganze Zeit Menschen beobachte und mir alle möglichen Dinge über sie merke. Und sie auf alle herkömmlichen Arten zu umwerben, hat mich nicht weitergebracht.

Ich muss es versuchen, oder? Ich kann es nicht noch mehr versauen, als ich es ohnehin schon getan habe.

Trotzdem habe ich ein wenig Bammel, denn ich weiß, dass ich nicht nur sie überzeugen muss, sondern auch die anderen Jungs. Zuerst muss ich jedoch sicherstellen, dass sich mein Einfall überhaupt in die Tat umsetzen lässt.

„Ich glaube, ich habe da eine Idee", sage ich zu Pearl. „Hast du eine Ahnung, wo Rollick ist?"

Begeisterung blitzt in ihren Augen auf. „Ich kann ihn finden!"

In der nächsten Sekunde ist sie in den Schatten verschwunden.

Billy, der hinter uns hergelaufen ist, um das Gespräch mitzuhören, schaut sich im Partyraum um. „Du willst etwas für Riva tun?"

„Ja. Ich meine, es ist ein bisschen komplizierter als das, aber … im Grunde schon."

Er schenkt mir ein kleines, aber aufrichtiges Lächeln. „Ich weiß nicht viel über sterbliche Partys, doch ich kenne mich mit Musik aus, falls du Hilfe brauchst. Das gehört dazu, wenn man ein Faun ist." Er deutet auf seine Hörner.

Ein unerwartetes Aufflackern von freundlicher Wärme durchfährt mich. Auch wenn ich den Schattenwesen nicht vollkommen vertraue, sind sie mir allemal lieber als die Wärter.

„Danke", erwidere ich. „Ich werde darüber nachdenken, sofern ich diese Idee überhaupt umsetzen kann."

Da Pearl noch nicht zurückgekehrt ist, gehe ich ziellos weiter den Flur entlang. Ich bin gerade einmal an ein paar Türen vorbeigekommen, bevor die Sukkubus-Frau wieder auftaucht – und der Dämon direkt neben ihr.

Rollick zieht die Augenbrauen hoch. „Offenbar gibt es

eine unglaublich dringende Angelegenheit, über die du mit mir sprechen musst."

Ich zucke innerlich zusammen. „Tut mir leid. So dringend ist es nicht. Aber wenn du schon mal hier bist … Könnte ich morgen Abend den Partyraum haben? Und ich bräuchte ein paar Dinge. Ich weiß nicht, wie einfach das mitten im Ozean ist."

„Ich hatte ohnehin vor, morgen früh anzulegen. Gib mir eine Liste. Es gibt kaum etwas, das ich nicht besorgen kann. Und ich habe keine Party geplant, der Raum ist also frei."

Mein Herz macht einen hoffnungsvollen Sprung. „Großartig. Vielen Dank! Ich werde gleich mit der Liste anfangen."

„Geht es um Riva?", fragt er.

Ich zögere. „Ist das ein Problem?"

Der Dämon sieht mich mit einem schiefen Grinsen an. „Ganz und gar nicht. Ich denke, es wäre für uns alle besser, wenn sich eure kleine Todesfee etwas beruhigt. Dafür kannst du gerne tun, was du möchtest."

Er verschwindet und lässt mich mit einem unguten Gefühl im Bauch zurück. Warum denkt er, dass es für *alle* besser wäre?

Doch es scheint ihm Spaß zu machen, unheilvolle Kommentare zu seiner eigenen Belustigung abzugeben.

Ich eile auf den Bereich zu, in dem sich unsere Kabinen befinden. Meine Nerven liegen blank vor Eifer und Unsicherheit. Das Geräusch von Stimmen aus dem Spielzimmer lässt mich kurz aufschrecken.

Die anderen drei Jungs haben sich um den Billardtisch versammelt, und Jacob deutet zwischen zwei Kugeln hin und her.

„Du sollst sie mit *dieser* Kugel anstoßen."

Zian runzelt die Stirn. „Diese Methode erscheint mir ziemlich dumm."

„Jake hat recht. So sind die Regeln", wirft Dominic ein, der etwas abseits steht und die Billardkugeln aufmerksam mustert. „Allerdings spricht nichts dagegen, dass wir uns unsere eigenen ausdenken."

Alle verstummen, als ich den Raum betrete. Jacobs Miene spannt sich an.

„Ist das Training für heute vorbei?", fragt er.

„Für heute." Ohne weiter über den Vorschlag nachzudenken, den ich ihnen gleich machen werde oder was sie davon halten werden, füge ich hinzu: „Ich brauche eure Hilfe. Ich möchte, dass wir etwas für Riva tun. Etwas ... Besonderes."

EINUNDZWANZIG

Riva

Noch bevor sie klopfen, weiß ich, dass Andreas und Dominic vor meiner Tür stehen. Bei ihrer Ankunft schießen zwei winzige Impulse des Bewusstseins durch die Male an meinem Schlüsselbein.

Eine seltsame Mischung aus Freude und Besorgnis durchzuckt mich, als ich nach dem Türknauf greife. Gleich werde ich einen Mann sehen, der meine Laune hebt, und einen, der schmerzhafte Erinnerungen in mir hervorruft.

Und ich bin mit beiden verbunden. Wahrscheinlich für immer.

Langsam öffne ich die Tür und spähe auf den Flur. Der Boden unter meinen Füßen vibriert leicht. Die Jacht ist wieder in Bewegung, nachdem sie heute Morgen ein paar Stunden in einem Hafen angelegt hat.

Die beiden Jungs sehen mich mit dem gleichen Ausdruck

hoffnungsvoller Erwartung an. Andreas hält ein großes, in weißes Seidenpapier eingewickeltes Bündel in der Hand.

Dominic strahlt mich an. „Wir haben etwas für dich arrangiert. Eigentlich war es Dreys Idee, aber wir helfen alle mit. Wir wollen das Schiff ein wenig genießen, solange wir hier sind.“

„Außerdem haben wir unsere Freiheit noch gar nicht richtig gefeiert“, fügt Andreas zögernd hinzu. „Es ist dein Verdienst, dass wir überhaupt aus der Einrichtung entkommen sind. Ich weiß nicht, ob wir es ohne deine Hilfe geschafft hätten. Auf jeden Fall wären wir nicht lebend aus Engels Haus herausgekommen. Also bist du der Ehrengast.“

Ich öffne meinen Mund und schließe ihn wieder, weil ich zu viel Angst habe, die Worte auszusprechen, die mir auf der Zunge liegen. Bevor ich mir überlegen kann, was ich stattdessen sagen soll, hält Andreas mir das Bündel hin.

„Ich war mir nicht sicher, was dir am besten gefallen würde, also habe ich mehrere zur Auswahl ausgesucht. Ich hoffe, dass du eines davon anziehst, aber das ist ganz dir überlassen. Dom wird dich zur Party bringen. Du kannst uns die ganze Zeit ignorieren, wenn dir das lieber ist, aber ich hoffe, du kommst.“

Ich nehme das Bündel entgegen. Es fühlt sich weich und nachgiebig wie Stoff an. Eine Mischung aus Unsicherheit und Neugier bringt meine Nerven zum Flattern. „Was genau habt ihr vorbereitet?“

Zum ersten Mal verziehen sich Andreas’ Lippen zu einem frechen Grinsen, bei dem ich dahinschmelze. Ich habe seine spielerische Seite vermisst – ich habe es vermisst, es für bare Münze zu nehmen.

„Du wirst schon sehen“, sagt er geheimnisvoll und geht den Flur zurück.

Dominic sieht mir in die Augen und drückt sanft meinen

Unterarm. „Ich denke, du solltest kommen. Und ich würde das nicht sagen, wenn ich mir nicht sicher wäre."

Ich schürze die Lippen. „Ich glaube nicht, dass eine Party alles wiedergutmacht."

„Ich weiß. So sieht Andreas das auch gar nicht." Dom schweigt kurz. „Er hat sich schon vor dieser Nacht für dich eingesetzt, weißt du. Im Zug, als du geschlafen hast. Er hat versucht, Jacob und den Rest von uns davon zu überzeugen, dass du auf unserer Seite bist und wir aufhören sollen, dich wie einen Feind zu behandeln. Keiner von uns hat ihm richtig zugehört. Das war falsch von uns. Von mir. *Ich* hätte ihm zustimmen und Partei für dich ergreifen sollen, und vielleicht …"

Seine Stimme ist so gequält, dass ich es nicht ertrage, ihn weitersprechen zu lassen. Ich mache einen Schritt auf ihn zu, lehne mich an ihn, und er legt automatisch seinen Arm um mich.

„*Du* hast mich nicht belogen oder manipuliert", murmle ich an seiner Brust. „Ich bin nicht glücklich darüber, wie es damals war, doch du hast nie so getan, als würdest du etwas fühlen, was du nicht fühlst. Das ist etwas anderes."

Dominic schluckt hörbar und haucht mir einen Kuss auf den Kopf. „Ich weiß. Ich will damit nur sagen, dass ich nicht glaube, dass er gelogen hat, als ihr beide in dieser Nacht zusammen wart."

Ich bin mir sicher, dass Dom das glauben möchte. Andreas ist sein Freund – die vier hatten nur einander in den Jahren, nachdem Griffin gestorben ist und ich weg war.

Trotzdem hallen seine scharfen Worte, die ich nach unserer gemeinsamen Nacht mitangehört hatte, noch immer schmerzhaft durch meinen Kopf. *Ich war bei ihr, um mit ihr zu kuscheln, weil sie mir Dinge anvertraut hat, die sie uns sonst nicht erzählt hätte.*

Das hat er auch danach noch gesagt. Er sprach über den Deal, den er mit Jacob hatte.

Es klang nicht so, als wäre es völlig vorbei.

„Komm einfach", sagt Dominic sanft. „Ich glaube, das würde helfen. Es geht nicht darum, ihm zu verzeihen. Er wird keine Forderungen stellen, das verspreche ich."

Mit einem leisen Schnauben richte ich mich auf. „Na gut. Aber nur, weil du mich darum gebeten hast."

Doms Lächeln besänftigt mein Unbehagen. „Danke. Ich muss mich jetzt auch umziehen."

Als er in seinem Zimmer verschwindet, und ich mit dem Bündel zu meinem Bett gehe, bin ich noch verwirrter als zuvor. Ich reiße das Seidenpapier auf und nehme die drei gefalteten Stoffklumpen auseinander.

Es sind Kleider. Schicke Abendkleider, die eleganter sind als alles, was ich je getragen habe.

Ich halte eins nach dem anderen hoch, bevor ich sie mir nacheinander an den Körper halte und mich in dem Ganzkörperspiegel des Kleiderschranks betrachte.

Glatte, schwarze Seide, so glänzend, dass ich fast mein Spiegelbild darin sehen kann, fällt von Spaghettiträgern an meinem Körper hinunter.

Ein Prinzessinnenrock aus dunkelgrüner Spitze umfließt meine Beine wie eine Explosion aus Waldblättern.

Ein Netzausschnitt geht in ein hellblaues Mieder über, unter dem sich ein Wasserfall aus Chiffon kräuselt.

Sie sind alle wunderschön und vollkommen anders als alles, was ich mir in meinem Leben je vorgestellt habe.

Ich betrachte die Kleiderauswahl und streiche mit den Fingerspitzen über den glatten Stoff. Ich weiß immer noch nicht, was Andreas vorhat, aber ich habe Dominic versprochen, sie anzuprobieren.

Außerdem kann ich nicht leugnen, dass mich der Gedanke daran, eines dieser Kleider anzuziehen, mit

Aufregung erfüllt. Zu sehen, wie ich mich in eine Person verwandle, die in ein solches Leben gehört, und sei es nur äußerlich.

Schließlich entscheide ich mich für das hellblaue Kleid. Es ist das leichteste und das, in dem ich mich am besten bewegen kann.

Als ich an den Falten ziehe, entdecke ich versteckte Taschen in dem Chiffonrock. Ein perfektes Versteck für meine Messer.

Nur weil ich mich schick mache, heißt das nicht, dass ich alle Vorsicht in den Wind schlage. Wir wurden schon öfter angegriffen, wenn wir es am wenigsten erwartet haben.

Außerdem könnte es sein, dass ich Andreas abstechen will. Ein wenig Vorbereitung kann also nicht schaden.

Ich schlüpfe in das Kleid, das mir bis zu den Knöcheln fällt. Zu meiner Erleichterung bedeckt der feste Teil des Mieders mein Dekolleté, nur meine Schultern und mein Schlüsselbein sind durch das Netz zu sehen.

Meine beiden Schattenmale blitzen durch den transparenten Stoff, eines auf jeder Seite.

Dazwischen baumelt meine silberne Kette mit dem Katzen- und Garnanhänger. Die Kette passt nicht wirklich zu dem eleganten Kleid, doch ich kann mir nicht vorstellen, sie abzunehmen, genauso wenig wie ich diese Male auslöschen könnte.

Ich will mich gerade zur Tür umdrehen, als Pearl wie aus dem Nichts direkt vor der Tür auftaucht. Ein überraschter Aufschrei entweicht meinen Lippen.

Pearl zuckt verlegen zusammen. „Tut mir leid, ich habe vergessen anzuklopfen. Ich kann es noch mal versuchen und …"

„Nein", unterbreche ich sie. „Ist schon gut. Du bist ja jetzt hier. Was ist denn los?"

„Ich helfe!" Sie lächelt mich an und hält mir ein Paar

grauer Ballerinas hin. „Du hast ein schönes Kleid ausgesucht. Es lässt deine Augen noch goldener aussehen."

Da ich sie bisher ausschließlich in Cocktailkleidern gesehen habe, bestärkt mich ihr Urteil in meiner Wahl. „Schön, dass es dir gefällt."

„Ich kann dir auch eine schicke Frisur machen, wenn du möchtest."

Mein Blick wandert zurück zum Spiegel. Mein üblicher Zopf, der im Moment etwas unordentlich ist, passt nicht wirklich zu den eleganten Kleidern.

„Bist du jetzt auch noch Friseurin?", frage ich mit einem kleinen Augenzwinkern.

Pearl lacht. „Ich bin gut in Sachen Schönheit. Anscheinend gehört das zu den Fähigkeiten eines Sukkubus dazu. Ich kann dein Haar hübsch machen, aber nicht zu übertrieben. Würde dir das gefallen?"

Ich atme langsam aus. „Ja, das klingt nach meinem Stil."

Pearl muss wirklich über eine Art Kosmetikerin-Magie verfügen, denn innerhalb weniger Minuten hat sie mein Haar entwirrt und eine Hochsteckfrisur auf meinen Kopf gezaubert, mit ein paar Wellen, die auf einer Seite herunterhängen. Als ich mein Spiegelbild betrachte, könnte ich fast glauben, ich sei *tatsächlich* jemand anderes.

Pearl reibt ihre Hände begeistert aneinander. „Ich sage den Jungs, dass du bereit bist."

Dann verschwindet sie wieder, ohne sich die Mühe zu machen, die Tür zu benutzen.

Ich wackle mit den Zehen in den Schuhen, die überraschend bequem sind. Keine Absätze, was wahrscheinlich auch besser so ist.

Als es erneut klopft, straffe ich meine Schultern und öffne die Tür.

Wieder steht Dominic davor, doch er könnte nicht veränderter aussehen. Er trägt einen schicken Anzug und darunter ein Hemd, das am Rücken an der Stelle ausgebeult ist, wo sich seine Tentakel befinden. Sein kastanienbraunes Haar ist zu einem glatten Pferdeschwanz zusammengebunden, und seine Augen glänzen.

Er sieht absolut umwerfend aus. Ich glaube, ich könnte sogar anfangen zu sabbern.

Ich brauche einen Moment, um mich aus der anfänglichen Benommenheit zu befreien und zu erkennen, dass auch er in Ehrfurcht erstarrt ist. Seine hellbraune Haut errötet ein wenig.

„Du bist noch schöner als sonst", sagt er.

In seiner Stimme schwingt so viel Bewunderung mit, dass meine Nerven flattern.

Er streckt seinen Arm aus, und ich hake mich bei ihm unter und tue so, als wären wir die Menschen, die wir jetzt rein äußerlich verkörpern. Als er mich den Flur hinunterführt, werfe ich einen Blick auf die anderen Zimmertüren, doch sie sind alle geschlossen.

Dominic legt seine Hand auf meine. „Die anderen sind schon da."

Ich öffne den Mund, um zu fragen, wo, doch in diesem Moment ertönen die ersten Klänge der Musik. Nicht die dröhnende Clubmusik wie in Miami, sondern sanfte, elegantere Töne, die zu unserer neuen Aufmachung passen.

Dominic führt mich durch die Tür in den Partyraum. Das ergibt Sinn, denn Andreas hat von einer Party gesprochen.

Trotzdem hätte ich nie mit dem Anblick gerechnet, der sich mir jetzt bietet.

Der Raum ist völlig verändert. Lichter glitzern an der Decke, und die Wände sind mit rotem, violettem und rosafarbenem Stoff bespannt.

In einer Ecke befindet sich ein Mahagonitisch mit mehreren Champagnergläsern und einer Auswahl an

Flaschen. Weiter hinten im Raum stehen Tabletts mit Hors d'oeuvres.

Und mittendrin, unter dem flackernden Licht, das von der zentralen Spiegelkugel reflektiert wird, warten meine drei übrigen Jungs.

Zian wirkt in seinem Anzug etwas unbeholfen, als wüsste er nicht so recht, wie er ihn tragen soll, dabei füllt ihn seine kräftige Statur verdammt gut aus. Jacob sieht in seinem Anzug gewohnt lässig und attraktiv aus.

Und dann ist da noch Andreas. Auch er ist tadellos gekleidet, und seine sonst so wuscheligen Locken liegen eng am Kopf an. Er sieht umwerfend aus.

Alle drei spannen sich an, als ich den Raum betrete.

Zians Augen weiten sich.

Jacobs Miene erstarrt, und seine Hände ballen sich zu Fäusten.

Andreas mustert mich so aufmerksam, dass das Mal an meinem Schlüsselbein kribbelt. Seine Kehle wackelt, als er schluckt.

Ich kann nicht umhin, beschämt meine Arme vor der Brust zu verschränken. „Ich verstehe nicht … wolltest du nur, dass wir uns schick anziehen?"

Andreas macht eine ausladende Handbewegung. „Ich wollte, dass es so ist wie in deiner Lieblingsserie. Die Personen dort gingen immer auf schicke Veranstaltungen. Ich wollte, dass du so etwas auch mal erlebst."

Deshalb fühlt sich das alles so vertraut an. Es ist wie eine Szene aus einer Seifenoper.

Ein nervöses Kichern blubbert in meiner Kehle. „Und jetzt?"

Andreas zuckt mit den Schultern. „Wir essen, trinken, tanzen. Was immer du willst. Rollick hat gesagt, wir können den Raum den ganzen Abend haben."

„Morgen geht es zurück zu den Prüfungen und zum Training", fügt Zian mit einer leichten Grimasse hinzu.

Ich bin völlig von den Socken.

Für diesen einen Moment sind wir keine Flüchtlinge oder Monster. Wir sind ganz normale Menschen auf einer Party. Als hätten wir keine größeren Probleme als darüber zu diskutieren, wer wem schöne Augen gemacht hat.

Lächelnd drehe ich mich zu Dominic um. „Dann lass uns tanzen."

Eigentlich habe ich keine Ahnung, wie man mit einem Partner zu dieser Art von Musik tanzt, aber das macht nichts. Dom legt eine Hand auf meine Taille und nimmt mit der anderen meine. Ich lege meine Finger auf seine Schulter, und wir lassen uns unter den Lichtern durch den Raum treiben, während wir uns zum Takt der Melodie langsam im Kreis drehen.

Mein Griff um seine Hand wird fester, als ein Lied in das nächste übergeht. „Ich kann doch die ganze Zeit nur mit dir tanzen, oder?"

Dominic beugt sich vor, um mir einen kurzen Kuss auf die Lippen zu hauchen. „Was immer du möchtest."

Ich werfe einen Blick auf die anderen Jungs, während wir uns weiter durch den Raum bewegen. Sie tun zumindest so, als würde es ihnen nichts ausmachen, hier zu sein.

Jacob hat sich ein Glas Champagner eingeschenkt, und Zian sucht sich die leckersten Häppchen vom Buffet aus.

Andreas lehnt lässig an der Wand und beobachtet uns, so wie ich das Treiben früher im Fernsehen verfolgt habe.

Als ob er kein Teil dieser Szene wäre, die er arrangiert hat.

Nach den ersten paar Liedern taucht Billy in der Ecke auf. Er hebt eine Panflöte an seine Lippen und fügt der Musik eine Begleitung hinzu. Meine Füße werden schneller.

Meine Mundwinkel zucken amüsiert, als ich an Dominic ziehe, und er das als Signal nimmt, mich zu drehen.

Mein Rock öffnet sich wie ein Fächer, und mein Herzschlag beschleunigt sich.

Dieser Moment ist magisch, und zwar ganz ohne das Wirken übernatürlicher Kräfte.

Der Faun begleitet auch die nächsten Lieder mit einer schwungvollen Flötenmelodie, bis Pearl auftaucht und ihn auf die Tanzfläche zieht.

Strahlend betrachten sie die Dekoration und uns, als ob dies auch ein Geschenk für sie wäre – ein kleines Stück sterbliches Leben, das sie miterleben dürfen. Mein Lächeln wird breiter.

Es ist schon eine Weile her, dass ich zu Mittag gegessen habe. Als mein Magen knurrt, ziehe ich mich von Dominic zurück und gehe zum Tisch mit den Snacks.

Zian blickt zu mir auf. Sein Blick gleitet über meinen Körper und der Hauch von Anziehung, der von ihm ausgeht, ist so stark, dass meine Wangen glühen.

Er tritt einen Schritt zurück. Vermutlich hat er gemerkt, dass mir sein bewundernder Blick nicht entgangen ist und mich möglicherweise eingeschüchtert hat. Ich nehme mir ein Häppchen.

„Willst du auch tanzen?", frage ich ihn, bevor ich es mir in den Mund stecke.

Zians Kiefer zuckt. „Ich glaube nicht, dass das eine gute Idee ist."

Ein Kloß bildet sich in meiner Kehle, obwohl ich seine Antwort eigentlich hätte erwarten müssen. „Es muss nichts bedeuten."

Seltsam zögerlich blickt er auf den Boden und dann wieder zu mir. Seine Stimme ist rau.

„Doch, das würde es. Und ich weiß nicht … Ich sehe

dich gerne mit Dom. Es ist schön, dich glücklich zu sehen. Du solltest weiter mit ihm tanzen."

Das ist die seltsamste Abfuhr, die ich je gehört habe. Ich glaube, nicht einmal die Heldinnen aus meiner Seifenoper hätten gewusst, was sie darauf antworten sollen.

Beinahe bin ich froh, dass Jacob genau in diesem Moment auftaucht. Er blickt misstrauisch drein und strahlt seine übliche Aura der Autorität aus.

„Wenn du etwas Abwechslung möchtest", beginnt er und zögert dann, als wäre er sich nicht sicher, wie er den Satz beenden soll. Er holt tief Luft. „Ich würde gerne tanzen. Wir müssen uns nicht zu nahe kommen, wenn du dich damit unwohl fühlst. Es liegt ganz bei dir."

Sein Blick bringt jeden Zentimeter meiner Haut zum Kribbeln, doch ich will dieses Gefühl nicht weiter ergründen. Ich will nicht zulassen, dass es meine Erinnerungen daran trübt, wie er mich früher behandelt hat.

„Lieber nicht", erwidere ich unbeholfen. „Aber, ähm, danke."

Jacob neigt bedauernd den Kopf. „Schönes Kleid", sagt er etwas steif. „Auch wenn es der Frau, die es trägt, nicht das Wasser reichen kann."

Mein Herz flattert trotz meiner Vorbehalte.

Wie soll ich darauf reagieren? Ich werde ihm nicht sagen, dass er wie immer fantastisch aussieht.

Dominic rettet mich, indem er seinen Arm um meine Taille legt und mich zurück auf die Tanzfläche zieht. Ich senke meinen Kopf und sage mit leiser Stimme: „Ich weiß nicht, wie ich das machen soll. Ich weiß nicht …"

„Ist schon gut", murmelt er. „Niemand erwartet etwas von dir. So schwer es auch zu glauben ist, wir wollen alle nur, dass du Spaß hast."

Spaß ist etwas, das ich die meiste Zeit meines Lebens nicht wirklich erlebt habe. Doch für ein oder zwei weitere

Lieder, in denen ich mich an Dominic schmiege und dem Auf und Ab der Melodie folge, gelingt es mir tatsächlich, mich ein wenig zu amüsieren.

Dann hebt Dominic seinen Kopf und zieht mich in die Mitte des Raumes. Ich bemerke, dass Pearl und Billy verschwunden sind.

Möglicherweise, um uns ein wenig Privatsphäre zu geben. Denn als Dom sich zurückzieht, kommt Andreas auf mich zu.

„Ich möchte nicht mit dir tanzen", platze ich heraus, bevor ich mir auf die Zunge beiße. So wahr das auch sein mag, ich will ihn nicht verletzen.

Andreas' Gesicht zuckt zwar kurz, aber sein Mund verzieht sich zu einem schiefen Lächeln.

„Deswegen bin ich nicht hier. Ich habe das nicht nur arrangiert, damit du eine Party wie in einer Seifenoper feiern kannst. Ich finde, du verdienst auch einen Seifenoper-Showdown."

ZWEIUNDZWANZIG

Riva

Ich blinzle Andreas verwirrt an. Ein Seifenoper-Showdown?

„Wovon redest du?"

Andreas starrt mich unverwandt an und seine dunkelgrauen Augen rauben mir den Atem. „Die Charaktere hatten ständig Auseinandersetzungen und machten ihrem Unmut Luft. Oftmals an Orten wie diesem."

Seine Mundwinkel zucken ein wenig nach oben. „Bestimmt gibt es eine Menge Dinge, die du mir sagen könntest, die du bisher zurückgehalten hast, weil … Weil du so bist, wie du bist. Aber du kannst ruhig ehrlich sein. Du kannst mir sagen, wie wütend du auf mich bist. Mich anschreien. Mich ohrfeigen. Mir in die Eier treten. Ich habe das alles verdient. Hau mir eine rein. Das ist der perfekte Moment, um mir deine Meinung zu sagen."

Ich weiß genau, von welchen Momenten er spricht. Ich habe sie unzählige Male auf dem Fernsehbildschirm gesehen.

Damals hätte ich mir nie träumen lassen, dass ich einmal in der Lage sein würde, eine ähnliche Tirade auf einen meiner Jungs zu richten.

Mein Blick wandert zu den anderen drei Männern, die am Rande des Raumes stehen. Sie alle verfolgen unser Gespräch, denken aber nicht daran, einzugreifen.

Andreas räuspert sich. „Sie sollten das auch hören. Ich werde nicht verbergen, wie sehr ich es vermasselt habe.“

Er lässt sich vor mir auf die Knie sinken, sodass ich ausnahmsweise auf ihn hinunterschaue und nicht umgekehrt. Meine Kehle fühlt sich an wie zugeschnürt.

Da ist so viel Schmerz und Wut, die noch immer in mir brodeln. Das Gefühl des Verrats schmerzt wie eine Wunde, die nie richtig verheilt ist.

Vielleicht brauche ich das wirklich.

„Du hast mich angelogen“, sage ich undeutlich, um die Anschuldigung auszuprobieren.

Andreas nickt. „Das habe ich, und das hätte ich nicht tun sollen.“

Er weicht meinem Blick nicht aus. Tränen prickeln hinter meinen Augen.

Meine Stimme wird lauter. „Du hast so getan, als würde ich dir etwas bedeuten. Du hast mich glauben lassen, dass ich dir vertrauen kann. Dabei hast du die ganze Zeit nur darauf gewartet, dass ich irgendein schreckliches Geheimnis verrate, damit du den anderen Jungs davon berichten kannst.“

Meine Hände verkrampfen sich. Ich will ihn nicht schlagen, nicht einmal aus Wut.

Die Skrupel erstrecken sich jedoch nicht darauf, ihn anzuschreien. Es fühlt sich gut an, ihm die Beschwerden entgegenzuschleudern. Es ist eine Erleichterung ohne das widerliche Grauen, zu dem ich fähig bin, wenn ich meine ganze Wut herauslasse.

Ich spüre keinerlei Hinweis auf die fleischzerreißende Art von Schrei. Das Monster in mir weiß, dass es bei dieser Wut nicht darum geht, Verletzungen zu verursachen, sondern meinen eigenen Schmerz wie ein Banner hochzuhalten.

„Du bist zu mir gekommen und warst so lieb zu mir. Du hast zugelassen, dass ich mich dir völlig öffne … Wir haben etwas geteilt, was ich noch *nie* mit jemandem geteilt habe … Und die ganze Zeit … Das wäre nie passiert … Ich hätte dich nicht einmal geküsst, wenn ich eine Ahnung gehabt hätte, warum du so nett zu mir bist!"

„Das ist das Schlimmste, was ich jemals jemandem angetan habe", erklärt Andreas und seine Stimme ist genauso angespannt wie sein Gesicht. „Ich werde mich nicht entschuldigen. Es war ein verdammter Fehler, und ich wünschte, ich könnte zurückgehen und mein vergangenes Ich zur Vernunft bringen."

Als er die Worte sagt, merke ich, dass ich mehr will. Ich will nicht, dass er sich für seine Taten rechtfertigt, aber ich brauche eine Erklärung.

„Warum?", frage ich und schlucke. „Warum hast du mir das angetan, nach allem, was wir durchgemacht haben? Wie konntest du mich so behandeln?"

Andreas spannt sich an. „Riva, ich will gar nicht erst damit anfangen, dass ich dachte, dass …"

„Als es passierte, dachtest du, du hättest recht. Erkläre es mir, sodass ich es verstehe."

Der letzte Satz hallt mit der Entschlossenheit eines Befehls durch die Luft.

Ein Schatten huscht über Andreas' Gesicht, aber er wendet seinen Blick nicht von mir ab. „Ich weiß nicht, ob du es verstehen wirst. Aber ich werde dir erzählen, was passiert ist."

Ich stütze meine Hände in die Hüften, und der glatte Stoff wirft Falten unter meinen Fingern. Meine Entschlossenheit beruhigt mich. „Gut. Mach das. Du erzählst immer Geschichten über Dinge aus der Vergangenheit – mach dies zu einer davon."

Andreas sieht mich einen Moment lang an. Dann atmet er langsam ein.

„Du hast doch gesehen, wie es angefangen hat. Das Video, das die Wärter uns gezeigt haben, in dem es so aussah, als wüsstest du, dass Griffin getötet werden würde und du eine Abmachung mit ihnen hättest."

„Das Video, das sie gefälscht haben."

„Das wussten wir nicht. Wir hätten es wissen müssen, doch wir waren verängstigt und hatten gerade gesehen, wie Griffin starb und du nicht mehr zurückkamst … Und um Salz in die Wunde zu streuen, haben sie uns immer wieder daran erinnert, dass du dich gegen uns gewendet hast. Bei allem, was wir durchmachen mussten, hatten wir weder Zeit noch Raum, innezuhalten und in Ruhe nachzudenken."

Andreas wendet seinen Blick kurz von mir ab, bevor er mich wieder ansieht. „Manchmal habe ich mich gefragt, ob es wirklich die Wahrheit ist. Doch ich ging davon aus, dass du sicherlich nicht mehr am Leben wärst, wenn sie es sich ausgedacht hätten. Vielleicht wollte ein Teil von mir lieber glauben, dass du uns verraten hast, aber immer noch irgendwo da draußen und wohlauf bist. Das war leichter zu ertragen, als anzunehmen, dass du für immer weg bist."

Bei dem rauen Tonfall in seiner Stimme brennen meine Augen noch stärker. „Und dann bin ich zurückgekommen. Ich bin zurückgekommen, um euch zu retten."

„Ich weiß nicht, wie ich es erklären soll", sagt Andreas, der von Sekunde zu Sekunde zerknirschter wirkt. „Ich habe vier Jahre lang geglaubt, dass du uns verraten hast. Du wirktest distanziert. Ich merkte, dass du uns etwas verheimlichst, selbst nachdem du dich geöffnet hattest. Ich habe mich nur auf den Deal mit Jacob eingelassen, weil die Alternative darin bestand, gar nicht erst zu versuchen, die Wahrheit herauszufinden. Ich musste etwas tun, um sicherzustellen, dass die anderen Jungs in Sicherheit waren. Ich habe einfach nur versucht, zu verhindern, dass unsere Gruppe auseinanderbricht ...“

Er spricht nicht weiter.

Ich widerstehe dem Drang, mit den Zähnen zu knirschen. „Du hast zugelassen, dass ich nicht mehr Teil der Gruppe bin.“

„Nicht absichtlich. Je mehr Zeit ich mit dir verbrachte, desto mehr war ich davon überzeugt, dass du die Wahrheit sagst. Dass du zurückgekommen bist, um uns zu befreien, und dass du uns beschützen willst. Doch ich konnte die anderen Jungs nicht davon überzeugen. Und dann war da noch diese Sache, die du verschwiegen hast ... Ich hatte keine Ahnung, dass es nur die Tatsache war, dass du Griffin geküsst hast.“

Mit einem mulmigen Gefühl im Bauch erinnere ich mich daran, wie nervös ich war, als ich es ihm schließlich gestand.

Dabei hatte er es aufgrund des Videos schon die ganze Zeit gewusst. Dieser Teil der Aufnahme war echt.

„Ich habe es dir erzählt“, sagte ich. „Als ich dachte, ich könnte dir vertrauen.“

„Und ich war erleichtert, dass es nichts anderes war. Dass du genau die Frau bist, die du immer warst. Ich dachte, alles würde gut werden.“

Ein Schauer durchzuckt meinen Körper. „Du dachtest, es sei okay, mich zu ficken.“

Bei meinen harschen Worten zuckt Andreas zusammen und senkt den Kopf.

„Du warst trotzdem die Frau, die ich immer geliebt habe,

und du hast mich auch geliebt. In diesem Moment fühlte es sich an, als wäre das alles, was zählte. Und als ich aus diesem Rausch erwachte, schien es nur noch wichtig zu sein, dass die anderen Jungs wussten, dass wir uns geirrt hatten, um alles andere in Ordnung zu bringen. Ich wusste nicht, dass du mir folgen würdest … dass du hören würdest …"

„Hättest du es mir jemals gesagt, wenn ich es nicht gehört hätte?"

„Ja", beteuert Andreas heiser. „Mir war schon klar, dass ich es tun muss, als ich nach oben ging, um mit den Jungs zu reden. Ich wollte einfach zuerst mit ihnen sprechen. Leider habe ich keine Beweise dafür, dass ich es letzten Endes getan hätte."

Er hebt den Kopf und sieht mir in die Augen. „Egal, was ich tue, ich weiß, dass es keine Möglichkeit gibt, meinen Fehler wiedergutzumachen. Nichtsdestotrotz werde ich es versuchen. Für den Rest unseres Lebens, wenn es sein muss. Ich werde es bis ins Grab versuchen und nichts bereuen, außer der Tatsache, dass ich es von Anfang an so schrecklich vermasselt habe. Ich habe dich mein ganzes Leben lang geliebt, und ich werde dich auch für den Rest davon lieben, selbst wenn du mich für den Rest deines Lebens hasst."

Sein Tonfall ist aufrichtig, und Wahrhaftigkeit hallt durch das Mal auf meiner Brust. Er meint es ernst, jedes Wort.

Und ich hasse ihn nicht. So wütend und verletzt ich auch war, ich habe ihn nie gehasst.

Ich bin mir nicht sicher, ob ich nach seinem Geständnis überhaupt noch wütend auf ihn bin. Ich kann nachvollziehen, warum er so gehandelt hat.

Die Wärter haben uns alle hereingelegt. Sie haben uns verwirrt und unsere Seelen zertrümmert.

Sie haben uns auf so viele Arten gebrochen und die Teile fehlerhaft zusammengesetzt.

Wie viele Fehler habe ich gemacht?

Er wollte einfach nur die Wahrheit wissen, um die Sicherheit der Jungs zu gewährleisten.

Das *kann* ich verstehen.

Doch selbst als die Anspannung aus meinen Schultern weicht, bleibt noch ein Rest des mulmigen Gefühls in meinem Bauch. Das Echo seiner Stimme schwirrt wieder durch meinen Kopf.

Ich war bei ihr, um mit ihr zu kuscheln, weil sie mir Dinge anvertraut hat, die sie uns sonst nicht erzählt hätte.

Ich muss die ganze Wahrheit wissen.

„Okay", sagte ich leise. „Da ist noch eine Sache."

„Was?"

„Ich möchte deine Erinnerungen an alles sehen, was passiert ist, und zwar von dem Moment an, als mich im Bauernhaus allein gelassen hast, bis zu dem Moment, als ich dein Gespräch mit Jacob mitbekommen habe."

Ein Anflug von Überraschung huscht über Andreas' Gesicht. Bevor er etwas sagen kann, stößt Jacob, der am Buffettisch steht, einen rauen Laut aus.

Sofort richte ich meinen Blick auf ihn. „Was?" Wieder kriecht mir ein verärgertes Kribbeln die Wirbelsäule hinauf. „Hast du Angst, dass *du* dadurch noch schlechter dastehst?"

Jacob wischt sich mit der Hand über den Mund. Seine Miene verhärtet sich, doch als er antwortet, ist seine Stimme ruhig.

„Ich weiß, dass es so sein wird. Aber daran bin ich selbst schuld."

Wenigstens gibt er es zu.

Ich richte meinen Blick wieder auf Andreas. Er nickt. „Wann immer du bereit bist."

Das letzte Mal, als er mir zeigte, was sie nach unserem ersten Fluchtversuch erlebt hatten, schlug er vor, dass ich mich zuerst hinsetze, also lasse mich auf den Boden sinken und stütze mich seitlich mit meinen Händen ab.

„Leg los."

Dreys Augen schimmern rot, und auf einmal bin ich wieder im Keller.

Ich bin wieder da, aber nicht als ich selbst. Mein silbern gesträhntes Haar, dem ich Griffins Spitznamen Mondstrahl zu verdanken habe, liegt ausgebreitet auf einer Decke.

Diesmal schaue ich durch Andreas' Augen, dessen Arme um einen schlanken, zierlichen Körper geschlungen sind.

Andreas' Körper spannt sich kurz an, bevor er mir sagt, dass er mit Jacob reden muss.

Ich glaube, ich weiß, warum er die Erinnerung hier begonnen hat. Denn obwohl ich seine Emotionen in der Erinnerung nicht lesen kann, spüre ich, dass es ihm schwerfällt, seinen Griff um mich zu lösen.

Er wollte mich nicht loslassen. Er wollte nicht von mir weggehen.

Trotzdem geht er zügig die Treppe hinauf, und Entschlossenheit durchdringt seinen Körper. Er geht geradewegs in das Zimmer, wo Jacob auf dem Boden am Fenster sitzt, und bleibt auf der Schwelle stehen.

„Wir müssen über Riva reden."

Der Jacob von vor ein paar Wochen antwortet Drey mit dem gleichen kühlen, emotionslosen Ton, den er damals so oft benutzt hat. „Ich habe es dir im Zug schon gesagt. Wir werden auf dieses Thema zurückkommen, *nachdem* wir alles von Engel erfahren haben."

Andreas betritt mit einem Kopfschütteln den Raum. „Nein. Mit dem Gift muss jetzt Schluss sein. Und zwar mit dem Gift jeglicher Art. Es geht schon viel zu lange so."

Jacobs eisiger Blick verfinstert sich. Ich verstehe, warum er dieses Gespräch nicht noch einmal aufgreifen wollte.

„Du hast das nicht zu entscheiden", schnauzt er. „Du hast hier nicht das Sagen."

Andreas verschränkt die Arme vor sich. „Du auch nicht. Wir stecken da alle gemeinsam drin. Zumindest sollte es so sein, oder? Du hast nicht immer recht, Jake, und dieses eine Mal liegst du verdammt falsch."

„Du kannst deine Argumente vorbringen, wenn alle wach sind. Bis dahin …"

Bevor Jacob seinen Satz zu Ende bringen kann, tauchen Zian und Dominic in der Tür auf.

Zian reibt sich seine verschlafenen Augen. „Wir sind wach. Was ist denn los?"

Andreas wendet sich mit einem Gefühl der Dringlichkeit an sie. „Wir haben uns in Riva geirrt. Ich habe die ganze Geschichte aus ihr herausbekommen, und sie hat nicht gelogen. Sie hat sich in keinem Moment gegen uns gestellt."

Ich kann nicht leugnen, wie nachdrücklich er diese Worte ausspricht und wie sehr ihm diese Aussage offensichtlich am Herzen liegt. Es hat sich in mein Gedächtnis eingebrannt.

Er war sich sicher. Er wollte alles richtig machen.

Zian runzelt die Stirn und setzt sich auf den Rand des Bettes. „Aber wir haben doch gesehen, wie …"

Andreas' Tonfall wird vor Frustration immer schroffer. „Deswegen habe sogar *ich* sie wie Dreck behandelt, obwohl wir sie eigentlich mit offenen Armen hätten empfangen müssen. Offenbar haben die Wärter alles inszeniert. Wir hätten das merken müssen."

Dominics Miene verfinstert sich. „Es sah furchtbar echt aus."

Jacobs höhnische Stimme würde mich zusammenzucken lassen, wenn ich in meinem eigenen Körper wäre. „Drey *will* glauben, dass es vorgetäuscht war, damit er sich besser fühlt, weil er mit der Verräterin gekuschelt hat."

Andreas' Körper verkrampft sich erneut.

„Sie ist keine Verräterin", erwidert er. „Sie ist keine Verräterin. Du hältst dich für unglaublich schlau, Jake. Aber glaubst du wirklich, die Leute, die diese Einrichtung leiten und uns gentechnisch verwandelt haben, wären nicht dazu in der Lage, eine Minute Videomaterial zu fälschen?"

„Ich denke nicht, dass es einen Grund gab, sich diese Mühe zu machen."

„Keinen Grund? Vielleicht wollten sie unsere Wut auf jemand anderen lenken als auf die Wärter, die Griffin tatsächlich getötet haben? Oder sie wollten, dass wir daran zweifeln, ob wir uns gegenseitig vertrauen können, um einen weiteren Fluchtversuch zu verhindern? Der zweite Teil hat zwar nicht funktioniert, der erste dafür umso besser."

Der Teil von mir, den ich in Andreas' Kopf noch wahrnehme, beginnt bei der Vehemenz in seiner Stimme zu schmerzen. Ich habe das alles verpasst – ich hatte keine Ahnung, wie sehr er sich für mich eingesetzt hat.

„Du hast *keine Ahnung*", schießt Jacob zurück. „Du bist auf ihre Mitleidsnummer reingefallen. Und jetzt brauchst du eine Ausrede, um das zu rechtfertigen."

Andreas beißt die Zähne zusammen. „Hörst du dir eigentlich selbst zu? Wir *kannten* Riva. Sie war eine von uns. Sie hat den gleichen Mist durchgemacht wie wir. Warum zum Teufel haben wir der Aufnahme der Wärter mehr vertraut als ihr? Das ist verrückt!"

„Ich habe jeden Teil dieser Flucht bis auf die Minute genau geplant. Wir haben uns nichts anmerken lassen. Woher hätten sie sonst etwas von unserer Flucht ahnen sollen?"

„Ach, darum geht es also. Du willst dir nicht eingestehen, dass du möglicherweise einen Fehler gemacht hast oder der Plan vielleicht einfach nicht ganz so brillant war, wie du es gerne hättest."

Jacob springt auf. „Es geht nicht um mich. Es geht um Griffin, der gestorben ist, weil sie ..."

„Sie hat Griffin *geliebt*", mischt sich Andreas ein. „Daran würdest du nicht zweifeln, wenn du dir die Mühe machen würdest, ihr zuzuhören, anstatt dir Geschichten in deinem Kopf zurechtzulegen."

Jacobs Gesicht wird rot vor Wut. „Und ich nehme an, sie hat dir auch gesagt, dass sie dich liebt, oder?"

Die Zuversicht weicht keine Sekunde aus Andreas' Stimme. „Sie liebt uns alle. Zumindest hat sie das früher. Und wie es scheint, könnte sie sogar dich lieben, wenn du endlich zur Vernunft kommen würdest. Und das, obwohl du dich ihr gegenüber wie ein Arschloch verhalten hast."

Oh, Drey. Ich möchte weinen und ihn umarmen und noch eine Million andere widersprüchliche Dinge mit ihm tun.

Jacob stottert fast. „Was für ein verdammtes Märchen. Glaubst du etwa den ganzen Quatsch, den sie erzählt hat?"

„Ja", sagt Andreas fest, „das tue ich. Denn ich beobachte sie seit Tagen und höre ihr zu, und alles spricht dafür, dass es wahr ist. Falls du es vergessen hast, der Grund, warum ich bei ihr war, um mit ihr zu ‚kuscheln', war, weil sie mir Dinge anvertraut hat, die sie uns sonst nicht erzählt hätte. Ich habe meinen Teil der Abmachung eingehalten. Jetzt müsst ihr zuhören."

Die Worte erschüttern mich nicht mehr so sehr wie zuvor. Er hat sie als Knüppel benutzt, um Jacob dazu zu bringen, seinen Standpunkt zu akzeptieren, mehr nicht.

Die letzten schmerzhaften Splitter, die sich in mich bohrten, schmelzen dahin.

Ich bin nicht glücklich über das, was Andreas getan hat, oder über die Entscheidungen, die er getroffen hat, als wir uns wiederbegegnet sind. Doch er hat bis zum Schluss keine Intrigen gegen mich geschmiedet.

Er hat seinen Fehler eingesehen und mit allen Mitteln versucht, den Kurs der Gruppe so gut wie möglich zu korrigieren.

In der Erinnerung huscht Andreas' Blick zur Tür, wo mein vergangenes Ich auftaucht, kränklich bleich und in Abwehrhaltung. Dann, mit einem Flattern meiner Sinne, falle ich zurück in meinen eigenen Kopf und stehe hier in der Gegenwart vor Drey, der mich besorgt mustert.

In den ersten paar Sekunden kann ich ihn nur anstarren. Mein Inneres fühlt sich so durcheinander an, dass es ein Wunder ist, dass ich noch atme.

Dann strecke ich meine Hand aus und berühre seine Wange.

Andreas schließt bei dieser zaghaften Berührung die Augen. Unter einem Augenlid sickert eine schimmernde Träne.

„Das war's, Tinkerbell", murmelt er. „Das war alles."

Der Panzer, den ich um meinen Körper gebildet habe, scheint Risse bekommen zu haben, denn die Erklärung trifft mich mitten ins Herz. Und ich glaube ihm.

Ich streiche mit meinem Daumen über seine Wange. Dann richte ich mich mit wackeligen Beinen auf, nicht ganz sicher, was als Nächstes passiert, aber ich weiß, dass das jetzt meine Geschichte ist.

Meine Seifenoper. Mein Melodrama.

Vielleicht tut es mir immer noch weh, aber ich fühle mehr als das. Ich will mehr als das *sein*.

Ich ziehe Andreas am Kragen seines Hemdes hoch. Er blickt mich unsicher an.

Um uns herum erklingt noch immer die beschwingte Musik. Also sage ich: „Tanz mit mir."

DREIUNDZWANZIG

Riva

Mit Andreas zu tanzen fühlt sich seltsam an. Als würde ein Kampf in mir toben.

Das Mal, das er mir verpasst hat, kribbelt heftig. Meine Nerven schreien danach, mich enger an ihn zu drücken. Meine Muskeln spannen sich an, weil ich nicht bereit bin, die Zurückhaltung aufzugeben, an der ich so lange festgehalten habe.

Auch er ist angespannt und hält etwas Abstand zu mir. Seine Hand liegt so leicht auf meiner Taille, dass ich den Druck kaum spüre.

Dafür spüre ich die Wärme, die er ausstrahlt, auf meiner Haut.

Seine Finger verschränken sich locker mit meinen, sodass ich mich bei Bedarf zurückziehen könnte. Er blickt auf mich herab, während wir uns zu der eleganten Melodie langsam im Kreis drehen.

Der rötliche Schimmer in seinen Augen ist verschwunden. Ich glaube, er achtet auf das kleinste Anzeichen dafür, dass ich meine Meinung geändert habe und er nicht mehr willkommen ist.

Die Stille zwischen uns beginnt, mich zu erdrücken.

„Mir haben alle Kleider gefallen", sage ich ihm. „Ich konnte mich kaum entscheiden. Dieses hier passte einfach am besten zu meinem momentanen Gefühlszustand."

Ein leichtes Lächeln umspielt seine Lippen. „Das freut mich. Mir ist die Auswahl nicht leicht gefallen. Ich glaube, ich habe dich noch nie in einem Kleid gesehen. Oder mit hochgestecktem Haar. War das Pearls Idee?"

Ich lache unbeholfen. „Ich habe ihr freie Hand gelassen."

„Das hat sie gut gemacht. Du siehst umwerfend aus. Mir hat es den Atem verschlagen, als du hereinkamst." Er hält inne, und seine Stimme wird leiser. „Ich bekomme selbst jetzt kaum Luft."

Instinktiv drücke ich seine Hand und höre, wie er schluckt. „Ich weiß nicht … Ich weiß nicht, ob ich dir schon ganz verziehen habe. Ein Teil von mir ist immer noch verletzt und wird es möglicherweise auch noch eine lange Zeit sein."

„Das ist in Ordnung", sagt Andreas schnell. „Ich wollte dich nicht bedrängen. Es war einfach das Einzige, was mir einfiel, um dir zu zeigen, wie viel du mir bedeutest."

Ein Kloß bildet sich in meiner Kehle. „Die Party ist toll."

Sein Lächeln wird noch breiter. „Gut. Das ist das Wichtigste."

Hinter dem Kummer und der Angst, dass ich mich doch noch zurückziehen könnte, sehe ich den Jungen, der er einmal war. Den Drey, der immer eine ironische Bemerkung parat hatte, um einen angespannten Moment aufzulockern und eine Geschichte zu erzählen, die uns aus düsteren Gedanken herausholte.

Er hat vier Jahre lang nichts als Lügen über mich zu

hören bekommen. Er musste mit ansehen, wie seine Freunde mit ihren neuen Kräften und ihrer Trauer kämpfen, ohne ihnen helfen zu können.

Hätte ich wirklich an dem Glauben an meine Jungs festgehalten, wenn die Wärter mir eine ähnliche Geschichte erzählt hätten, bevor sie mich weggeschickt haben? Wenn sie behauptet hätten, dass Griffin und ich gefangen wurden, weil sich einer der anderen gegen uns gewendet hatte?

Ich weiß es nicht. Ich würde gerne behaupten, ich hätte es getan, doch ich hätte auch nicht gedacht, dass ich eine ganze Arena voller Fremder abschlachten könnte.

Die Wahrheit ist, dass ich Andreas verzeihen möchte. Ich möchte in dem Gefühl versinken, dass wir zusammengehören, dass wir einander beistehen und den Schmerz hinter uns lassen werden.

Bis dahin wird es ein steiniger Weg sein, doch ich kann diese Reise jetzt beginnen. Ich muss ihm das, was in der Vergangenheit passiert ist, nicht vollständig verzeihen, um darauf vertrauen zu können, dass er in der Gegenwart zu mir steht.

Bei unserer nächsten Drehung komme ich einen halben Schritt näher. Andreas' Atem kitzelt meine Stirn, als er mit einem zittrigen Atemzug den Kopf senkt.

Ich wende meinen Blick für einen Moment von ihm ab und schaue zu Jacob, der immer noch am Buffet-Tisch steht.

Zum Absprung bereit ist wohl die perfekte Beschreibung für seine Haltung. Jeder Muskel in seinem Körper ist angespannt, bereit in Aktion zu treten – ob er Andreas und mich in Stücke reißen oder frustriert die Wände hochklettern will, lässt sich anhand seiner angespannten Miene schwer sagen.

Und in diesem Moment, in dem ich seine markanten Gesichtszüge betrachte, fallen mir weitere Einzelheiten des Gesprächs aus Andreas' Erinnerung ein.

Mit jedem Wort stieß Jacob das Messer tiefer in mich hinein und drehte es. Er *wusste*, was ich gerade eben in Andreas' Erinnerung gesehen hatte. Er wusste, wie unerbittlich Drey sich für mich eingesetzt und an mich geglaubt hatte.

Und trotzdem setzte er alles daran, mich davon zu überzeugen, dass der andere Kerl nur so getan hatte, als würde er sich für mich interessieren.

Er ist gut darin, oder? Immerhin hat er dich dazu gebracht, ihm zu vertrauen.

Dann, als ich dabei war, sagte er zu Andreas: *Du kannst jetzt aufhören. Ich glaube nicht, dass du noch mehr aus ihr herausbekommen wirst.*

Meine Füße bleiben mitten in der Drehung stehen. Andreas erstarrt, doch die Wut, die mich jetzt packt, hat nichts mit ihm zu tun.

Ich drehe mich zu Jacob um. „*Du* hast mich angelogen. Du wusstest, dass Drey überzeugt war, dass ich nichts Falsches getan habe, und er mich nicht mehr hintergehen wollte. Und trotzdem hast du es so hingedreht, als würde er mich weiterhin benutzen."

Wie viel von dem Schmerz, der mit meinen Erinnerungen an Andreas verbunden ist, kommt von dem, was er tatsächlich getan hat, und wie viel von dem schmerzhaften Gefühl des Verrats, das durch Jacobs Sticheleien ausgelöst wurde?

Jegliche Farbe weicht aus Jacobs Gesicht, und seine Haltung wird noch starrer.

Ich erwarte fast, dass er meine Anschuldigung abstreitet, doch stattdessen zieht er die Schultern hoch, als hätte er einen Schlag abbekommen.

„Es tut mir leid", sagt er, und seine Stimme ist genauso angespannt wie sein Gesichtsausdruck. „Ich dachte ... Ich war sauer ... das war eine beschissene Aktion. Du kannst mich gerne anschreien, wenn du willst. Ich habe es viel mehr verdient als Drey."

Meine Finger ballen sich zu Fäusten, doch unter der Wut kommt ein leichter Widerstand hervor.

Ich könnte Jacob für den Rest des Tages anschreien und wäre immer noch nicht fertig damit, all meinen Unmut zu äußern. Für einen kurzen Moment habe ich mich fast wieder wohl mit Andreas gefühlt.

Ich will diesen Moment, in dem es nicht um Jacob ging, nicht ruinieren, indem ich mich in diesen Schmerz vertiefe.

„Ich will nicht einmal an dich *denken*", antworte ich, und meine Stimme ist genauso eiskalt wie seine in seinen schlimmsten Momenten. Dann drehe ich mich wieder zu Andreas um.

Ich stelle mich auf die Zehenspitzen, schlinge meine Arme um Dreys Hals und ziehe seinen Mund auf den meinen.

Ist mir bewusst, dass ich dadurch das Messer drehe, das ich gerade in Jacob gestochen habe? Verdammt, ja, das ist mir bewusst.

Doch schon seit Tagen verspüre ich eine starke Sehnsucht, dem Mann nahezukommen, den mein Körper bereits für sich beansprucht hat, auch wenn mein gebrochenes Herz den Hunger überlagert hat. Sobald unsere Münder aufeinandertreffen, ist mein Verlangen das Einzige, was zählt.

Mit einem leisen, erstickten Laut drückt Andreas mich fest an sich. Unsere Lippen verschmelzen mit einem vertrauten elektrischen Kribbeln miteinander.

Jede Zelle in mir singt vor Freude.

Ich habe diesen Mann vermisst, ich habe mich nach ihm gesehnt, und jetzt ist er wieder da, wo er hingehört.

Die Welle der Gefühle ist nicht mehr so intensiv wie bei unserem ersten Zusammentreffen. Zwischen meinen Beinen macht sich der Wunsch breit, unsere Verbindung wieder zu festigen, doch ich werde den Kerl nicht hier auf der Tanzfläche bespringen.

Egal, was nach dem ersten Mal passiert ist, seine Berührung gibt mir immer noch ein Gefühl von Lebendigkeit wie sonst nichts auf der Welt.

Doch er ist nicht der *Einzige*, der dazu in der Lage ist.

Ein nervöser Schauer durchfährt mich, und ich weiche gerade weit genug zurück, um nach einem weiteren Augenpaar Ausschau zu halten, das mich beobachtet. Ich entdecke Dominic, der an der gegenüberliegenden Wand lehnt.

Ich rechne damit, dass er wütend oder enttäuscht sein wird, doch als sich unsere Blicke begegnen, lächelt er. Es ist ein breites, offenes Lächeln, als würde er sich aufrichtig freuen, dass ich mich mit seinem Freund versöhnt habe.

Unerwartete Tränen sammeln sich in meinen Augen. Ich umklammere Andreas' Finger mit einer Hand, während ich mit der anderen Dominic zu uns winke.

Andreas' Haltung ist entspannt, als Dominic sich zu uns gesellt. Ich ergreife Dreys Hand und streiche gleichzeitig mit meinen Fingern über Dominics schlanke Brust.

„Das ist meine Party, oder? Ich will mit euch beiden tanzen.“

Leise glucksend legt Dominic eine Hand auf meine Hüfte.

Andreas grinst mich an und seine Augen glänzen vor Zuneigung. „Dein Wunsch ist uns Befehl, Tinkerbell.“

Clubmusik wäre für diese Art von Tanz besser geeignet, aber wir werden das schon hinkriegen.

Ich schließe meine Augen und stimme mich auf den subtilen Rhythmus unter der Melodie ein. Mit dem Auf und Ab der Musik wiege ich mich von einer Seite zur anderen.

Während ich zwischen ihnen tanze, folgen die Jungs meinem Beispiel und drehen sich mit mir.

Dom fährt mit beiden Händen an meinen Seiten hoch zu meinen Rippen und dann hinunter zu meinen Schenkeln. Dann beugt er sich vor und drückt mir von hinten einen Kuss auf die Schulter.

Andreas tänzelt mal in die eine, mal in die andere Richtung, ohne sich von mir zu entfernen. Sein Daumen streicht über meine Fingerknöchel, während seine andere Hand in meinen Nacken gleitet.

Obwohl ich von den beiden umzingelt bin, fühle ich mich nicht im Geringsten gefangen. Sie sind der Brennstoff für mein Feuer, und wenn ich mich von beiden ernähre, brennt es noch heller.

Es ist mir scheißegal, dass die anderen beiden Jungs zusehen. Sie haben sich aus eigenen Stücken von mit entfernt.

Und wenn die Schattenwesen uns aus den Schatten heraus anstarren – dann sollen sie das ruhig tun.

Ich lehne meinen Kopf zurück an Dominics Brust und spüre das leise Zischen seines Atems. Sein Unterleib streift meinen Po, und seine Härte weckt meinen Hunger.

Es gibt Dinge, für die ich kein Publikum will. Dinge, die ich nur mit den beiden Männern teilen möchte, die mich markiert haben – und die im Gegenzug mein Mal auf ihrer Haut tragen.

Ich streichle Doms Kiefer, bevor ich nach den Locken greife, die in Andreas' Stirn gefallen sind. „Ich finde die Party toll, die du für mich organisiert hast, aber ich würde jetzt gerne mit einer anderen Art von Feier weitermachen."

Dreys Stimme ist leise und rau. „Was schwebt dir denn vor?"

Ich ziehe sein Gesicht an meins und flüstere so leise, dass

nur Dominic und er mich hören können. „Bringt mich in mein Schlafzimmer."

„Scheiße", murmelt Dom und vergräbt sein Gesicht in meiner Halsbeuge. Mir entweicht ein Keuchen, als er an der empfindlichen Haut dort knabbert.

Andreas sieht mich durchdringend an, als würde er nach einem Fünkchen Zweifel suchen. Als er nichts findet, nimmt er mich an der Hand und zieht mich zur Tür.

„Die anderen Jungs werden schon merken, dass die Party vorbei ist."

Bei dem Gedanken an Zian durchfährt mich ein kurzer Schauer. Er wollte nicht einmal mit mir *tanzen*. Er schuldet mir nichts, doch ich schulde ihm sicher auch nichts!

Und Jacob kann mich mal.

Ich bekomme den Weg zurück in mein Zimmer nur vage mit. Meine Füße könnten genauso gut über den Teppich gleiten, und jeder Zentimeter meiner Haut kribbelt vor Erwartung.

Voller Eifer, mich den Männern hinzugeben, die ich als mein Eigentum markiert habe.

Sobald wir mein Schlafzimmer betreten, ziehe ich instinktiv meine Schuhe aus. Dann überkommen mich auf einmal Zweifel.

Was mache ich hier eigentlich? Ich war schon überfordert, als ich mich mit nur einem Typen eingelassen habe.

Auch Andreas scheint etwas unsicher zu sein. Dominic hingegen dreht mich zu sich um und küsst mich, woraufhin ich mich dicht an ihn schmiege.

Ich kenne ihn. Ich weiß, wie wir zusammen funktionieren, ohne dass der Schmerz der Vergangenheit das trübt, was wir gemeinsam geschaffen haben.

Ich ziehe am Revers seiner Jacke und löse meine Lippen

gerade lange genug von seinen, um die Worte „Zieh das aus“ hervorzustoßen.

Mit einem schüchternen Lächeln zieht Dom das Jackett aus. Er hat sein Hemd von den Schultern bis zur Hälfte seines Rückens aufgeschnitten, um Platz für seine Tentakel zu schaffen.

Ich greife hinter ihn und streiche mit meinen Fingerspitzen über die glatte Haut. Dominic gibt ein leises Brummen von sich und küsst mich erneut.

Als wir den Atem des jeweils anderen einatmen, kommt Andreas näher und bedeckt meine Schultern und meinen Nacken mit Küssen.

Bei jeder Berührung seiner Lippen sprühen Funken in meiner Brust.

Als er sein Jackett auszieht, hebe ich meine Hand und fahre mit den Fingern an seinem Hemdkragen entlang. Stöhnend lehnt er sich in meine Berührung.

„Ich habe dich so sehr vermisst“, murmelt er an meinem Haar. „Ich habe jede Nacht von dir geträumt. Ich habe mich geärgert, dass ich so dumm war, dich zu verlieren, nachdem du so viel auf dich genommen hast, um uns zu finden.“

„Ich habe dich auch vermisst“, gebe ich mit leiser Stimme zu. Er umarmt mich von hinten und küsst meinen Kiefer.

Der schwere Geruch von Erwartung und Lust liegt in der Luft. Doch in diesem Moment geht es um so viel mehr als nur um körperliche Begierde.

Ich packe Dominics Hemdkragen und blicke in seine hellen, haselnussbraunen Augen. „Ich liebe dich.“

Dom streichelt mein Gesicht, und die Geste löst ein Gefühl unglaublicher Wertschätzung in mir aus. „Ich weiß gar nicht, wie ich sagen soll, wie sehr ich dich liebe.“

Andreas umschließt mich noch fester mit seinen Armen. Ich lasse meinen Kopf nach hinten sinken und lehne mich gegen ihn. „Ich liebe dich auch.“

Er holt tief Luft und senkt seinen Kopf. „Dann bin ich der glücklichste Mann, den es je auf diesem Planeten gab. Ich werde jede Sekunde damit verbringen, dir zu beweisen, wie ernst ich das meine."

Dominics Finger finden den Reißverschluss unter meiner Achselhöhle und ziehen ihn auf. Die Wärme der Männerkörper links und rechts von mir hält jede Kälte ab, während er mich aus meinem Kleid schält.

Ich fühle mich plötzlich viel zu nackt, doch es gibt einen einfachen Weg, das auszugleichen. So schnell ich kann, öffne ich die Knöpfe seines Hemdes.

Als Dom übernimmt und das Hemd auszieht, fahre ich mit meinen Händen über seine Brust und lecke mit meiner Zunge über seine Brustwarze. Er gibt einen rauen Laut von sich und zieht meinen Mund wieder auf seinen.

Seine Tentakel streicheln meinen Körper, und die Saugnäpfe drücken Küsse auf meinen ganzen Oberkörper.

„Das ist nicht fair", murmelt Andreas neckisch. „Wie sollen meine zwei Hände da mithalten können?"

Dominic grinst ihn so unbekümmert an, dass mir bei dem Hinweis auf seine seltsamen Glieder das Herz aufgeht. „Du musst sie nur gekonnt einsetzen. Du könntest damit anfangen, ihren BH aufzumachen."

Brummend macht sich Drey an dem Verschluss zu schaffen. Als der Druck nachlässt und die Körbchen von meinen Brüsten fallen, drehe ich mich zu ihm um.

Als ich mich ihm gegenüber noch nackter präsentiere als bei unserem ersten Mal, befällt mich ein kurzes Unbehagen. Ich weiß nicht, was ich mit meinen Händen machen oder wohin ich meinen Blick richten soll.

Vielleicht hat Dominic meinen Stimmungsumschwung bemerkt, denn seine Berührung wird sanfter. Ein Tentakel umschließt meine Taille in einer zärtlichen Umarmung, während seine Hände meine Brüste umfassen.

Andreas blickt auf mich herab, und der warme Braunton seiner Haut ist noch intensiver als sonst, doch in seinen Augen liegt immer noch ein Hauch von Angst.

Er lässt seine Finger an meinem Kiefer entlang zu meinem Kinn gleiten, wie bei unserem ersten Kuss, doch dann hält er inne. Sein Gesicht ist immer noch Zentimeter von meinem entfernt. Er befeuchtet die Lippen mit seiner Zunge.

„Sag mir, was du willst", sagt er mit rauer Stimme. „Ich fühle mich geehrt, überhaupt auf diese Weise mit dir zusammen zu sein, Riva. Es geht nur so weit, wie du sagst. Du musst wissen, wie sehr ich dich will."

Intensives Verlangen brennt in mir. Obwohl unsere Seelen miteinander verschmolzen sind, hatten wir nie die Chance, dieses Wunder richtig zu begreifen, bevor es verdorben wurde.

Ich will es richtig machen.

Die Worte sprudeln aus mir heraus. „Küss mich."

Andreas lässt sich nicht zweimal bitten. Er beugt sich hinunter, um meine Lippen zu küssen.

Wieder durchströmt mich das gleiche Kribbeln wie auf der Tanzfläche.

Meine Hände gleiten von selbst unter den Saum seines Hemdes und streichen über seine straffen Bauchmuskeln und seine durchtrainierte Brust. Drey stöhnt und fummelt an den oberen Knöpfen seines Hemdes herum, bevor er es sich über den Kopf zieht.

Dann presst er mir einen weiteren Kuss auf die Lippen, diesmal ohne auf eine Aufforderung zu warten. Er verschlingt meinen Mund, während Dominic seine Handflächen in geschickten Kreisen über meine steif werdenden Nippel bewegt.

Ein Wimmern kriecht meine Kehle hinauf. Das

Verlangen zwischen meinen Schenkeln wird immer stärker und pulsiert auf eine geradezu quälende Weise.

Ich habe nur noch mein Höschen an, das, wie ich merke, völlig durchnässt ist.

Das nächste Mal, als Andreas seine Lippen von meinen löst, wirbelt Dom mich wieder zu sich herum. Er hebt meinen kleinen Körper hoch, presst mich mit seinen Tentakeln an sich und legt mich in die Mitte des großen Bettes.

„Ich habe mich gefragt …", murmelt er und bedeckt mein Brustbein mit einer Spur von Küssen. „Ich will es versuchen … Aber ich weiß nicht wirklich, was ich tue. Du musst mir zeigen, was sich gut anfühlt."

Ich lasse mich auf die Bettdecke sinken, offen für alles, was er mit mir vorhat. „Nur zu."

Seine Küsse bahnen sich einen Weg bis zum Saum meines Slips. Er leckt mit seiner Zunge über meinen Bauch, während er das Stück Stoff von mir herunterzieht, und meine Nerven kribbeln vor Erwartung.

Dann senkt er seinen Mund direkt auf meine Muschi.

Ich wusste, dass Leute so etwas tun, doch ich hatte keine Vorstellung davon, wie herrlich es sich anfühlen würde. Eine Welle der Glückseligkeit schießt aus meinem Inneren empor.

Mit einem Stöhnen lasse ich meinen Kopf auf das Kissen sinken.

Dominic zögert nicht. Seine Zunge fährt über jede empfindliche Stelle zwischen meinen Beinen, während seine Lippen die anderen Stellen massieren.

Ich kann nicht anders, als mich seinem Mund entgegenzustemmen. Endlose Lustschübe erschüttern meinen Körper.

Ich hoffe, dass er an dem Keuchen und den Schreien, die mir über die Lippen kommen, erkennen kann, dass er es verdammt gut macht.

Mit einem zitternden Atemzug lässt sich Andreas neben mir auf das Bett sinken. Er knabbert an meinem Ohrläppchen und meinem Kinn, während sein Blick zu Dominics Gesicht zwischen meinen Beinen wandert.

Als Drey eine meiner Brüste streichelt und den Nippel zwischen Daumen und Zeigefinger zwirbelt, lässt mich der erneute Lustschock noch stärker zucken. Dom hebt seinen Kopf ein wenig an, und seine Zunge streicht über meinen Kitzler.

„Wie schmeckt sie?", fragt Andreas in einem hungrigen Ton, der mich vor Begierde erschaudern lässt.

Dominics Augen glänzen. „Süßer als ein Zuckerkeks."

Er taucht wieder ein und will mehr.

Während ich mich unter der Aufmerksamkeit der beiden Männer winde, streichen Doms Tentakel über meine Beine. Dann taucht einer zwischen meine Schenkel.

Dominic hebt seinen Blick wieder und fährt mit seiner Zunge über diese höchst empfindliche Stelle, während er meine Reaktion beobachtet. Die Spitze des Tentakels gleitet über meine feuchte Öffnung.

Heilige Scheiße! Ich zittere sowohl angesichts des aktuellen als auch des versprochenen Vergnügens.

„Hör nicht auf", murmle ich.

Er schiebt seinen Tentakel in mich hinein. Er füllt mich mit einem schlanken, biegsamen Druck aus, der sich vollkommen anders anfühlt als sein Schwanz, aber auf seine eigene Art unglaublich erregend ist.

Als der Tentakel tiefer eindringt und sich mit schnellen Impulsen vorwärtsbewegt, stöhne ich auf. Dominic lächelt an meinem Kitzler und saugt noch stärker.

Ein Chor von Lauten dringt aus meiner Kehle, und Andreas wandert fluchend tiefer, um einen Nippel in seinen Mund zu nehmen. Ich fahre mit einer Hand durch seine Locken und mit der anderen durch Doms seidige, kastanienbraune Strähnen, die sich aus seinem Pferdeschwanz gelöst haben.

Der schattenhafte Rauch in meinem Blut zerrt nicht mehr so stark an mir wie bei den ersten Malen mit diesen beiden Männern. Stattdessen bebt er in einer Art berauschendem Tanz durch meine Adern und treibt mich mit einem Gefühl der Freude an.

Genau so sollen wir sein.

Vereint wie ein einziges Wesen.

Mit einem Mal verdreht sich das fleischige Glied in mir. Das Gefühl der Fülle verstärkt sich, als sich das Ende zu einem dickeren Ball verschlingt.

Ich keuche auf und umklammere Dominics Haare fester. Er saugt noch eifriger an mir und stößt die wulstige Spitze wie einen dicken Schaft in mich hinein.

Ich bin schon so erregt, dass das Brennen einfach nur ekstatisch ist. Ich wiege mich mit dem Pulsieren und nehme seinen Tentakel noch tiefer in mich auf.

Die Lust schwillt in meinem Körper an, berauschend und erheiternd. Dann schabt Dom mit den Spitzen seiner Zähne über meinen Kitzler, und ich erschaudere.

Ich komme so heftig, dass ich schluchze und mich sowohl an ihn als auch an Andreas klammere. Eine Flutwelle der Lust durchströmt mich.

Mein Körper spannt sich an, bevor er wieder erschlafft. Meine Sicht trübt sich.

„So behandelt man seine Frau", murmelt Andreas, als ich in die Bettdecke sinke.

Bei seinen Worten durchfährt mich ein Stich der Entschlossenheit. Ich will nicht, dass es bei dieser Begegnung nur um mich geht.

Wir gehören zusammen; das gilt für uns alle. Ich würde mir nichts anderes wünschen.

Als Dominic sich in eine kniende Position begibt, bringe

ich meine Muskeln dazu, sich in Bewegung zu setzen. Ich erhebe mich und drehe mich um. Ohne ihm eine Chance zu geben, zu protestieren, stoße ich ihn aufs Bett, wobei der Anhänger von meinem Hals baumelt.

„Riva?", fragt er atemlos.

Ich ziehe so fest an seiner Anzughose, dass der Knopf aufspringt. „Ich will dich auch schmecken."

Er schnappt nach Luft, als wolle er protestieren, doch ich habe seine Härte bereits aus seiner Boxershorts befreit. Als ich seinen Schaft zwischen meine Lippen nehme, löst sich jedes Wort, das er vielleicht gesagt hätte, in einem Stöhnen auf.

„Oh, fuck", murmelt er, als ich seinen steifen Schwanz weiter in meinen Mund nehme. „Das ist so verdammt gut, Riva. So etwas habe ich noch nie gefühlt … *Oh, mein Gott*!"

Wenn ich höre, wie er sich mir hingibt, steigert das meine Begeisterung nur noch. Ich habe nicht mehr Erfahrung mit diesem Akt als er, doch sein Genuss flutet meine Sinne.

Ich streiche mit meinen Fingern über das Mond-und-Blutstropfen-Tattoo auf seiner Hüfte.

Wir sind durch Blut und allem, was wir erlebt haben, miteinander verbunden, und mein Körper weiß genau, wie er seinen zum Beben bringen kann.

Meine Zunge fährt über sein heißes, pralles Fleisch, und ich sauge seinen Moschusgeschmack in mich auf.

Dominics Hüften bewegen sich mit offensichtlicher Zurückhaltung. Er berührt meine Schläfe und seine Finger zittern unter der Kraft der Glückseligkeit, die ich in ihm auslöse.

Trotz des starken Orgasmus, den ich bereits erlebt habe, pocht meine Mitte, die sich nach demselben treibenden Rhythmus sehnt, der sich jetzt auf meinen Mund konzentriert.

Und das kann ich doch haben, oder?

Ich lasse Doms Schwanz gerade lange genug los, um einen Blick auf Andreas zu werfen, der sich auf seine Fersen gesetzt hat und uns mit heißem Neid beobachtet.

„Drey. Ich brauche dich – in mir."

Seine Augen weiten sich. Dann stürzt er sich auf mich und zerrt gleichzeitig am Knopf seiner Hose.

„Scheiße, ja."

Er streicht zuerst mit seinen Fingern über meine Öffnung, und ich glaube nicht, dass ich noch feuchter sein könnte. Ich sauge im selben Moment an Dominics Schwanz, in dem Andreas von hinten in mich eindringt.

Die Lust schießt durch jeden Nerv. Ich stöhne an Dominics Schaft, woraufhin sein Körper erzittert.

Die Schatten in mir flackern auf. Wenn sie vorher getanzt haben, ist es jetzt ein regelrechter Rave, der durch meine Adern rauscht.

Die Male auf meinem Schlüsselbein singen. Wir sind verbunden; wir sind zusammen.

Wir sind vom gleichen Blut, und wir haben trotz aller Widrigkeiten zueinander zurückgefunden.

Andreas' Finger krallen sich in meine Hüften, und er stößt immer schneller in mich hinein, während ich gleichzeitig schneller an Dominics Schwanz sauge.

Dominic wiegt sich mit mir. Seine Augen sind trüb vor Lust.

Seine Tentakel sind immer noch um meine Schultern und Arme geschlungen. Als ein weiterer sich seinen Weg zwischen uns hindurch bahnt und an meinen Nippeln zupft, kann ich ein weiteres Stöhnen nicht unterdrücken.

Dom stöhnt. „Hör nicht auf, Riva, ich ..."

Ich will alles. Ich sauge ihn so weit in meinen Mund, wie ich kann, und genieße den Schwall seiner Erlösung in meiner Kehle.

Während ich ihn aussauge, verstärken sich die Bemühungen seiner Tentakel. Meine Nippel kribbeln unter dem Druck der Saugnäpfe.

Andreas beugt sich über meinen Rücken und küsst mein Schulterblatt. Er schlingt seine Hand um meine Taille und reibt meinen Kitzler im Takt seiner wilden Stöße.

Das ist alles, was es braucht. Ich komme erneut, und die Ekstase durchfährt mich hell und heiß wie ein explodierender Feuerwerkskörper.

Meine Muschi umklammert Dreys Schwanz und er folgt mir stöhnend in die Erlösung.

Andreas schlingt seinen Arm um meine Taille, und seine Bewegungen verlangsamen sich. Er drückt mir weitere Küsse auf die Wirbelsäule.

Dann hält er mit einem zittrigen Atemzug inne und drückt seine feuchte Stirn gegen meine erhitzte Haut.

„Ich liebe dich. Für immer.“

Die Emotionen schwellen in meiner Kehle an. Ich drehe mich um und ziehe ihn mit mir, damit ich mich zwischen die beiden Männer auf dem Bett schmiegen kann.

„Verlasst mich nie wieder“, murmle ich und glaube, sie wissen, dass ich das nicht nur im physischen Sinne meine.

„Auf keinen Fall“, schwört Dominic. Er küsst mich schnell, aber nachdrücklich auf den Mund, ungeachtet der Tatsache, dass sein Geschmack noch immer auf meinen Lippen verweilt.

Andreas drückt mich fest an sich. „Es bräuchte eine gottverdammte Apokalypse, um mich von dir zu trennen.“

Doch als ich in dem sanften Nachglühen versinke, überkommt mich ein kalter Schauer.

Ich bin mir nicht ganz sicher, ob eine Apokalypse so abwegig ist.

VIERUNDZWANZIG

Riva

Rollick lehnt an der Reling des Oberdecks der Jacht, und die kühle Brise zerzaust sein hellbraunes Haar. „Was genau ist das Problem?"

Ich senke meinen Blick auf die kleine Krabbe in der Schale, die er auf den kleinen Tisch zwischen uns gestellt hat. Sie klappert mit ihren Scheren und versucht vergeblich, an den steilen Seiten hochzuklettern.

Sie sieht eher wie eine außerirdische Kreatur aus als ein denkendes, fühlendes Wesen. Ich wäre nicht in der Lage, die Qualen in seinen Stielaugen zu erkennen oder ein schmerzerfülltes Keuchen wahrzunehmen.

Das bedeutet allerdings nicht, dass das Wesen nichts fühlt, schließlich ist es *am Leben*.

Es hat genauso ein Recht darauf, sein Leben friedlich zu leben wie ich, oder?

Ich begegne dem Blick des Dämons wieder. „Ich will das

nicht tun. Ich will meine Macht nicht benutzen. Ich wünschte, ich hätte sie gar nicht."

Rollick stößt einen kurzen Seufzer aus. „Du weißt, dass du keine andere Wahl hast. Diese Fähigkeit – oder der Drang, sie zu benutzen – kann nicht einfach aus deinem Körper herausoperiert werden oder so. Du hast die Wahl, sie zu beherrschen oder von ihr beherrscht zu werden."

Ich verziehe das Gesicht. „Aber warum ist es besser, sie zu beherrschen, wenn ich dafür absichtlich Tiere quälen muss, um an diesen Punkt zu gelangen? Als ich sie früher eingesetzt habe, hatte ich wenigstens einen guten Grund dafür. Es ging um Leben und Tod."

„Und du könntest diesem Krustentier jetzt Schmerzen ersparen, nur um später einem anderen unschuldigen Wesen viel Schlimmeres zuzufügen."

Er hat recht, das weiß ich. Trotzdem …

Ich recke mein Kinn. „Ich habe in letzter Zeit nicht den Drang dazu verspürt, selbst wenn ich wütend war. Das letzte Mal, als ich die Kraft freigesetzt habe, ist es mir gelungen, sie nur auf unsere Angreifer zu richten. Vielleicht … Vielleicht habe ich ja schon genug Kontrolle."

Rollick schüttelt den Kopf. „Du magst mit diesem Risiko zufrieden sein, mir reicht ein ‚vielleicht' allerdings nicht als Sicherheit. Und meinen Partnern auch nicht. Wenn ihr meine Hilfe wollt, ist das eine unerlässliche Bedingung."

Ich betrachte die Krabbe erneut. Übelkeit steigt in mir auf.

Ein tödlicher Schrei kriecht meine Kehle hinauf. Er gilt jedoch Rollick, nicht diesem kleinen Krustentier vor mir. Ich will ihm zeigen, zu welcher Qual er mich drängen will.

Doch ich tue es nicht. Es fällt mir nicht einmal schwer, den Anflug von Wut zu unterdrücken.

Ich hasse die sadistische Kraft in mir. Jacob und Zian können ihre brutalen Fähigkeiten an nicht lebenden

Gegenständen üben und Dominic kann wenigstens mit Pflanzen trainieren.

Und Andreas tut nichts, was jemanden körperlich verletzen könnte.

Ich bin die Einzige, deren Kraft Qualen *erfordert*, um zu funktionieren. Warum bin ausgerechnet ich so geworden?

Doch falls Rollick zu dem Schluss kommt, dass wir nicht mit ihm kooperieren, wird er nicht nur mich, sondern auch meine Männer fallen lassen. Zähneknirschend kämpfe ich gegen die Bösartigkeit in mir an.

Was für Nerven hat eine Krabbe? Was muss ich zerschmettern und durchtrennen?

Das Monster in mir wird es wissen. Sobald sich mein Schrei gegen ihren Körper richtet …

Ich öffne meine Lippen, doch meine Kehle schnürt sich zusammen. Der einzige Laut, den ich hervorbringe, ist ein ersticktes Grunzen.

Stirnrunzelnd atme ich tief ein und versuche es erneut.

Der grausame Schrei bleibt in meiner Brust gefangen. Das leise Quietschen, zu dem ich mich zwinge, bleibt wirkungslos.

„Ich versuche es", sage ich und mache mich auf Rollicks Wut gefasst.

Er mustert mich nur mit seiner gewohnt unerschütterlichen Miene, die mir immer das Gefühl gibt, dass er mehr sieht, als mir lieb ist.

„Aber du willst es nicht und hast nicht die richtige Motivation. Du arbeitest gegen deine Natur."

Mit einem weiteren Seufzer richtet er sich auf. „So gerne ich auch weitermachen würde, ich glaube nicht, dass dich zu verärgern eine gute Methode ist, um deine Selbstbeherrschung zu trainieren. Ich muss mich heute Nachmittag noch um einige Dinge an Land kümmern. Vielleicht kannst du ja noch einmal darüber nachdenken und die Tat als notwendig akzeptieren, damit du dir selbst nicht länger im Weg stehst.“

Er sagt nicht, was passieren wird, wenn ich es *nicht* schaffe, mir nicht mehr im Weg zu stehen, doch seine vorherige Bemerkung über notwendige Bedingungen ist Warnung genug.

Ich schlucke schwer und folge ihm die Treppe zum Hauptdeck hinunter. Vor uns auf dem dunklen Wasser kommt der Hafen einer Stadt in Sicht, deren Skyline ich nicht erkenne.

„Wo sind wir?“, frage ich. „Und wie lange werden wir hier sein?“

„Havanna. Und wie lange, hängt davon ab, wie schnell ich meine Geschäfte abwickeln kann. Ihr solltet relativ sicher sein. Zwischen euch und unseren Feinden liegen sowohl ein gutes Stück Meer als auch Landesgrenzen.“

Havanna, Kuba. Ich habe die Vereinigten Staaten noch nie verlassen, abgesehen von unserem kurzen Abstecher nach Kanada.

Seine Antwort beruhigt mich. Ich wüsste nicht, wie die Wärter herausfinden sollten, dass wir hier sind, selbst wenn die jüngeren Schattenblüter uns von den USA aus verfolgen.

Sie müssten sich schon Boote besorgen, um uns im Ozean zu verfolgen. Rollicks Leute würden sie aus kilometerweiter Entfernung kommen sehen.

Ich glaube, ich fange an, mich für die Seefahrt zu erwärmen.

„Bleibt auf der Jacht“, sagt Rollick zu mir, als wir das Unterdeck erreichen. „Ihr solltet auch darüber nachdenken, wie ihr eure Mitschattenblüter ablenken könnt. Die Schatten in euch helfen, wenn ihr sie fokussieren könnt.“

Ich nicke. „Das können wir machen. Ich trommle die Jungs zusammen.“

Ich würde sogar mit Jacob zusammenarbeiten, wenn das

bedeutet, dass wir einen besseren Schutz gegen die Wärter finden.

Doch nachdem die Jacht angelegt hat, bleibe ich noch ein paar Minuten an der Reling stehen und beobachte das Treiben im Hafen und die Autos, die auf den Straßen dahinter vorbeifahren. Der Geruch von Salzlake und Benzin steigt mir in die Nase.

Ein merkwürdiger Schmerz macht sich in meiner Brust breit, als hätte ich Heimweh nach einem Ort, an dem ich noch nie gewesen bin.

Obwohl ich keine besondere Verbindung zu ihm habe, erkenne ich Zian an seinen festen Schritten, die über das Deck auf mich zukommen.

Er bleibt ein paar Meter von mir entfernt an der Reling stehen und zögert.

„Alles in Ordnung, Shrimp?"

Er sagt den alten, neckischen Spitznamen, als würde er ihn ausprobieren. Der Klang seiner rauen Stimme jagt mir einen Schauer über den Rücken.

„Du meinst, abgesehen davon, dass wir auf dem ganzen Kontinent von Sklaventreibern gejagt werden, die uns als Waffen benutzen wollen?", frage ich.

Zian schnaubt. „Ja, war wohl eine dumme Frage. Du hast nur irgendwie … traurig ausgesehen. Auf eine andere Art als sonst." Er blickt unbeholfen zu Boden und macht Anstalten, zu gehen. „Ich wollte nicht …"

„Nein, ist schon gut." Ich richte meine Aufmerksamkeit wieder auf die Stadt. „Ich dachte nur, dass wir den Wärtern vielleicht entkommen könnten, wenn wir uns einfach in einem fernen Land niederlassen. Sie können doch nicht überall auf der Welt sein, oder?"

„Es wäre ziemlich verrückt, wenn sie es wären. Drey sagt, dass alle Erinnerungen, die er von ihnen gesehen hat, so aussahen, als stünden sie nicht mit Menschen aus fernen Ländern in Kontakt."

„Ja." Ich fahre mit der Hand über meinen Mund. „Doch dann wurde mir klar, dass sie uns irgendwann finden würden. Wenn sie genug Zeit haben, können sie uns wahrscheinlich überall auf dem Planeten aufspüren. Vielleicht könnten wir uns eine Woche oder einen Monat Zeit verschaffen, aber wäre es das wirklich wert, wenn wir letzten Endes wieder abhauen müssten?"

Zian steht einen Moment lang schweigend da und denkt über die Frage nach. „Nein. Nicht wirklich."

„Und dann sind da noch die anderen Schattenblüter. Ich will die Kinder nicht im Stich lassen."

Ich will nicht, dass sie dasselbe Grauen durchmachen müssen wie wir. Nicht, wenn wir ihnen etwas von dieser Qual ersparen können.

Zians Muskeln spannen sich an, als würde er sich bereits einen Angriff auf eine Einrichtung ausmalen. „Das werden wir nicht. Wir werden sie da rausholen. Du hast es geschafft, uns vier zu befreien, also müssen wir zu fünft doch mehrere von ihnen befreien können."

Trotz der Ungewissheit, die zwischen uns herrscht, bringt mich die Entschlossenheit in seinen Worten zum Lächeln. „Hoffentlich."

Vielleicht weil ich in diesem Moment das Gefühl habe, dass er mich versteht, schaue ich zu ihm hinüber. „Zee … Beunruhigt dich etwas – an mir?"

Sein Blick huscht erschrocken von der Szene vor uns zu mir. „Was?"

Meine Finger krallen sich um das Geländer. „Du musst natürlich nicht mit mir tanzen oder so. Aber manchmal habe ich den Eindruck, als wärst du immer noch wütend auf mich oder besorgt darüber, was ich tun könnte. Du hast dich dafür entschuldigt, dass du mir misstraut hast, deswegen dachte ich, du hättest keine Angst mehr vor meiner Kraft. Aber wenn du immer noch Zweifel daran hast, was geschehen ist …"

Zian schüttelt so heftig den Kopf, dass ich aufhöre zu sprechen. „Nein. Nein, Riva, ich …" Er streckt seine Hand nach mir aus und hält inne, bevor sie mich ganz erreicht hat.

Wir starren beide einen Moment lang auf die unterbrochene Geste, bevor er den Kopf wieder hebt und den Mund verzieht.

„Es liegt nicht an dir", sagt er. „Wirklich nicht. Du warst … unglaublich. Verdammt, ich bin dankbar, dass du überhaupt mit mir redest, nach allem …"

„Was ist es dann …?"

Er schluckt hörbar. „Es liegt an mir. Ich weiß nicht, was *ich* tun könnte. Ich traue mir selbst nicht."

Das ergibt keinen Sinn. Wenn er keine Feindseligkeit gegen mich hegt, warum sollte er sich dann Sorgen machen, dass er mich womöglich verletzen könnte?

Ich hole tief Luft und ringe nach Worten, um ihn zu fragen, doch in diesem Moment stürmen die anderen drei Jungs an Deck.

Als Zian und ich uns zu ihnen umdrehen, tauchen mehrere Schattenwesen auf, darunter Cinder und Kudzu, die unsere Freunde hinausscheuchen. Keiner der Jungs sieht glücklich aus, Jacobs Miene ist so finster, dass es ein Wunder ist, dass die Sonne noch nicht erloschen ist.

Mein Herzschlag beschleunigt sich. Zian und ich gehen auf sie zu. „Was ist los?"

Kudzu dreht sich zu uns um und verschränkt die Arme vor der Brust. „Es ist Zeit für euch zu gehen."

Ich blinzle ihn an. „Wie bitte?"

„Verpisst euch von unserem Schiff, und haltet euch verdammt noch mal von Miami fern, ihr Mutanten."

„Aber Rollick hat gesagt …"

Cinder lässt ihre Hand mit einem elektrischen Knistern durch die Luft sausen. „Rollick hat Jahrtausende auf dem Buckel. Noch länger am Leben zu bleiben, bedeutet ihm entweder nicht so viel oder er ist zu neugierig, um das Richtige zu tun. Also treffen wir jetzt eine Entscheidung. Wir sind fertig mit euch.“

Sie meint es ernst. Das tun sie alle.

Mein Blick wandert über die Gesichter von Rollicks Kollegen, und jeder einzelne von ihnen erwidert ihn mit harter, entschlossener Miene.

Sie haben gewartet, bis er weg war, um sich gegen uns zu stellen.

„Das ist lächerlich“, schnauzt Jacob. „Das ist nicht eure Entscheidung.“

„Ich habe das Sagen, solange Rollick weg ist“, erklärt Cinder. „Also ist es sehr wohl meine Entscheidung.“

Sie schnippt mit den Fingern, und Funken sprühen durch die Luft.

Als wären sie dadurch herbeigerufen worden, tauchen Pearl und Billy neben uns auf. Pearls normalerweise frisierten Locken sind zerzaust und wirbeln in der Brise wild durcheinander.

„Was macht ihr da?“, fragt sie und wendet sich an die anderen Schattenwesen. „Ihr könnt doch nicht einfach …“

„Als ob ihr Neulinge ein Mitspracherecht hättet“, schnaubt Kudzu.

Billy strafft seine schmalen Schultern und geht auf ihn zu. Der Faun ist einen ganzen Kopf kleiner als der Kleinste unserer Widersacher, doch das hält ihn nicht davon ab, auf sie loszugehen.

„Ich habe zwar nicht viel Zeit in der Welt der Sterblichen verbracht, doch ich weiß, dass Rollick das nicht gefallen würde. Wenn ihr ein Problem damit habt, was er für richtig hält, warum geht ihr dann nicht …“

Kudzu schlägt dem kleineren Mann mit der Faust so fest ins Gesicht, dass Billys schlanke Gestalt über das Deck geschleudert wird. Billy bricht stöhnend zusammen, und unter der Hand, mit der er sich die Nase hält, strömt Rauch hervor.

„Hey!", knurrt Zian.

Er stellt sich zwischen Billy und das andere Schattenwesen, während Pearl zu ihrem Freund rennt. Cinder feuert einen weiteren bedrohlichen Funkenregen ab, und von einem der anderen Wesen weht ein kalter Luftzug zu uns herüber.

Mein Herz klopft so laut, dass es in meinem ganzen Körper widerhallt. Auf eine distanzierte Art und Weise wird mir klar, dass diese Schattenwesen nicht nur wollen, dass wir gehen.

Sie wollen uns tot sehen. Sie wollen sicher sein, dass wir ihnen keine weiteren Probleme bereiten werden.

Doch sie sind immer noch misstrauisch uns gegenüber. Sie sind sich nicht ganz sicher, was wir tun werden, wenn sie uns so angreifen, wie Kudzu gerade Billy angegriffen hat.

Sie geben sich damit zufrieden, uns zu vertreiben, um sich selbst zu schützen. Doch wenn wir es zu einem Kampf kommen lassen, weiß ich nicht, wie lange sie das zurückhalten wird.

Ich weiß nicht, ob einer von uns diesen Kampf überleben würde, in der Unterzahl und gegen Monster, die weitaus mehr Erfahrung im Umgang mit ihren Kräften haben als wir.

Dominic ist zu Pearl und Billy hinübergeeilt, und seine Tentakel bewegen sich unter seinem Trenchcoat. „Geht es ihm gut?"

„Er wird wieder gesund", murmelt Pearl. „Aber es wird wehtun."

Billy fängt von der anderen Seite des Decks meinen Blick

auf. Ich kann erkennen, dass der Schmerz in seinen Augen nicht nur von der gebrochenen Nase herrührt.

„Es tut mir leid“, murmelt er. „Ich …“ Er rappelt sich auf und funkelt das andere Schattenwesen böse an. „Wir lassen das nicht zu.“

Mir wird flau im Magen. Die Schattenwesen, die sich mit uns angefreundet haben, sind ebenfalls bereit zu kämpfen, und ihre Gefährten scheuen sich offensichtlich nicht, alle Register zu ziehen, um *sie* auszuschalten.

„Nein!“, rufe ich, bevor jemand noch mehr Schläge – oder Funken oder was auch immer – austeilen kann. „Wir werden gehen. Wir holen nur unsere Sachen, dann sind wir weg.“

Die Köpfe der Jungs drehen sich ruckartig zu mir um. Ich schaue sie entschlossen an und hoffe, dass sie mir folgen werden.

Jacobs Augen blitzen auf, doch er lässt die Schultern sinken, was ihn große Überwindung zu kosten scheint.

„Ihr habt sie gehört“, sagt er und wendet sich wieder den Schattenwesen zu.

„Na schön“, knurrt Kudzu. „Ihr habt fünf Minuten, um eure Sachen zu holen und euch zu verpissen. Aber vorher nehmen wir euch die Handys ab.“

Wir können Rollick also nicht erreichen. Das mulmige Gefühl in meinem Bauch wird noch stärker.

Er hält mir die Hand hin, und ich sehe keine andere Möglichkeit, als das Gerät aus meiner Tasche zu ziehen und es ihm zuzuwerfen.

Die Jungs tun es mir mit grimmigen Mienen nach.

„Also gut, dann los“, sagt Cinder. „Und die fünf Minuten sind für jeden eine. Ihr könnt euch also nicht gegen uns verschwören.“

Sie deutet auf Zian, der ihr am nächsten steht. Er wirft

mir einen hilfesuchenden Blick zu und verschwindet dann auf mein scharfes Nicken hin im Schiff.

Offensichtlich macht er sich Sorgen, dass die Schattenwesen ihre Meinung noch einmal ändern könnten, denn er eilt hastig mit unseren fünf Rucksäcken auf das Deck zurück. Nachdem er jedem von uns einen zugeworfen hat, mustert er die Schattenwesen herausfordernd.

„Wir werden Rollick erzählen, was ihr getan habt", erklärt Pearl mit vor Wut gerötetem Gesicht.

Cinder sieht die kleinere Frau mit zusammengekniffenen Augen an. „Haltet euer dummes Maul, ihr beiden, oder wir werden euch sofort beseitigen. Vielleicht habt ihr es schon vergessen, aber in diesem Reich könnt ihr sterben."

„Ist schon gut", sage ich schnell. „Wir gehen jetzt."

Ich fange die Blicke der Jungs auf und mache mich auf den Weg zur Einstiegsrampe. Sichtlich zögernd folgen sie mir, einer nach dem anderen.

Mein Herz wird mit jedem Schritt über das schäumende Wasser in Richtung Pier schwerer. Was, wenn *dieser* Schritt der falsche ist?

Doch der Preis dafür, diese Sache übers Knie zu brechen, ist viel zu hoch, als dass ich dieses Risiko eingehen würde.

Ich umfasse die Riemen meines Rucksacks, während wir den Hafen durchqueren. Selbst als wir uns auf der Stadtseite in die Menge mischen, sind meine Nerven immer noch angespannt.

Die meisten Gesichter um uns herum sind gebräunt oder noch dunkler, umrahmt von Haaren in Braun- und Schwarztönen. Dominic und Andreas fügen sich gut ein und auch Zian fällt wohl niemandem auf, der nicht genau auf seine Gesichtszüge achtet. Nur Jacob sticht mit seiner blassen Haut deutlich aus der Menge hervor.

Und ich – mein Mondstrahlzopf muss wie ein abnormales Feuer leuchten.

Es juckt mich in den Fingern, einen meiner Kapuzenpullis aus dem Rucksack zu ziehen, doch selbst in meinem Tanktop läuft mir der Schweiß in Strömen über die Haut. Wenn ich einen Hitzschlag bekomme, stelle ich auch eine Gefahr dar.

Auch wenn wir ein paar komische Blicke ernten, werden die Einheimischen wohl davon ausgehen, dass wir Touristen sind, oder? Bestimmt sind sie daran gewöhnt.

Um uns herum sind Stimmen zu hören. Diejenigen, die ich verstehe, sprechen Spanisch, doch meine Sprachkenntnisse belaufen sich auf etwa drei Wörter. Ich bahne mir einen Weg durch die überfüllten Straßen jenseits des Hafens, bis ich eine schmale Seitenstraße erreiche, die kaum mehr als eine Gasse zwischen zwei hohen Steingebäuden ist.

Sie ist schummrig und ruhig, und das ist das Wichtigste für mich.

Als wir uns alle in der Seitenstraße versammelt haben, wendet sich Jacob an mich. „Was machen wir hier?"

Sein Tonfall ist so schroff, dass ich zusammenzucke. „Wir stellen sicher, dass wir nicht von Monstern ermordet werden, die noch schlimmer sind wir als wir."

Seine Mundwinkel zucken. „Das war keine Kritik. Eigentlich wollte ich nur wissen, wie dein Plan aussieht."

Oh. Ich habe mich immer noch nicht an seine neue, zuvorkommende Art mir gegenüber gewöhnt, und die Erinnerungen, die letzte Nacht aufgewühlt wurden, haben mir die ersten Tage unseres Wiedersehens wieder mit unangenehmer Klarheit ins Gedächtnis gerufen.

Seufzend drehe ich mich zu der belebten Straße hinter uns um, wo Männer und Frauen vorbeischlendern, die in angeregte Gespräche vertieft sind. „Das sollte nicht nur von mir abhängen. Aber ich dachte mir, wir sollten uns einen Überblick verschaffen und den Hafen von einer Stelle aus im

Auge behalten, wo wir Rollick sehen, wenn er zurückkommt."

Andreas' niedergeschlagene Miene hellt sich ein wenig auf. „Um ihn abzufangen und ihm zu erzählen, was passiert ist."

„Genau." Ich will nicht, dass wir oder Pearl und Billy ins Fadenkreuz der anderen Schattenwesen geraten. Der Dämon kann auf sich selbst aufpassen.

Dominics Gesichtsausdruck ist weiterhin nachdenklich. „Was, wenn wir ihn gar nicht sehen? Er könnte durch die Schatten zum Schiff zurückkehren."

„Wir sollten zumindest erkennen können, wann sie ablegen", erwidere ich. „Sie müssen die Rampe einfahren. Sobald das passiert, können wir hinlaufen und ihn auf uns aufmerksam machen."

Jacob nickt langsam. „Das klingt nach der besten Lösung. Wir müssen uns nur einen guten Beobachtungspunkt suchen, von dem aus wir die Jacht im Blick haben, ohne dass diese Arschlöcher uns bemerken."

Zian knackt mit den Fingerknöcheln und bleckt die Zähne. „Ich wollte sie dem Erdboden gleichmachen. Vielleicht hätten wir es mit ihnen aufnehmen können."

Ein mulmiges Gefühl macht sich in meinem Bauch breit. „Das wissen wir nicht. Außerdem hätten wir ihnen dann einen *Grund* gegeben, uns zu töten. Du hast doch gehört, was Rollick uns darüber erzählt hat, was die Schattenwesen von Hybriden halten."

Eine düstere Stille senkt sich über uns.

Dominic rückt seinen Rucksack über die Beulen auf seinen Schultern zurecht. „Vielleicht sollten wir nicht sofort zurückgehen. Rollick hat sicherlich nicht wegen einer fünfminütigen Besorgung angelegt. Wir sollten den anderen Schattenwesen ein wenig Zeit geben, damit sie glauben, dass wir für immer weg sind, und wieder dem nachgehen, was sie sonst den ganzen Tag so treiben."

Zian runzelt die Stirn. „Und was machen wir bis dahin?"

Andreas blickt in Richtung Straße. „Ich habe viel Gutes über kubanisches Straßenessen gehört. Wer hat Lust auf ein Abendessen?"

„Ob man mit amerikanischem Bargeld bezahlen kann?", überlegt Jacob zweifelnd.

Der Anflug eines Lächelns huscht über Andreas' Gesicht. „Dom und ich hatten in der Einrichtung Spanischunterricht. Sie hatten wohl vor, uns an Orte wie diesen zu schicken, um uns gegen die Schattenwesen einzusetzen. Ich nehme an, sie wollten dafür sorgen, dass wir uns unter die Einheimischen mischen können. Trotz meines Mangels an Übung bin ich mir sicher, dass ich es schaffe, etwas Geld zu wechseln. Wir müssen nur eine Bank finden."

Ich gehe langsam auf die breitere Straße zu und betrachte die Schilder an den Gebäuden. Selbst mit meinen begrenzten Sprachkenntnissen kann ich erraten, was Banco bedeutet.

„Ich glaube, an der Ecke ist eine", sage ich und ziehe mich schnell wieder zurück.

Dominic wirft einen Blick auf den Rest von uns. „Vielleicht solltet ihr drei lieber hierbleiben, wo ihr nicht zu sehr auffallt. Drey und ich können uns um das Abendessen kümmern."

Mir ist nicht wohl bei dem Gedanken, dass sie weggehen, doch ich werde immer genau wissen, wo sie sind. Und Dom hat recht.

„Beeilt euch", sage ich.

Dominic kommt auf mich zu und zieht meinen Kopf zu sich. Er küsst meine Stirn und schenkt mir ein beruhigendes Lächeln, das meine Nervosität ein wenig lindert.

„Ich würde dich nie lange allein lassen, Süße", raunt er mir zu. „Wir sind gleich wieder da."

Der neue Spitzname löst eine wohlige Wärme in meiner Brust aus, gefolgt von einer Hitze in meinen Wangen, als ich mich daran erinnere, woher er kommt.

Süßer als ein Zuckerkeks.

Dom schenkt mir ein weiteres schüchternes und zugleich anzügliches Lächeln, bevor er sich widerwillig von mir entfernt.

„Ich werde auf sie aufpassen", erklärt Jacob auf seine gebieterische Art.

Ich gebe mir keine Mühe, ein Schnauben zu unterdrücken.

Während Dominic und Andreas auf die belebte Straße treten, lehne ich mich an die glatte Steinwand hinter mir. Das leichte Pulsieren meiner Male verrät mir, wohin sie gehen.

Jacob verlagert sein Gewicht von einem Fuß auf den anderen. „Riva."

Er wartet, bis ich ihn ansehe. Es ist das erste Mal, dass er mich direkt anspricht, seit ich ihm gestern Abend im Partyraum die Meinung gesagt habe.

Mein Kiefer verkrampft sich automatisch. „Was?"

Er hält meinen Blick unverwandt fest. „Ich weiß, dass ich dich schrecklich behandelt habe, und ich hasse mich dafür. Wenn ich mein damaliges Ich umbringen könnte, damit du nie wieder daran denken musst, würde ich es tun. Doch wenn ich das täte, wäre ich nicht mehr hier, um mich zwischen dich und diese Arschlöcher zu stellen. Und genau das werde ich tun. Mir ist klar, dass das nicht genug ist, aber ich tue alles, was ich kann."

Meine Kehle ist wie zugeschnürt, als ich meinen Blick abwende und nach meinem Anhänger greife.

„Du bist *immer noch* dieser Typ", sage ich. „Die Einsicht, dass du ein Arschloch warst, macht dich nicht zu einem neuen Menschen."

Jacob runzelt die Stirn. „Nein. Vermutlich nicht. Aber wenn ich einen Weg finde, mich in einen neuen Menschen zu verwandeln, dann werde ich das tun."

Er sagt das so vehement, dass ich nicht anders kann, als ihm zu glauben.

Das Problem ist, dass ich nicht glaube, dass es einen Weg gibt.

Zians Räuspern durchbricht die aufkommende Spannung. „Die Jungs haben nicht einmal gefragt, was wir zu Abend essen wollen. Ich hoffe, sie finden etwas Gutes."

Trotz des Schmerzes in meinem Herzen bricht ein Lachen aus mir heraus. „Ich bin mir sicher, dass sie inzwischen wissen, was du magst."

Während wir warten, verspüre ich ein unruhiges Kribbeln in meinen Gliedern. Der Schmerz in meiner Brust dehnt sich aus, und er rührt nicht nur von meinen Gefühlen für Jacob her.

Ist es meine Schuld, dass die Schattenwesen Angst vor uns haben? Ich bin diejenige mit der brutalsten Kraft.

Und ich habe mich geweigert, Rollicks Befehl zu befolgen, als es darum ging, zu lernen, sie zu kontrollieren.

Sehen sie mich deshalb als Bedrohung?

Wenn wir wieder an Bord sind und Rollick die Sache geklärt hat, werde ich die Übungen machen, die er von mir verlangt. Ich werde Schmerzen verursachen, um sicherzustellen, dass ich keinen Fehler mache, wenn es wirklich darauf ankommt.

Das ist das Mindeste, was ich tun kann, wenn die Schattenwesen so viel riskieren, indem sie uns in ihre Nähe lassen.

Das Unbehagen in mir lässt erst nach, als Dominic und Andreas einige Minuten später am Eingang der Seitenstraße auftauchen. Sie haben mehrere, in Alufolie eingewickelte Snacks dabei.

Andreas verteilt seine Beute, und ich spüre die Wärme des Inhalts durch die Alufolie hindurch. „Ich habe ein paar gute Erinnerungen von Leuten aufgeschnappt, die schon unzählige Male an diesem Imbissstand vorbeigekommen sind, also nehme ich an, dass es der beste hier in der Umgebung ist. Wenn ihr …"

In diesem Moment schießt etwas Silbernes mit einem scharfen, zischenden Geräusch durch die Luft und trifft ihn an der Schulter.

FÜNFUNDZWANZIG

Riva

Andreas stolpert, und ein roter Fleck bildet sich an seinem Ärmel. Weitere Pfeile fliegen durch die Luft und ich lasse das in Folie eingewickelte Essen fallen und renne zu ihm.

Ein weiteres Geschoss zischt vorbei und hinterlässt eine Furche in seiner dunklen Haut. Dann ertönt ein schepperndes Geräusch wie ein Hagelschauer.

Ich schlinge meine Arme um Andreas und schleife ihn zur Wand. Dominic rennt bereits mit angespannter Miene auf uns zu.

Während ich meine Hand auf die Wunde an Dreys Schulter lege, drehe ich ruckartig den Kopf, um die Quelle der Schüsse ausfindig zu machen.

Jacob hockt auf dem Boden zwischen uns und der Gasse, die Hände abwehrend erhoben. Mehrere glänzende Kugeln fliegen auf uns zu und prallen gegen das Kraftfeld aus telekinetischen Kräften, mit dem er sie zurückdrängt.

Das sind keine Betäubungspfeile. Jemand versucht, uns zu *töten*.

Ein klammes Gefühl umschließt meine Eingeweide.

„Ich kann unsere Angreifer nicht sehen", sagt Zian mit rauer Stimme und dreht seinen Kopf, um die schmale Gasse abzusuchen. „Es sieht so aus, als würden sie von oben schießen. Da!"

An einem Fenster flackert eine Bewegung auf. Ein Arm wird herausgestreckt und schleudert etwas auf uns.

Meine Nerven liegen blank. „Raus hier! Auf die Straße, wo mehr Menschen sind!"

Wie ein einziges Wesen rennen wir aus der Gasse, verzweifelt auf der Suche nach dem Schutz der belebten Hauptstraße. Unsere Angreifer werden es schließlich nicht riskieren, Unschuldige zu erschießen, oder?

Ein *Knall* ertönt hinter uns und lässt den Boden unter meinen Füßen erzittern. Ich lege Andreas' Arm über meine Schultern und versuche, ihn mit meinem deutlich kleineren Körper zu stützen.

Er krallt seine Finger in mein Shirt und läuft leicht taumelnd neben mir her. Beim Anblick des Blutes, das ihm über das Gesicht läuft, dreht sich mir der Magen um.

„Die Wunden sind zu tief, ich muss irgendwoher Energie bekommen."

Ach, verdammt, daran habe ich gar nicht gedacht.

Die Menschen auf dem Bürgersteig zucken zusammen, als wir uns einen Weg durch die Menge bahnen, und Gemurmel und Rufe ertönen. Ich muss die Sprache nicht verstehen, um zu erkennen, dass sie beunruhigt sind.

Wer wäre das nicht?

Auf der anderen Straßenseite entdecke ich einen

Schössling, der aus einem Topf wächst. Das muss doch reichen, oder?

Ich deute darauf, und Dominic dreht sich in die Richtung. Zian und Jacob rennen hinter uns her.

„Wir müssen weiter weg", schimpft Jacob. „Wer auch immer sie sind, sie dürfen uns auf keinen Fall folgen …"

Er hat nicht einmal Zeit, seine Warnung zu beenden, da ertönt Gebrüll und hallt von den hellen, pastellfarbenen Fassaden wider.

Dominic stürzt sich nach vorne und streckt seine freie Hand nach dem Baum aus. Ich lasse Andreas gegen den Topf sacken und drehe mich um.

Eine Gruppe von Gestalten in Militäruniformen stürmt aus der gleichen Richtung, aus der wir gekommen sind, auf die Straße. Einige von ihnen kommen direkt aus unserer Gasse. Ich verstehe nicht, was sie den Fußgängern auf der breiten Hauptstraße zurufen, aber die Menge löst sich auf.

Die Menschen stürmen in alle Richtungen davon. Autos halten entweder an oder fahren rückwärts, um in Querstraßen abzubiegen.

Die Soldaten heben ihre Gewehre und richten sie direkt auf uns.

„Scheiße", zischt Jacob durch zusammengebissene Zähne. Er packt mich am Arm und schiebt Andreas in eine andere Straße nur ein paar Häuser weiter.

Dann holt seine Hand hinter ihm aus. Zwei der Gestalten, die auf uns zulaufen, gehen wie Actionfiguren zu Boden, die von einem Kleinkind getreten wurden.

Die anderen Soldaten bellen sich gegenseitig Befehle zu, weichen ihren gefallenen Kameraden aus und beginnen erneut zu schießen.

Weitere Kugeln prallen an Jacobs Kraft ab, doch eine zischt direkt an meinem Ohr vorbei. Ich schlucke einen

Aufschrei hinunter und stürme schneller auf die Ecke zu, wobei ich Andreas mit mir ziehe.

Die Wunde an seinem Arm muss unglaublich schmerzhaft sein. Trotzdem ist das immer noch besser, als zu sterben.

Als wir um die Kurve flitzen, werfe ich einen kurzen Blick über meine Schulter auf die uniformierten Kämpfer, die uns verfolgen.

Sie sehen alle wie Einheimische aus, und ich kann keinen einzigen Metallhelm entdecken.

Sie sind keine Wärter. Wer zum Teufel sind sie, und warum wollen sie uns umbringen?

„Was ist hier los?", stoße ich hervor, als wir an den Passanten vorbeilaufen und auf die weniger belebte Straße einbiegen. „Wir haben nichts getan!"

Dominic holt tief Luft. Schweiß glänzt auf seiner Stirn, wahrscheinlich, weil er die Blutung von Andreas' Verletzung zumindest verlangsamt, wenn schon nicht gestoppt hat.

„Sie reden von Monstern, vor denen sie gewarnt wurden."

Das klamme Gefühl von vorhin verwandelt sich in Eisklingen, die sich in meinen Bauch bohren. „Sie haben einen Tipp bekommen."

Wie die Gangster, die mich damals in Miami angegriffen haben – nur ein Dutzend Mal tödlicher.

Mindestens eines der Schattenwesen aus Rollicks Crew scheint sich eine Scheibe von seinem in Ungnade gefallenen Kollegen abgeschnitten zu haben.

Ursula Engel hat uns erzählt, dass es andere Organisationen gibt, die die Welt von der Schattenwelt befreien wollen. Einer unserer vermeintlichen Verbündeten muss eine lokale Gruppe gefunden und sie direkt auf uns angesetzt haben.

Sie haben einen Weg gefunden, unseren Tod zu arrangieren, ohne ihre eigene Haut zu riskieren.

Jacob flucht mit zusammengebissenen Zähnen, und auch ich koche vor Wut, die durch den Verrat noch verstärkt wird.

Wir haben den Schattenwesen nie etwas getan. Wir haben nur ihre Hilfe angenommen, die sie uns freiwillig angeboten haben.

Wir haben mit ihnen *zusammengearbeitet*, anstatt uns gegen sie zu stellen, wie es unsere Schöpferin wollte. Und sie haben es uns mit dem Versuch gedankt, uns zu vernichten.

Meine Kraft hallt in mir wider, und ein Schrei kriecht meine Kehle hinauf. Doch wohin ich auch schaue, sehe ich verängstigte Zivilisten, die sich von uns abwenden, während weitere Schreie von der Straße herüberschallen.

Egal, ob diese Gruppe von Monsterjägern tatsächlich zum Militär gehört, oder ob ihre Uniformen geklaut sind und sie nur so tun als ob, sie haben eine erfolgreiche Strategie gefunden, um sich den Weg freizumachen. Leider ist meine Kraft nicht so zielgenau wie eine Pistole.

Selbst als der Schrei in meiner Lunge kratzt und mich anfleht, unsere Angreifer für den Schmerz bezahlen zu lassen, den sie dem Mann neben mir zugefügt haben, halte ich mich zurück. Ich werde nicht auf all diese unwissenden Menschen losgehen.

Ich bin mir nicht einmal sicher, ob uns das retten würde. Wer weiß, ob nicht noch mehr von diesen Arschlöchern irgendwo lauern.

Auf einmal wünsche ich mir, ich hätte ein paar Krabben gequält und die anderen Kreaturen, die Rollick mir vor die Nase gesetzt hätte. Vielleicht hätte ich mir dann aussuchen können, wen ich in Stücke reiße.

Wir rennen auf den gegenüberliegenden Bürgersteig, wo noch genug verwirrte Passanten unterwegs sind, um uns etwas Deckung zu geben, und laufen anschließend auf einen breiten Hof zu.

Doch unsere Angreifer wurden offenbar gewarnt, dass wir uns nicht so einfach geschlagen geben würden. Ein weiteres halbes Dutzend von ihnen stürmt aus dem hinteren Teil des Hofes auf uns zu.

Ich wirble herum, doch die Gestalten hinter uns kommen auch immer näher.

Wir sind zwischen den beiden Gruppen gefangen. Wie lange wird Jacob die Kugeln noch abwehren können?

Andreas berührt seine Stirn, die immer noch blutet. „Wenn ich in ihren Geist eindringen könnte … Ich kann mich nicht konzentrieren."

„Es ist nicht deine Schuld", sage ich eindringlich.

Zian fuchtelt mit seinem Arm, seine Stimme ist tief und eindringlich. „Leute! Hierher!"

Wir stürmen auf eine Gasse zu, die er an einer der unbewachten Ecken des Platzes entdeckt hat. Hinter uns ertönen weitere Schüsse.

Ein Körper prallt von hinten gegen mich. Wir drehen uns um, und ich fahre meine Krallen aus, bevor ich feststelle, dass es nur Jacob ist, der mich zur Seite reißt.

Blut strömt aus seinen Rippen, wo er gerade eine Kugel abbekommen hat.

Er hat sie abgefangen, um mich zu schützen, weil seine Kraft nicht genug Schutz bieten konnte.

„Jake", murmle ich, während ich weiterlaufe.

Seine hellblauen Augen huschen wild hin und her. „Lauf einfach. *Lauf!*"

„Dom!", rufe ich instinktiv, als wir in die schäbige Gasse stürzen.

Doch unser Heiler ist schon ein paar Schritte voraus. Er ist immer noch dabei, Andreas zu helfen. In dieser düsteren

Gasse ist nichts, woraus er Energie ziehen könnte, außer sich selbst.

Wenn Dominic ausfällt, sind wir vielleicht alle tot.

Jacob stolpert schwer atmend hinter mir her. Von der anderen Straßenseite nähern sich Schritte, und weitere Rufe ertönen.

Die Straße macht eine Biegung, was uns eine kurze Verschnaufpause verschafft. Wir beschleunigen unser Tempo und rennen um eine weitere Kurve, wo uns ein zwei Meter hoher Holzzaun den Weg versperrt.

Zian stürzt knurrend darauf zu und schmeißt sich mit der Schulter dagegen.

Die Bretter ächzen, halten aber stand.

Als er zurückweicht, um es erneut zu versuchen, eilen wir anderen um ihn herum. Jacob weicht zur Seite aus und presst seine Hand gegen die Schusswunde an seinem Oberkörper.

In diesem Moment stürmt der erste unserer Verfolger um die Kurve.

Kugeln fliegen durch die Luft. Jacob stöhnt und aktiviert seine Kraft. Leider nicht schnell genug.

Als ich auf die Wand zuspringe, trifft mich ein Metallbolzen in den Rücken und durchbohrt meinen Oberkörper mit einem brennenden Schmerz.

Ein Krächzen entweicht zwischen meinen Lippen.

Ich kriege keine Luft mehr. Meine Lunge kollabiert.

„Riva!", schreit Jacob und gibt einen Laut von sich, der eher einem Stöhnen als einem Knurren gleicht.

Dann ertönt ein weiteres, knirschendes Geräusch und hallt durch die ganze Gasse.

Zian rammt seine Schulter erneut gegen den Zaun, und drei der Bretter zerbrechen. Ich taumle auf ihn zu und stolpere über einen Stein.

Ich drehe mich, um meinen Sturz gegen das steinerne Gebäude neben mir abzufangen, und keuche, als die andere

Seite des Gebäudes über dem Mann zusammenbricht, der auf mich geschossen hat.

Es ist Jacob. Er hat sowohl seine blutüberströmte Hand als auch die gesunde gehoben. Die Muskeln in seinen Armen spannen sich an, als er die gesamten dreistöckigen Gebäude auf beiden Seiten der Gasse aus ihren Fundamenten reißt.

Steinbrocken stürzen in die schmale Gasse. In wenigen Sekunden ist die Gasse bis zu den Fenstern im zweiten Stock auf der gegenüberliegenden Seite blockiert.

Während ich das Trümmerfeld betrachte, legt Zian seinen Arm um mich. Er drückt mich an seinen kräftigen Körper und zieht Jacob vom Boden hoch.

„Ich habe sie!", ruft er Dominic zu und hievt uns über die Reste des Zauns.

Zian ist übernatürlich stark, doch selbst ich hätte nicht gedacht, dass er Jacob und mich tragen und dabei auch noch laufen kann. Entweder habe ich ihm nicht genug zugetraut, oder ich sollte für die Wirkung des Adrenalins dankbar sein.

Ich kann mich nicht gut genug konzentrieren, um wirklich darüber nachzudenken. Der Schmerz meiner kollabierenden Lunge strahlt durch meinen Körper und meinen Verstand, und die nächste Zeitspanne verblasst zu nichts als röchelnden Atemzügen und einem heftigen Pochen.

Am Rande bekomme ich mit, wie eine kühle Brise über mein Gesicht weht. Dann lande ich mit dem Hintern auf dem Boden und brauche einen Moment, bis mir klar wird, dass sich einer von Dominics Tentakeln um meinen Oberkörper schlingt.

„Bring ihn hierher!", ruft er.

Wärme durchflutet meine Brust. Der Schmerz sticht tiefer … und dann lässt er nach.

Mein Keuchen beruhigt sich. Luft strömt in meine

Lunge, und ich verspüre einen erneuten Schmerz, aber auch Erleichterung, als ich gierig den Sauerstoff einatme.

Ich öffne meine Augen. Wir liegen unter ein paar Bäumen.

Der Baum direkt über mir biegt sich langsam, und seine Blätter verwelken.

Dann ertönen ein Ächzen und ein Aufprall. Ich richte mich auf und sehe ein umgekipptes Auto.

„Jake!", schnauzt Zian und packt ihn an der Schulter.

Jacob hat sich ebenfalls aufgesetzt, sein Gesicht ist so bleich, dass man meinen könnte, das ganze Blut sei in den Fleck auf seinem Shirt geflossen. Jetzt fließt zwar kein frisches Blut mehr aus seiner Seite, aber sein Gesicht ist zu einer Maske der Anspannung erstarrt, und der Blick in seinen Augen ist gleichermaßen benommen und verzweifelt.

„Sie haben auf sie geschossen!", krächzt er. „Sie haben verdammt noch mal auf sie geschossen."

In diesem Moment lösen sich die Reifen eines weiteren Autos.

Andreas flucht und wedelt mit der Hand vor Jacobs Gesicht. „Wir sind entkommen. Es geht uns gut. Allerdings wird das nicht so bleiben, wenn du uns verrätst."

„Diese verdammten Arschlöcher, ich bringe sie alle um."

Die Worte kommen in einem gequälten Röcheln heraus. Ein Telefonmast bricht wie ein Zweig von seiner Basis ab.

Ich habe Jacob schon einmal so gesehen. Nicht ganz so schlimm, aber im Grunde genauso. Nachdem die Wärter uns auf dem Universitätscampus überfallen hatten.

Ich ignoriere den Schmerz, der noch in meiner Lunge nachhallt, und gehe auf ihn zu. Ich kann die gleiche Taktik anwenden, die ihn damals in die Realität zurückgebracht hat.

Ich setze mich rittlings auf seine ausgestreckten Beine, schlage mit meinen Handflächen gegen seine Wangen und ziehe sein Gesicht zu mir. „Wir sind entkommen. Du hast sie aufgehalten. Wir haben es geschafft."

Jacobs Pupillen zucken in seinen Augen. Seine Hände greifen nach der Luft.

„Riva … Sie haben auf sie geschossen … Diese verdammten Bastarde, sie haben versucht, sie zu *töten* …"

Diesmal fällt einer der Bäume um, und mir wird flau im Magen.

Ich bin der Grund dafür, dass er sich so quält, und in seinem Geist noch immer in diesem Kampf gefangen ist.

Ich schüttle ihn. „Ich bin hier. Dom hat mich geheilt. Mir geht's gut."

Seine zuckenden Augen sehen mich nicht. Sein Körper zittert in meiner Umarmung.

Dominic hat Jacobs körperliche Wunde zumindest teilweise geheilt, genau wie meine. Allerdings habe ich keine Ahnung, wie viel Schaden unsere Flucht ihm abgesehen davon zugefügt hat.

Ich hatte *keine Ahnung*, dass er mit seiner Kraft sogar ein ganzes Gebäude einreißen kann, geschweige denn zwei. Und das, nachdem er bereits Dutzende von Kugeln abgewehrt hatte.

„Jake!", schreie ich, so laut ich mich traue, und klatsche ihm mit einer krallenbewehrten Hand auf die Wange. „Ich bin hier. Hör mir zu."

Der Schlag zeigt keine erkennbare Wirkung. Jacob stößt ein weiteres gequältes Stöhnen aus, und auf der Straße poltert und kracht es.

„Riva!", ruft er, als ob ich gar nicht da wäre.

Die Schatten in mir ziehen mich zu ihm, und ich bin so besorgt, dass ich es geschehen lasse.

Mit einem letzten Versuch, ihn davon zu überzeugen, dass ich bei ihm bin, beuge ich mich vor und presse meinen Mund auf seinen.

Ich spüre Jacobs stotternden Atem an meinen Lippen. Seine Finger schlingen sich um meinen Hals und fahren durch mein Haar.

Allerdings nicht, um mich zu würgen oder zu quälen, wie er es vielleicht vor Wochen getan hätte. Stattdessen umarmt er mich fest, während ihn ein heftiger Schauer durchfährt.

Schließlich löst sich sein Mund von meinem, und er senkt den Kopf.

„Riva", haucht er.

Mein Inneres fühlt sich an, als würde es völlig neu geordnet werden. „Mir geht's gut. Ich bin ja da."

Ich rücke von ihm weg, damit ich sein Gesicht sehen kann. Jacob starrt mich an, immer noch benommen, aber wieder bei uns.

Mit geröteten Wangen klettere ich von ihm herunter. „Wir müssen hier weg, bevor sie uns einholen. Kannst du laufen?"

Sein Mund öffnet und schließt sich. Anstatt zu antworten, rappelt er sich schwankend auf.

Meine Brust schmerzt, aber ich reiße mich so gut es geht zusammen und schaue mich nach den anderen um. „Wohin gehen wir?"

Ein Zittern durchfährt Dominic, der an dem Baum lehnt, dem er das meiste Leben ausgesaugt hat. Und auch den Großteil seiner eigenen Energie hat er verbraucht.

Sein Blick gleitet über die Landschaft jenseits der Bäume. Als ich ihm folge, stelle ich fest, dass wir wieder an der Küste sind, wenn auch nicht an dem Hafen, wo die Jacht lag.

In der näheren Umgebung dümpeln mehrere kleinere Boote entlang schmaler Docks im Wasser, die sich so weit erstrecken, wie das Auge reicht.

„Wir könnten uns ein unbenutztes Boot suchen", schlägt Dominic heiser vor. „Eines, das wir bei Bedarf in Gang setzen können. Es wäre einfacher, über das Wasser zu fliehen."

Zian zögert. „Sollen wir versuchen, Rollick zu finden?"

Andreas' Mund verzieht sich. „Wir wissen nicht sicher, dass er *nicht* an diesem Angriff beteiligt war. Und selbst wenn er es nicht war, sind wir in der Nähe seines Schiffes nicht sicher, bis er sich um die anderen gekümmert hat."

Ich würde protestieren, wenn ich mich nicht so schwach fühlen würde. Wir sind nicht in der Lage, es mit mehreren Schattenwesen und anderen unwissenden menschlichen Komplizen aufzunehmen, die sie in ihren Feldzug gegen uns einbinden.

„Ich würde vorschlagen, wir ruhen uns aus und gruppieren uns dann neu", sage ich.

Dominics Blick schweift über die Trümmer um uns herum. „Wir sollten auf jeden Fall von hier verschwinden."

Jacob zuckt zusammen und stolpert auf wackeligen Beinen vorwärts, während Zian ihn mit einer Hand auf dem Rücken stützt.

Dom und Andreas laufen links und rechts neben mir her. Ich greife nach Dominics Hand, weil ich mir um sein Wohlbefinden genauso Sorgen mache wie er sich um meines.

Wir laufen, bis ich befürchte, dass ich zusammenbreche. Zian sucht sich eines der größeren Privatboote in der Nähe aus und späht durch die Wände, um sich zu vergewissern, dass es leer ist.

Nachdem wir an Bord gegangen sind, startet Jacob mit einem kleinen Ruck die Zündung. Andreas steuert das Boot vom Hafen weg, um ein Versteck zu suchen, wo das Boot in der Dunkelheit nicht auffällt.

Der Rest von uns geht zum Kabinenbereich. Es gibt nur ein Stockwerk, in dem sich zwei kleine Schlafzimmer und mehrere Pritschen hinter der Treppe befinden.

Ohne zu fragen, lasse ich mich einfach auf das

Doppelbett im ersten der beiden Schlafzimmer fallen. Bevor ich mich entspannen kann, lässt sich Jacob neben mir nieder.

„Ich lasse dich nicht allein“, flüstert er mit rauer Stimme. „Ich lasse nicht zu, dass sie dich noch einmal angreifen.“

Ich könnte darauf hinweisen, dass ich nicht allein sein muss, auch wenn er nicht im Raum ist. Oder dass er sich auch an jedem anderen Ort auf dem Schiff zwischen die Angreifer und mich stellen kann.

Doch ich habe keine Energie, um mit ihm zu diskutieren. Nicht nach all den Kämpfen, die wir hinter uns haben.

Nicht nachdem ich gesehen habe, wie eifrig er mich verteidigen wollte, nachdem er mich bereits gerettet hatte.

„Na gut“, murmle ich und sorge dafür, dass mindestens zwei Lagen Stoff zwischen mir und seiner Seite des Bettes liegen.

Dann schließe ich meine Augen und versinke in der Dunkelheit.

SECHSUNDZWANZIG

Jacob

Ich wache mit einem pochenden Schmerz im Kopf und einem ungewohnten Flattern in der Brust auf. In der Sekunde, die ich brauche, um mich zu orientieren, beschleunigt sich mein Puls.

Ich liege in einem Bett, das sich auf einem sanft schaukelnden Boot befindet. Neben mir liegt Riva in der Dunkelheit, und ihr intensiver, süßer Duft umhüllt mich.

Mein Herzschlag beschleunigt sich, und ich bringe mich vorsichtig in eine sitzende Position und betrachte sie in dem schwachen Licht, das durch das kleine, mit Vorhängen versehene Fenster des Schlafzimmers dringt.

Ihr zierlicher Körper ist in die Decke gehüllt, auf der ich sitze. Sie liegt am äußersten Rand der Matratze und hat mir den Rücken zugedreht.

So weit wie möglich von mir weg, ohne aus dem Bett zu fallen.

Mein Kopfschmerz hat nachgelassen, doch dafür verspüre ich jetzt einen in meiner Kehle. Ich kann mich nur vage daran erinnern, dass ich darauf bestanden habe, hier bei ihr zu bleiben.

Hat sie es zugelassen, weil sie es verstanden hat? Oder war sie einfach nur zu erschöpft, um zu widersprechen?

Ich schließe meine Augen. *Du bist so ein verdammtes Arschloch, Jake.*

Das Pulsieren meines Blutes treibt mich zu ihr. Es drängt mich, sie in die Arme zu nehmen und ihr zu zeigen, wie viel sie mir bedeutet.

Doch sie zu umarmen, würde genau das Gegenteil bewirken. Sie würde sofort vor meiner Berührung zurückschrecken.

Das einzige Mal, dass sie mich bereitwillig umarmt hat, war, als sie das Gefühl hatte, sie müsse es tun, weil ich uns sonst alles ruinieren würde.

Meine Hände ballen sich zu Fäusten, und meine Fingernägel graben sich schmerzhaft in meine Haut.

Meine Erinnerungen an den Angriff und unsere Flucht sind verschwommen und unzusammenhängend. Da ist nur schreiende Wut und Entsetzen. Allerdings erinnere ich mich an ihre Lippen auf meinen, an die Freude und Sehnsucht, die die wilden Gefühle durchbrachen, die mich im Griff hatten.

Das Hochgefühl und die Sehnsucht wurden sofort von der Erkenntnis getrübt, wie wild meine Kräfte um sich geschlagen haben.

Ich habe uns gerettet, nur um die Aufmerksamkeit unserer Angreifer erneut auf uns zu lenken. Einfach großartig!

Bei dem Gedanken daran verspüre ich eine völlig andere Empfindung. Die Arschlöcher, die auf uns geschossen haben, sind immer noch da draußen.

Sie haben auf Riva geschossen. Sie haben sie fast getötet.

Sie *wollten* es.

Ich beiße die Zähne zusammen und Wut steigt in mir auf – das einzige Gefühl, das mir wohlbekannt ist.

Ich kann nicht ändern, was passiert ist. Ich kann die ganze Scheiße, die ich dieser Frau angetan habe, nicht ungeschehen machen.

Ich kann die Entscheidungen nicht ändern, die ich vor Jahren getroffen habe. Ich kann Griffin nicht wieder zum Leben erwecken.

Doch ich kann ganz sicher dafür sorgen, dass jeder, der versucht hat, Riva zu verletzen, keine zweite Chance bekommt.

Diese Art von Wut, dieses langsame Brennen, das wie eine Schmiede in meiner Seele schwelt, entfacht ein eiskaltes Feuer. Meine Gedanken verdichten sich zu kalter Effizienz.

Jede Bewegung, jede Überlegung konzentriert sich auf das Ziel, das vor mir liegt. Jedes Pochen meines Pulses treibt mich vorwärts.

Ich gleite vom Bett, hebe meinen Rucksack vom Boden auf und schleiche mich lautlos aus dem Schlafzimmer.

Als ich die Tür mit einem leisen Klicken hinter mir zuziehe, rührt sich eine Gestalt in einer der Kojen unter der Kabinentreppe. Andreas steht auf und blinzelt mich durch das Halbdunkel an.

Ja, das ist perfekt. Genau ihn brauche ich.

„Zian hält Wache", flüstert er und neigt seinen Kopf zum Deck darüber. „Er hat mich gerade abgelöst."

„Wo ist Dom?"

Drey deutet auf das andere Schlafzimmer. „Er schläft. Ich denke, er sollte so viel wie möglich schlafen, nachdem er den Rest von uns zusammengeflickt hat."

Ich nicke. „Kannst du noch ein wenig länger wach bleiben?"

Mein Freund mustert mich mit einem zögerlichen Blick, bei dem mir mulmig wird. Obwohl wir schon so viel füreinander getan haben, erinnert mich sein Zögern an all die Male, in denen ich *ihn* im Stich gelassen habe.

Doch er sagt nur: „Was hast du vor?"

Ich deute in die Richtung, in der ich das Festland vermute. „Diese falschen Soldaten sind da draußen. Wahrscheinlich sind sie immer noch auf der Suche nach uns, nachdem ich ihre Stadt verwüstet habe. Ich denke, wir sollten sie zuerst finden."

„Und dann?"

Ein angespanntes Lächeln umspielt meine Lippen. „Und dann sorgen wir dafür, dass sie nie wieder in Rivas Nähe kommen."

Andreas streicht sich mit der Hand über sein gewelltes Haar. Er stimmt mir nicht sofort zu, aber sein verkrampfter Kiefer zeigt mir, dass er einverstanden ist.

„Wir sollten sie nicht allein lassen …"

„Wir gehen nicht alle", sage ich. „Nur du und ich. Zian kann jeden niederschlagen, der ihm in die Quere kommt, und Dom wird hierbleiben, falls es zum Schlimmsten kommt."

Dreys Blick gleitet wieder über mich. „Bist du sicher, dass *du* noch einen Kampf durchstehst?"

Ich verlagere mein Gewicht und spanne meine Muskeln an. Mein Schädel pocht noch immer, weil ich meine Kräfte heute Nachmittag so stark beansprucht habe, und die Stelle an meiner Seite, wo mich die Kugel getroffen hat, schmerzt ein wenig.

Das ist alles weit weg im Vergleich zu der Rachsucht in mir.

„Ich habe mich fast erholt. Und unser Vorhaben sollte nicht allzu viel von meiner Kraft in Anspruch nehmen."

Als Andreas' Mundwinkel nach oben zuckt, weiß ich, dass ich ihn überzeugt habe.

„Ich lenke sie ab, und du schlägst sie nieder?"

Ein entsprechendes Grinsen huscht über mein Gesicht. „Das ist der Plan."

Er wendet sich der Treppe zu. „Zuerst müssen wir sie finden."

„Ich glaube nicht, dass das ein Problem sein wird."

Ich halte inne, um meine spärlichen Habseligkeiten aus dem Rucksack zu holen und in eine durchsichtige Plastiktüte zu stopfen, die der Besitzer des Bootes zerknüllt in einer Ecke liegen gelassen hat. Dann steige ich hinter Andreas die Treppe hinauf.

Zian blickt von seinem Platz vor der Kabine zu mir herüber, doch seine entschlossene Miene verrät mir, dass Drey ihm bereits gesagt hat, was wir vorhaben. Er neigt seinen Kopf zu mir.

Nachdem wir auf den klapprigen Steg gesprungen sind, an dem wir die kleine Jacht festgemacht haben, klettern wir die felsige Küste hinauf zu dem weitaus heruntergekommeneren Teil der Stadt. In einer schmuddeligen Straße entdecke ich ein Auto, das so verrostet und verbeult ist, dass ich sicher bin, dass es keine Alarmanlage hat.

„Wir kehren zum Tatort zurück", murmle ich Andreas zu und gehe zum Auto. „Zumindest einige von ihnen werden dort nach uns suchen."

So spät in der Nacht sind die Fenster der Gebäude in der Stadt fast alle dunkel und die Straßen um uns herum leer. Es dürfte nicht besonders schwer sein, eine Gruppe vermeintlicher Soldaten zu entdecken, die dort patrouilliert.

Mit meiner Kraft knacke ich die Türschlösser und drehe das Zündschloss. Als Drey sich in das zerschlissene Leder des Beifahrersitzes fallen lässt, heult der Motor auf.

Ich habe eine ungefähre Vorstellung davon, wo wir sind – ungefähr südwestlich von dem Stadtteil, durch den wir zuvor geflohen sind. Ich trete auf das Gaspedal und fahre los.

In den ersten paar Minuten kreuzt nichts unseren Weg außer einem räudigen Hund, der sein Tempo bei unserem Anblick ein wenig beschleunigt. Die Digitaluhr auf dem Armaturenbrett zeigt drei Uhr dreißig an.

„Wir sollten nicht zu nah mit dem Auto heranfahren", sagt Andreas. „Das würde auffallen, wenn die Straßen so ruhig sind."

„Das ist nur, damit wir schnell genug näher kommen, solange es noch dunkel ist."

Wir verfallen wieder in Schweigen. Drey fährt mit seinen Fingern über die fleckige Armlehne.

Ein Bild flackert in meinem Kopf auf: Seine Hand, die über Rivas Kleid gleitet, während sie zusammen tanzten.

Meine Hände verkrampfen sich um das Lenkrad herum. Für eine Sekunde flammt meine Wut so heiß auf, dass sie die Kälte durchschneidet, die meine Konzentration aufrechterhält.

Doch der Einzige, der diese Wut verdient, bin ich.

„Es tut mir leid", sage ich abrupt.

Andreas dreht ruckartig den Kopf. „Was?"

„Du hast versucht, mir zu sagen, dass ich Mist baue. Mehr als einmal. Und ich habe dir nicht zugehört. Und dann habe ich deine Tat bei Riva absichtlich viel schlimmer aussehen lassen …"

Säure nagt an meinem Magen, als ob ich mich selbst vergiftet hätte. Was ich am meisten hasse, ist, dass ich nicht einmal weiß, ob ich in diesem Moment wirklich meine Freunde verteidigen wollte oder ob ich von Eifersucht getrieben wurde. Ich hatte sie so sehr unterdrückt, dass ich mir ihrer Intensität nicht bewusst war.

Andreas sagt so lange nichts, dass mir mulmig wird. Dann streicht er sich mit der Hand über das Gesicht.

„Wir haben alle Mist gebaut. Wir sind alle verkorkst. Ich kann mir nicht vorstellen, wie schwer es für dich in den letzten vier Jahren ohne Griffin war. Zu glauben, dass sie ihn und den Rest von uns verraten hat … Und ich weiß, dass ich nicht viel tun konnte, um es leichter zu machen.“

Ein Anflug von Scham verdrängt meine Schuldgefühle. „Es war nicht deine Aufgabe, mein Leben leichter zu machen. Ich habe nie erwartet …“

„Natürlich nicht. Ich will damit nur sagen, dass ich nicht nachtragend bin. Gab es Momente, in denen ich dir ins Gesicht schlagen wollte? Sicher. Allerdings glaube ich nicht, dass sich die Sache dadurch schneller geklärt hätte.“

Sein Tonfall ist jetzt leicht ironisch. Er beobachtet mich, als wolle er meine Reaktion einschätzen.

Ich schlucke schwer. „Vielleicht nicht, aber ich wette, es wäre sehr befriedigend gewesen. Falls du mal wieder den Drang verspürst, kannst du mich gerne schlagen.“

Eigentlich wollte ich den gleichen Tonfall anschlagen wie er, doch nachdem Drey so viel Zeit in den Köpfen anderer Leute verbracht hat, ist er fast genauso scharfsinnig wie mein Zwillingsbruder. Er muss wissen, dass ich es ernst meine.

„Du hast dich schon genug selbst fertig gemacht, ohne dass ich etwas dazu beigetragen habe, Jake.“

Ich weiß nicht, was ich darauf erwidern soll. Dann flackert der Strahl einer Taschenlampe über die Straße in der Ferne, und ich trete auf die Bremse.

„Hier sollten wir besser anhalten.“

Ich bin erleichtert, mich auf die bevorstehende Mission zu konzentrieren, und gleite in das willkommene Brodeln der eisigen Wut hinab, lasse mich von der sengenden Kälte aus dem Auto tragen und schleiche die Straße hinunter.

Andreas hält Schritt mit mir. Wir weichen den

Lichtflecken der sporadischen Straßenlaternen aus und halten uns an die dunkelsten Schatten.

Aus einem Club oder einer Bar in der Umgebung dröhnt ein lauter Bass an unsere Ohren. Und aus einem hohen Hotelfenster ertönt Lachen. Ein einzelnes Auto braust vorbei.

Ansonsten ist die Nacht still und leise. Es würde mich nicht überraschen, wenn die vermeintlichen Soldaten es geschafft hätten, die meisten Einheimischen zu vertreiben, falls überhaupt noch jemand hier sein wollte.

Nach dem, was ich mit den Gebäuden gemacht habe, war es sicherlich nicht schwer, die Gegend zu räumen.

Als der Schein der Taschenlampe wieder in Sicht kommt, sind wir nur noch ein paar Blocks entfernt. Die Person, die sie in der Hand hält, ist nicht zu sehen.

Vorsichtig schleichen wir uns näher heran. Meine Ohren registrieren Schritte, die sich auf der Querstraße von uns entfernen.

Andreas legt mir eine Hand auf die Schulter, um mich aufzuhalten. „Lass mich mal nachsehen", sagt er leise.

Er verschwindet aus dem Blickfeld, ein ebenso raffinierter Trick wie die Art und Weise, wie die Schattenwesen mit den Schatten verschmelzen können. Ich warte in einem dunklen Eingang und kämpfe gegen meine Ungeduld. Vermutlich macht er sich unsichtbar auf die Suche nach unseren potenziellen Zielen.

Eine Minute später taucht er wieder neben mir auf.

„Es sind einige von ihnen. Ich habe sieben gezählt. Sie sind auf der Straße verteilt. Einer hat in ein Funkgerät gesprochen, also stehen sie mit anderen in Kontakt. Sie patrouillieren und beobachten die Gebäude."

Zufriedenheit macht sich in mir breit. „Gut. Dann müssen wir sie jetzt nur noch ködern."

Sie denken, dass wir uns verstecken und auf der Flucht

vor ihnen sind. Dass wir zu viel Angst haben, ihnen gegenüberzutreten.

Die Wahrheit ist, dass wir nur eine Chance brauchten, den Spieß umzudrehen und die Oberhand zu gewinnen.

Während ich zurückgehe, halte ich Ausschau nach einem idealen Ort für unseren Hinterhalt. Nachdem ich ein paar Straßen auf und ab geschlendert bin, stoße ich auf einen Parkplatz hinter einer Bar, die bereits geschlossen war.

Der rechteckige Platz wird durch die Rückseiten der umliegenden Gebäude begrenzt. Die einzige Ein- und Ausfahrt ist eine kurze Gasse auf der Straße. Die Bar selbst hat einen Innenhof im ersten Stock, der von einer dicken Steinmauer umgeben ist.

Jetzt müssen wir die Bastarde nur noch hierherlocken.

Ich deute auf die Terrasse über uns. „Geh da hoch und warte auf mich. Ich sorge dafür, dass sie kommen. Wir sollten so viele von ihnen wie möglich versammeln, bevor ich sie ausschalte. Sobald sie Anstalten machen, zu gehen, überflute ich ihre Köpfe mit genügend Erinnerungen, um sie zu verwirren.“

Andreas nickt und greift nach einem Fenstersims, um an dem Gebäude hochzuklettern.

Die Ausbildung der Wärter war keine völlige Verschwendung. Ich hoffe, dass sie eines Tages herausfinden, dass wir sie genutzt haben, um Monsterjäger anstatt Monster zu töten.

Ich verlasse den Parkplatz und lasse meinen Blick über die nächste Straße schweifen. Die Soldaten sind nirgends zu sehen, aber ich weiß, dass sie nicht weit weg sind.

Ich richte meinen Blick auf eine Statue, die auf dem Dach eines Gebäudes an der Ecke steht. Auf einen Stups mit meiner Kraft hin springt sie von ihrem Sims und stürzt zu Boden.

Der krachende Aufprall der steinernen Gestalt auf dem

Bürgersteig hallt durch die Nacht, während ich mich wieder in die Einmündung der Gasse zurückziehe und beobachte.

Es dauert weniger als eine Minute, bis ich Schritte in der Nähe höre. Mehrere uniformierte Gestalten stürmen die Straße hinunter.

Sie versammeln sich um die umgestürzte Statue und blicken angespannt und mit gezückten Waffen von ihr auf das Dach. Einer von ihnen hat sich etwas über die Schulter geworfen, das wie ein glänzendes Netz aussieht, wozu auch immer das gut sein mag.

Auf jeden Fall sind sie keine normalen Soldaten. Ich habe den leisen Verdacht, dass die glänzenden Kugeln, die sie auf uns abgefeuert haben, aus Silber und nicht aus Blei waren.

Die Jäger schwärmen erneut aus, um die Straße abzusuchen. Einer von ihnen spricht in sein Funkgerät.

Gut. Ruf mehr von ihnen her.

Mit einem Ruck schiebe ich eine leere Dose über den Bürgersteig, nur ein paar Meter von mir entfernt.

Die Gestalten in unmittelbarer Nähe drehen sich um. Ich stoße einen Fluch aus, den ich nicht unterdrücken kann, und laufe die Straße hinunter, wobei ich meine Schuhe absichtlich härter auf den Asphalt knallen lasse, als sie müssten.

Unsere Verfolger rufen sich etwas zu. Sie rennen hinter mir her, und das Geräusch ihrer Verfolgung vermischt sich mit dem Knistern des Funkgeräts, als sie Verstärkung rufen.

So ist es gut. Kommt alle her!

Jedes mörderische Arschloch, das die Frau, für die ich sterben würde, fast abgeschlachtet hat.

Ich sprinte auf den Parkplatz und die Terrasse zu, wobei ich denselben Weg entlanglaufe, den Andreas genommen hat. Er taucht hinter der Mauer auf und gibt mir die Hand.

Wir ducken uns wieder hinter den Steinvorsprung, als

die ersten Männer auf den Parkplatz rennen und mich verfolgen.

Ich muss sie auf Trab halten, bis ihre Nachhut angekommen ist. Es muss den Eindruck machen, dass sie mich suchen.

Ich spähe über einen der unteren Mauerabschnitte und lasse ein Fenster klappern. Sobald die Soldaten in diese Richtung stürmen, schnippe ich eine Schindel von einem Dach auf der gegenüberliegenden Seite.

Weitere Angreifer stürmen auf den Parkplatz. Einige von ihnen wirbeln offensichtlich verwirrt herum.

Wir können es uns nicht leisten, so lange zu warten, bis sie Verdacht schöpfen. Es ist an der Zeit, ihnen jetzt den Garaus zu machen.

Als würde man Fische in einer Tonne erschießen.

Die Wut in mir entlädt sich in meiner Brust. Ich lehne mich nach vorne und halte mich am Rand der Wand fest, als der erste Mann auf die Gasse zuläuft und stolpert, weil Andreas' Kraft seinen Geist mit Erinnerungen überflutet, die nicht seine sind.

Noch bevor meine Zielperson aufjaulen kann, donnere ich ihn mit dem Kopf gegen die Ecke des nächsten Gebäudes. Sein Schädel platzt auf wie ein zertrümmerter Halloween-Kürbis.

Weitere Schreie ertönen, doch sie verstummen, als sich Verwirrung in ihren Reihen ausbreitet. Ich grinse mit gefletschten Zähnen und sorge dafür, dass einer nach dem anderen auf dem Boden zusammenbricht.

Genicke brechen. Rücken knacken.

Ich stoße den einen in sein eigenes Messer, das direkt sein Herz durchbohrt, und knalle das Gesicht eines anderen auf den Bürgersteig, bis es blutiger Brei ist.

Mein Körper brummt, als die Energie aus ihm

herausströmt. Ich empfinde kein Gefühl, abgesehen von einem Brennen der Entschlossenheit.

Stirb. Stirb. Stirb.

Es gibt keine Pause, kein Zögern. Ich stürze mich auf einen nach dem anderen.

Ich will jeden Einzelnen von ihnen niederstrecken, bis Riva wieder sicher durch diese Straßen laufen kann.

Doch während die Schädel zersplittern und die Köpfe rollen, überkommt mich das Gefühl, dass das alles *nie* genug sein wird.

SIEBENUNDZWANZIG

Riva

Das Boot schaukelt, und ich schrecke mit einem Ruck auf. Sofort nehme ich eine Abwehrhaltung ein und werfe die Decke weg, bevor ich überhaupt weiß, wo ich bin.

Jenseits der Tür des kleinen Schlafzimmers sind keine Schreie oder Geräusche zu hören. Das fahle graue Licht der Morgendämmerung dringt durch das kleine Fenster und lässt die schlichten Möbel schmuddelig aussehen.

Das Boot bewegt sich, entweder über eine Welle oder weil einer meiner Jungs umherläuft. Ich setze mich wieder hin und ziehe meine Krallen ein.

Nachdem ich einen beruhigenden Atemzug genommen habe, schwingt die Tür auf, und Jacob kommt herein.

Er lächelt mich an, doch die Freundlichkeit erreicht nicht ganz seine Augen. Seine helle Iris hat sich verdunkelt wie aufgewühlte Gewitterwolken.

Auch die hochgekrempelten Ärmel und die Vorderseite seines hellblauen Shirts sind mit dunklen Flecken übersät. Als er ans Fußende des Bettes tritt, wo das Licht etwas heller ist, erkenne ich, dass die Flecken rötlich schimmern.

Wieder einmal dreht sich mir der Magen um. „Was ist passiert?"

Jacobs Lächeln ist so breit, dass alle seine Zähne zu sehen sind. Er holt eine pralle Plastiktüte aus seinem Rucksack.

„Ich bin passiert."

Er kippt die Tasche um und eine Flut von blutigen Gegenständen purzelt in die hintere Ecke. Ein fleischiger Geruch liegt in der Luft.

Als ich genauer hinschaue, erkenne ich Finger, Stümpfe von Handgelenken und einen funkelnden, dicken Silberring.

Es sind Hände.

Hände, die von Körpern abgetrennt wurden und jetzt auf meinem Bett liegen.

Meine Krallen schießen automatisch wieder hervor, und meine Ohren spitzen sich katzenartig. In Erwartung einer noch größeren Bedrohung huscht mein Blick zu der Tür, die hinter ihm zugefallen ist.

Die Plastiktüte raschelt, als Jacob sie auf den Boden wirft, und ich richte meine Aufmerksamkeit wieder auf ihn. „Keine Sorge. Sie werden nie wieder auf dich schießen. Dafür habe ich gesorgt."

Seine ruhige Stimme ist voller Inbrunst. Das Funkeln in seinen Augen ist jetzt beinahe fiebrig.

Ich starre ihn an. „Du … Sind die von …"

„Jedem Einzelnen", krächze ich. „Drey und ich haben sie aufgespürt, und ich habe sie abgeschlachtet, so wie sie es mit uns machen wollten. Mit dir."

Er blickt auf seine Trophäen hinunter. „Ich hätte ihre Köpfe mitgenommen, aber sie hätten nicht alle in die Tasche gepasst. Außerdem hatten sie vor, dich mit ihren Händen zu verletzen."

„Ich …" Ich weiß nicht, was ich sagen soll.

Ich sollte entsetzt sein, oder? Da liegt ein Haufen abgehackter Hände auf meinem Bett.

Gewissermaßen bin ich das auch. Übelkeit steigt in mir auf. Gleichzeitig verspüre ich jedoch eine seltsame Erleichterung.

Wir sind in Sicherheit. Sicher vor unseren Verfolgern, die versucht haben, uns zu ermorden.

Weil Jacob sie erledigt hat, bevor ich überhaupt die Chance hatte, mir wieder Sorgen um sie zu machen.

Er beobachtet mich so aufmerksam, dass meine Haut unter seinem Blick heiß wird. Scheinbar hat er mit einer anderen Reaktion gerechnet, denn er verzieht das Gesicht.

Bei seinem Anblick überkommt mich ein Gefühl des Bedauerns, weil ich weiß, was er gerade für mich getan hat, doch ich weiß nicht, was er will. Ich weiß nicht, ob ich es ihm geben kann.

„Sie sind nicht die Einzigen, die dir wehgetan haben", sagt er mit rauer Stimme und zieht ein Messer aus seiner Tasche. Das Blut auf der schweren Klinge deutet darauf hin, dass damit die Handgelenke durchgesägt wurden.

Er führt das Messer an seinen eigenen Arm, direkt unter seinen umgekrempelten Ärmel.

Etwas in meinem Gehirn setzt aus. Ich kann den Anblick, der sich mir bietet, nicht richtig begreifen, bis er die Klinge auf seinen Arm senkt.

Ein Schrei bricht aus meiner Kehle hervor. Ich werfe mich nach vorne und packe seine Handgelenke, gerade als das Blut aus seiner Haut zu sickern beginnt.

Meine Hände wirken winzig im Vergleich zu seinen prallen Muskeln, aber die übernatürliche Macht in mir gibt mir die Kraft, die Hand, in der er das Messer hält, von seinem Unterarm wegzureißen.

Noch mehr Blut fließt aus dem Schnitt, den er sich zugefügt hat. Mir entweicht ein weiterer schmerzerfüllter Laut, und ich drücke meine Handfläche dagegen.

„Wir brauchen Dom."

Ich hole tief Luft, um nach unserem Heiler zu rufen, aber Jacob schüttelt den Kopf.

„Nein. Ich habe dich verletzt. Ich habe dich mit diesem verdammten Arm *vergiftet*. Ich verdiene es nicht, ihn zu behalten."

Er meint es ernst. Jedes Wort kommt mit der gleichen Entschlossenheit über seine Lippen, wie seine Anschuldigungen, ich hätte Griffin ermordet.

„Ich kann nicht ändern, was passiert ist, aber ich kann dir zeigen, dass es vorbei ist. Ich kann den Preis bezahlen. Ich …"

„Nicht so", unterbreche ich ihn. „Auf keinen Fall so, Jacob."

Ich drücke seinen Arm fester. Unter meiner Hand sickert nur noch ein wenig Blut hervor. Auch wenn ich nicht glaube, dass er es geschafft hat, tief zu schneiden, versetzt mir der Anblick einen Stich ins Herz.

Jacob starrt mich an, als könne er nicht glauben, dass ich ihn zurückweise. Als die Tränen, die hinter meinen Augen brennen, aus meinen Augen sickern, zuckt er zusammen.

Mit zittrigen Fingern lässt er das Messer zu Boden fallen. Dann geben seine Beine nach.

Er sinkt auf den Boden, und sein Kopf kippt nach vorne gegen die Bettkante neben meinen Knien. Doch er zieht seinen Arm nicht von mir weg.

„Ich habe dir so wehgetan", murmelt er. „Ich kann es nicht zurücknehmen. Ich kann es nicht wiedergutmachen. Ich weiß nicht, wie ich das machen soll."

Meine Kehle ist wie zugeschnürt. Ich halte seinen Unterarm fest, aber ich weiß nicht, was ich sagen soll.

Der Junge vor mir wirkt so verloren und allein, aber er hat mich so weit von sich weggeschoben, dass ich nicht weiß, ob ich ihn jemals erreichen kann.

Doch ich will ihn nicht verlieren. Was auch immer noch zwischen uns ist und was auch immer unsere Geschichte der letzten Wochen bedeutet, an dieser einen Tatsache habe ich nicht den geringsten Zweifel.

„Ich weiß es auch nicht", sage ich mit rauer Stimme. „Aber du musst in einem Stück hier sein, um es zu tun."

Er atmet zischend durch seine Zähne ein. „Was ist, wenn ich nie wieder der sein werde, der ich einmal war?"

Ich runzle die Stirn. „Was meinst du?"

Jacob schweigt kurz, bevor er wieder spricht. „Ich habe nicht gelogen, als ich sagte, dass ich an diesem Tag gestorben bin, auch wenn du mich nicht getötet hast. Als ich sah, wie Griffin fiel und wusste, dass er tot war ... Es war meine verdammte Schuld. Ich hätte die Führung übernehmen sollen. Ich hätte nicht zulassen dürfen, dass er ..."

Er unterbricht sich selbst mit einem erstickten Laut.

Meine andere Hand wandert wie von selbst zu seinem zerzausten Haar. Meine zaghafte Berührung scheint ihm die Kraft zu geben, weiterzusprechen.

„Alles erschien mir falsch, und es gab nichts, was ich tun konnte. Ich wollte einfach nur weg sein. Es hatte keinen Sinn. Das Einzige ... Das Einzige, was ich außer Leere empfand, war die Wut auf die Arschlöcher, die ihn erschossen hatten. Wenn ich nicht gewusst hätte, dass ich es ihnen vielleicht noch heimzahlen kann, hätte ich mir schon vor vier Jahren die Kehle aufgeschlitzt."

Neue Tränen brennen in meinen Augen. „Was ist mit den anderen Jungs? Du hattest doch noch sie."

Jacob zuckt in seiner gebeugten Haltung mit den

Schultern. „Ich passe auf sie auf. Ich lasse nicht zu, dass sie sterben, wenn ich es verhindern kann. Das tun wir füreinander. Allerdings war ich kein guter Bruder, also kann ich wohl auch kein guter Freund sein."

Er hebt den Kopf und sieht zu mir auf. „Bis ich sah, wie du auf den Zug zugerannt bist. Ich habe mir so verdammt große Sorgen gemacht, und ich hatte Angst und schämte mich. Ich wollte so viele Dinge, an die ich seit Jahren nicht mehr gedacht habe. Aber ich bin nicht geheilt. Ich bin eher noch kaputter. Die Leere ist mit totalem Chaos gefüllt. Ich kann nicht einmal meine verdammten Kräfte kontrollieren."

Beinahe glaube ich, die Scherben hinter seinen verzweifelten Augen sehen zu können. Ich wusste nicht, dass ihn dieser Moment so sehr verändert hat.

Trotz meiner Nervosität muss ich ihm eine Frage stellen: „Du bist also gar nicht mehr wütend auf *mich*? Ich habe mich ablenken lassen. Und ich habe Griffin abgelenkt. Wenn ich ihn nicht geküsst hätte …"

Jacob schüttelt den Kopf und sieht mir wieder in die Augen.

„Die Wärter haben irgendwie herausgefunden, was wir vorhatten. Ich kann mir nicht vorstellen, dass es anders gelaufen wäre, egal, was du getan hättest. Wenigstens war er glücklich, bevor sie ihn ermordet haben."

In seiner Stimme schwingt kein Groll mit. Ich glaube, er meint es tatsächlich so.

Trotzdem kann ich nicht anders, als noch ein bisschen weiter zu gehen. „Du hast lange Zeit geglaubt, dass es meine Schuld war."

„Ich …" Er atmet heftig aus. „Vielleicht war es so, wie Andreas gesagt hat. Vielleicht war es einfacher, dich zu hassen und zu denken, dass du noch am Leben bist, als zu glauben, dass du tot bist und um dich trauern zu müssen. Ich habe dich gehasst, bis ich nichts anderes mehr für dich empfand.

Ich wusste nicht, wie ich es abstellen sollte, bis ich dir *so* wehgetan habe, dass es mich aufgerüttelt hat …"

Jacob unterbricht sich selbst mit einem Knurren, das an ihn selbst gerichtet zu sein scheint. Er rappelt sich auf, bleibt aber geduckt, sodass wir auf gleicher Höhe sind, und hebt seine Hand, um meine Wange zu berühren.

„Ich bin froh, dass du diesen Moment mit Griffin erleben konntest, bevor alles zum Teufel ging. Ich weiß, dass es *dir* lieber gewesen wäre, wenn sie mich ausgeschaltet hätten als ihn. Ich weiß, dass er immer …"

„Jake", unterbreche ich ihn, bevor mich die Emotionen überwältigen, und ich verstumme. Mein Herz fühlt sich an, als würde es brechen.

Ich lege meine freie Hand auf seine und wiederhole die Worte, von denen ich weiß, dass Andreas sie ihm bereits gesagt hat. Allerdings war Jacob damals nicht in der Lage, sie zu hören, oder?

Vielleicht kann er es jetzt.

„Ich habe euch alle geliebt", sage ich leise. „Keinen mehr als die anderen. Ihr wart alle unterschiedlich, aber ich habe keinen von euch mehr oder weniger geliebt. Ich habe *dich* geliebt. Die Art und Weise, wie du so schnell Antworten auf Probleme gefunden hast. Wie du alle Sorgen und Verwirrungen, in die wir uns verstrickt hatten, aus dem Weg geräumt hast."

Jacob stößt ein stotterndes Lachen aus, doch ich fahre fort.

„Du hast uns immer auf den richtigen Weg gebracht. Es war ein großartiges Gefühl, wenn wir eine Trainingseinheit zusammen absolvierten und du uns anlächeltest, als hätten wir die Wärter bereits besiegt … Wenn ich mich nicht gut fühlte, konnte ich immer zu dir kommen, und du hattest eine neue Herausforderung, die wir gemeinsam bewältigen konnten …"

Er senkt den Kopf und lässt seine Hand sinken, mit der er meine Finger ergreift. „Jetzt weiß ich nicht einmal mehr, welches der richtige Weg ist. Jetzt bin ich derjenige, der davon abgekommen ist."

Meine Mundwinkel verziehen sich zu einem bittersüßen Lächeln. „Ich kann mir niemanden sonst vorstellen, der sich auf einen Kreuzzug begeben würde, um alle Monsterjäger in der Stadt umzubringen, bevor sie uns aufspüren."

In seinem Blick flackert wieder die leidenschaftliche Entschlossenheit auf, die ich so liebe. „Jeder, der dich angreift, unterschreibt damit sein Todesurteil. Ich kann zwar nicht viel versprechen, Wildkatze, doch das kann ich dir garantieren."

Nach dem blutigen Geschenk von heute Morgen zweifle ich keine Sekunde daran.

„Glaube nur nicht, dass du sie allein erledigen wirst", erwidere ich.

Jacob verzieht den Mund, widerspricht aber nicht.

Ein Windhauch weht durch den dünnen Vorhang. Der kühle Hauch erinnert mich an die klebrige Feuchtigkeit unter meiner anderen Hand, die immer noch Jacobs Unterarm umklammert.

„Darf ich deine Wunde verbinden? Wenn du darauf bestehst, dass Dominic sich nicht darum kümmert."

Jacob verzieht das Gesicht. „Sie wird von selbst heilen. Ich will nicht, dass er sich noch mehr anstrengt, als er es ohnehin schon getan hat." Er legt seinen Arm auf die Decke. „Kümmere dich ruhig darum. Danke."

Er legt seine eigene Hand auf die Wunde, als ich nach meinem Rucksack greife, um die Erste-Hilfe-Ausrüstung zu suchen, die ich dort für meine eigene frühere Verletzung verstaut habe. Mich lässt der Gedanke nicht los, dass seine Sorge um Dominic sehr danach klingt, dass er ein verdammt guter Freund ist.

Er hat sich die ganze Zeit gekümmert, selbst als sein eigener Kummer ihn überwältigt hat.

Ich reinige die Wunde mit einem antiseptischen Tuch, bevor ich sie mit einer Bandage verbinde. Während Jacob seinen Arm beugt, um zu prüfen, ob der Verband richtig sitzt, lehne ich mich auf dem Bett zurück und wische meine blutverschmierten Finger am Laken ab.

Wir müssen uns wirklich bei dem Besitzer des Bootes entschuldigen, das wir gestohlen haben. Vielleicht können wir ihm etwas Geld als Dankeschön geben?

Ich überlege gerade, was ich als Nächstes sagen soll, als von oben Schläge zu hören sind, die das Boot auf dem Wasser zum Schaukeln bringen.

Mein Puls stottert wieder, und ich springe auf.

Zians Stimme ertönt vom Deck. „Leute! Das sind diese Schattenwesen-Arschlöcher."

ACHTUNDZWANZIG

Riva

Ohne ein weiteres Wort rennen Jacob und ich zur Tür. Während ich mit einer Hand in den Taschen meiner Cargohose nach einem Messer krame, fahre ich an der anderen die Krallen aus.

Ich weiß nicht, wie gut mir diese Waffen gegen die Monster und ihre Kräfte helfen werden, doch ich werde ihnen auf keinen Fall unbewaffnet gegenübertreten.

Jacob scheint das Gleiche zu denken, denn seine lila Giftstacheln treten aus seinen Unterarmen hervor. Er nimmt immer zwei Stufen auf einmal, als er die Treppe hinaufläuft, wobei die Entschlossenheit seiner Bewegungen mit jedem Schritt zunimmt.

Ich kann sehen, wie die Verletzlichkeit, die er mir gezeigt hat, zunehmend schwindet und sein eisernes Selbstvertrauen zurückkehrt, während er sich auf den Kampf vorbereitet.

Das hat er seiner Wut zu verdanken: Eine Rüstung, mit

der er den ganzen Mist, mit dem die Wärter ihn konfrontierten, aushalten konnte, als er nichts anderes mehr hatte, um sich zu schützen.

Ich erschaudere immer noch bei der Erinnerung daran, wie er seine Wut auf mich richtete, doch ich bin mir nicht sicher, ob es mir lieber wäre, er wäre kein so wütendes Wesen.

Andreas ist bereits vor uns auf das Deck geeilt. Als ich hinter mir Schritte höre, werfe ich einen Blick über die Schulter und sehe, dass Dominic uns folgt.

Sein sonst so gebräuntes Gesicht hat einen kränklichen Farbton angenommen, doch er schafft es, mir ein breites Lächeln zuzuwerfen.

Wir stürmen auf das Deck in die warme Morgenluft. Auf dieser kleinen Jacht haben wir kaum Platz, um uns im Halbkreis aufzustellen, ohne gegen die Reling zu stoßen.

Zian steht mit bedrohlich gespannten Muskeln in der Mitte des Decks und blickt auf den Steg. Sein Gesicht ist immer noch fast menschlich, nur seine Wolfszähne ragen aus seinem Mund und seine Krallen sind doppelt so dick wie meine.

Nur wenige Schritte vom Bug unseres Bootes entfernt stehen fünf Gestalten im grellen Licht der Morgensonne auf dem Pier und beobachten uns.

Cinder hat ihre schlanken Arme über der Brust verschränkt, und die Finger einer ihrer Hände trommeln auf den Ellbogen. Kudzu nimmt die gleiche aggressive Pose wie Zian ein und lässt seine Muskeln spielen.

Die Namen der anderen drei kenne ich nicht, aber sie standen bei Cinder und Kudzu, als sie uns vom Schiff warfen.

Ich bin mir ziemlich sicher, dass uns einer der fünf die Verfolger auf den Hals gehetzt hat.

Es ist niemand in Sicht, der uns möglicherweise freundlich gesinnt ist. Wie hat diese Bande uns aufgespürt?

Und *warum*? Haben sie gemerkt, dass die Leistung ihrer menschlichen Handlanger unzureichend war und beschlossen, dass es an der Zeit ist, die Sache zu beenden?

Während mir diese letzte Frage durch den Kopf geht, erwacht eine kribbelnde Energie in meiner Brust.

Diese Wesen wollten uns tot sehen. Sie haben uns verstoßen und uns behandelt, als wären *wir* die Monster.

Auch wenn ich nach dem aufwühlenden Gespräch mit Jacob ein wenig verwirrt bin, zieht sich ein klarer, zitternder Faden der Entschlossenheit durch meinen Körper.

Ich werde nicht zulassen, dass diese Bestien noch einmal jemandem von uns etwas zuleide tun.

Sekundenbruchteile nach dieser Entscheidung taucht eine sechste Gestalt weiter oben am Dock auf, direkt gegenüber vom Rumpf unserer Jacht. Rollick mustert uns mit seiner typischen Gelassenheit, doch in seinen Augen glüht ein Feuer, das mir nicht gefällt.

„Siehst du", sagt Kudzu schroff. „Ich habe dir doch gesagt, dass sie alle hier sind, wo ich den einen Kerl gesehen habe."

Rollick gibt einen abweisenden Laut von sich. „Das ist wohl kaum eine beeindruckende Enthüllung. Es hätte mich mehr gewundert, wenn sie sich getrennt hätten."

Cinder stößt ein elektrisches Zischen zwischen ihren Zähnen aus. „Sie haben auch ihr gestohlenes Boot total versaut. Überall liegen Blut und Körperteile herum. Das sind *Bestien*."

Ich zucke innerlich zusammen, als ich an Jacobs Geschenk denke.

Seine Miene verhärtet sich. „Ich habe mich um die echten Bestien gekümmert. Die, die ihr auf uns gehetzt habt."

Eines der anderen Schattenwesen schnaubt. „Es ist nicht unsere Schuld, wenn ihr eine solche Gefahr darstellt, dass die einheimischen Jäger euch sofort bemerkt haben, als ihr an Land gegangen seid.“

Mir entweicht ein ersticktes Lachen. Ich weiß, dass wir nicht so auffällig sind.

„Wir haben ganz Nordamerika durchquert, ohne dass wir von jemand anderem als den Wärtern angegriffen wurden. Oh, und von den Schlägern, die einer von euch auf uns angesetzt hat.“

Zittern breitet sich in meinen Gliedern unter meiner Haut aus. Ich möchte jeden Einzelnen von ihnen in Stücke reißen, doch ich bin mir nicht sicher, ob ich das kann.

Ich weiß nicht, wie schlimm die Gegenreaktion sein könnte, wenn ich es versuche und versage. Womöglich würde ich alles nur noch schlimmer machen.

Und es gibt immer noch eine Chance. Rollick hat sich immer für uns eingesetzt, oder?

Der Dämon mustert uns mit der gleichen Skepsis, die er uns bei unserer ersten Begegnung entgegenbrachte. „Ihr habt in dieser Stadt ein furchtbares Chaos angerichtet. Ihr habt ganze Gebäude zum Einsturz gebracht und verstümmelte Leichen auf Parkplätzen liegen lassen.“

Andreas hebt sein Kinn, und ich erinnere mich, dass er Jacob heute Nacht auf seiner Mission begleitet hat. „Wir haben getan, was wir tun mussten, um uns zu schützen. Es wäre viel weniger chaotisch gewesen, wenn deine Leute uns nicht angegriffen hätten.“

„Und wenn sie uns gar nicht erst vom Schiff geworfen hätten“, knurrt Zian.

Ein wütendes Knistern schwingt in Cinders Stimme mit. „Wir haben *unsere* Leute beschützt. Ihr seid wie tollwütige Hunde. Und wir alle wissen, was Menschen mit solchen

Kötern machen. Ist es denn so schlimm, wenn wir die gleiche Taktik anwenden?"

Ihre höhnischen Worte versetzen mich zurück in Ursula Engels Wohnzimmer, wo die Frau, die uns erschaffen hat, uns als Abscheulichkeiten bezeichnete, die abgeschlachtet werden sollten. Meine Krallen schießen aus meiner Messerhand und bohren sich in meine Handfläche.

„Wir haben nicht darum gebeten, so zu sein", schnauze ich.

Sie sieht mich mit zusammengekniffenen Augen an. „Ihr gebt euch keine große Mühe, euch zu zügeln. Ihr habt euch über jeden Vorschlag mit Rollick gestritten."

„Verzeih mir, dass ich nicht bereit bin, beliebige Kreaturen für mein Training zu foltern." Meine Krallen graben sich in meine Hand, und der Schmerz lässt mich ein wenig gegen die inneren Kräfte ankämpfen, die aus meiner Lunge hervorbrechen wollen.

Die Schattenfrau vor mir ist keine unschuldige Kreatur. Sie hat mir mehr als deutlich gezeigt, dass sie meine Feindin ist.

Dennoch rechnen bestimmt alle damit, dass ich auf sie losgehe. Das wäre eine Ausrede, um auf uns loszugehen.

Und wie soll es dann mit uns weitergehen? Hier in einem uns unbekannten Land, in dem nur zwei von uns die Sprache sprechen, mit schwindenden Ressourcen und möglicherweise noch mehr Jägern, die bereits in Alarmbereitschaft sind?

„Wir alle bringen Opfer", murmelt Kudzu. „Es ist offensichtlich, dass du lieber an deinen sensiblen Befindlichkeiten festhältst, als das zu tun, was nötig ist, um die anderen zu schützen."

Ich kann mir ein Schnauben nicht verkneifen. *Meinen* sensiblen Befindlichkeiten?

Vielleicht als ich zwei Jahre alt war, wenn überhaupt.

Jacob hat seine volle Aufmerksamkeit auf Rollick gerichtet. An seiner angespannten Haltung erkenne ich, dass er bereit ist, sein telekinetisches Talent einzusetzen, sobald es nötig ist.

„Was ist mit dir?", fragt er. „Sie haben uns gegen deinen Befehl hinausgeworfen, und das ist dir egal?"

Rollicks Stimme ist brüchig. „Nein, das ist es nicht. Und sie werden die Konsequenzen für ihre Tat tragen. Das bedeutet allerdings nicht, dass ich meine Entscheidungen nicht im Licht der neuen Informationen überdenken kann."

„Du wirfst uns doch wohl nicht ernsthaft vor, dass wir uns gegen die Angreifer gewehrt haben, die uns beinahe getötet hätten?", platze ich heraus. Ein Schrei kriecht meine Kehle hinauf und kratzt an meinen Stimmbändern.

„Eure Methoden scheinen im Angesicht der tatsächlichen Bedrohung etwas übertrieben. Ich habe schon ein- oder zweimal erwähnt, wie wichtig es ist, dass wir unsere Fähigkeiten vor der normalen sterblichen Bevölkerung geheim halten."

Cinder nickt heftig. „Genau, damit nicht noch mehr von diesen Idioten beschließen, uns mit ihren Waffen zu bekämpfen."

Dominic meldet sich zu Wort, seine Stimme ist genauso ruhig wie immer, wenn auch etwas nachdrücklicher. „Wir hätten gar nicht kämpfen müssen, wenn *ihr* sie nicht gewarnt hättet. Es lag nicht an uns. Wir sind einfach nur die Straße entlanggelaufen und haben uns etwas zu essen gekauft."

Kudzu grunzt. „Es ist viel wahrscheinlicher, dass ihr es versaut habt, als dass wir uns mit den Menschen verbündet haben."

„Nur, dass einer von euch das schon einmal getan hat", erinnere ich sie, während mein Temperament noch heißer auflodert. „Es wäre nicht einmal das erste Mal in dieser Woche."

Rollick dreht sich auf dem Absatz um und schaut seine

Kameraden an. „Es gab tatsächlich einen Präzedenzfall. Ihr habt schon einmal mörderische Sterbliche auf diese Bande losgelassen. Wenn ihr sie absichtlich provoziert habt, dann …“

„Oh, verdammt noch mal“, mischt sich Cinder ein, und ihre Stimme zittert vor Ärger. „Lass uns das einfach beenden. Das größte Problem hier ist *sie*.“

Sie stößt ihren schlanken Zeigefinger in meine Richtung, und im selben Moment springen die vier Schattenwesen, die bei ihr stehen, in Aktion.

Kudzu und eines der Wesen stürzen sich über die Reling auf das Deck. Ein anderes holt mit seiner Hand aus, und gleißendes Licht blendet mich.

Ich werfe mich auf den Boden, um weiteren Angriffen auszuweichen, bereit, zuzuschlagen oder wegzurollen. Dunkle Flecken tauchen vor meinem verschwommenen Blickfeld auf.

Jacob stößt einen Schrei aus, und eine der Gestalten auf dem Deck fliegt quer über den Steg und prallt gegen die felsige Uferlinie. Kudzu stürzt sich auf Jake und wirft ihn über die Bordwand, sodass er ins Wasser stürzt.

Blinzelnd versuche ich, meine Sicht zu klären, und stürze mich auf den schlaksigen Schattenmann, doch Zian wirft sich brüllend vor mich. Er stürzt sich auf Kudzu, und das Knacken von Knochen ertönt, als er einen Schlag auf seine wölfische Schnauze bekommt und zurücktaumelt.

Andreas verschwindet, bevor er wieder auftaucht und mit einem Messer auf Kudzu einsticht. Inzwischen ist jedoch eine Schattenfrau auf das Deck gesprungen und sticht ihm einen Stachel in die Rippen, der aus ihrem Fuß ragt.

Kudzu stößt Zian über die Reling, wo er wie Jacob im Wasser landet. Dann betritt Cinder das Deck. Zwischen ihren Händen knistert Elektrizität.

Ich springe zum Geländer, und mir wird flau im Magen.

Sie wird ihnen einen Stromschlag verpassen und sie direkt im Wasser in den Tod schicken.

Weil sie *mir* zu Hilfe geeilt sind. Sie werden sterben, weil sie mich vor den einzigen wahren Schurken hier verteidigen wollten.

Der wütende Schmerz über diese Erkenntnis setzt sich in meiner Brust fest und ein Schrei explodiert mit voller Wucht aus meinem Mund.

Ich muss nicht einmal nachdenken, um die Wirkung von meinen Männern abzuwenden. Das bösartige Ding in mir erkennt sie am Rauschen unseres Blutes und an den Erinnerungen an unsere gemeinsamen Qualen.

Es will nicht, dass wir noch mehr leiden, sondern die Monster, die versucht haben, uns zu vernichten. Es will jeden möglichen Tropfen Schmerz aus ihnen herauspressen.

Mein Schrei hallt über die Jacht und das Deck und trifft alle sechs Schattenwesen, die sich gegen uns gestellt haben. Ich kann schmecken, wie sie sich gegen seinen Griff wehren, wie Käfer auf einer Insektenfalle.

Ich werde nicht viel Zeit haben, um all den Schmerz zu trinken, nach dem sich dieser Teil von mir sehnt.

Meine Wut konzentriert sich zuerst auf Cinder und meine Nerven kribbeln angesichts der Elektrizität, die immer noch in ihren Händen knistert. Meine Absicht durchdringt sie von den Füßen bis zur Stirn.

Ich schlage sie so fest ich kann. Schlage sie, breche sie.

Der Schrei, der immer noch aus meiner Kehle schallt, verdreht ihre Knöchel und zerschmettert ihre Kniescheiben. Er durchbohrt ihre Eingeweide wie eine gezackte Klinge.

Er bricht ihre Rippen auf. Verrenkt ihre beiden Schultern. Dann sprengt er ihren Schädel in zwei Teile.

Sie zerfällt zu der rauchigen Asche, aus der sie besteht.

Gerade als ich meine Aufmerksamkeit von ihrer verstümmelten Gestalt abwenden will, um mich einem neuen Ziel zuzuwenden, bricht eine schlanke Gestalt aus dem Schatten am Fuß des Docks hervor und rennt auf uns zu.

„Lass sie in Ruhe! Du machst sie …"

Mein Schrei richtet sich auf den Neuankömmling. Ein alarmierter Schock durchfährt meine Sinne, als ich ihm keuchend einen Schlag verpasse.

Es sind mehr, als ich dachte. Ich muss sie alle vernichten, bevor …

„Riva, nicht!", schreit eine Stimme, die ich vage wiedererkenne. „Es ist Billy! Er wollte helfen, er hat versucht …"

Billy. Der Name durchdringt den Schrei, der in meinem Kopf widerhallt.

Die zarte Gestalt, die so leicht unter dem Druck meiner Stimme zerbricht, die Hörner, die aus dem zerzausten Haar ragen …

Das Grauen trifft mich wie eine Welle aus eiskaltem Wasser. Ich taumle nach hinten und lande auf meinem Hintern, doch der Aufprall meines Körpers auf dem Deck erstickt meinen Schrei.

Meine Stimme verstummt mit einem Stottern, und ich starre mit pochendem Herzen und schmerzender Kehle auf die beiden rauchenden Körper, die auf dem Steg liegen.

Den Einen, den ich vernichten wollte, und den anderen, der mein Freund sein wollte.

Der Schrei, der als Nächstes aus mir herausbricht, ist ausschließlich von meinem eigenen Schmerz geprägt.

Nein! Oh, nein!

Was zum Teufel habe ich getan?

NEUNUNDZWANZIG

Dominic

Riva sackt auf dem Deck zusammen. Jegliche Farbe ist aus ihrem Gesicht gewichen, und ihre Gesichtszüge, die während des Schreis erstarrt sind, erschlaffen; der weiße Schimmer verschwindet aus ihren Augen.

Um uns herum herrscht Chaos. Schreie des Entsetzens und der Wut hallen durch die Luft, Schattenwesen tauchen vor mir auf dem Deck auf und dunkle Rauchschwaden wabern umher, aber meine ganze Welt beschränkt sich auf die Frau, die ich liebe. Ein Splitter ihres Schmerzes durchbohrt mich, ausgehend von dem Mal auf meinem Brustbein.

Bevor ich überhaupt begreife, dass ich mich bewege, renne ich an ihre Seite.

Ein Schauer durchfährt ihren Körper, und trotz der warmen Luft zittert sie, als ob sie frieren würde. Als ich ihren Arm berühre, fühlt sich ihre Haut klamm an.

Ohne zu überlegen, ziehe ich meinen Trenchcoat aus, gehe neben ihr in die Hocke und lege ihn um ihre bebenden Schultern. Ich kümmere mich nicht einmal darum, dass die Meeresbrise über meine entblößten Tentakel leckt.

Dann drängt sich die restliche Welt in mein Bewusstsein, so gerne ich sie auch ausblenden würde.

„Seht ihr?", brüllt Kudzu und stapft auf uns zu, wobei sich die sehnigen Muskeln seines kräftigen Körpers anspannen. „*Sie* ist das verdammte Monster. Wir müssen sie vernichten, bevor sie …"

Meine Tentakel haben sich bereits ausgestreckt, um Riva so gut wie möglich zu verteidigen. Auch Andreas macht sich bereit. Sein Gesicht ist angespannt, aber entschlossen, und dem Plätschern und Stottern nach zu urteilen, das unter dem Boot zu hören ist, tun Zian und Jacob ihr Bestes, um sich zu uns zurückzukämpfen.

Das zweite Schattenwesen, das auf das Boot gesprungen ist, hat sich verängstigt an die Reling zurückgezogen. Das andere stürzt allerdings mit einem der Wesen, die am Dock gestanden haben, hinter Kudzu auf uns zu. Mordlust funkelt in ihren Augen und wütendes Fauchen hallt durch die Luft.

Oh, verdammt.

Dann hebt Riva den Kopf. Sie scheint die Monster, die auf uns zukommen, nicht zu sehen, da sie fest auf die Reling konzentriert ist, als könne sie durch den Rumpf hindurch auf das Dock dahinter sehen.

„Billy, ist er …?" Ihr Blick wandert zu mir. „Kannst du ihn heilen, Dom? Ich habe versucht, aufzuhören, aber …"

Drei wilde, übernatürliche Unholde stürmen auf uns zu, um ihr Leben zu beenden, und sie sorgt sich mehr um das Leben, das sie fast genommen hätte. Es wäre ihr sogar lieber, dass ich ihn heile, anstatt mich zum Schutz an ihrer Seite zu haben.

Ich habe allerdings nicht das Gefühl, dass ich wirklich

eine Wahl habe. Ich schnappe mir das Messer, das sie fallen gelassen hat, und stelle mich Kudzu in den Weg, kurz bevor er sie erreicht.

„Rührt sie nicht an!", schnauze ich, und meine Tentakel peitschen um mich herum, während ich den Griff des Messers fest umklammere.

Er könnte mich wahrscheinlich in den Boden stampfen, ohne ins Schwitzen zu geraten. Und das muss er auch, wenn er an Riva herankommen will. Er wird ihr kein Haar krümmen, solange ich dazu in der Lage bin, mich ihm in den Weg zu stellen.

Der Schattenmann knurrt mit einem leichten Grinsen, als würde er sich *freuen*, dass er mich zuerst fertigmachen darf.

Dann ertönt eine Stimme, die so tief und dunkel ist, dass sie die Luft wie ein Echo aus den Tiefen der Hölle durchdringt.

„Geh weg von dem Mädchen."

Der Rausch der übernatürlichen Macht, der mit diesem Befehl einhergeht, überspült mich in einer prickelnden Welle, bei der sich alle Haare an meinem Körper aufstellen.

Kudzu zuckt herum, und sein Körper verkrampft sich, als ob er geschlagen worden wäre.

Ein Ungeheuer steht auf dem Dock und starrt die Schattenwesen auf dem Schiff mit glühenden Augen und gefletschten Reißzähnen an. Die unmenschliche Gestalt mit der rötlichen Haut muss weit über zwei Meter groß sein. Sie ist muskelbepackt und zwei lange schwarze gebogene Hörner ragen seitlich aus ihrem Kopf.

Mein Geist sträubt sich gegen das Bild, und meine Gedanken zerstreuen sich.

Dann ertönt Kudzus angespannte Stimme: „Aber, Rollick ..."

„Geh verdammt noch mal weg von ihr", grollt das Monster in einem festen, fast sardonischen Ton, der mich an die Stimme des Dämons erinnert, obwohl sie viel dröhnender ist.

Ist das etwa die *eigentliche* Gestalt unseres Wohltäters?

Er wird wohl nicht ohne Grund als Dämon bezeichnet.

Die brutale Energie, die von ihm ausgeht, ist unverkennbar und noch stärker als in seiner menschlichen Gestalt. Die Schattenwesen auf dem Deck weichen zurück, und eines der kleineren Wesen zuckt zusammen, als würde Rollicks dämonische Präsenz ihm regelrecht Schmerzen bereiten.

Spätestens jetzt ist klar, warum er der Boss ist. Auch wenn seine Mitarbeiter manchmal ein wenig meutern.

„Billy", sagt Riva noch einmal, lauter, und ein verzweifeltes Flehen schwingt in ihrer Stimme mit.

„Er lebt", ruft Pearl vom Dock aus. Ihre Stimme ist schrill vor Anstrengung. „Aber er sieht nicht gut aus."

Der Dämon sieht mir in die Augen und ruckt mit dem Kopf in Richtung Dock, als wolle er sagen: *Los, mach schon.*

Ich will Riva nicht allein lassen, aber zu wissen, dass jemand Billy auf eine Weise hilft, wie sie es nicht kann, bedeutet ihr offensichtlich mehr, als mich hierzubehalten. Rollicks Erscheinung scheint seine Kameraden in Schach zu halten.

Mit einem mulmigen Gefühl im Bauch eile ich zur Seite des Bootes.

Als ich mich aufrichte, kommen die verstümmelten Körper auf dem Dock in Sicht. Sie sind sogar noch schlimmer zugerichtet, als ich dachte. Während Rivas Schrei unsere Angreifer zerfetzt hat, habe ich nur einen kurzen Blick auf sie erhascht.

Durch die Rauchschwaden, die von ihrer Leiche

aufsteigen, kann ich den kleinen Haufen kaum erkennen, der einmal Cinder war. Es sieht aus, als hätte sich ihr Fleisch in Rauch aufgelöst.

Da ist ein Knubbel, bei dem es sich um ein Knie handeln könnte. Ein langes, schlankes Stück, das vermutlich ihr Torso war und beinahe bis zur Unkenntlichkeit verformt ist.

Ich richte meinen Blick auf die andere, kleinere Gestalt, die am Ufer kauert.

Billy ist zumindest noch als der schlanke, gehörnte Faun zu erkennen. Sein Kopf scheint unversehrt zu sein, auch wenn er sein Gesicht schmerzverzerrt an seine Brust gezogen hat.

Aber der Rest von ihm …

Eine Rippe ragt an einer Seite durch sein zerrissenes Hemd. Seine Beine sind auf unnatürliche Weise abgewinkelt.

Ein Hauch von Essenz wabert aus seinen Wunden. Pearl ist über ihn gebeugt. Tränen schimmern auf ihren rosigen Wangen, während sie ihre blassen Hände über ihn bewegt, als wolle sie ihn wieder zusammensetzen, ohne genau zu wissen, wie.

Nein, das ist überhaupt nicht gut.

Ich stoße das Tor in der Reling auf und schiebe die Leiter hindurch, damit ich zum Steg hinunterklettern kann. Die wackelige Oberfläche bebt unter meinem plötzlichen Gewicht.

Jacob und Zian ziehen sich gerade aus dem Wasser und auf die Bretter weiter unten, wodurch es noch wackeliger wird. Jake streicht sich mit der Hand über sein durchnässtes Haar und starrt auf das Boot, als wolle er sich gleich wieder darauf stürzen. Eisblaue Flammen lodern in seinen Augen.

„Wenn diese Arschlöcher Riva auch nur ein Haar krümmen …“

„Sie wissen es besser“, erwidert Rollick, und seine

dröhnende, dämonische Stimme jagt mir einen weiteren Schauer über den Rücken.

Ich eile zu Billy hinüber und lasse mich gegenüber von Pearl nieder. Einer meiner Tentakel legt sich um seine Taille, der andere schwebt in der Luft.

„Ich brauche … Ich brauche eine Energiequelle", krächze ich.

Rollick schnippt mit den Fingern. „Kelp, hol dem Jungen ein paar Fische. *Schnell!*"

Ein unheimliches Brummen dringt von unten herauf, und der Steg bebt. Dann fliegt ein glänzender Fisch, so lang wie mein Unterarm, aus dem Wasser auf die Bretter neben mir.

Ohne Fragen zu stellen, schlinge ich meinen anderen Tentakel um den geschuppten Körper. Die Saugnäpfe docken an, und das Leben strömt mit einem Kribbeln in mich hinein.

Ich leite die Energie durch meinen Körper und in den anderen Tentakel, durch den ich jedes bisschen Lebenskraft in den verletzten Mann vor mir fließen lasse.

Billys Schattenwesen-Körper fühlt sich nicht so an wie die Menschen, die ich geheilt habe. Statt sich an festen Knochen und Organen festzusetzen, scheint die Heilkraft, die ich in ihn fließen lasse, seine gesamte Gestalt zu durchdringen. Als würde sie sich in ihm verdichten und jedes Teilchen von ihm stärker und fester machen.

Wie auch immer es geschieht, meine Bemühungen scheinen zumindest ein wenig zu funktionieren.

Die Rippe verschwindet wieder in Billys Körper, und seine Beine nehmen wieder eine normalere Form an.

Die Schwaden der Essenz werden schwächer, dafür winden sich dünnere Rauchfäden weiter nach oben.

Ein weiterer Fisch plumpst auf den Steg, und mein

Tentakel schnellt hinüber und stößt den ausgetrockneten Kadaver des ersten ins Wasser. Ich ziehe noch mehr Lebensenergie in meinen Körper, aber ich kann nicht sagen, ob meine Bemühungen tatsächlich etwas an meiner getrübten Wahrnehmung von Billys innerem Zustand ändern.

Meine Stimme ist ein Krächzen. „Ich weiß nicht, was ich noch tun soll. Ich bin mir nicht sicher, ob ich noch etwas tun kann."

Pearl streicht mit ihrer Hand über Billys gebräunte Stirn. Zu meiner Erleichterung sehe ich, wie sich sein Brustkorb mit jedem Atemzug hebt und senkt.

„Ich glaube, er muss zurück nach Hause, um sich vollständig zu erholen", sagt der Sukkubus mit einem Blick auf Rollick.

Der Dämon nickt. „Unten an der Küste gibt es eine Schwelle. Bring ihn so schnell wie möglich dort hin und komm dann wieder zurück."

Pearl nimmt ihren Freund in die Arme und flüstert ihm etwas ins Ohr. Eine Sekunde später verschwinden beide in den Schatten entlang des Docks.

Meine Brust fühlt sich hohl an. Ich schaue auf, und meine Gedanken kehren zu Riva zurück, die uns von der Reling aus beobachtet.

Sie sieht immer noch kränklich aus, und bei meinem ersten Blick erschaudert sie erneut. Sie zieht meinen Trenchcoat fester um sich und richtet sich auf, als sei sie bereit, sich dem Urteil zu stellen.

Sie in meinen Klamotten zu sehen, löst in mir ein seltsames Gefühl aus, das keineswegs unangenehm ist. Irgendwie schaffe ich es, die Leiter vor Jacob oder Zian zu erreichen und die Sprossen hinaufzuklettern, um meinen Arm um sie zu legen.

Riva lehnt sich an mich und findet Trost in meiner Umarmung. Und einfach so, bin ich komplett.

Es ist mir egal, dass meine Mutationen für alle sichtbar sind. Es ist mir egal, ob ich wie ein Monster aussehe.

Ich bin, was ich bin, und ich gehöre ihr. Wenn sie mich so lieben kann, dann werde ich doch wohl verdammt noch mal einen Weg finden, wie ich mit dem, was ich geworden bin, zumindest Frieden schließen kann.

„Willst du sie wirklich einfach so davonkommen lassen, nach dem, was sie mit Cinder und dem Weichei gemacht hat?" Kudzu blickt Rollick finster an, wagt es aber nicht, direkt an die Reling zu treten.

Rollick richtet seinen milden Blick auf das schlaksige Schattenwesen, das vor meinen Augen schrumpft.

Die rötliche Haut verblasst zu einem pfirsichfarbenen Ton, und seine Gestalt schrumpft auf eine realistischere Größe von einem Meter achtzig.

Die Hörner verschwinden, und ein eleganter Anzug formt sich über den nun weniger ausgeprägten Muskeln.

Nur die Aura der Macht bleibt konstant. Es ist, als hätte er ein Rädchen auf Maximum gedreht, und die Kraft davon summt weiter durch die Luft wie das Läuten einer Warnglocke.

Der Dämon verschränkt seine Arme vor der Brust. „Ich habe nie gesagt, dass ich sie davonkommen lasse. Es gibt Abstufungen zwischen dem Darüber-Hinwegsehen und dem Abschlachten von Leuten."

„Sie *sollte* abgeschlachtet werden! Sie hat Cinder in Stücke gerissen! Sie ..."

Ich kann meine Wut nicht länger unterdrücken. Ich trete von Riva weg und wende mich ihm zu, die Hand immer noch auf ihrer Schulter.

„Ihr wolltet uns massakrieren! Warum zum Teufel sollten

wir uns einfach auf den Boden legen und sterben, nur weil ihr euch dann besser fühlt?"

Kudzu fletscht die Zähne, doch als sich der Dämon räuspert, richtet sich seine Aufmerksamkeit wieder auf Rollick.

„Ich werde selbst entscheiden, was mit ihnen geschehen soll. Doch ehrlich gesagt, Cinder hat bekommen, was sie wollte."

Kudzus Miene verhärtet sich. Er blickt zu seinen Gefährten, und eine stumme Kommunikation findet zwischen ihnen statt.

„Gut", spuckt er. „Viel Spaß mit deinen psychotischen Spielzeugen. Wir werden nicht hierbleiben, um zu helfen."

Er springt in den Schatten und verschwindet. Die anderen vier folgen ihm einen Augenblick später. Dann sind wir nur noch zu fünft auf dem Deck. Wir stehen um Riva herum und starren auf den Dämon, der uns vielleicht gerettet hat … oder unseren Untergang plant.

Rollick reibt sich die Hände, als wolle er sie von schlechten Geschäften reinigen, ohne den Blick von uns abzuwenden.

„Ihr solltet besser mit mir zurück zum Schiff kommen. Ich habe Neuigkeiten über eure ‚Einrichtungen'. Es wäre allerdings unklug, noch länger hierzubleiben, bei all dem Aufruhr, den wir bereits verursacht haben."

Das Hafengebiet, das wir uns ausgesucht haben, ist durch einen Streifen Gebüsch vom Rest der Stadt abgeschirmt, aber das leise Brummen des frühmorgendlichen Verkehrs dringt an meine Ohren. Hat jemand etwas von unserem Gespräch mitbekommen?

Trotzdem zögere ich. „Was für Neuigkeiten?"

Rollick wirft mir einen unheilvollen Blick zu. „Nichts Weltbewegendes, aber genug, um euch möglicherweise den richtigen Weg zu weisen. Kommt ihr mit oder nicht?"

Auf seine Frage hin blicken alle anderen … zu mir. Sogar Jacob.

Als würde meine Meinung mehr zählen, nur weil ich Rollicks Verhalten hinterfrage und Kudzu zurechtgewiesen habe – wenn auch erfolglos.

„Wirst du ihr wehtun?", frage ich. Ich weiß nicht, ob er die Wahrheit sagen würde, aber ich will zumindest seine Antwort abwägen.

Rollicks Miene bleibt weiterhin unbeeindruckt. „Ich habe es nicht vor. Solange sie nicht versucht, mir die Knochen aus dem Leib zu schreien, sollten wir keine Probleme haben."

„Ich werde nicht schreien, wenn du uns nicht angreifst", sagt Riva mit rauer, aber fester Stimme. „Es sollte also keine Probleme geben."

Er hat die anderen davon abgehalten, ihren Angriff fortzusetzen. Ich weiß nicht, weshalb er seine Meinung geändert hat, oder ob sie sich überhaupt geändert hat und er nur Zeit gewinnen wollte, um uns einzuschätzen. Allerdings erscheint es mir sicherer, sein Angebot anzunehmen, als hier in Havanna auf uns allein gestellt zu sein.

„Gut", sage ich.

„Aber wenn noch einer deiner dämlichen ‚Partner' versucht …", knurrt Jacob.

Rollick unterbricht ihn mit einer unwirschen Handbewegung und geht auf unser Boot zu. „Kommt schon. Da ihr euch nicht durch die Schatten fortbewegen könnt, ist es am einfachsten, wenn wir dieses bequeme Boot benutzen, das ihr bereits beschlagnahmt habt."

Andreas geht auf die Kabine zu. „Ich übernehme das Steuer."

Der Rest von uns macht das Boot startklar, wobei wir immer darauf achten, dass sich jemand zwischen Riva und Rollick befindet. Wir trauen dem Frieden noch nicht ganz.

Als Andreas den Motor startet und über die niedrigen Wellen hinaussteuert, lässt sich Riva auf eine der Bänke sinken. Sie dreht sich zu dem Dämon um.

„Wird Billy wieder gesund? Wird er sich in seinem Zuhause erholen können?"

Rollick setzt sich auf die Bank gegenüber von ihr. „Ich kann nicht sagen, wie lange es dauern wird, aber er wird sich erholen. Wir *können* im Schattenreich nicht sterben. Selbst hier sterben wir selten, es sei denn, wir werden mit den richtigen Werkzeugen getroffen – oder sehr gründlich ausgeweidet, wie du es bei einer meiner Gefährtinnen demonstriert hast."

Riva presst die Lippen zusammen. Sie blickt ein paar Minuten auf das Wasser hinaus, und ihr schiefergraues Haar schimmert in der aufgehenden Sonne.

Sie zieht den Trenchcoat aus und hält ihn mir hin.

„Es tut mir leid. Ich hätte ihn früher zurückgeben sollen."

Ich setze mich neben sie und nehme ihre Hand. „Ist schon in Ordnung. Ehrlich gesagt, genieße ich die kühle Luft sogar."

Ein leichtes Lächeln umspielt ihre Lippen, aber es wirkt schwach, so als könnte es jeden Moment verschwinden. Der schmerzerfüllte Blick in ihren goldfarbenen Augen versetzt mir einen Stich ins Herz.

Als wir uns dem großen Hafen nähern, an dem die riesige Jacht angedockt ist, geht Rollick in die Kabine, um Andreas Anweisungen zu erteilen. Wir halten neben dem Schiff an, um auf den Pier und dann auf das größere Schiff zu steigen.

Rollick deutet mit dem Daumen auf unser vorheriges Fahrzeug und wendet sich an jemanden, der sich wohl in den Schatten befindet. „Kümmere dich um das Boot und dann komm nach Miami für weitere Anweisungen."

Während Rollick ein paar weiteren Besatzungsmitgliedern, die plötzlich in Erscheinung getreten sind, befiehlt, sofort abzulegen, taucht noch eine Gestalt aus den Schatten auf dem Deck auf. Torrent lehnt sich mit dem Rücken gegen die Kabinenwand und entlastet so seine Tentakel, die viel dicker sind als meine.

Mein Herz macht einen Sprung. Wenn er zurück ist, dann muss Rollick zumindest die Wahrheit über die Suche nach den Einrichtungen gesagt haben.

Ohne Rivas Hand loszulassen, gehe ich zu dem Schattenwesen hinüber. Die anderen folgen mir, und auch Rollick gesellt sich zu uns, obwohl ich annehme, dass er bereits weiß, was Torrent zu berichten hat.

„Du hast die Einrichtungen gefunden?", fragt Zian mit hoffnungsvoller Miene.

Torrent verzieht den Mund. „Ich habe drei Orte ausfindig gemacht, an denen sich diese von euch beschriebenen Einrichtungen befinden könnten. Allerdings kann ich nicht mit Sicherheit sagen, ob dort andere Versuchspersonen wie ihr festgehalten werden."

„Dann müssen wir das herausfinden", erklärt Andreas, ohne zu zögern.

„Das können wir entscheiden, wenn wir wieder am Festland sind und ich eine bessere Vorstellung davon habe, womit wir es zu tun haben", sagt Rollick. „Gönnt euch erst einmal eine Verschnaufpause. Alles Weitere können wir später besprechen."

Riva umfasst mit ihrer freien Hand den Riemen ihres Rucksacks. Sie sagt nichts zu einer möglichen Rettungsmission, und ihre Miene bleibt weiterhin ausdruckslos.

Sie neigt ihren Kopf zu mir und streift mein Kinn mit ihrer Stirn. „Ich gehe in mein Zimmer. Ich glaube, ich brauche ein wenig Zeit für mich."

Ich hauche ihr einen Kuss auf die Schläfe. „Bist du sicher?"

„Ja. Mach dir keine Sorgen um mich."

Sie drückt kurz meine Hand und lässt sie dann wieder los. Als sie sich auf den Weg ins Innere des Schiffes macht, verstärkt sich der Schmerz in meiner Brust.

Leider kann ich mit meiner Heilkraft nichts gegen die Wunde tun, die sie in sich trägt.

Dreißig

Riva

Ich liege auf dem Überwurf auf meinem Bett, und ein Kloß bilde sich in meiner Kehle, als ein sanftes Klopfen an meiner Tür ertönt.

Andreas' leise, beruhigende Stimme dringt zu mir durch. „Hey, Tinkerbell. Ich habe dir einen Teller vom Abendessen mitgebracht, falls du Hunger hast."

„Danke", sage ich, ohne mich zu rühren.

Ich weiß, dass er hofft, dass ich an die Tür komme oder ihn hereinbitte, damit er persönlich mit mir sprechen kann. Doch das Gewicht, das auf meiner Brust lastet, hält mich an Ort und Stelle fest, bis ich spüre, dass er sich umdreht und zurück über den Flur geht.

Erst als ich sicher bin, dass er außer Sichtweite ist, erhebe ich mich und gehe zur Tür. Ein großer Teil von mir würde am liebsten alles um mich herum vergessen, doch der Rest von mir weiß, dass das keine wirkliche Option ist.

Ich muss etwas essen, um bei Kräften zu bleiben. Ich kann nicht einfach zusammenbrechen.

Auch wenn ich das Gefühl habe, dass ich bereits zusammengebrochen bin.

Mein Magen knurrt, als mir der Duft des Essens in die Nase steigt, das Andreas zubereitet hat. Doch als ich im Schneidersitz mit dem Teller auf meinem Schoß auf dem Bett sitze, kann ich nur ein paar Bissen von den Nudeln mit Sahnesoße und geschmortem Spargel hinunterwürgen. Danach schnürt sich meine Kehle zu.

Mit grimmiger Miene stelle ich den Teller auf den Nachttisch, um später weiterzuessen, und lege mich wieder auf den Rücken.

Das Tageslicht wird hinter dem kleinen Fenster immer schwächer. Ich frage mich, wie weit wir noch vom Festland entfernt sind und wo genau wir eigentlich hinfahren.

Ich habe noch nicht mit Rollick über seine Pläne gesprochen. Jedes Mal, wenn ich daran denke, ihm oder einem der anderen Schattenwesen gegenüberzutreten, erschaudere ich bis ins Mark.

Da unser dämonischer Wohltäter das Thema nicht angesprochen hat, habe ich es vorerst gemieden. Wenn ich noch ein bisschen länger hier liegen bleibe, fällt mir vielleicht ein, was ich sagen will.

Vielleicht weiß ich dann, wie ich das Durcheinander in mir so ordnen kann, dass es Sinn ergibt.

Ich bin mir nicht sicher, wie viel Zeit vergangen ist, als sich erneut Schritte meiner Tür nähern. Ich weiß, dass es weder Andreas noch Dominic ist.

Mein Körper spannt sich an, ich rechne mit einer Aufforderung oder ungeduldigen Fragen. Doch stattdessen öffnet sich das Schloss mit einem Klicken und Jacob stürmt herein.

Mit pochendem Herzen richte ich mich ruckartig auf. „Was machst du da?"

Er tritt die Tür hinter sich zu und stellt sich mit verschränkten Armen vor die Tür, so als hätte er kein Problem damit, in meine Privatsphäre einzudringen, diese allerdings gleichzeitig nicht verletzen will.

„Du hast dich den ganzen Tag hier drin versteckt", sagt er und in seinen eisigen Augen schwelt eine Emotion, die ich nicht entziffern kann. „Mittlerweile sollte dir klar sein, dass das, was du alleine tust, nicht hilft."

Ich werfe ihm einen finsteren Blick zu. Ich kann nicht behaupten, dass er unrecht hat. „Und du glaubst, dass *du* mir helfen kannst?"

Sein Blick durchbohrt mich wie einst seine Giftstacheln. „Ich glaube, ich bin der Einzige hier, der weiß, wie es ist, mit der Tatsache leben zu müssen, dass man sich aus freien Stücken entschieden hat, jemanden zu verletzen, der es nicht verdient hat."

Seine Worte treffen mich mitten ins Herz. Ich zucke zusammen und lasse den Kopf sinken.

„Ich habe sofort aufgehört, als ich merkte, wer er war", antworte ich mit heiserer Stimme.

„Ich weiß. Und du hast deinen Fehler sehr viel schneller erkannt als ich. Das kannst du dir wenigstens selbst zugutehalten."

Ich ziehe meine Knie an meine Brust und umarme sie. „Ich habe bewiesen, dass die Schattenwesen, die uns tot sehen wollten, recht hatten. Ich habe gezeigt, dass ich mich *nicht* beherrschen kann – ich verletze Leute, die ich nicht verletzen will. Ich hätte ihn beinahe *umgebracht*."

„Und ich hätte dich beinahe umgebracht", sagt Jacob leise. „Vielleicht nicht so direkt, aber wir wissen beide, dass du meinetwegen vor den Zug springen wolltest. Und auch wenn du mir vielleicht nicht verziehen hast, bist du offenbar nicht der Meinung, dass ich es verdient habe, dafür dem Erdboden gleichgemacht zu werden."

Schmerz und Bedauern schwingen in seinen Worten mit. Ich schlucke schwer, bevor ich zu ihm aufschaue.

Er hat einen frischen Verband an der Stelle, wo er heute Morgen versucht hat, seinen Unterarm abzutrennen. Vermutlich ist die Bandage, mit der ich ihn verbunden habe, nass geworden, als die Schattenwesen-Angreifer ihn ins Meer geworfen haben.

Er klingt ruhiger als vorhin, als er vor mir zusammengebrochen ist, doch die Qual, die er mir gegenüber zum Ausdruck gebracht hat, scheint unverändert zu sein.

Auf einmal kann ich seinen Drang, sich zu verletzen, verstehen. Wenn ich meinen Brustkorb aufschneiden und diese schreiende Kraft entfernen könnte, würde ich es möglicherweise auch versuchen.

Ich überlege, wie ich auf seine Aussage reagieren soll. „Wir kennen uns seit Jahren. Billy hat mich gerade erst kennengelernt. Außerdem geht es nicht darum, dass er mir verzeiht."

„Sondern darum, dass du dir selbst vergibst", meint Jacob. „Glaubst du, dass du schlimmer warst als ich? Dass du etwas Schlechteres verdienst als ich?"

Ich schließe meine Augen. Selbst der Versuch, diese Frage zu beantworten, ist schmerzhaft.

„Ich weiß es nicht. Ich habe mich gegen Rollicks Trainingseinheiten gesträubt, durch die ich meine Kraft in den Griff bekommen hätte. Ich bin das Risiko eingegangen, und Billy hat dafür bezahlt."

Jacobs Füße rascheln über den Teppich. Die Matratze senkt sich, als er sich zögernd auf die Bettkante hockt, wobei er einen deutlichen Abstand zu mir zu einhält.

„Du hattest Angst. Du hattest Angst und wurdest in die

Ecke gedrängt, und du hast es *fast* geschafft, nur auf die Leute loszugehen, die tatsächlich eine Bedrohung waren."

„Ich bin mir nicht sicher, ob ‚fast' jemals ausreichen wird."

„Vielleicht nicht. Aber ich war auch da, Riva. Er ist so schnell aus dem Schatten gesprungen und den Steg entlanggerannt, dass ich mir auch erst nicht sicher war, auf welcher Seite er stand, und ich war nicht auf meine Kräfte konzentriert."

Ich schaue ihn mit zusammengekniffenen Augen an. „Soll das heißen, du findest es in Ordnung, dass ich ihn verletzt habe?"

Jacob verzieht den Mund und sieht mir tief in die Augen. „Ich sage, dass es ein Fehler war. Wenn du dich in die andere Richtung geirrt hättest und er einer der *Angreifer* gewesen wäre, könnten wir alle tot sein."

Billy ist als Faun eines der freundlichsten Schattenwesen, denen wir bisher begegnet sind, weshalb ich mir bei der Vorstellung, dass er uns alle abschlachten will, ein Schnauben nicht verkneifen kann. Doch ich bin keineswegs amüsiert.

„Ich mag es nicht", sage ich nach einem Moment des Schweigens. „Wie ich mich fühle, wenn ich diese Kraft einsetze. Oder vielleicht gefällt es mir auch zu sehr. Was ist, wenn es mir immer schwerer fällt, mich zu beherrschen, je öfter ich sie benutze?"

Das ist die Frage, die mich schon den ganzen Tag beschäftigt. Die Angst, die mich davon abhält, direkt zu Rollick zu gehen und ihm zu sagen, dass wir mit meinem Training weitermachen sollten.

Was, wenn ich am Ende noch mehr Menschen verletze als ohnehin schon?

Jacob überlegt einen Moment, bevor er spricht. „Ich denke, du wirst es merken, falls das passiert. Dann können wir uns immer noch überlegen, wie wir mit diesem Problem umgehen. Selbst wenn man nicht weiß, wie man etwas lösen kann, kann man nur immer wieder mögliche Lösungen ausprobieren, bis man hoffentlich zum Ziel kommt. Meinst du nicht?"

Aufgrund seiner düsteren Miene vermute ich, dass er damit nicht nur mich meint.

Ich lege den Kopf schief. „Ich schätze, das ergibt Sinn. Ich … Ich will einfach nicht so sein."

„Die Wärter haben uns eine Menge Möglichkeiten genommen. Also versuche ich, das Beste aus den Optionen zu machen, die ich habe. Ich kenne dich, Riva, genauso wie du mich kennst. Du wirst nicht zulassen, dass du dich in ein richtiges Monster verwandelst. Wenn du es mit der ganzen verdammten Einrichtung aufnehmen konntest, um uns da herauszuholen, dann kannst du auch diese Situation bewältigen."

Bei der Zuversicht in seiner Stimme spüre ich ein unerwartetes Brennen in meinen Augen. „Ich wünschte, ich hätte Gewissheit, dann hätte ich nicht so große Angst."

Jacobs Blick wird weicher. Er beugt sich zu mir und streckt die Hand aus, bevor er sich nur wenige Zentimeter neben mir auf den Überwurf sinken lässt.

Sein Zögern hängt wie etwas Greifbares in der Luft zwischen uns. Er hat auch Angst. Angst, dass ich mich nicht einmal von ihm berühren lasse.

Doch es war richtig, dass er hereinkam und darauf bestand, mit mir zu sprechen. Es ist besser, nicht allein zu sein, selbst wenn er meine Gesellschaft ist.

Oder womöglich gerade deshalb. Außerdem hat er recht damit, dass er die Schuldgefühle, die auf mir lasten, auf eine Weise versteht, wie es vermutlich keiner der anderen Jungs könnte. Nicht wirklich.

Soweit ich weiß, haben sie noch nie jemanden so schwer

verletzt, es sei denn aus Notwehr oder wenn sie von den Wärtern dazu gezwungen wurden.

Mit Jacob zusammenzusitzen und mit ihm zu reden, hat einen Riss in dem Gewicht verursacht, das auf mir lastete. Und durch diesen Riss sickert nicht nur ein Hauch von Erleichterung, sondern auch ein sehnsüchtiges Kribbeln.

Er hat mir die abgetrennten Hände unserer Feinde gebracht. Und er hätte sich zur Vergeltung seinen eigenen Arm abgehackt, wenn ich ihn gelassen hätte.

Ich hasse, was er mir angetan hat … Aber ich zweifle nicht mehr daran, dass er sich dafür ebenso sehr hasst. Dass er mit allen Mitteln, die dieser geschädigte Mann kennt, versucht, mir weiteren Schmerz zu ersparen.

Um mir etwas Besseres zu geben.

Ich wende meinen Blick von Jacobs Hand ab und schaue in sein unsicheres Gesicht. Es dauert einen weiteren Moment, bis ich in der Lage bin, etwas zu sagen. Doch, als ich so weit bin, fühlen sich meine Worte richtig an.

„Wenn du dein grausames Verhalten wiedergutmachen willst, warum zeigst du mir dann nicht, wie sanft du sein kannst?"

Jacobs Augen flackern auf und weiten sich kurz. Dann beugt er sich über das Bett und nimmt vorsichtig meine Hand.

Er streicht mit dem Daumen über meinen Handrücken, ganz sanft. Allein seine plötzliche Nähe und diese einfache Berührung lassen die Schatten in meinem Blut vor Lust erzittern.

Ich muss nicht darauf reagieren. Ich kann den Trost, den er mir bieten will, annehmen, ohne dass mehr passieren muss.

Ein schwacher Hauch von Pheromonen deutet darauf hin, dass Jacob mit dem gleichen Verlangen zu kämpfen hat, doch er hält sich zurück und bleibt bei meiner Bitte um

Sanftheit. Sein Daumen gleitet mehrmals langsam über meine Haut.

Dann dreht er meine Hand und lässt die Finger seiner anderen Hand über mein Handgelenk gleiten. Wieder spüre ich ein Prickeln auf meiner Haut.

Mir wird heiß, aber ich halte still und beobachte ihn.

Er fährt mit seinen Fingern über meinen Unterarm bis zum Ellbogen und mit der gleichen Sorgfalt wieder zurück. Seine Lippen verziehen sich zu einem bittersüßen Lächeln.

„Du hast immer so zart ausgesehen. Ein guter Trick, wenn man die Stärkste von allen ist."

Meine Lippen verziehen sich zu einem Grinsen. „Ich glaube, Zian würde dieser Einschätzung widersprechen."

Jacob stößt ein leises Schnauben aus. „Ich rede von Kräften *und* körperlicher Stärke. Zian kann niemanden in Stücke reißen, ohne ihn auch nur zu berühren."

Irgendwie lässt er meine Fähigkeit eher bewundernswert als erschreckend klingen. Auf einmal fällt mir ein, wie er über das Massaker in Ursula Engels Haus sprach, nachdem wir geflohen waren.

Er sagte, es wäre „verdammt beeindruckend". Er nannte mich eine Superheldin.

Damals war ich zu erschrocken und habe ihm nicht geglaubt, doch er hat das tatsächlich ernst gemeint, oder?

Er hält meine Kraft nicht für etwas Schlechtes. Er findet mich toll, trotz all meiner Schwächen.

Warum sonst wäre er jetzt hier und würde sich so sehr bemühen, mich davon zu überzeugen?

Jacob verschränkt meine Finger mit seinen und hebt seine andere Hand, um seine Fingerspitzen über meine Schultern gleiten zu lassen, bevor er erneut das Wort ergreift.

„Ich fand Griffins Spitznamen für dich immer albern. *Mondstrahl.* Als wärst du etwas Flüchtiges, Zerbrechliches.

Dabei warst du von Anfang an eine Wildkatze, wild und unerschütterlich."

Mein Lächeln wird breiter. „Bei der Unerschütterlichkeit bin ich mir nicht so sicher."

Jacob zieht mit seinem Daumen Kreise in meiner Nackenbeuge, und die Massage entlockt mir beinahe ein Schnurren. „Du hast dich von all dem Mist, den du dir von mir und allen anderen anhören musstest, nicht unterkriegen lassen. Ich finde, das zählt."

Ich gebe einen undeutlichen Laut von mir und widerstehe dem Drang, mich an seine Berührung zu schmiegen.

Jacob fährt mit seinen Fingern meine Wirbelsäule hinunter und wieder hinauf, wobei er gerade genug Druck ausübt, um mich zu beruhigen. In seiner Liebkosung ist keine Spur seiner üblichen Steifheit.

Er senkt erneut die Stimme. „Nach einer Weile habe ich es aber besser verstanden. Da war dieser eine Tag in der Einrichtung – ein paar Jahre vor unserem Fluchtversuch. Ich denke, wir waren etwa dreizehn Jahre alt. Wir trainierten draußen und du hast dich im Sonnenlicht zu uns umgedreht und uns angelächelt. Ich könnte schwören, dass du gestrahlt hast."

„Wie ein Mondstrahl?", scherze ich mit einem leichten Zittern in der Stimme.

„Mehr als das. Und zwar nicht nur dein Haar, sondern *alles* an dir."

Seine Hand hält in der Mitte meines Rückens inne und verweilt dort. „Du bist viel mehr als ein Mondstrahl, Riva. Du bist unsere gottverdammte Sonne. Wohin du auch gehst, du bringst diese Wärme mit dir. Du bewahrst uns davor, in den Abgrund zu stürzen. Wie oft hast du uns allein in den letzten Wochen gerettet?"

Meine Augen beginnen wieder zu brennen, heißer als zuvor. „Wir haben uns gegenseitig den Rücken gestärkt."

„Aber ohne dich wären wir in diesen vier Jahren untergegangen."

„Ohne mich und Griffin", fühle ich mich gezwungen zu sagen.

Jacob beginnt wieder, mir mit langsamen und vorsichtigen Bewegungen den Rücken zu streicheln. „Ich weiß nicht, ob es wirklich besser gewesen wäre, wenn er ohne dich noch da gewesen wäre."

Er schweigt eine Weile, und ich weiß nicht, was ich sagen soll.

Das Streicheln seiner Finger raubt mir die Fähigkeit zu sprechen. Mit jeder Berührung flammt mehr Wärme unter meiner Haut auf, und der Schmerz der Verluste durchbohrt mein Herz.

Meiner Verluste. Seiner Verluste. Der Verluste, die wir alle erlitten haben.

Jacob holt tief Luft. „In diesem Moment auf dem Feld wurde mir klar, wie sehr ich dich wollte. Doch ich wusste auch, dass ich diesem Gefühl nicht nachgehen würde. Griffin hat dich auch geliebt. Sehr. Er war derjenige, der die Gefühle der Menschen lesen konnte, aber da er mein *Zwilling* war, wusste ich, was in ihm vorging. Und ich habe gesehen, wie du mit ihm zusammen warst … Ich hätte nie gedacht, dass überhaupt die Chance besteht, dass du dich in mehr als einen von uns verlieben würdest."

Ein Kloß bildet sich in meiner Kehle. „Jake …"

Er schüttelt den Kopf. „Ist schon in Ordnung. Eigentlich will ich genau darauf hinaus. Es war damals in Ordnung, und es ist jetzt in Ordnung. Du musst mich nicht so wollen, wie du Dominic und Andreas willst. Ich habe sowieso nie erwartet, dass du mich überhaupt wollen würdest. Ich hoffe nur, dass wir irgendwann den Punkt erreichen, an dem du glaubst, dass ich zu dir stehe, egal, was auf uns zukommt. Das wäre schon genug. Damit wäre ich glücklich … Verdammt, überglücklich sogar."

Das Gefühl, das in meiner Brust anschwillt, dringt durch den Riss, der sich aufgetan hat, und ich kann nichts anderes tun, als mich zu ihm umzudrehen und seinen Mund auf meinen zu ziehen.

Jacobs Brust spannt sich unter meiner Hand an, und dann erwidert er meinen Kuss. Im Druck seiner Lippen liegt so viel Zärtlichkeit und Wärme, dass ich dahinschmelzen könnte.

Nichts an ihm ist jetzt mehr eisig. Er streichelt mit einer Hand meine Wange und legt die andere auf meine Taille.

Die schattenhafte Essenz in mir flammt auf und schreit nach mehr.

Ich lasse meine Finger durch sein glattes Haar gleiten, bevor ich danach greife, um ihn näher heranzuziehen. Jacob entweicht ein Stöhnen.

Unser Kuss wird leidenschaftlicher, und unsere Zungen verschlingen sich miteinander. Jeder Nerv in meinem Körper zittert vor Erwartung.

Als meine Hand unter den Saum von Jacobs Shirt gleitet und über seine Bauchmuskeln fährt, stöhnt er wieder und schiebt seinen Arm weiter um meinen Oberkörper. Dann lässt er sich auf die Matratze sinken und zieht mich mit sich, sodass ich rittlings auf ihm sitze.

Seine Stimme ist ein Murmeln zwischen unseren aufeinandergepressten Mündern. „Ich gehöre dir. Was immer du von mir willst, du kannst es haben. Das ist deine Show, Wildkatze."

Seine Handfläche streift meine Brust, und mir entweicht ein Wimmern. Ich kenne dieses Gefühl, diesen Rausch des überwältigenden Hungers, der nur auf eine Weise gestillt werden kann, und einen Moment lang bin ich darin verloren.

Dann drehe ich meinen Kopf, um Jacob Zugang zu meinem Hals zu verschaffen. Als seine Lippen meine Haut berühren, fällt mein Blick auf seinen Unterarm, den er mir entgegenstreckt.

Aus der Nähe sind die schwachen Male nicht zu übersehen, die die Stellen markieren, wo seine giftigen Stacheln hervortreten können.

Mein Magen verkrampft sich. Die Erinnerung an das Stechen und den intensiven Schmerz blitzen in der Tiefe meines Geistes auf und lösen eine Flut von anderen Erinnerungen aus.

Das eisige Blau seiner Augen, als er mir seine Anschuldigungen entgegenschleuderte. Die schneidende Schärfe seiner Stimme, als er mich mit seinen Bemerkungen von innen heraus aufschlitzte.

All die boshaften Kommentare, mit denen er immer wieder *versuchte*, mich fertigzumachen.

Ich schnappe nach Luft, doch stattdessen entweicht mir ein Schluchzen. Einen Augenblick später breche ich in Tränen aus.

Jacob unterbricht den Kuss ruckartig, als ich mich über ihn beuge. Seine Hände umklammern meinen Körper, als wüsste er nicht, was er mit ihnen machen soll.

Ich kann nicht verhindern, dass die Tränen fließen. Sie rinnen mir die Wangen hinunter und tropfen auf Jakes Shirt, und mit jedem erstickten Atemzug scheinen immer mehr die Mauern in meinem Inneren zu durchbrechen, die ich so erbittert versuche, aufrechtzuerhalten.

All die Angst und Verwirrung, die sich in mir aufgestaut hat, all der Schmerz, den ich versucht habe, zu ertragen, und der nie verschwunden ist. Er hat all die Wochen in mir geschmort, und jetzt kocht er hoch.

„Riva", stößt Jacob mit stockender Stimme hervor und umfasst mein feuchtes Gesicht mit beiden Händen. „Riva, es tut mir leid. Es tut mir so verdammt leid."

Ich lehne meinen Kopf an seine Schulter, und endlich schließt er mich in eine feste Umarmung.

Auch das ist Jacob. Das ist der Jake, den ich kannte, auch wenn er in den letzten vier Jahren etwas härter und verbitterter geworden ist.

Er sagte, der Junge, der er einmal war, wäre gestorben, aber er ist hier. Er hat sich durch die Wut und das Elend gekämpft, die ihn verzehrt haben, um bei mir zu sein.

Trotzdem bin ich möglicherweise noch nicht in der Lage, ihm die Wut und das Elend zu verzeihen, die er mir zugefügt hat, bevor er sich davon befreit hat. Zumindest nicht ganz.

Mit einem leichten Schaukeln seines Körpers bringt er uns in eine beinahe aufrecht sitzende Position auf dem Bett. „Es wird nie wieder vorkommen. Ich schwöre es. Eher würde ich *mir* den Kopf abschlagen, als dir wehzutun."

Ich schluchze, doch ich glaube ihm.

Ich besudle sein Hemd mit Tränen und Rotz. „Es tut mir leid", murmle ich, während ich angestrengt versuche, meine Emotionen wieder unter Kontrolle zu bekommen.

Jacob drückt mich nur noch fester an sich. „*Du* musst dich bei mir für nichts entschuldigen. Niemals." Seine Lippen streifen meine Schläfe. „Du bist so stark, Riva, aber das musst du nicht immer sein. Ich kann deine Rüstung sein, wenn du sie brauchst. Ich weiß, dass ich das kann."

Er kommt mir *tatsächlich* wie eine Rüstung vor, die mich von der Welt abschirmt, während ich mit meinen Tränen kämpfe. Vielleicht ergibt es keinen Sinn, dass er mich beschützen will, schließlich ist er der derjenige, der mich überhaupt erst zum Weinen gebracht hat. Doch der Großteil meines Unbehagens über meine Gefühlsexplosion ist verflogen.

Die Verlegenheit hält jedoch an. Dann wische ich mir schließlich die letzten Tränen aus dem Gesicht, atme tief ein und lehne meinen Kopf an seine Schulter, weil ich ihm noch nicht in die Augen schauen will.

„Ich liebe dich", sagt Jacob mit rauer Stimme. „Du bist meine Sonne, meine verdammte Seele. Ich werde dir zeigen, wie wahr das ist, so oft es nötig ist."

Ich weiß, dass ich nicht bereit bin, diese drei Worte zu ihm zu sagen, obwohl ich es vor vier Jahren gekonnt hätte.

Und ich weiß auch, dass ich nicht bereit bin, die Verbindung herzustellen, durch die sein Wesen mit meinem verschmelzen würde, auch wenn ich gerade kurz davor stand.

Das bedeutet allerdings nicht, dass ich nicht erkennen kann, dass er mein Herz wieder zusammengefügt hat, seit er mein Zimmer betreten hat.

Hier mit ihm, durch seine Worte und seine Umarmung habe ich einen gewissen Frieden gefunden.

„Bleibst du noch ein wenig?", flüstere ich an seiner Brust.

Jacob umarmt mich mit einem zitternden Atemzug, der erleichtert klingt. „Solange du möchtest, Wildkatze."

EINUNDDREISSIG

Riva

Als ich aufwache, habe ich Jacobs scharfen, frischen Geruch in der Nase, und ein sehnsüchtiger Schmerz pulsiert zwischen meinen Schenkeln.

Irgendwann in der Nacht habe ich, ohne es zu merken, meine Cargohose ausgezogen, die sich wegen der vielen Taschen nicht gut als Schlafanzug eignet. Eine unkluge Entscheidung.

Jacob hat die Bettdecke über uns gezogen, und mein nacktes Knie liegt über seinem Bein. Wenigstens hat *er* noch seine Hose an, Gott sei Dank.

Anscheinend habe ich mich im Schlaf an ihn geschmiegt. Meine Hand liegt auf seiner Brust und mein Kopf an seiner Schulter, gepolstert durch den Arm, den er immer noch um mich gelegt hat.

Ich spüre das Auf und Ab seines Atems unter meiner

Hand und versuche, mich dazu durchzuringen, mich von ihm zu lösen. Doch es sind nicht nur die Schatten in meinem Blut, die mich dazu drängen, mich noch mehr mit ihm zu verschlingen.

Selbst wenn er sich wie ein totaler Idiot benommen hat, war ich mir seiner Attraktivität bewusst. Meine Hormone haben jedes Mal verrückt gespielt, wenn er in meiner Nähe war, unabhängig davon, wie der Rest von mir darüber dachte.

Und jetzt ist er kein Trottel mehr. Er hat mich gestern aus meiner selbstzerstörerischen Trübsal geholt, und ich bin mir nicht sicher, ob irgendjemand anders dazu in der Lage gewesen wäre.

Er hat mich die ganze Nacht über gehalten und mich beschützt, wie die Rüstung, die er mir versprochen hat.

Der Gedanke, ihm mein Herz zu schenken, ist immer noch ein wenig beängstigend. Aber verdammt, ich weiß nicht, wie ich mich konzentrieren soll, wenn er mir so nahe ist und meine Schutzmauer bröckelt.

Gibt es eine Möglichkeit, dieses Bedürfnis zu befriedigen, ohne mich verletzlich zu zeigen?

Ist es egoistisch von mir, das überhaupt zu wollen?

Jacobs Atem beschleunigt sich, und der Hauch von Pheromonen in der Luft sagt mir, dass er wach ist … und dass unsere aktuelle Position auch ihn nicht kaltlässt.

Er hebt die Hand und streicht vorsichtig über mein Haar. Ich spüre, dass es ihn selbst bei dieser einfachen Berührung große Anstrengung kostet, die Kontrolle nicht zu verlieren.

„Okay, Wildkatze?", murmelt er.

„Ja", sage ich, und meine Stimme klingt rau.

Jacob dreht sich ein wenig, damit er auf mein Gesicht herabblicken kann, und schafft es dabei, weder meine Hand noch mein Knie zu bewegen. Ich bin mir nicht sicher, ob das gut für mich ist oder ein Vorbote meines bevorstehenden Untergangs.

„Was?" Sein fester, fürsorglicher Tonfall schürt die Flammen, die an meiner Selbstbeherrschung lecken.

Ich schlucke schwer, und meine Wangen erröten. Werde ich das wirklich sagen?

Ich sollte mich *sofort* von ihm lösen und unter eine eiskalte Dusche springen.

Doch ich bewege mich keinen Millimeter.

Jacob hebt seine andere Hand und streicht mit dem Daumen über meine Wange. Er nimmt sich meine Bitte, seine Sanftheit unter Beweis zu stellen, definitiv zu Herzen.

Ich hebe meinen Blick, und die Sorge, die in seinen Augen schimmert, zerreißt mich innerlich. „Wenn etwas nicht stimmt ..."

Auf einmal kommt es mir zehnmal egoistischer vor, ihm *nicht* zu sagen, was ich wirklich auf dem Herzen habe.

Das macht es allerdings nicht einfacher, die Wahrheit auszuspucken. Während ich nach Worten suche, senke ich meinen Blick wieder auf seine muskulöse Brust, die sich unter seinem zugeknöpften Hemd abzeichnet.

„Nein, ich habe nur ... Ich glaube, ich will ... Es kommt mir nicht richtig vor, dich zu bitten ..."

Jacob wartet geduldig, während ich vor mich hinstammle, seine Finger ruhen auf meinem Gesicht. Als ich ganz verstumme, mustert er mich.

„Mich worum zu bitten, Riva? Du kannst mich um alles bitten. Ich stehe verdammt noch mal in deiner Schuld."

Mein Mund öffnet und schließt sich. Meine Wangen erröten. „Denkst du, wir könnten ..."

Ich kneife die Augen zusammen und versuche, meine Gedanken zu sortieren. „Könnten wir ... einfach ein wenig Spaß haben, ohne dass es etwas Dauerhaftes sein muss?"

Jacob wird noch starrer, doch im selben Moment kitzelt mich ein frischer Hauch von Verlangen in der Nase.

„Ohne ein Mal zu hinterlassen, meinst du?" Bei seiner leisen Stimme lodert Hitze in mir auf. „Unverbindlich. Nur eine reine Bedürfnisbefriedigung."

„Ja", murmle ich, bevor ich den Drang verspüre, etwas klarzustellen. Mit feuerrotem Gesicht begegne ich seinem Blick wieder. „Vorerst."

Ich gebe ihm kein Versprechen, doch ich möchte nicht, dass er denkt, dass ich diese Art der Verbindung mit ihm vollkommen ausschließe. Dass nichts, was er getan hat, etwas bedeutet hat.

Ein kleines Lächeln umspielt Jacobs Lippen und jagt mir einen Schauer über den Rücken. „Ich habe dir gestern Abend gesagt, dass ich dir gehöre, oder? Was immer du von mir willst, ich bin hier. Nimm dir so viel, wie du brauchst."

Ein angespannter, hungriger Laut entweicht meiner Kehle, dann setze ich mich rittlings auf ihn, so wie letzte Nacht.

Ich lege meine Hände auf seine muskulöse Brust und befeuchte meine Lippen. Mich für einen Kuss nach vorne zu beugen, erscheint mir zu riskant.

Wenn ich mich nicht in diesem Moment verlieren und dabei nicht aus Versehen Grenzen überschreiten will, muss ich ein wenig Abstand halten.

Jacob fährt zaghaft mit den Fingern über meinen Nacken, und auch in seinem Blick lodert intensives Verlangen. „Was kann ich für dich tun, Wildkatze?"

Das Verlangen zwischen meinen Beinen scheint jetzt durch meinen ganzen Körper zu pulsieren. „Berühre mich. Mach, dass ich mich *gut* fühle."

Ihm entweicht ein Stöhnen.

Er lässt seine Hand weiter sinken und streichelt die Seite meiner Brust durch mein Tanktop hindurch. Ich lehne mich in die Berührung, und bewege gleichzeitig meine Hüfte, sodass meine Muschi unter dem dünnen Höschen die steinharte Beule in seiner Hose streift.

Unser Atem stockt im selben Moment. Als die Reibung Lust aus meinem Inneren aufsteigen lässt, umschließt Jacob meine Brust vollständig.

Er fährt mit seinem Finger über meinen Nippel und drückt ihn zusammen. Berauschende Funken sprühen in meinem Inneren, und ich wimmere und bewege meine Hüften.

Ich kann nicht anders, als mich an ihm zu reiben, während unsere Herzen noch schneller schlagen.

„Scheiße", murmelt Jacob zittrig. Er massiert meine Brust mit kräftigeren Bewegungen, und ein Stöhnen entweicht meinen Lippen.

Er drückt sich an mich, sodass sich seine Erektion durch unsere Kleidung noch fester an mich presst, und meine Finger krallen sich in sein Hemd. Ich habe Angst, etwas anderes zu tun, etwas anderes zu verlangen, sonst könnte ich die Kontrolle verlieren.

Vielleicht sollte ich damit aufhören. Vielleicht war es eine dumme Idee.

Doch ich bin mir nicht sicher, ob ich aufhören kann.

Jacob muss den inneren Konflikt in meinem Gesicht sehen. Er zögert nur eine Sekunde, dann gleiten seine Hände zu meinen Oberschenkeln.

„Ich weiß, was du brauchst. Komm her."

Bevor ich fragen kann, was er meint, hievt er mich ohne das geringste Anzeichen von Anstrengung hoch. Auch wenn ich über übernatürliche Kräfte verfüge, bin ich im Vergleich zu ihm geradezu schmächtig.

Mit einer flinken Bewegung hebt er mich höch, sodass ich über seinem Gesicht statt über seinem Unterleib knie.

Meine Hände halten sich instinktiv am Kopfende des Bettes fest.

Dann schiebt Jacob mein Höschen zur Seite und fährt mit seiner Zunge über meine pochende Muschi.

Ich schreie auf, als mich ein heftiger Lustschub durchfährt. Als ob das die Bestätigung wäre, auf die er gewartet hat, stemmt er sich nach oben und presst seinen ganzen Mund auf meine Falten.

Seine Zunge fährt über meinen Kitzler und über meine Öffnung. Er streift mit seinen Lippen jede meiner empfindlichsten Stellen, sodass alle meine Nerven vor Lust beben.

Oh, Gott. Ich klammere mich an das Kopfteil und winde mich unter seinen Liebkosungen, während mein Körper förmlich unter den Empfindungen bebt, die er in ihn hineinzaubert.

Es hat sich auch unglaublich angefühlt, als Dominic mich dort geküsst hat, doch irgendetwas an dieser Position macht es noch viel intensiver. Ich kann das Tempo bestimmen, ich kann den Winkel anpassen, wenn er sich von der empfindlichsten Stelle wegbewegt.

Jacob folgt meiner Führung, ohne sich zu beschweren oder mir zu signalisieren, dass ich ihn erdrücke. Seine Hände fahren an meinen Oberschenkelmuskeln auf und ab, während er mich von unten mit seinem Mund verschlingt und sogar behutsam seine Zähne einsetzt.

Er lässt seine Zunge in mich hineingleiten, bevor er über meinen Kitzler leckt, und ich erschaudere mit einem lauten Stöhnen. Meine Hüften wippen unaufhörlich und treiben ihn an.

„So ist es gut“, murmelt er und seine Worte vibrieren an meiner Muschi. „Reite mich, so heftig du willst.“

Dann taucht er wieder in mich ein, als wäre ich das

Beste, was er je geschmeckt hat. Die Lust schwillt an, bis sie durch meinen ganzen Körper hallt.

Eine meiner Hände fährt durch die zerzausten Strähnen seines hellen Haares. Die andere umklammert das Kopfteil.

Er saugt an meinem Kitzler, und die ansteigende Welle bricht.

Sie bricht über mir und spült jede Empfindung weg, bis auf die glückselige Erlösung, die durch mich rauscht. Ich stoße einen weiteren Schrei aus, verloren im Dunst der Ekstase.

Jacob liebkost mich weiter mit seinem Mund, bis mein Körper anfängt zu erschlaffen. Ich rolle mich zufrieden von ihm herunter, bin allerdings auch ein wenig peinlich berührt, weil wir uns so nahegekommen sind.

Er hat sein Gesicht im intimsten Teil von mir vergraben, ohne dabei selbst auch nur ein Kleidungsstück auszuziehen.

Natürlich war das eher meine Entscheidung als seine.

Die Schatten durchzucken meine Adern und zerren an mir, doch meine niederen Bedürfnisse sind so befriedigt, dass ich sie ignorieren kann, während ich in die Matratze sinke.

Jacob leckt sich über die Lippen. Diese Geste ist so unerwartet erotisch nach dem, was er gerade getan hat, dass ich fast noch einmal komme. Er grinst mich an und sieht dabei unglaublich zufrieden mit sich aus.

Ich habe vergessen, wie atemberaubend er sein kann, wenn er wirklich glücklich ist. Ich weiß nicht, ob ich ihn seit unserer Flucht überhaupt schon einmal so gesehen habe.

So glücklich kann er doch gar nicht sein, oder? Seine Erektion drückt immer noch gegen seine Hose.

Doch bevor ich auf die Idee komme, mich zu revanchieren, setzt er sich auf, immer noch unentwegt grinsend.

„Genau so solltest du immer aussehen, Wildkatze."

Ich zögere. „Willst du …"

Er schüttelt den Kopf, bevor ich den Satz beende. „Mir geht's gut. Es ging um dich. Und es tut wirklich gut, dich zur Abwechslung mal glücklich gemacht zu haben."

Meine Wangen glühen wieder vor Verlegenheit. „Ich fühle mich, als hätte ich dich benutzt."

Er fixiert mich mit einem ebenso hitzigen wie entschlossenen Blick. „Riva, es ist ein verdammtes Privileg, von dir benutzt zu werden. Wenn es das ist, was du brauchst, werde ich dich jeden Tag des Jahres vernaschen und die blauen Eier als Ehrenabzeichen tragen."

Okay, jetzt stehen meine Wangen wirklich in Flammen. „Ähm …"

Bevor ich mich entscheiden kann, was ich darauf antworten soll, bricht die Realität mit einem heftigen Klopfen an meiner Tür ins Zimmer.

Die Hitze unseres Intermezzos weicht aus meinem Körper, und ich spanne mich an, denn noch bevor auch nur ein Wort gesprochen wird, weiß ich, dass es Rollick ist.

Seine Stimme ist genauso nachdrücklich wie sein Klopfen. „Raus aus den Federn, kleine Todesfee. Das Frühstück ist fertig, und dann wird es Zeit, dass wir uns unterhalten. Das Stachelschwein kann auch mitkommen."

Seine Forderung vertreibt den letzten Rest der Schläfrigkeit, auch wenn Jacob angesichts der sardonischen Beschreibung seiner Person ein leichtes Grunzen ausstößt. Mir rutscht das Herz in die Hose.

Wir sind auf Rollicks Schiff. Seinetwegen sind wir am Leben und wohlauf.

Und nachdem ich ihn in seiner vollen dämonischen Gestalt gesehen habe, bin ich weder geneigt, seine Geduld noch seine Großzügigkeit auf die Probe zu stellen.

Trotz seiner jahrtausendealten Macht hatte mein Schrei sogar eine Wirkung auf *ihn*. Zumindest für die kurze Zeit, die er anhielt, bevor ich ihn unterbrochen habe. Diese Tatsache ist sowohl unvorstellbar als auch beunruhigend.

Ich glaube nicht, dass er in nächster Zeit vergessen wird, dass ich eine Bedrohung für ihn sein kann. Eine, die er vielleicht zerquetschen will, wenn ich anfange, mehr Ärger zu machen, als ich wert bin.

„Ich komme gleich", antworte ich, atme tief durch und wappne mich für die Strafe, der ich gestern entgangen bin.

Zweiunddreißig

Riva

Ich bin nicht wirklich in der Lage, sofort zum Frühstück zu gehen, auch wenn mich das Rumoren meines Magens daran erinnert, dass ich gestern kaum etwas gegessen habe.

Ich krame in meinem Rucksack nach Kleidung zum Wechseln und sehe dann zu Jacob auf. „Ich gehe schnell duschen. Äh, allein."

Jacobs Mundwinkel zucken amüsiert, und seine Augen glühen.

„Ich glaube, ich auch. Und zwar eiskalt."

Er steht vom Bett auf und drückt kurz meine Schulter.

„Dir geht es doch gut, oder?"

Nach allem, was gestern Abend zwischen uns passiert ist, könnte sich diese Frage auf eine ganze Menge beziehen. Vielleicht auf alles.

Im Sonnenlicht, das durch das Fenster fällt, halte ich

inne und mache eine Bestandsaufnahme meines inneren Zustands.

Ein großer Teil von mir fühlt sich immer noch empfindlich an. Meine Schuldgefühle haben sich nicht vollständig aufgelöst, und ich kann nicht behaupten, dass ich gegenüber dem Mann, dem ich gerade sehr nahegekommen bin, keinen Groll mehr hege.

Doch unter der Verwirrung und dem Schmerz, oder vielleicht auch darum herum, ist mein Selbstwertgefühl stabil. Trotz meiner Erschütterung gestern scheine ich meinen Halt wiedergefunden zu haben.

„Es geht schon", sage ich, und Jacob nickt, als wäre das die beste Antwort, die er erwarten konnte.

„Wir sehen uns dann im Esszimmer."

Ich kann ihn nicht einfach so gehen lassen. Er greift nach der Tür, und sein Name kommt mir über die Lippen.

„Jake."

Er blickt mich stirnrunzelnd an.

Ich ringe mir zumindest ein halbherziges Lächeln ab. „Danke."

Dass du mich gestern Abend beruhigt hast. Dass du mich die ganze Nacht über umarmt hast.

Dass du mir geholfen hast, andere Spannungen abzubauen …

Jacobs Haltung entspannt sich, zumindest soweit er dazu fähig ist. „Ich sollte derjenige sein, der sich bei dir bedankt."

Er verlässt den Raum mit einer sportlichen Gelassenheit, die ich bewundere, jetzt, wo ich mir erlaube, mehr als nur wütend auf ihn zu sein.

Im Bad wasche ich mich hastig und massiere genüsslich das edle Shampoo in mein Haar, das Andreas mir geschenkt hat. Der Zitrusgeruch weckt meine Sinne noch mehr.

Um mich den Gesprächen zu stellen, die vor mir liegen, muss ich wachsam, ehrlich und mutig sein. Doch ich habe meine Männer bei mir, und zwar in mehr als einer Hinsicht.

Gemeinsam werden wir auch das durchstehen.

Ich flechte mein Haar, das nach dem Frottieren noch feucht ist, zu einem Zopf und gehe in den Flur. Genau in diesem Moment kommt Dominic aus seinem Zimmer – was wahrscheinlich kein Zufall ist, denn er muss gewusst haben, dass ich auf dem Weg nach draußen war.

Ich erschaudere, als ich seine entblößten Tentakel sehe, die eine Schlaufe an seiner Taille bilden und sich zurück seinen Schultern winden, damit sie nicht bis zu seinen Füßen baumeln. Sie schwingen ein wenig, als er auf mich zugeht.

Er wird sie wieder bedecken müssen, wenn wir unter Leute gehen. Doch er schämt sich nicht mehr vor mir oder den anderen Schattenwesen.

Trotz all der Sorgen, die noch auf mir lasten, kann ich nicht widerstehen, ihn in eine Umarmung zu ziehen. Mit einem erfreuten Brummen erwidert Dom die Umarmung und drückt mir einen Kuss auf die Wange.

„Du siehst aus, als ginge es dir besser, Süße", flüstert er mir ins Ohr.

Der neue Spitzname jagt mir einen Schauer über den Rücken.

Ich lehne meinen Kopf an seine Brust. „Ich … brauchte nur etwas Zeit, um alles zu verarbeiten. Jacob hat mir geholfen."

Wieder kriecht Röte in meine Wangen, doch falls Dominic erraten hat, wie diese „Hilfe" aussah, scheint es ihm nichts auszumachen. Er streicht mit seiner Hand über mein Haar, bevor wir uns voneinander lösen und ins Esszimmer gehen.

„Ich bin froh, dass ihr euch wieder versöhnt habt. Er war schrecklich, und natürlich warst du wütend, aber ich weiß, dass das nicht seine wirkliche Natur ist."

Ein schiefes Lächeln umspielt meine Lippen. „Vielleicht sind wir alle noch dabei, herauszufinden, wer wir wirklich sind."

Dom hält auf seine nachdenkliche Art einen Moment inne. „Das ist gut möglich."

Der Geruch von buttrigen Eiern und Bratwürsten steigt mir in die Nase, und mein Magen knurrt erneut. Mir läuft das Wasser im Mund zusammen, noch bevor ich das Esszimmer betrete und abrupt stehenbleibe.

Pearl ist wieder da. Sie hockt auf der Kante eines Tisches und unterhält sich mit dem massigen grünhäutigen Schattenwesen, das ebenfalls zu Rollicks Crew gehört und immer wieder auftaucht.

Als ich stehenbleibe, wirft sie ihre glänzende blonde Mähne über die Schulter und dreht sich um. Der freundliche Ausdruck der Sukkubus-Frau flackert, als ihre hellen Augen die meinen treffen.

Ich erwarte, dass ihre Miene grimmig wird, doch stattdessen hüpft sie vom Tisch und kommt auf mich zu, wenn auch nicht ganz so schwungvoll wie sonst.

„Hast du schon gegessen? Die Croissants sind heute besonders gut."

Mein Mund öffnet und schließt sich, bevor ich antworte. „Ich … Nein, ich wollte gerade etwas essen."

„Na, dann komm. Rollick läuft nervös auf und ab und sieht aus, als würde er so viele Pläne in seinem Kopf schmieden, dass er explodiert, wenn er sie nicht bald loswerden kann."

Ich folge ihr zögernd zum Buffet. Dominic geht zu den anderen Jungs, die sich um einen Tisch versammelt haben.

Zian nickt mir zu, und Andreas schenkt mir ein warmes Grinsen, doch sie scheinen zu merken, dass sie nicht stören sollten.

Ich hätte nicht gedacht, dass ich Pearl wiedersehen würde. Und schon gar nicht, dass sie mich wiedersehen will.

Ich bin nicht auf dieses Gespräch vorbereitet, doch ich weiß, dass ich mich genauso wenig davor drücken kann wie vor dem, was unser Gastgeber für mich im Sinn hat.

Das Essen landet eher zufällig auf meinem Teller, als dass ich es bewusst auswähle, denn ich bin zu sehr damit beschäftigt, mir zu überlegen, was ich sagen werde, als dass ich mich auf meine Optionen konzentrieren könnte. Pearl nimmt sich ein weiteres Croissant und lässt sich auf einen Stuhl an einem ansonsten leeren Tisch fallen.

Ich bin mir nicht ganz sicher, ob sie will, dass ich ihr folge, aber es reicht, dass ich mich einen Tag lang vor meinen Fehlern versteckt habe.

Ich trage meinen Teller zum Tisch und setze mich ihr gegenüber. „Ich wusste nicht, dass du zurückkommen würdest."

Sie zuckt in ihrer betont lässigen Art mit den Schultern und nimmt einen Bissen von ihrem Croissant. „Ich arbeite gern mit Rollick zusammen. Und ihr wart sehr interessant."

Interessant ist nicht das Wort, von dem ich gedacht hätte, dass sie es benutzen würde. Ich zögere und spieße mit meiner Gabel ein Würstchen auf. „Wie geht es Billy?"

„Oh, ja, sobald wir im Schattenreich waren, ging es fast wie von selbst. Es ist ein ziemlich trostloser Ort, aber es ist einfacher, sich zu entspannen, wenn man von demselben Zeug umgeben ist, aus dem man besteht."

Meine Anspannung löst sich ein wenig. Trotzdem muss ich mich zwingen, mein Frühstück zu essen, weil ich denke, dass sie womöglich noch Bedenken zur Sprache bringt. Doch Pearl kaut fröhlich vor sich hin und scheint mit meinem Schweigen zufrieden zu sein.

„Ich weiß nicht, ob er mich wiedersehen will", sage ich schließlich, „wenn du ihn also das nächste Mal besuchst, könntest du ihm sagen, dass es mir sehr leidtut. Ich wollte das nicht … Und ich hätte es niemals getan, wenn ich mich unter Kontrolle gehabt hätte."

Pearl schnaubt. „Das hätte ich auch nicht gedacht."

Ich schaue sie an, immer noch bemüht, ihre Reaktion einzuschätzen. „Bist du nicht wütend auf mich? Er ist dein Freund, und ich … Es hätte auch dich treffen können."

Die Sukkubus-Frau zögert und dreht das letzte Stückchen Croissant zwischen ihren Fingern. Sie blickt mich an.

„Glaubst du, ich weiß nicht, wie einen diese Kräfte übermannen können, wenn man noch nicht viel Übung darin hat?"

Ich starre sie an. „Ich … Ich habe keine Ahnung." Bisher habe ich einfach angenommen, dass Schattenwesen automatisch wissen, was sie können und wie man diese Kräfte effektiv einsetzt.

Pearl wendet ihren Blick wieder von mir ab. „Bei einem meiner ersten Male hatte ich meine Hand in der Hose des Kerls, bevor ich merkte, dass ihm die Lust Angst machte, die ich geschürt hatte. Er wollte das gar nicht. Wir Kubi können uns Einblicke in die Gedanken der Leute verschaffen, um sicherzugehen, dass sie für unsere Zwecke geeignet sind. Je mehr sie es auch wollen, desto besser ist es. Aber ich hatte wirklich *großen* Hunger, und er schien anfangs interessiert zu sein. Und ich … Ich habe alles andere einfach ausgeblendet, bis ich praktisch …"

Sie presst die Lippen aufeinander, und ich empfinde Mitgefühl mit ihr. Ich kann mir nur allzu gut vorstellen, wie sich eine solche Erkenntnis anfühlt.

Pearl schüttelt sich, und ihre Miene erhellt sich, als sie ihren Blick wieder auf mich richtet. „Ich wäre also eine furchtbare Heuchlerin, wenn ich mich über dich aufregen würde, weil du deine Kräfte nicht perfekt unter Kontrolle hast."

Trotzdem habe ich das Bedürfnis, eine Sache klarzustellen. „Ich werde mit Rollick trainieren und all seine Befehle befolgen. Ich möchte so viel Kontrolle wie möglich über meine Kräfte erlangen."

„Darüber wird er sich bestimmt *sehr* freuen. Er setzt gerne seinen Willen durch."

Pearl schiebt sich das letzte Stück Croissant in den Mund und gibt ein zufriedenes Brummen von sich. Wenn man sie beobachtet, fällt es schwer, sich vorzustellen, dass die quirlige junge Frau eben noch ihren schmerzlichen Kummer zum Ausdruck gebracht hat.

Nachdem sie geschluckt hat, zeigt sie mit einem Finger auf mich. „Eine Sache passiert immer, wenn ich mich an einem Sterblichen labe. Ich weiß nicht, warum, denn ich habe noch nie mit einem anderen Kubi darüber gesprochen, aber sobald ich fertig mit ihnen bin, plaudern sie immer irgendein tiefes, dunkles Geheimnis aus, wegen dem sie sich schrecklich fühlen. Vielleicht spüren sie, dass ich niemandem, den sie kennen, davon erzählen werde."

Ich verziehe das Gesicht. „Das klingt … unangenehm."

„Ja, es macht die Stimmung kaputt. Ich habe noch nicht herausgefunden, wie ich es verhindern kann. Doch wenn man all diese Geständnisse hört, wird einem klar, dass jeder schon mal etwas Schlimmes getan hat. Ich denke, was zählt, ist, ob man sich danach bemüht, es besser zu machen."

Sie klingt so aufrichtig, dass sich noch mehr von der in mir aufgestauten Schuld auflöst. Trotzdem möchte ich mich persönlich bei Billy entschuldigen, wenn er mir die Chance dazu gibt. Dann fühle ich mich vielleicht nicht mehr wie ein totales Monster.

Oder zumindest nicht schlimmer als die richtigen Monster.

Als hätte ich ihn mit diesem Gedanken herbeigerufen, schlendert Rollick in den Speisesaal und lässt seinen Blick gebieterisch über uns alle schweifen. „Habt ihr Halb-Sterblichen schon gegessen? Wir müssen ein paar Entscheidungen treffen."

In Windeseile verschlinge ich den Rest meines Frühstücks und eile zu meinen Jungs hinüber. Rollick bleibt stehen und stützt seine Hände auf die Lehne eines leeren Stuhls, während er uns mustert.

„Das Chaos in Havanna tut mir leid", sage ich sofort, obwohl es eigentlich hauptsächlich Jacobs Schuld war. Allerdings hat er es nur getan, um mich zu beschützen. „Und auch dass ich den Großteil deiner Crew verärgert habe."

Rollick gibt einen abweisenden Laut von sich. „Im Laufe der Jahrhunderte habe ich mich mit der Tatsache abgefunden, dass die meisten meiner Artgenossen sehr engstirnig sind."

Dominic mustert ihn mit wachsamen Augen. „Bei unserer ersten Begegnung klang es, als wärst *du* dir nicht sicher, ob wir mehr als nur eine Belastung sind."

Zians Muskeln spannen sich bei dieser Erinnerung an, doch Rollick schmunzelt nur.

„Es *war* Chaos. Ich kann nicht sagen, dass es mir Spaß gemacht hat, es in Ordnung zu bringen. Durch diese Auseinandersetzung ist mir jedoch klargeworden, dass meine Leute daran mindestens genauso viel Schuld tragen wie ihr."

Ich kann mir meine Frage nicht verkneifen. „Durch die Auseinandersetzung, bei der ich eine von ihnen definitiv und einen anderen beinahe getötet habe?"

Der Dämon senkt den Kopf. „Du hast deine Autorität durchgesetzt, als diejenigen bedroht wurden, die dir etwas bedeuten. Und du hast dich zurückgehalten, bevor du zu weit gegangen bist. Welchen Beweis brauche ich noch, dass du *grundsätzlich* in der Lage bist, dich zu kontrollieren?

Damit kann ich arbeiten. Und ich denke, inzwischen bist du dir auch der Notwendigkeit dieser Arbeit bewusst."

Ich schlucke schwer. „Ja."

„Warum willst du mit uns zusammenarbeiten?", fragt Jacob schroff. „Warum willst du uns nicht vernichten, so wie die anderen?"

Nun, so kann man es auch formulieren.

Rollicks Lippen verziehen sich zu einem schiefen Lächeln. „Ich habe Hunderte, wenn nicht Tausende von Jahren mehr Erfahrung als die meisten meiner Partner. Und einige meiner Erfahrungen deuten darauf hin, dass eine Zusammenarbeit zwischen Schattenwesen und Menschen die Welt öfter gerettet als zerstört hat. Die sterbliche Seite scheint die Kräfte auf eine vernünftige Weise zu zügeln. Möglicherweise ist man eher bestrebt, den Tod zu verhindern, wenn man ihm so viel näher ist."

„Du meintest, du wärst bisher nur einem anderen Hybridwesen begegnet", sagt Andreas.

„Ja, nun …" Die Stimme des Dämons wird etwas leiser. „Die Sterbliche, die ich liebe, verfügte einst über eine Macht, die für die Schattenwelt bedrohlicher und schrecklicher war als eure Fähigkeiten. Doch sie hat bewiesen, dass diese Macht uns stärken statt schwächen kann. Dadurch habe ich gelernt, keine Vermutungen anzustellen."

Er wippt auf seinen Fersen und mustert uns mit analytischer Neugier. „Außerdem halte ich nichts davon, potenzielle Ressourcen zu zerstören. Ich würde gerne sehen, zu was ihr Schattenblüter in der Lage seid, wenn ihr eure Fähigkeiten kontrolliert einsetzen könnt. Dasselbe gilt auch für eure jüngeren Gegenstücke, wenn wir sie finden können."

Ich bin mir nicht sicher, was ich davon halte, als „Ressource" betrachtet zu werden, doch seine letzten Worte erregen meine Aufmerksamkeit. „Wir werden sie also befreien? Wirst du uns dabei helfen?"

„Ich denke, das ist die beste Methode, um zu verhindern, dass diese ‚Wärter‘, euch aufspüren, nachdem keines unserer Experimente bisher Früchte getragen hat." Rollick blickt zu den Fenstern des Speisesaals. „Meine Leute in den Städten entlang der Südküste haben Hinweise darauf gefunden, dass sie wissen, dass ihr auf See wart. Anscheinend bereiten sie sich jetzt auf eure Rückkehr vor."

Mir ist flau im Magen. „Also müssen wir an ihnen vorbei, um zu den jüngeren Schattenblütern zu gelangen?"

„Wenn das, was ihr gesagt habt, stimmt, dann sind die meisten ihrer Versuchspersonen wohl noch in ihren Einrichtungen. Wir könnten dort anfangen. Je mehr Verbündete wir auf unserer Seite haben, desto mehr Möglichkeiten haben wir."

Zian wird hellhörig. „Torrent sagte doch, er hätte ein paar Einrichtungen gefunden. Oder zumindest glaubte er das."

Rollick nickt. „Man müsste nur herausfinden, ob und in welchen dieser Einrichtungen eure Kollegen festgehalten werden, und sie herausholen."

Nichts an dieser Aussage klang besonders einfach, und mein Herzschlag beschleunigte sich.

„Wie sollen wir das anstellen?", fragt Dominic. „Werden sich deine Leute hineinschleichen und alles auskundschaften?"

Rollicks Miene verfinstert sich ein wenig. „Das ist leider unmöglich. Eure Wärter sind offenbar mit den Methoden und Schwächen der Schattenwesen vertraut. Torrent hat die Einrichtungen unter anderem deswegen aufgespürt, weil dort deutlich mehr Silber und Eisen vorhanden waren, als die meisten von uns ertragen können. Dort hineinzugehen, wäre vermutlich Selbstmord."

Meine Laune sinkt. Die Schattenwesen könnten die Gebäude wohl aus der Ferne beobachten, doch wer weiß, wie lange sie brauchen würden, um herauszufinden, was dort vor sich geht?

Bestimmt sind die Nachwuchs-Schattenblüter in den Tiefen eingesperrt sein, so wie wir die meiste Zeit. Möglicherweise haben die Wärter die Sicherheitsvorkehrungen sogar verstärkt.

In dem neuen Gebäude, in dem ich die Jungs nach unserem ersten Fluchtversuch gefunden habe, gab es nicht einmal einen Trainingsplatz, der wenigstens ein wenig Ablenkung von der Gefangenschaft versprach …

Die Erkenntnis trifft mich wie ein Schlag ins Gesicht, und ich könnte mich ohrfeigen, weil ich nicht sofort daran gedacht habe.

„*Wir* können sie finden", sage ich. „Über unser Blut. Wir haben das gleiche Leben wie sie gelebt. Vielleicht kennen wir ihre Namen nicht oder wissen nicht, wie die meisten von ihnen aussehen, doch ich denke, wenn wir uns auf die Gemeinsamkeiten konzentrieren und darauf, was wir alle durchgemacht haben, wird unsere Essenz uns zu ihnen führen."

Diese Erfahrungen sind tiefer in uns verwurzelt als alles, was man in einer Videoaufzeichnung sehen könnte. Wir *kennen* diese Gefangenen besser als jeder andere.

Die Jungs setzen sich etwas aufrechter hin, und ihre Augen blitzen bei meinen Worten auf. Es ist offensichtlich, dass sie mir zustimmen.

Rollick reibt sich den Kiefer. „Wir wissen nicht sicher, ob die Sache mit eurem Blut mit so vagen Eindrücken funktioniert."

Ich hebe mein Kinn. „Einen Versuch ist es wert. Und es wäre viel schneller, als zu hoffen, dass deine Spione außerhalb der Gebäude etwas herausfinden." Ich zögere. „Wir müssen allerdings sicherstellen, dass die Wärter uns nicht aufspüren, während wir der Spur folgen."

Ein kleines Lächeln umspielt Rollicks Lippen. „Dabei kann ich helfen."

Er lehnt sich nach vorne und stützt sich mit den Händen an der Stuhllehne ab. „Ich bin bereit, euch zu helfen, weil es auch meinen Zwecken dient. Allerdings liegt das größte Risiko nicht bei mir. Wie ich bereits erwähnt habe, werden wir nicht in der Lage sein, mit euch in die Gebäude zu gehen."

Andreas runzelt die Stirn. „Du kannst deine Fähigkeiten doch auch aus der Ferne einsetzen, oder?"

„Bis zu einem gewissen Grad. Die Helme und Westen schützen diese Sterblichen vor den meisten Einflüssen, die wir aus der Ferne ausüben können."

Deswegen trugen die Wärter also diese seltsamen Uniformen. Vermutlich hofften sie, dass die Metalle ihnen auch einen gewissen Schutz gegen unsere Kräfte bieten.

Doch es hat nicht funktioniert. Wir Hybriden sind tatsächlich mächtiger als die richtigen Schattenwesen.

Kein Wunder, dass Engel Angst vor uns hatte. Und kein Wunder, dass sogar die Schattenwesen uns fürchten.

Ich nehme einen langsamen, beruhigenden Atemzug. „Was bedeutet das für uns?"

Rollick lächelt uns grimmig an. „Meine Leute können die Sterblichen herauslocken und jeden beseitigen, der nicht ausreichend geschützt ist. Und wir können die Gefangenen, die ihr rettet, in Sicherheit bringen, sobald sie draußen sind. Im Inneren des Gebäudes seid ihr jedoch auf euch allein gestellt."

Stille senkt sich über den Tisch, während wir diese Erklärung sacken lassen.

Uns fünf können die Schutzmaßnahmen der Wärter zwar nichts anhaben, aber wir haben unsere Kräfte noch immer nicht richtig im Griff. Und wir können auch nicht in die

Schatten flüchten oder uns ins Schattenreich zurückziehen, um unsere Verletzungen zu heilen.

Der Dämon senkte seine Stimme. „Wollt ihr das wirklich tun? Wir können eure Verfolger noch eine Weile von diesem Schiff fernhalten. Wenn euch das lieber ist, habe ich kein Problem damit, einfach weiterzufahren und unsere Experimente fortzusetzen. Vielleicht finden wir noch einen anderen Weg, um zu verhindern, dass sie euch aufspüren.“

Der Gedanke, auf der sicheren Jacht zu bleiben, das Gourmet-Essen zu genießen und mich nachts in mein gemütliches Bett zu kuscheln, legt sich wie eine warme Decke um mich. Die Vorstellung ist sehr verlockend.

Doch das nächste Bild, das mir durch den Kopf schießt, ist das meiner Zelle in der Einrichtung.

Der beengte Raum mit dem schmalen, harten Bett.

Das fade Essen, das durch einen Schlitz geschoben wird.

Die Flut von Befehlen, tagein, tagaus.

All das Leid und die Zerstörung, die wir nach Lust und Laune der Wärter anrichten mussten.

Die Schmerzen, die sie uns zufügten, wenn wir uns wehrten.

Genau das machen die jüngeren Schattenblüter im Moment durch. Wenn Engels Notizen stimmten, sind ihre Kräfte schwächer als unsere.

Sie haben keine Chance zu entkommen, es sei denn, wir befreien sie. Wie könnte ich den Luxus hier genießen, während sie gequält werden?

Außerdem kann Rollick nicht sicher wissen, dass wir auf diesem Schiff in Sicherheit sind. Im Moment bereiten sich die Wärter nur auf eine Schlacht an der Küste vor. Aber sie haben uns schon einmal überrascht.

Weder meine Männer und ich noch unsere Verbündeten aus der Schattenwelt oder die jüngeren Schattenblüter in den

Einrichtungen werden wirklich sicher und frei sein, bis die Wärter uns nichts mehr anhaben können.

Als ich in die Runde schaue, sehe ich dieselbe Entschlossenheit in den Augen meiner Männer. Ich spüre, wie sie durch die Male von Andreas und Dominic auf meiner Haut summt.

Letztes Mal bin ich ganz allein eingebrochen, um sie zu retten. Diesmal sind wir zu fünft und mit der Hilfe von Rollick und den anderen Schattenwesen, sollten wir in der Lage sein, die Schutzmaßnahmen der Einrichtung zu durchdringen.

Und wenn es das Letzte ist, was wir tun.

Mit einem Kloß im Hals, aber ohne die geringste Spur von Zweifel, drehe ich mich wieder zu Rollick um.

„Sobald wir sie gefunden haben, müssen wir sie da herausholen. Koste es, was es wolle.“

DREIUNDDREISSIG

Zian

Ich sollte wohl aufhören, mich darüber zu wundern, wie schick Rollicks Verkehrsmittel sind. Gibt es überhaupt Privatjets, die *nicht* schick sind?

Die Ledersitze sind breit genug, dass ich mich nicht einmal mit der heruntergeklappten Armlehne eingeengt fühle. Und das Polster ist unglaublich weich. Die Toilette ist fast so groß und glänzend wie das Bad, das an mein Schlafzimmer auf der Jacht angrenzte.

Schade, dass ich diesen Luxus nicht genießen kann. Mein Herz rast, als Rollick seinen Sitz in den Gang schwenkt, sodass er uns alle fünf ansehen kann.

„Es wird schwierig sein, einen endgültigen Plan auszuarbeiten, bevor wir wissen, wo genau sie sind", beginnt er. „Ich habe einige Anrufe getätigt, und ein paar meiner Leute halten sich bereit, um bei Bedarf einige hervorragende Ablenkungsmanöver zu inszenieren."

Riva richtet sich auf ihrem Sitz auf. „Und dann bringen wir die Schattenblüter an einen sicheren Ort."

Der Dämon legt den Kopf schief. „Natürlich. Ich bin mir nicht sicher, wie nahe wir mit Fahrzeugen an die Einrichtungen herankommen, ohne entdeckt zu werden, aber wir werden sie huckepack tragen, wenn es sein muss."

Er hält kurz inne und verzieht das Gesicht. „Leider habe ich für diese Mission nicht so viel Unterstützung, wie ich es mir wünschen würde … Kudzu und seine Kollegen haben unserer Gemeinschaft von den Geschehnissen in letzter Zeit erzählt. Einige meiner üblichen Partner haben sich geweigert, mitzumachen, und ich ziehe es vor, mit willigen Helfern zu arbeiten."

„Wir könnten uns ohnehin nicht auf sie verlassen, wenn du sie zwingen würdest", erklärt Andreas, der vor mir sitzt.

„Das auch. Glücklicherweise gilt das nicht für meine materiellen Ressourcen, also sind wir diesbezüglich abgesichert." Rollicks dunkle Augen funkeln amüsiert.

Mir ist noch nicht ganz klar, ob ihm diese „Mission" wirklich wichtig ist oder ob er eher einen Zeitvertreib darin sieht. Ich schätze, das spielt keine Rolle, solange wir Erfolg haben.

Er legt die Hände in den Schoß und strafft die Schultern, als würde er sich wappnen. Bei seiner nächsten Ankündigung verstehe ich, warum.

„Ihr müsst darauf vorbereitet sein, dass ihr nicht direkt losstürmen könnt, wenn wir eine Einrichtung ausfindig machen, in der die jungen Schattenblüter festgehalten werden. Sonst werdet ihr sofort bemerkt."

Ich lege die Stirn in Falten. „Werden sie nicht mehr Zeit haben, uns zu bemerken, wenn wir länger brauchen, um dorthin zu gelangen?"

Rollicks Blick fällt auf mich. „Das Problem ist nicht wirklich die Zeit. Es geht darum, wie gut ihr euch tarnt.

Wenn wir nicht wollen, dass sie bemerken, was ihr vorhabt, müsst ihr euch aufteilen."

Ein Schock des Entsetzens schießt durch meinen Körper. Wir waren seit Wochen nicht mehr als ein paar hundert Meter voneinander entfernt.

Es geht doch gerade darum, das hier gemeinsam durchzustehen.

Dominic, der hinter Riva sitzt, spannt sich an. „Wir sollen allein losziehen?"

Rollick schüttelt den Kopf. „Nicht ganz allein. Ich denke, es reicht, wenn ihr euch in zwei Gruppen aufteilt und dann über Umwege zur Einrichtung geht. Auf dem Flugplatz, den wir ansteuern, stehen zwei Hubschrauber bereit. Wir müssen die Verfolger nur so weit verwirren, dass sie nicht wissen, wohin wir wollen."

Jacob springt mit blitzenden Augen von seinem Sitz auf. „Ich gehe mit …"

Er verstummt, als er sich umdreht und seinen Blick über den Rest von uns schweifen lässt. Seine Haltung wird starr, und er senkt den Kopf. „Nein. Vergesst es. Riva sollte Dom und Drey bei sich haben. Sie haben ihre Loyalität mehr als bewiesen."

Ein schmerzhafter Kloß bildet sich in meiner Kehle, sowohl wegen seiner offensichtlich schmerzhaften Akzeptanz als auch wegen des Wissens, dass ich von diesem bewährten Kreis ebenfalls ausgeschlossen bin.

Bevor sich noch jemand einmischen kann, räuspert sich Riva. „Mir gefällt der Gedanke nicht, dass wir uns aufteilen. Aber es erscheint mir sinnvoll. Und wenn es sein muss, sollte entweder Dominic oder Andreas in der anderen Gruppe sein. Auf diese Weise können wir immer zueinanderfinden, egal was passiert."

Ihre Hand streicht über ihr Schlüsselbein, wo sie uns die Male auf ihrer Haut gezeigt hat.

Die Mienen der beiden Männer, von denen sie diese Male bekommen hat, spannen sich an, aber keiner von ihnen widerspricht.

Der Dämon verfolgt unsere Diskussion mit offensichtlichem Interesse, bevor er den Moment des Schweigens nutzt, um das Wort zu ergreifen.

„Das klingt nach einer guten Strategie. Außerdem würde ich vorschlagen, dass sich eure beiden Muskelprotze auf die Gruppen aufteilen, damit beide bei Bedarf über körperliche Kraft verfügen.“

Das bedeutet, dass ich nicht mit Riva in einer Gruppe sein kann, selbst wenn ich den Platz verdient hätte.

Aber er hat recht. „In Ordnung“, murmle ich widerwillig.

Wie Jacob erhebt sich nun auch Andreas. „Dann gehe ich mit Zian. Wir beide sollten ein gutes Team sein, falls wir in Schwierigkeiten geraten, bevor wir uns wiedertreffen.“

Er zögert und fängt Rivas Blick auf. „So gerne ich auch bei dir wäre, ich möchte, dass Dom bei dir ist, falls du verletzt wirst.“

Riva wirft ihm einen finsteren Blick zu. „Ich will auch nicht, dass sich einer von *euch* allein um seine Verletzungen kümmern muss.“

„Ich kann nicht in beiden Gruppen sein, sosehr *ich* das auch möchte“, erklärt Dominic in seiner üblichen ruhigen Art. „Ich glaube, wir fühlen uns alle besser, wenn ich bei dir bin.“

Ich nicke.

Riva schnaubt. „Ich bin also überstimmt?“

Jacobs Miene hat sich merklich aufgehellt, seit sich herausgestellt hat, dass er bei Riva bleiben darf. „Vier gegen eins.“

Sie rümpft die Nase, doch in ihrem Blick liegt mehr

Zuneigung, als sie ihm die letzten Wochen entgegengebracht hat.

Er ist ihr auch wieder nähergekommen, wenn auch nicht so nahe wie Drey und Dom. Auf einmal juckt es mir in den Fingern, weil ich mich auf eine ganz andere Weise von unserer Gruppe getrennt fühle.

Ich habe neulich auf dem Schiff versucht, mit ihr zu reden, doch ich bin mir nicht sicher, ob sie wirklich verstanden hat, worauf ich hinauswollte. Ich weiß nicht, wie ich die Hälfte der Dinge, die ich fühle, ausdrücken soll.

Und über einen sehr großen Teil davon möchte ich lieber nicht einmal nachdenken.

Sie soll einfach wissen, dass ich für sie da sein werde, so gut ich kann. Dass sie mir genau so viel bedeutet wie den anderen Jungs.

Wie viel Zeit haben wir noch, bevor sie mich verlassen wird, und ich vielleicht nicht einmal mehr die Chance dazu habe?

Während ich mit meinen Zweifeln kämpfe, schmunzelt Rollick. „Dann wäre das wohl geklärt.“

Nachdem die Diskussion beendet ist, dreht sich Riva in das Sonnenlicht, das durch das Fenster strahlt. Wir haben alle eine Zweierreihe für uns allein und die Armlehne hochgeklappt, sodass es wie ein einziger langer Sitz aussieht.

Ich spüre eine Enge in der Brust, als würden sich meine Rippen auf meine Lunge zubewegen. Ich schließe die Augen und stelle mir vor, was ich tun möchte.

Ich versichere mir, dass ich das tun kann, und dass es nicht so sein wird wie damals.

Nachdem ich mich ein wenig gesammelt habe, stoße ich mich von meinem Sitz ab und überquere mit zwei vorsichtigen Schritten den Gang.

„Darf ich mich für den Rest des Fluges zu dir setzen?“

Rivas Kopf schnellt herum. Sie blinzelt mich sichtlich

überrascht an. Dann umspielt ein kleines Lächeln ihre Lippen.

„Natürlich. Sehr gerne.“

Es fühlt sich nach einer enormen Errungenschaft an, mich auf den Sitz neben ihr zu setzen. Auch wenn meine breite Statur viel Platz einnimmt, ist sie so zierlich, dass ich mir keine Sorgen machen muss, dass sie sich eingeengt fühlt, solange ich auf meiner Seite bleibe.

Riva blickt zu mir auf, und ihre hellbraunen Augen funkeln schelmisch. „Bist du einsam, so ganz allein?“

Trotz ihrer Neckerei entgeht mir die Unsicherheit in ihrem Gesicht nicht. Das ist genau der Grund, warum ich mich zu ihr gesetzt habe.

Ich ringe um Worte. „Ich wollte dir noch eine Weile nahe sein, bevor wir uns trennen müssen. Damit du nicht vergisst, dass ich für dich da bin. Auch wenn ich körperlich nicht bei dir bin.“

Die Belustigung weicht aus Rivas Augen. Stattdessen sieht sie mich mit einem bittersüßen Ausdruck an. „Das weiß ich, Zee.“

„Nun, ich dachte … Ich dachte, es wäre gut, es dir auch zu zeigen.“

Mein Gesicht ist jetzt so heiß, dass es mich nicht wundern würde, wenn es einfach in Flammen aufginge, aber Riva lacht mich nicht aus. Sie sieht mich einfach weiter an, mit diesem sanften Schimmer in ihren Augen, der mein Herz doppelt so schnell schlagen lässt.

Die Neigung ihres Körpers lässt vermuten, dass sie unter anderen Umständen in diesem Moment vielleicht gerne meine Hand ergriffen hätte. Wenn ich nicht jedes Mal zurückgeschreckt wäre, wenn sie mich in der Vergangenheit berührt hat.

Ich habe es so weit geschafft. Da geht doch bestimmt noch ein wenig mehr, oder?

Langsam, ruhig und völlig kontrolliert. Nur eine präzise Bewegung, nichts, was zwischen zwei Freunden nicht normal wäre.

Ich hebe meinen Arm und strecke ihn vorsichtig aus, um ihn um ihre Schultern zu legen. Rivas Augen weiten sich, bevor sie sogar ein wenig näher an mich heranrückt.

Ich umfasse ihre Schulter mit meiner Hand. Riva atmet aus, und ihre Muskeln entspannen sich.

„Bist du sicher, dass das in Ordnung ist?", fragt sie, und ihre Stimme ist genauso vorsichtig wie meine Umarmung.

Meine Nerven flattern, als würde ein stromführender Draht hindurchlaufen, halb vor Panik, halb um mehr flehend. Doch ich verharre in dieser Position und schaffe es, mich so weit zu beruhigen, um zu sprachen. „Ja. Und das sollte es immer sein. Wir sind vom gleichen Blut, richtig?"

„Immer", murmelt Riva zufrieden und lehnt sich vor, um ihren Kopf an meine Brust zu schmiegen.

Ich habe keine Worte für die Freude, die durch jede Faser meines Körpers schallt. Ich wünschte nur, sie wäre nicht mit einer ebenso großen Portion Angst gemischt.

Ich habe sie jetzt bei mir. Was wird in dem bevorstehenden Kampf wohl passieren?

Für den Rest des Fluges wage ich es kaum, mich zu bewegen. Ich weiß, dass keine ungewollten Gefühlsausbrüche in mir aufflammen werden, solange ich so bleibe.

Als das Flugzeug zum Landeanflug ansetzt, richtet sich Riva auf, um sich anzuschnallen. Der Verlust des Körperkontakts zerrt an mir.

Doch sobald sie den Gurt angelegt hat, hält sie mir ihre Hand hin. Anstatt mich direkt zu berühren, gibt sie mir nur die Möglichkeit dazu.

Ich zögere, bevor ich all meine Entschlossenheit zusammennehme und meine Finger mit ihren verschränke.

Das Flugzeug setzt mit einem Ruck und einem leichten

Wackeln auf. Mir ist mulmig zumute, da der schwierigste Teil der Mission noch vor uns liegt und mit jeder Sekunde rasant näher kommt.

Wir steigen aus dem Privatjet und betreten eine Wiese mit kurz gemähtem Gras, inmitten von Bäumen. Es sind keine Gebäude in Sicht, nur die beiden Hubschrauber, die wie Rollick versprochen hat, am anderen Ende des Feldes warten.

Der Dämon dreht sich zu uns um. „In Ordnung, lasst uns mit eurem Essenz-Trick weitermachen. Wer gibt sich die Ehre?"

„Ich", meldet sich Jacob ohne Umschweife.

Riva schüttelt den Kopf. „Ich denke, wir sollten es alle tun. Unsere Erfahrungen weichen ein wenig voneinander ab. Wenn wir uns alle gemeinsam konzentrieren, können wir dort ansetzen, wo die meiste Essenz fließt. Dadurch sollten wir das klarste Bild erhalten."

Ihr Vorschlag klingt einleuchtend. Ich fahre meine Wolfskrallen aus.

Riva wirft Jake einen letzten spitzen Blick zu. „Es sollte nicht allzu *viel* von jedem von uns nötig sein."

Er schenkt mir ein schiefes Grinsen. „Diesmal werde ich nicht zu tief schneiden, Wildkatze."

Jacob fährt seine Stacheln aus, und Andreas und Dominic holen Messer aus ihren Taschen.

Ohne zu sprechen, ritzen wir uns gleichzeitig die Unterarme auf.

Blut sickert über meine Haut, und eine dunkle Rauchwolke wabert in die frische Waldluft. Ich beobachte sie einen Moment lang und schließe die Augen.

Ich erinnere mich an die Flure und die Trainingsräume. An das kleine Zimmer, in dem ich jede Nacht eingesperrt wurde.

An die Klingen, mit denen sie mich schnitten.

Daran, wie sie versuchten, meine Kräfte aus mir herauszukitzeln.

An all die toten und lebendigen Dinge, die sie mich mit meiner Kraft und meinem Willen zerschmettern ließen.

Gibt es noch andere Schattenblüter wie mich, die jetzt in ihren Einrichtungen gefangen sind? Werden sie auf dieselbe Weise gequält?

Ich möchte sie finden. Ich möchte ihnen die Hand reichen, damit wir sie aus diesem Albtraum befreien können.

Damit wir alle in Freiheit leben können.

Rollick stößt ein leises Kichern aus. „Nun, ich würde sagen, das ist ziemlich eindeutig.“

Ich reiße die Augen auf, und mir stockt der Atem, als ich die Rauchschwaden sehe, die sich vor uns ausbreiten.

Alle fünf Essenzschwaden haben sich zu einem großen vereint. Ein paar kleine Wölkchen wabern in verschiedene Richtungen, doch der mit Abstand größte Teil treibt von uns weg nach rechts, in Richtung der Sonne, die sich dem westlichen Horizont nähert.

„Einer der Orte, die wir im Auge hatten, liegt ein paar hundert Kilometer in genau dieser Richtung“, erklärt der Dämon mit einem Hauch von Ehrfurcht. „Die anderen beiden sind weiter weg. Ich nehme an, wir haben ein Ziel.“

Als wir unsere Arme sinken lassen, reibt er sich die Hände. „Das bedeutet, dass ihr euch besser auf den Weg machen solltet. In den Hubschraubern sind Tablets und Handys sowie der Rest der besprochenen Ausrüstung. Ich werde den Piloten die Flugpläne und euch alle Details schicken, die ich über diese mögliche Einrichtung in Erfahrung bringen konnte. Ihr könnt sie auf dem Weg dorthin durchsehen und euer Vorgehen besprechen. Und haltet mich bitte auf dem Laufenden.“

„Wo wirst du sein?“, frage ich.

Er deutet auf den Jet. „Ich werde eine direktere Route

nehmen, um so nah wie möglich an das Gebäude heranzufliegen und sicherzustellen, dass unsere Unterstützung am Boden auf Position ist."

Andreas hat sich zu mir gesellt. Riva dreht sich zu uns beiden um, und Sorge huscht über ihr Gesicht.

Sie stürzt sich auf Drey, der sie sofort in eine Umarmung schließt. Ich wende meinen Blick ab, als sie sich so leidenschaftlich küssen, dass meine Haut kribbelt.

„Wir sehen uns bald wieder, Tinkerbell", verspricht er ein wenig heiser.

Als Riva sich von ihm löst, fällt ihr Blick auf mich. Ich zucke zusammen, doch die Bilder aus der Einrichtung schwirren noch immer durch meinen Hinterkopf.

Was, wenn ich nie die Chance bekomme, das zu tun?

Ich trete vor und lege zaghaft meine Arme um sie. Riva erwidert meine Umarmung mit der ganzen Kraft, die in ihrer schlanken Gestalt steckt.

Mein Puls rast, aber ich finde die Entschlossenheit, meinen Kopf zu senken und ihr einen Kuss aufs Haar zu drücken.

Mein Magen verdreht sich zu einem Dutzend Knoten, und ich spüre die misstrauischen und besorgten Blicke der anderen Jungs auf mir.

Machen sie sich um mich oder um sie Sorgen?

Eigentlich spielt es keine Rolle. Nicht, als sie mich loslässt, und ich das strahlende Lächeln sehe, das ihr Gesicht erhellt.

„Pass auf dich auf, Shrimp", sage ich ihr, als ob ich mir keinerlei Sorgen machen würde.

Unsere beiden Gruppen gehen auseinander, als wir zu den Hubschraubern eilen. Ich gehe an Bord und ignoriere die nervöse Anspannung, so gut ich kann.

Unsere Pilotin taucht aus dem Schatten im Cockpit auf.

„Eure Ausrüstung ist dort in der Tasche", teilt sie uns mit, bevor der Motor aufheult.

Andreas knallt die Tür zu und lässt sich auf den Sitz neben mir fallen. Er blickt zu mir herüber, und seine grauen Augen sind ein wenig dunkler als sonst.

„Du musst es ihr sagen."

Er muss nicht erklären, was er meint. Mein Körper versteift sich augenblicklich.

Ich bücke mich zu der Reisetasche auf dem Boden. „Hast du ihr gesagt, wie es für *dich* war?"

Mit einem heftigen Ruck des Hubschraubers sinkt Drey in seinen Sitz. „Ja. Sie hat es mir nicht übel genommen. Sie weiß, dass es nicht unsere Entscheidung war."

Meine Hände ballen sich zu Fäusten, und meine Krallen kribbeln wieder in den Fingerspitzen.

Was er ihr erzählt hat, ist nicht halb so schlimm wie meine eigene Geschichte.

„Du könntest die Sache mit ihr klären, wenn sie wüsste, was dich belastet", fügt Andreas in einem sanfteren Tonfall hinzu.

„Mal sehen. Wir haben im Moment wichtigere Dinge zu erledigen."

Wir werden in eine der Einrichtungen einbrechen. Der letzte Ort auf der Erde, an dem ich sein möchte.

Und ich muss dafür sorgen, dass meine Freunde, die Frau, die ich liebe, und ich selbst wieder herauskommen.

Vierunddreißig

Riva

Ich ziehe die schwarze Mütze über mein Haar und stecke das Ende meines Zopfes unter den elastischen Stoff. Dann schiebe ich den Anhänger mit der Katze und dem Garnknäuel unter mein Shirt. Erstens, damit er ein wenig geschützt ist und zweitens, damit er nicht zu sehen ist.

Wir können zwar nicht in den Schatten verschwinden, aber die schwarze Tarnkleidung, die Rollick für uns besorgt hat, hüllt uns von Kopf bis Fuß in Dunkelheit.

Als ich gefolgt von Jacob hinter Dominic aus dem Hubschrauber springe, drückt der dicke Stoff des Rollkragenpullis und der Sporthose gegen meine angespannten Muskeln. Das Kevlar darin wird uns hoffentlich vor Messerstichen und Betäubungspfeilen schützen.

Sollten die Wärter beschließen, uns zu töten, anstatt uns wieder einzufangen, sind wir dank der dünnen, aber effizienten Polsterung an Rumpf und Hals vor normalen Kugeln sicher. Nur unsere Köpfe sind nicht richtig geschützt.

Wir arbeiten mit einem Gleichgewicht aus Sicherheit und Flexibilität, damit wir den Angriffen ausweichen können, die wir nicht abfangen können.

Unsere Pistolen befinden sich in Doppelholstern, die an unseren Gürteln befestigt sind. Wir sind auf jede erdenkliche Weise vorbereitet, für den Fall, dass unsere übernatürlichen Fähigkeiten für die bevorstehende Mission nicht ausreichen.

Die militärische Ausrüstung sollte mir eigentlich ein Gefühl der Sicherheit geben. Doch als wir eingehüllt in die Dunkelheit der hereinbrechenden Nacht durch das Waldstück zwischen unserem Landeplatz und der Einrichtung eilen, rast mein Herz vor Nervosität.

Egal, wie viele Informationen Rollicks Leute sammeln konnten, sie haben das Gebäude nur von außen beobachtet. Wir haben keine Ahnung, was uns *drinnen* erwartet, außer dass es wahrscheinlich den Gefängnissen, aus denen wir bereits entkommen sind, unangenehm ähnlich sein wird.

Ich komme mir vor wie ein Kind, das sich als die Superheldin verkleidet hat, als die Jacob mich einmal bezeichnet hat, obwohl ich keine Ahnung vom Kämpfen habe.

Im Wesentlichen besteht unsere Mission darin, hineinzugehen, alle Wärter auszuschalten, die sich uns in den Weg stellen, und die anderen Schattenblüter herauszuholen.

Was auch immer für Komplikationen dabei auftauchen, wir müssen damit fertig werden, wenn es so weit ist.

Eine vertraute Gestalt taucht aus der Dunkelheit vor uns auf. Rollick nickt uns stumm zu und macht ein paar knappe Gesten.

Dank unserer Telefongespräche, in denen wir den ursprünglichen Plan weiter ausgearbeitet haben, verstehe ich, was er meint.

Seine Leute haben die wenigen Wärter ausgeschaltet, die außerhalb der Schutzvorrichtungen der Anlage patrouillierten. Sie warten darauf, die jungen Schattenblüter zu den getarnten Transportern zu bringen, die an der nächsten Straßenecke geparkt sind.

Die Einrichtung selbst befindet sich direkt vor uns.

Wir nicken, und Rollick verschwindet wieder. Ein Kloß bildet sich in meiner Kehle.

Die Schattenwesen haben noch ein paar Tricks auf Lager, doch hinter der Schutzbarriere, die sie nicht überwinden können, werden wir auf uns allein gestellt sein.

Allerdings haben wir so ja auch angefangen. Und trotz Rollicks Reichtum und Einfluss waren wir immer zu fünft, wenn die Kacke am Dampfen war.

Wenn wir diese Mission nicht durchziehen können, wenn wir nicht einmal die Jugendlichen beschützen können, die das Gleiche durchmachen wie wir, wozu haben wir dann überhaupt unsere Freiheit wiedererlangt?

Als sich die Bäume lichten, fällt mir eine schimmernde Spur vor uns auf, die durch das Unterholz führt. Einer von Rollicks Verbündeten – einer der wenigen, die sich nicht zu sehr vor uns gefürchtet haben, um unser Vorhaben zu unterstützen – hat eine phosphoreszierende Linie gezogen, damit wir wissen, wo die Schutzbarriere gegen die Schattenwesen verläuft.

Sie können diese Grenze nicht überschreiten. Jedenfalls nicht, ohne erheblich geschwächt zu werden. Unsere Aufgabe ist es, die jungen Schattenblüter über die Barriere zu bringen, damit die Schattenwesen sie in Sicherheit bringen können.

Wir alle wissen, wie man sich lautlos durch ein solches Gelände schleicht. Ich höre oder sehe nicht, wie sich unsere Gefährten nähern, aber das Kribbeln meines Mals verrät mir, dass Andreas näher kommt.

Am Rande der Lichtung, auf der sich diese Einrichtung

befindet, bleiben Jacob, Dominic und ich stehen. Ich werfe einen Blick in die Richtung, wo ich Andreas spüre.

Wir können nicht riskieren, ein Wort zu wechseln. Ich muss darauf vertrauen, dass er nicht hier wäre, wenn Zian und er nicht bereit wären.

Dann richte ich meine Aufmerksamkeit auf das Gebäude vor uns.

Aufgrund der Fotos und Beschreibungen, die Rollicks Leute uns gegeben haben, hatte ich eine gewisse Vorstellung davon, was mich erwartet. Doch als ich die Einrichtung in sehe, die durch die Dunkelheit bedrohlich wirkt, wird mir mulmig zumute.

Die Wärter haben hier eine andere Taktik gewählt, als wir es gewohnt sind. Es gibt keinen Elektrozaun und keinen sicheren Betonbunker, der das Labyrinth der darunter liegenden Ebenen verbirgt.

Sie schienen sich hauptsächlich auf ihre Tarnung zu verlassen. Die nächste richtige Straße ist kilometerweit entfernt, sodass sie niemand zufällig finden dürfte. Alle Vorräte müssen zu Fuß oder per Hubschrauber zu der kleinen Lichtung am Fuße der Klippe gebracht werden, vor der wir stehen.

Die Klippe, in der sich der klaffende schwarze Schlund einer Höhle befindet.

Die Wärter haben diese Einrichtung in die furchteinflößenden natürlichen Gegebenheiten der Landschaft eingebaut. Die Höhlenöffnung ist mindestens drei Meter hoch und fast genauso breit, umgeben von moosbewachsenen Steinbrocken.

Es ist stockdunkel, bis auf den schmalen Streifen Mondlicht am Rand des gähnenden Eingangs. Wir haben keine Ahnung, womit wir es zu tun haben, bevor wir das Gebäude betreten.

Andreas und Zian schleichen sich zu uns. Erleichterung

macht sich in meiner Brust breit, als unsere Gruppe endlich wieder zusammen ist.

Leise schleichen wir uns um die Lichtung herum zur Seite. Wir werden helfen, den Weg in die Einrichtung freizumachen, aber die Schattenwesen werden unsere Invasion einleiten.

Unsere Verbündeten müssen uns beobachten. Kaum haben wir unsere Position eingenommen, hallt ein lauter Knall durch den Wald und lässt den Boden unter unseren Füßen erbeben.

Als ich mich an einem Baumstamm festhalte, um mein Gleichgewicht nicht zu verlieren, dröhnt ein weiterer Knall durch mein Trommelfell.

Der Schein des Feuers tanzt durch die Bäume auf der anderen Seite der Lichtung. Wir ziehen uns ein wenig tiefer in den Wald zurück, um sicherzugehen, dass der Schein uns nicht verrät.

Dann schauen wir einfach zu.

Drei Wärter mit den üblichen Metallhelmen und -westen stürmen aus dem Höhleneingang. In ihren Händen halten sie glänzende Pistolen.

Der eine greift nach seinem Funkgerät, um den Kollegen drinnen Bericht zu erstatten. Sie marschieren an den Rand der Lichtung und betrachten die Flammen, wagen sich aber nicht weiter in den Wald hinein.

Sie sind vorsichtiger als damals, als ich die Jungs herausgeholt habe. Möglicherweise haben die Wärter Geschichten über unsere Flucht erzählt, und wie ich sie abgelenkt habe.

Dieser Haufen *sollte* keine Ahnung haben, dass wir auf dem Weg zu ihnen sind oder dass wir überhaupt in ihre Einrichtung eindringen wollen. Doch mit jedem Augenblick, der vergeht, steigt die Wahrscheinlichkeit, dass die Wärter, die uns verfolgt haben, herausfinden, wo wir uns versammelt haben, und es weitersagen.

Jeder Augenblick könnte einen Unterschied machen.

Zum Glück dauert es nicht lange, bis weitere Wärter aus der Höhle kommen. Ein Dutzend von ihnen macht sich auf den Weg durch die Bäume, um sich das Feuer genauer anzusehen, während fünf am Höhleneingang zurückbleiben und die Lichtung im Auge behalten.

Ja, sie sind definitiv schlauer geworden. Trotzdem glaube ich nicht, dass sie stärker sind.

Mit fünf kommen wir problemlos klar.

Ich lasse meine Krallen aus meinen Fingerspitzen hervorschießen.

Wir wollen die Waffen nicht benutzen, solange wir es vermeiden können. Es ist besser, wenn die Wärter, die sich weiter von der Einrichtung entfernt haben, nicht merken, dass es hier hinten Ärger gibt.

Als der Großteil der Wärter in der Dunkelheit des Waldes verschwindet, stürmen wir los.

Noch bevor wir sie erreichen, hat Jacob zwei der Gestalten gegen den Felsen geschleudert, wobei ihre Helme eingedellt werden, und ihre Schädel gegen die vorspringenden Felsen knallen. Knurrend schlägt Zian einen von ihnen mit einem Fausthieb zu Boden.

Ich stürze mich auf die Gestalt, die mir am nächsten ist, und schlage meine Klauen direkt in seine Kehle.

Der letzte Wärter gibt einen Warnschrei von sich, der mit einem Gurgeln verstummt. Andreas ist aus der Unsichtbarkeit hinter ihm aufgetaucht und stößt ihm ein Messer ins Herz.

Weitere Rufe ertönen aus den Tiefen der Höhle. Meine Nackenhaare stellen sich auf, und als ich mich zu den Jungs umdrehe, sehe ich eine Entschlossenheit in ihren Augen, die mich bestärkt.

Wir sind hier nicht die Monster. Wir befreien gequälte Jugendliche von den wahren Bestien.

Ich *kann* eine Heldin sein, in jeder Hinsicht, die zählt.

Und wir arbeiten wieder wie ein Team – ein richtiges Team, mit all dem Vertrauen und dem Verständnis, das mit diesem Wort einhergehen sollte. Mit einem Blick und einem unmerklichen Nicken verteilen wir uns zu beiden Seiten der Höhle und bewegen uns dicht an den Wänden vorwärts.

Die Wärter stürmen durch die Mitte des Raumes. Einer von ihnen hat eine Lampe an ihrem Helm befestigt, deren Lichtstrahl durch die Dunkelheit schimmert.

Wir stürzen uns auf sie.

Körper prallen gegen die Wände, während Jacob mit seinen Kräften um sich schlägt.

Ich schneide eine weitere Kehle durch.

Dominics Tentakel peitschen durch die Luft, um ein Genick zu brechen und eine Luftröhre zu zerquetschen.

Ein Wärter neben mir stolpert, und Andreas erledigt ihn mit seinem Messer, bevor ich herumwirbeln kann.

„Die Tür!", ruft Zian mit leiser, eindringlicher Stimme.

Der Helm mit der Lampe ist zum anderen Ende der Höhle geschlittert, wo sich eine massive Wand mit einer Stahltür befindet, die kurz davor ist, zuzuschlagen.

Jacob reißt seine Hand nach vorne, und die Tür bleibt ruckartig stehen, nur einen Spaltbreit vom Schließen entfernt. Die Muskeln in Jakes Arm sind vor Anstrengung angespannt.

Zian stürzt sich nach vorne, und ich renne ihm genauso schnell hinterher. Er erwischt die Kante zuerst, aber seine dicken Finger passen nicht durch den Spalt, um sie weiter aufzuziehen.

Auf dieser Seite gibt es keine Türklinke.

Ich laufe zur Tür und schiebe meine Finger durch den

winzigen Spalt. Als ich daran ziehe, durchzuckt ein Schmerz meine Arme bis in die Schultern.

Ich schaffe es, sie gerade so weit zu öffnen, dass auch Zee sie richtig greifen kann. Er reißt sie weit auf.

Und eine weitere Gruppe von Wärtern stürmt auf uns zu.

Ein elektrischer Stoß durchzuckt knisternd meinen Arm, der sich daraufhin verkrampft. Ich behalte jedoch genug Kontrolle, um meinen Angreifer so kräftig in die Seite zu treten, dass ich ihm mehrere Rippen breche.

Mit einem Knurren, das dem von Zians Wolf in nichts nachsteht, stürzt Jacob sich auf den Mann, der mich geschockt hat. Mit bloßen Händen zerschmettert er den Schädel des Wärters auf dem felsigen Boden.

Pfeile sausen auf uns zu, und ich drehe mich herum, damit mein Gesicht und mein Kopf geschützt sind. Mit einem weiteren Hieb meiner Ferse breche ich jemandem den Kiefer.

Zian brüllt. Ein knirschendes, reißendes Geräusch und ein Schlag ertönen. Vermutlich hat er jemandem einen Arm oder den Kopf abgerissen.

Diese Leute wollen uns zerstören. Sie wollten uns schon immer vernichten, unseren Willen und unseren Geist brechen.

Sie haben es geschafft, Griffin abzuschlachten, doch wir werden nicht zulassen, dass ihnen noch einer von uns zum Opfer fällt.

Ein Arm schwingt durch die Luft, und eine Klinge blitzt auf. Ich werfe mich gerade noch rechtzeitig zwischen die Wärterin am Boden und Jacob, um den Hieb abzulenken, sodass das Messer Jacobs Wange nur streift.

Ich schlitze der Frau mit meinen Krallen die Kehle auf, und ein Schwall Blut strömt heraus, als sie zusammenbricht. Als ich aufschaue, streicht Jacob das dünne Blutrinnsal von seiner Wange und schenkt mir ein Lächeln, das sogar seine kühlen Augen erreicht.

Ja, wir sind jetzt ein Team – wir alle.

Zu fünft drängen wir uns in den Raum hinter der Stahltür. Schwaches Licht erhellt einen kurzen Gang, in dem sich auf jeder Seite eine Tür und ganz am Ende ein Aufzug befindet.

Die Tür auf der linken Seite ist angelehnt, und ich erkenne einen glänzenden Helm in dem Spalt.

Bevor der Wärter dort den Abzug seiner Waffe betätigen kann, wird er von Jacobs Kraft auf den gefliesten Boden geschmettert. Zian zerquetscht den Kopf des Mannes unter seinem Absatz, während wir vorbeirennen.

Wir stürmen in eine Art Kontrollraum, mit Bildschirmen an drei Wänden und einer langen Konsole mit Bedienelementen.

Der Kerl, der vor der Konsole sitzt, hebt eine Waffe, die ihm jedoch aus der Hand fliegt und gegen die Wand knallt. Jacob und Zian stehen über dem Wärter, während der Rest von uns ein paar Schritte zurückbleibt und Andreas an der Tür Wache hält.

„Wo haltet ihr eure Versuchspersonen fest?", fragt Jake. „Die mit den übernatürlichen Kräften."

Der panische Blick des Mannes huscht zu den Bildschirmen und wieder zurück zu uns. Ich überfliege die Monitore mit den Bildern der Sicherheitskameras rund um das Gebäude.

Da ist ein riesiger Trainingsbereich, der eher wie eine Höhle als ein Raum aussieht, und Flure voller weiterer Türen.

Auf keinem der Bilder rührt sich etwas. Haben wir wirklich schon das gesamte Personal dieser Einrichtung eliminiert?

Wenn das der Fall ist, dann steht nur noch dieser

Mistkerl zwischen uns und der Befreiung des Schattenblüter-Nachwuchses.

Aber vielleicht brauchen wir ihn noch. Wir wissen nicht, welche Codes oder Schlüssel nötig sind, um die Zellen zu öffnen, in denen sie eingesperrt sind.

„Ich …", stottert der Wärter, bevor er die Schultern strafft und die Lippen zusammenpresst.

Jacob hebt seine Hand. Als sich seine Finger krümmen, weiß ich, was er vorhat. Er könnte das Leben genauso einfach aus diesem Mann herauswürgen, wie er die Hand zur Faust ballen könnte.

Doch das ist nicht nötig. Der Kerl ist unbewaffnet, wehrlos – und ich würde lieber einen Menschen hier am Leben lassen, damit er bezeugen kann, dass wir so viel mehr sind als Monster.

„Warte", sage ich leise, aber bestimmt.

Jake verzieht das Gesicht, weicht allerdings zur Seite, als ich einen Schritt vorwärts mache.

Der Teil des Gesichts des Wärters, der unter seinem Helm hervorschaut, ist leichenblass. Er schluckt hörbar, schweigt aber weiterhin.

Ich fixiere ihn mit meinem Blick, und alle meine Muskeln sind angespannt und bereit zum Handeln. „Ich will nicht …"

Ich unterbreche mich selbst, als mir klar wird, dass das, was ich sagen wollte, nicht wahr ist. Und vielleicht ist die Wahrheit wichtig, auch wenn sie nicht schön ist.

„Nein", korrigiere ich mich. „Ich *will* dir wehtun. Ein großer Teil von mir würde dich gerne einen Bruchteil dessen spüren lassen, was du und deine Kollegen uns angetan haben."

Ich krümme meine Krallen, um meinen Worten Ausdruck zu verleihen. Ein Schrei brodelt in meiner Brust, begierig darauf, sich von dem Schmerz zu ernähren, den ich ihm in diesem Kampf bisher verwehrt habe.

Der Mann bleibt still, aber sein Kiefer zuckt verhalten.

Ich gehe noch einen Schritt auf ihn zu, sodass ich ihm mit meinen Krallen über das Gesicht fahren könnte, wenn ich wollte.

„Da ist eine Sache, die du wissen solltest. Ich möchte, dass du weißt, dass ich mich gerade mit aller Mühe zurückhalte, das zu tun, was ich jetzt gerne tun würde, denn egal, was ihr in mich eingepflanzt oder mir angetan habt, ich bin kein Monster. Bestimmt gibt es da draußen Menschen, die dein Tod treffen würde und die diesen Schmerz nicht verdienen. Ich kann sogar für *dich* Mitleid empfinden."

„Ich werde euch nicht helfen", stößt der Wärter hervor.

Ich zucke mit den Schultern, meine Muskeln sind immer noch angespannt. „Das ist deine Entscheidung. Wir haben es schon zweimal geschafft, aus solchen Einrichtungen auszubrechen. Und wir werden es wieder schaffen. Mit oder ohne deine Hilfe. Wir wissen, dass wir deine Augen, deine Hände und dein Gesicht nicht zerstören dürfen, falls wir sie brauchen, um das System zu entsperren. Der Rest von dir …"

Ich beuge mich vor, hake eine Klaue unter seinen Helm und reiße ihn von seinem Kopf. Seine Angst erfüllt die Luft, so stechend, dass es mich nicht wundern würde, wenn die anderen sie jetzt auch riechen können.

„Du hast die Wahl", fahre ich fort. „Wenn du weiterleben willst, um die Menschen zu sehen, denen du etwas bedeutest und die dir vielleicht auch etwas bedeuten, kannst du uns zeigen, wie wir die Zellen finden und öffnen können. Oder wir können dich umbringen und es trotzdem herausfinden. Das Einzige, was sich ändert, ist, ob du überlebst oder nicht. Es ist deine Entscheidung."

Hinter mir nimmt Jacob einen tiefen Atemzug, widerspricht aber nicht.

Ich weiß nicht, ob es funktionieren wird. Der Mann ist noch ein wenig mehr auf seinem Sitz erstarrt.

Dann meldet sich Andreas von der Tür aus zu Wort. Seine Stimme ist ruhig, doch ein Hauch seines schmeichelnden Tonfalls schwingt darin mit.

„Chloe würde dich schrecklich vermissen, meinst du nicht? Und was würde sie Ava sagen? Ist dieser Job es wirklich wert, *die beiden* zu verlieren – sie im Stich zu lassen?"

Als Drey die Namen erwähnt, die er aus dem Gedächtnis des Wärters geholt hat, zuckt der Mann merklich zusammen. Sein Gesicht nimmt einen noch kränklicheren Farbton an.

„Macht mit mir, was immer ihr wollt", spuckt er. „Aber lasst sie in Ruhe. Sie haben nichts damit zu tun."

Er dreht seinen Stuhl zur Konsole. Ich knirsche mit den Zähnen bei dem Gedanken, dass er es nur tut, weil er denkt, wir würden seine Familie bedrohen – doch immerhin tut er etwas.

Einem geschenkten Gaul schaut man nicht ins Maul, oder? Ich bekomme, was ich wollte, wenn auch nicht auf die Art und Weise, wie ich es wollte.

Nun, er wird begreifen, dass ich mein Versprechen ernst gemeint habe, wenn er lebend aus diesem Gebäude herauskommt.

Seine Hände huschen über die Bedienelemente. Er zeigt auf einen der Bildschirme, wo eine Art Blaupause einer Halle mit kleinen Räumen auf beiden Seiten zu sehen ist.

Unbehaglich vertraut.

„Sie sind da. Drei Stockwerke tiefer, hinter dem Trainingskomplex."

„Und die Türen?", fragt Dominic.

Der Mann schwankt einen Moment, bevor er sich über

eine Konsole beugt. Ein Lichtblitz huscht über sein Gesicht. Nachdem er ein paar Tasten gedrückt hat, blinken die Zellen-Symbole grün statt rot.

„Das war's. Jetzt …"

Zian schlägt dem Mann mit seiner Faust gegen den Kopf. Ich erschaudere, als er zusammenbricht. Doch als er von seinem Stuhl rutscht, wird mir klar, dass er nur bewusstlos ist.

„Fesselt ihn", drängt Andreas.

Ich bin bereits dabei, mit meinen Krallen ein paar Streifen Stoff aus dem Hemd des Mannes zu reißen.

Einen schiebe ich ihm als Knebel in den Mund, während Jacob und Dominic eilig seine Hand- und Fußgelenke fesseln. Dann betrachte ich erneut die Bildschirme.

„Keine Wärter mehr. Alle anderen müssen draußen sein."

Tot oder noch mit unseren Schattenwesen-Verbündeten beschäftigt.

Jacob lächelt grimmig. „Dann wollen wir mal den Nachwuchs befreien."

Mein Herz klopft mit einer Mischung aus Adrenalin und Freude, und ich stürze mit den anderen zur gegenüberliegenden Tür. Dahinter befindet sich ein Treppenhaus.

Die Wärter wissen es besser, als ihr ganzes Vertrauen in einen Aufzug und Elektrizität zu setzen. Ich würde mich auch lieber nicht darauf verlassen.

Wir rasen die Treppe hinunter, so schnell uns unsere Füße tragen, während Zian immer wieder den Kopf dreht und auf Verfolgungsgeräusche achtet.

Im dritten Stock stoßen wir auf einen weiteren Flur, der in den höhlenartigen Raum führt, den ich auf dem Überwachungsmonitor gesehen habe. Unsere Schritte hallen unheimlich durch den riesigen, dunklen Raum.

Doch da vorne ist Licht. Der Schimmer von

Leuchtstoffröhren scheint durch das Fenster an der Tür am anderen Ende.

Ich beschleunige mein Tempo. Wir müssen die jüngeren Schattenblüter aus ihren Zellen holen und den ganzen Weg zurück an die Oberfläche schaffen.

Wir haben keine Ahnung, wann Verstärkung eintreffen wird.

Der Flur hinter dem Fenster ist leer. Zian stößt die Tür mit den Schultern auf.

Wir stürzen in den Flur und lassen unsere Blicke über die Dutzenden von geschlossenen Türen schweifen, die wir oben entriegelt haben.

Plötzlich fliegt die Hälfte dieser Türen auf, und eine Horde versteckter Wärter stürmt auf uns zu.

FÜNFUNDDREIßIG

Riva

Ein Warnschrei dringt aus meiner Kehle, obwohl die Jungs die Bedrohung natürlich im selben Moment erkannt haben. Eilig weiche ich zurück …

Und stoße gegen eine Reihe von Stahlstangen, die von der Decke herabgefallen sind und uns den Rückweg versperren.

Sie haben uns eingeschlossen. War das eine Falle?

Instinktiv ducken wir uns, um uns zu kleineren Zielen zu machen. Betäubungspfeile schießen durch die Luft, nur um von einem Schwall von Jacobs Telekinese zur Seite geschleudert zu werden.

Ich bemerke, dass die Wärter etwas Seltsames unter ihren üblichen Helmen tragen, bevor einer von ihnen eine zischende Granate in unsere Richtung schleudert. Eine blaue Rauchwolke breitet sich um uns herum aus.

Gasmasken – das tragen sie unter ihren Helmen. Sie glauben, dass sie uns auf diese Weise ausschalten können.

Zian verpasst der Granate einen kräftigen Tritt, sodass sie an unseren Angreifern vorbeischlittert. Auf einen weiteren Stoß von Jacobs unsichtbarer Kraft hin, entfernt sich der Rauch, doch mir ist trotzdem ein wenig schwindlig.

Einige der Wärter stoßen erschrockene Rufe aus und schütteln verwirrt die Köpfe. Als ich Andreas ansehe, sind seine Augen rot.

Er verwirrt sie mit projizierten Erinnerungen. Doch es sind zu viele, und durch eine Tür am anderen Ende des Ganges stürmen sogar noch mehr.

Dominic zückt seine Pistole und feuert auf unsere Gegner, wobei ein paar seiner Kugeln von der gleichen Kraft abgelenkt werden, mit der Jacob unsere Angreifer abwehrt. Dom zuckt zusammen, als das Projektil an der Wand abprallt.

So ein Mist. Wir können nicht auf sie schießen, ohne uns verwundbar zu machen.

Weitere Pfeile fliegen durch die Luft, und das Knacken einer weiteren Granate dringt an meine Ohren.

Wenn wir uns nicht schnell etwas einfallen lassen, werden wir definitiv getroffen werden.

Der Gedanke jagt einen panischen Schock durch meine Nerven. Ich schwanke auf meinen Füßen und fahre die Krallen aus, um nach jedem zu schlagen, der mir zu nahe zu kommt, obwohl mir klar ist, dass das nicht genug ist.

Die Vibration in meiner Brust hallt mit einem anschwellenden Schrei durch meine Lunge.

Ich könnte sie alle auslöschen, und das wissen sie. Deswegen setzen sie alles daran, mich auszuschalten. Ich muss *sofort* handeln.

Doch sie sind nicht die Einzigen, die mit uns in diesem Gang sind.

Nervöse Augen spähen aus einer der Türen, die noch nicht ganz geöffnet wurde. Während meine Kraft durch meine Knochen pulsiert, spüre ich sie. Unseresgleichen. Junge Menschen, deren Blut mit Schatten durchsetzt ist und die so lange an diesem Ort eingesperrt waren.

Ich kann uns nicht retten, indem ich sie auch töte. Und mein Schrei …

Meine Kehle kribbelt, und ich verkrampfe mich. Mein Körper sträubt sich wie zuvor, als Rollick versuchte, mich dazu zu bringen, meine Kräfte zu trainieren.

Doch mit meinem nächsten Atemzug, der von der Verzweiflung der Männer um mich herum begleitet wird, kommt mir eine andere Erinnerung in den Sinn.

Letzte Nacht habe ich unter Rollicks Aufsicht einen kleinen Schrei ausgestoßen und damit eine Kreatur nach der anderen durchbohrt.

Es sind zu viele Wärter. Ich kann sie nicht alle auf einmal treffen.

Allerdings habe ich meine Jungs schon einmal verschont. Ich kenne sie … Genauso wie die jungen Schattenblüter, die sich hinter diesen Türen verschanzt haben. Und zwar so gut, dass mein Blut mich hierherführen konnte.

Ich werde sie nicht angreifen. Nicht die, die wie ich sind.

Ich bin keine Mörderin. Ich bin eine *Beschützerin*.

Vor meinen Augen blitzen Bilder von all den Momenten auf, die ich in der vergangenen Woche mit meinen Männern geteilt habe. Nicht nur von den Schlachten und dem Blutvergießen, sondern auch von der Zärtlichkeit.

Wie ich Dominic gezeigt habe, dass ich ihn auch mit seinen Tentakeln liebe.

Wie ich Andreas verzeihend umarmt habe.

Wie ich Jacob daran gehindert habe, sich meinetwegen zu verletzen, und seine Wunde verbunden habe.

Wie ich mich vor wenigen Stunden im Flugzeug an Zian

gekuschelt und ihm bewiesen habe, dass das, was er mir bieten kann, genug ist.

Ich kann auf meine eigene Weise heilen. Ich kann kämpfen.

Und genau das werde ich jetzt tun.

Ich öffne meine Lippen und lasse meine Kraft heraus.

Der Schrei dringt aus meiner Kehle und schallt durch den inzwischen überfüllten Gang. Ich ziele an den Körpern vorbei, in denen Blut und Schatten pulsieren, und steche ihn in jede menschliche Gestalt vor mir.

Menschlich und doch so monströs.

Hunger steigt in mir auf und durchdringt meine Nerven. Ich zerreiße einen Körper nach dem anderen und verschlinge ihren Schmerz, während die Befriedigung darüber jegliche Schuldgefühle übertönt.

Meine ganze Konzentration und Selbstbeherrschung sind darauf gerichtet, mein bösartiges Talent auf die Zielpersonen zu richten.

Nur am Rande nehme ich wahr, wie sich meine Männer um mich herum bewegen, und bin nicht vor Schreck erstarrt wie beim ersten Mal, als ich meiner Wut freien Lauf ließ.

Zian stellt sich schützend vor mich, um mich vor Angriffen zu bewahren, und wehrt einen Pfeil ab, der in meine Richtung fliegt. Jacob schleudert erst eine und dann eine weitere Granate dorthin zurück, wo sie herkamen. Seine Kraft zischt durch den Flur, während er das giftige Gas eindämmt.

Im hinteren Bereich stolpern die neuen Gestalten, die in den Saal stürmen, über ihre Kollegen, die von Erinnerungen geplagt werden, die nicht die ihren sind. Andreas verwirrt ihren Geist, um sie für die wenigen Augenblicke abzulenken, bevor mein Schrei sie erfasst.

Dominic ist neben mir in die Hocke gegangen. Einer seiner Tentakel ist um meine bloße Hand gewickelt, ein anderer um den Hals eines verletzten Wärters, der auf dem Boden zusammengebrochen ist, nachdem er versucht hat, uns anzugreifen. Mein Heiler überflutet mich mit immer mehr Energie, während ich die schwindelerregenden Wellen des Schmerzes schlucke, die ich verursache.

Wir werden das gemeinsam durchziehen. Und wir werden mit mehr Leuten gehen, als wir gekommen sind.

Stärke pulsiert durch meine Muskeln. Der Schrei wird immer lauter, während Knochen brechen und Sehnen reißen und …

Und dann ist da niemand mehr. Keiner, der meine Wut verdient.

Als ich wieder in meinen normalen Bewusstseinszustand zurückkehre, zittern meine Beine, jedoch nicht vor Schwäche, sondern vor Adrenalin. Als Dominic mich an der Seite berührt, um mich zu stützen, habe ich mein Gleichgewicht bereits wiedergefunden.

„Wir müssen die jungen Schattenblüter herausholen. Es könnten noch mehr Wärter kommen.“

Mit Sicherheit haben die Mitarbeiter ihre Kollegen außerhalb der Einrichtung kontaktiert, oder? Allerdings wissen wir nicht, ob jemand in der Nähe war, der so schnell helfen konnte.

Wir sollten besser kein Risiko eingehen.

Wir eilen den Flur entlang und reißen die Türen auf, hinter denen sich die Wärter nicht versteckt haben. Ich finde ein dünnes, dunkelhäutiges Mädchen, das nicht älter als zwölf sein kann, und einen stämmigen, rothaarigen Jungen, der um die fünfzehn Jahre alt sein muss.

„Kommt mit“, sage ich und winke ihnen zu. „Wir bringen euch hier raus. Keine Tests mehr. Ihr werdet frei sein.“

Als sie aufstehen, huscht sowohl Angst als auch Hoffnung über ihre Gesichter. Zian stößt einen triumphierenden Schrei aus und fischt einen Controller aus einer der Taschen des verstümmelten Wärters. Er drückt den Knopf, und das Gittertor geht auf.

Andreas führt zwei andere Kinder durch die Tür hinaus. „Jeder von uns nimmt nur zwei mit", ruft er über seine Schulter. „Wir müssen sie beschützen können."

Ich nicke. „Und beeilt euch!"

Dominic winkt zwei weitere Kinder in Richtung des Trainingsbereichs. Während ich meine unter Schock stehenden Schützlinge ermutige, ihnen zu folgen, und ihnen den Weg zur Tür weise, um ihre Blicke von den Leichen auf dem blutverschmierten Boden abzulenken, reißt Zian die letzte Zelle auf und runzelt die Stirn.

„Das sind alle. Nur sechs?"

Ich bleibe in der Tür stehen und werfe einen Blick auf den Jungen, der etwas weniger verängstigt aussieht als das jüngere Mädchen. „Wart ihr nur zu sechst in dieser Einrichtung?"

„Ich … Ich bin mir nicht sicher", sagt er. „Wir haben nicht immer mit denselben Leuten trainiert. Sie kamen und gingen."

Nun, sechs sind besser als keiner. Sechs sind ein Anfang.

Vielleicht haben es die Wärter mit Engels Methoden doch nicht geschafft, viele Schattenblüter zu machen.

Jacob kickt die letzten der noch rauchenden Granaten in eine der leeren Zellen und knallt die Tür zu, damit der giftige Rauch nicht entweichen kann. Er wendet sich an Zian.

„Geh du mit ihnen! Sorgt dafür, dass sie sicher bei Rollick ankommen. Ich habe das Gefühl, dass hier unten noch etwas Wichtiges ist. Kommt zurück, sobald ihr sie weggebracht habt, und wir werden sehen, was sie hier sonst noch versteckt haben."

Ich lasse ihn nicht gern allein, aber die Kinder in

Sicherheit zu bringen, ist wichtiger. „Geh nicht zu weit weg“, befehle ich ihm.

Andreas und Dominic haben den Raum bereits zur Hälfte durchquert. Ich treibe meine Schützlinge zur Eile an. Ich will die Flucht der anderen nicht verzögern, indem ich ihnen zurufe, dass sie auf uns warten sollen.

Sie verschwinden im Treppenhaus, und wir rennen ihnen wenige Augenblicke später hinterher. Meine Schattenblüter-Schützlinge scheinen endlich aus ihrer Starre zu erwachen und fangen an zu laufen.

Ich frage mich, ob sie betäubt wurden, so wie die Jungs nach unserem ersten Fluchtversuch. Ihre Sinne sind benebelt.

Wir werden sie auch aus diesem inneren Gefängnis befreien.

Wir laufen durch den kurzen, oberen Flur. Der Mann, den wir gefesselt haben, scheint wohl zu sich gekommen zu sein, denn aus dem Kontrollraum dringt ein gedämpftes Grunzen, das ich jedoch ignoriere.

Zian stürmt als Erster hinaus und klemmt einen Stein in die Tür, damit sie nicht zufällt. Als wir uns dem Eingang der Höhle nähern, scannen wir beide schnell unsere Umgebung.

Ich höre ein paar Rufe in der Ferne, und auch das Knistern der Flammen von Rollicks Ablenkungsmanöver ist noch zu hören. Es scheinen jedoch keine Wärter in der Nähe zu sein.

Ein Anflug von Triumph lodert in meiner Brust auf. Wir haben es geschafft! Wir haben sie gerettet.

Hier ist niemand mehr, der uns etwas antun kann.

Andreas und Dominic rennen an uns vorbei zurück zur Einrichtung. Ihre Schützlinge sind bereits in Sicherheit. Ich winke meine beiden weiter in Richtung der phosphoreszierenden Linie.

„Unsere Freunde werden dafür sorgen, dass wir alle von

hier wegkommen, ohne dass die Wärter uns noch einmal erwischen. Bleibt bei ihnen. Wir sind gleich wieder da."

Pearl und ein Schattenmann winken uns von jenseits der Grenze zu, und die Sukkubus-Frau hüpft aufgeregt von einem Fuß auf den anderen. Ich schenke Pearl ein kurzes Lächeln und gebe den Schattenblütern einen sanften Schubs in ihre Richtung.

„Das sind die Letzten."

Pearl erwidert mein Lächeln strahlend. „Kommst du auch mit uns zurück?"

Die Male zerren mich zu Andreas und Dominic und meine Gedanken wandern zu Jacob, der immer noch da unten ist, und schüttle den Kopf.

„Wir werden das Gebäude ein letztes Mal überprüfen und dann sind wir gleich bei euch."

Während die Schattenwesen die Kinder durch den Wald treiben, drehen Zian und ich uns um und laufen zurück zur Höhle.

Das war's. Alle sechs Gefangenen dieser Einrichtung sind vorerst in Sicherheit.

Doch vielleicht können wir der gesamten Organisation der Wärter noch mehr schaden, wenn wir etwas genauer hinschauen. Womöglich können wir herausfinden, ob sie anderswo noch mehr junge Schattenblüter festhalten.

Möglicherweise ist das erst der Anfang dieses Kriegs.

Der obere Flur der Einrichtung ist leer. Ich kann spüren, dass Andreas und Dominic nach unten gegangen sind. Sie haben nicht mitbekommen, dass wir bereits alle Kinder, die hier festgehalten wurden, herausgeholt haben. Doch wir müssen ohnehin zurück zu Jacob.

Als ich ins Treppenhaus stürme, bleibt Zian mit einem verwirrten Grunzen hinter mir stehen. „Was …?"

Ich will mich gerade zu ihm umdrehen, als Jacobs

Stimme von unten ertönt. „Riva – beeil dich! Wir müssen uns schnell darum kümmern."

Ich habe keine Ahnung, was er gefunden hat, doch mein Herz schlägt plötzlich so heftig, dass es mich praktisch zu ihm hinunterstößt.

„Komm mit, Zee!", rufe ich und stürme die Treppe hinunter.

Jacob hat seine schwarze Mütze abgenommen. Sein blondes Haar schimmert im Licht der Leuchtstoffröhren, als ich ihm in dem gewundenen Treppenhaus hinterherlaufe.

Im vierten Untergeschoss schiebt er die Tür auf. Ich renne ihm hinterher, angetrieben von der immer noch wachsenden Welle der Angst.

Was haben die Wärter hier unten gemacht?

Ich stürze gerade noch rechtzeitig in den Flur im vierten Stock, um zu sehen, wie Jacob auf halbem Weg hinter einer Tür verschwindet. Seine Stimme hallt zu mir zurück. „Hier lang! Schnell!"

Ich springe ihm hinterher und durch die Tür. Mein Schwung schleudert mich ein paar Schritte vorwärts, bevor ich langsamer werde und merke, dass ich mich in einem engen, leeren Raum befinde, der keine anderen Ausgänge zu haben scheint.

Transparente Scheiben schießen aus den Wänden auf beiden Seiten von mir. Sie rasten ein und sperren mich ein.

Mit rasendem Herzen schlage ich mit der Faust auf eine ein, um sie zu zerschlagen.

Es ist definitiv kein normales Glas. Mein übernatürlich kraftvoller Schlag hinterlässt nicht den kleinsten Riss.

Mein Blick huscht zu Jacob, der hinter einer der Scheiben steht. Ich erwarte, dass er sich von seiner Seite aus darauf stürzt. Doch er steht nur da und beobachtet mich.

Mein Herzschlag beschleunigt sich, als mir ein paar Dinge auffallen.

Er hat keine Wunde an der Wange, wo ich den Messerangriff des Wärters abgewehrt habe.

Sein glattes Haar ist ein wenig länger als sonst.

Und obwohl seine Klamotten auch schwarz sind, unterscheiden sie sich von meinen. Der Kragen hört an seinem Hals auf, anstatt ihn zu bedecken.

Und seine Augen. Die hellblauen Augen, die mich wütend durchbohrten und vor Freude leuchteten, sehen auf eine Weise leer aus, wie ich sie noch nie gesehen habe, nicht einmal in seinen schlimmsten Momenten.

Mir rutscht das Herz in die Hose.

Das ist nicht Jake.

Der Mund des Mannes, der nicht Jacob ist, verzieht sich zu einem Lächeln, das eher wie eine Imitation eines Lächelns aussieht.

„Lange nicht gesehen, Mondstrahl.“

ÜBER DEN AUTOR

Eva Chase ist eine Amazon Top 100-Bestsellerautorin für Urban Fantasy und paranormale Liebesromane. Sie ist mit Magie, Chaos und Herzschmerz aufgewachsen und bringt alle drei Elemente in ihre Geschichten ein. Aber keine Angst vor dem gefürchteten Liebesdreieck - Evas Heldinnen müssen sich nie entscheiden. Online findet man sie unter www.evachase.com.